SYLVIA MADSACK

MELODIE DER NACHT

Die Graf-Stanislaw-Saga

| Hoffmann und Campe |

1. Auflage 2008

www.hoca.de
Gesetzt aus der Stempel Garamond Lt Pro und der ITC Tiepolo
Satz: Dörlemann Satz, Lemförde
Druck und Bindung: GGP Media GmbH, Pößneck
Printed in Germany
ISBN 978-3-455-40127-1

HOFFMANN
UND CAMPE

Ein Unternehmen der
GANSKE VERLAGSGRUPPE

Für Uli

– PROLOG –

Stanislaw trat auf die Terrasse seines Hauses. Ein feuchter Schleier lag über dem See, der die gegenüberliegenden Ufer mit einem milchigen Gespinst überzog. Unter dem immer heller werdenden Nachthimmel spiegelten sich nur noch wenige Lichter. Auch der Schriftzug der Schokoladenfabrik Lindt & Sprüngli verblasste. Das Wasser hatte die Farbe von geschmolzenem Blei.

Er lauschte in die Dunkelheit. Kein früher Vogel begann sein Lied, kein Hund schlug in der Nachbarschaft an, kein Motorengeräusch durchbrach die Stille. Nichts kündete von etwas Lebendigem.

In wenigen Stunden würde die Sonne aufgehen. Stanislaw schloss die Terrassentür, kehrte in den Wohnraum zurück und streckte sich auf seiner Liege aus. Er mochte das moderne Design dieses Möbels, die Ästhetik und die Bequemlichkeit. Während er sich wohlig in das schwarze Leder schmiegte, betrachtete er aus halb geschlossenen Augen seine Umgebung.

Ihm gefiel, was er sah. Als er sich für Zürich als neuen Wohnsitz entschieden hatte, war ihm klar gewesen, dass er in keinem alten Haus leben wollte, weder in einer Villa aus der Zeit der Jahrhundertwende noch in einem ehemaligen Stadtpalais oder einem Fachwerkhaus mit rustikalem Charme. Etwas Modernes, Zeitgenössisches sollte es sein.

Und so besaß er jetzt eine der ungewöhnlichsten Liegenschaften hoch über dem Zürichsee an der sogenannten

Goldküste. Das rechte Seeufer galt als das privilegierte, weil es an schönen Tagen bis spätabends in goldenes Sonnenlicht getaucht war und weil dort alles viel üppiger grünte und blühte als auf der gegenüberliegenden Seite, die vom Volksmund als »Pfnüsel-Küste« bezeichnet wurde, als Schnupfenküste. Natürlich war eine Goldküsten-Adresse auch so etwas wie ein Ausweis für gehobenen sozialen Status, aber das hatte für Stanislaw keine Rolle gespielt. Ihm ging es um Schönheit, um den unverbaubaren Blick auf eine intakt anmutende, in sich geschlossene Welt – selbst wenn es eine künstliche Idylle wäre –, unangefochten vom Chaos und Elend der Welt.

Stanislaw, der die Erfahrung von Jahrhunderten in sich trug, hatte genau dies gesucht: einen Ort, an dem er nach seiner langen Reise Ruhe finden könnte.

Die Villa war mit jeder nur denkbaren technischen Raffinesse ausgestattet, ein Hightech-Labyrinth, in dem sich Unkundige sofort verloren. Besondere Sorgfalt hatte Stanislaw auf die Gestaltung der Innenräume verwandt. Die Vorgabe für den Architekten war einfach gewesen: klare Formen, sinnliche und hochwertige Materialien und kräftige Farben. Im Wohnbereich gab es viel tiefes Schwarz und Rottöne in allen Schattierungen, dazu gläserne Wände mit überraschenden Lichteffekten, seltene exotische Hölzer, Wasserspiele und in jedem Raum eine Feuerstelle. Wenn Stanislaw zu Hause war, verbreiteten unzählige Kerzen ihr Licht, und fast immer flutete aus unsichtbaren Lautsprecherboxen die Musik, die er liebte.

Ein mächtiger Hund von undefinierbarer Farbe hatte sich neben ihm auf dem Boden zusammengerollt. Gedankenverloren ließ Stanislaw seine Finger durch das struppige Fell des Tieres gleiten. »Wusstest du, dass die Menschen diese Zeit vor dem Morgengrauen ›die Stunde des Wolfes‹ nennen, Igor?«, flüsterte er. »Wehe dem, der dann nicht schläft und mit seinen Dämonen allein ist …«

Igor hob träge den Kopf und blinzelte aus eisblauen Augen zu seinem Herrn hoch. Seufzend stand Stanislaw von der Liege auf, ging zu seiner Stereoanlage, zog nach längerem Suchen eine CD heraus, legte sie ein, regulierte die Lautstärke und bettete sich wieder auf sein Lager.

Nach den ersten Takten schloss er die Augen. Als die Solistin einsetzte, löste sich etwas in ihm. Jeder Ton war wie eine sanfte Explosion. Oder nannte man das Implosion?, überlegte er. Er wusste es nicht. Er wusste nur, dass ihm diese Musik durch seine Nacht helfen würde. Und dass er gut schlafen würde.

– EINS –

Kurz nach drei Uhr früh verließ sie wie gewöhnlich durch den Hintereingang die Bar, in der sie nachts arbeitete. Vor einem Jahr war sie in die Schweiz gekommen. Seitdem war sie hier im Langstraßenviertel beschäftigt. Sie hätte es schlechter treffen können. Sie musste sich nicht prostituieren, sie wurde von ihrem Chef anständig behandelt, und sie bediente überwiegend Stammgäste.

Jeden Monat schickte sie die Hälfte des Geldes, das sie verdiente, an ihre Familie in Brasilien.

»Gute Nacht, Dora«, rief der Boss ihr nach, der noch mit der Abrechnung beschäftigt war.

An der Tür überlegte sie, ob sie die hochhackigen Pumps gegen die bequemen Treter tauschen sollte, die sie stets dabeihatte, entschied sich aber dagegen. Die paar Minuten bis zu der kleinen Wohnung, die sie mit einer Kollegin teilte, würde es schon gehen. Außerdem verliehen die hohen Absätze ihrem Gang etwas Wiegendes, ein Gefühl, das sie genoss.

Dora trat auf die Straße, raffte den Schal enger um die Schultern und klemmte sich die Handtasche unter den Arm. Nachdem sie sich vergewissert hatte, dass sie allein auf der Straße war, versuchte sie spielerisch ein paar Sambaschritte. Leise sang sie den Anfang der Melodie von »Corcovado« vor sich hin, dachte an Antonio Carlos Jobim, den großen brasilianischen Musiker, tänzelte weiter die Straße entlang und meinte plötzlich, einen Schatten zu sehen, der sich aus dem Dunkel einer Seitengasse löste, ja sogar so etwas wie verhaltenes Beifallklatschen zu vernehmen.

Dann hörte sie Schritte hinter sich, die sich gemächlich näherten. Verstohlen wandte sie den Kopf. Eine schwarz gekleidete Gestalt erschien in ihrem Blickfeld.

Dora zwang sich, ruhig weiterzugehen. In den hochhackigen Schuhen hätte sie ohnehin nicht einfach losrennen können. Der Abstand zwischen ihr und der dunklen Gestalt blieb gleich, auch als sie ihre Gehgeschwindigkeit zunächst verlangsamte und dann wieder beschleunigte. Sie waren etwa fünfzig Meter voneinander entfernt.

Wurde sie verfolgt? Sie wusste es nicht. Etwas an dieser Gestalt, bei der es sich der Statur nach um einen Mann handelte, machte ihr unerklärliche Angst. Gleichzeitig meinte sie, eine Art Sog zu verspüren, wollte sich nicht weiterbewegen.

Mit zitternden Fingern griff sie in ihre Handtasche und zog das Handy hervor. Ihr Blut dröhnte in den Ohren, ihr Herz hämmerte. Was würde passieren, wenn sie einfach stehen bliebe? Würde der Mann ebenfalls anhalten?

Mit dem aufgeklappten Mobiltelefon in der Hand huschte sie unter das leicht überstehende Dach eines Hauseingangs. Geh dran, Linda!, betete sie inständig, nachdem sie die Nummer ihrer Wohnungsgenossin abgerufen hatte. Sie ließ es mehrmals läuten, doch Linda war entweder noch nicht zu Hause, oder sie schlief schon und hörte das Klingeln nicht.

Die schwarze Gestalt war verschwunden, als wäre sie vom Erdboden verschluckt. Langsam beruhigte sich Doras Herzschlag. Es war nicht mehr weit bis zu ihrer Wohnung.

Sie klappte das Handy zu, steckte es wieder ein und setzte ihren Weg fort. Nach wenigen Metern vernahm sie in ihrem Rücken ein dumpfes Flattern wie von den schweren Schwingen eines riesigen Vogels. Dann wurde sie gepackt. Das Letzte, was sie sah, war der Schattenriss einer männlichen Gestalt, die einen Umhang über sie breitete.

Eine leise Stimme sagte: »Es tut mir leid …«

Es war noch früh am Abend, als er sein Lokal betrat. Keiner der Tische im Restaurant war besetzt, nur an der Bar saß ein melancholisches Schwulenpärchen, das dem Hausherrn sehnsüchtige Blicke zuwarf.

»Wen haben wir denn heute, Pierre?«, fragte Stanislaw seinen Geschäftsführer und ließ sich das Buch mit den Reservierungen vorlegen.

»Ah ja, interessant«, murmelte er, während er die Einträge studierte. »Und Maurizio kommt. Das freut mich, er war längere Zeit nicht hier. Warum hat er nicht denselben Tisch wie immer?«

»Graf Stanislaw, er hat diesmal ausdrücklich einen anderen Tisch verlangt, einen etwas ruhigeren.«

»Gut, geben Sie ihm die fünf, da ist er ungestört genug.« Stanislaw vertiefte sich erneut in die Liste.

Er wusste, dass er sich vollkommen auf Pierre verlassen konnte und dass auch in seiner Abwesenheit alles perfekt ablief, aber er gefiel sich in der Rolle des heimlichen Zeremonienmeisters, der seine Klientel geschickt zu manipulieren verstand. Scheinbar geringfügige Details genügten in bestimmten Situationen, um die Inszenierung eines Abends zu verändern, manchmal positiv, manchmal negativ, manchmal mit ungewissem Ausgang. Das bereitete Stanislaw insgeheim Vergnügen, besonders dann, wenn es sich um weniger geschätzte Gäste handelte. Zu diesen zählte die Baronin von Stein, eine seiner eifrigsten Bewunderinnen, die sich für den nächsten Abend angemeldet hatte. Er würde sich etwas Nettes für sie ausdenken.

Natürlich hielten sich solche Späße in Grenzen, denn obwohl Stanislaw sich seinen Gästen gegenüber vieles erlauben konnte, konnte auch er es sich nicht leisten, jemanden ernsthaft zu verärgern. Manche mochten ihn für zynisch halten, doch im Grunde war er ein Moralist. Er sah sich seine Gäste genau an, und er war ein guter Psychologe, der im Laufe seines langen Lebens viel über die menschliche Natur erfahren hatte.

»Graf Stanislaw ...« Pierre räusperte sich diskret. Stanislaw klappte das Buch zu und wandte sich um. Mit ausgebreiteten Armen kam Maurizio auf ihn zu. Seine Begleiterin war stehen geblieben und verfolgte die Begrüßungsszene aus einiger Entfernung. Ihre Mundwinkel hoben sich leicht, als die beiden Männer sich etwas umständlich umarmten. »Stanislaw, que piacere!«

Der italienische Dirigent gehörte zu den wenigen, die ihn duzen durften. »Lass dich ansehen. Noch immer hast du diese ungesunde Blässe, aber wen wundert das bei deinem Job! Das Nachtleben fordert seinen Preis, ich weiß, aber du könntest anfangen, Golf zu spielen oder so was in der Art. Lass Luft und Licht an deinen blaublütigen Körper, und mehr essen solltest du auch, du bist viel zu dünn!«

Lächelnd ließ Stanislaw den Wortschwall des Italieners über sich ergehen, während die junge Frau, mit der er gekommen war, langsam näher kam. »Willst du uns nicht vorstellen, Maurizio?«

»Oh, natürlich. Verzeih, Cara.« Er wandte sich um. »Daphne, das ist der sagenumwobene Conte Stanislaw

Lugosy, Herr über diesen Jahrmarkt der Eitelkeiten, in dem sich jeden Abend ganz Zürich um einen Platz reißt, obwohl er seine Gäste manchmal gar nicht so gut behandelt. Und diese wunderbare Frau, lieber Stanislaw, ist Daphne da Silva!« Er machte eine Pause, um Luft zu holen, und blickte erwartungsvoll zwischen den beiden hin und her.

Kaum merklich neigte Daphne den Kopf zur Seite und reichte Stanislaw die Hand. Er nahm sie, spürte überraschend kraftvolle Finger und zog sie mit einer raschen Bewegung an die Lippen. »Herzlich willkommen! Natürlich sind Sie für mich keine Unbekannte. Ich habe erst gestern Nacht Ihre Einspielung des Vivaldi-Konzerts in g-Moll gehört, eine wunderschöne Aufnahme! Ich habe danach sehr viel besser geschlafen als sonst.«

»Soll das heißen, dass mein Spiel eine einschläfernde Wirkung hat?«, fragte sie mit freundlichem Spott. Alle drei lachten.

»Ich bringe euch jetzt zum Tisch und komme später wieder. Genießt erst einmal das Essen«, sagte Stanislaw und übergab das Paar der Obhut von Pierre. Bevor er die beiden verließ, nickte er Maurizio anerkennend zu, was der mit stolzem Lächeln erwiderte.

Es war ein Abend wie viele andere im »Stanislaw«. Zwei Politiker tafelten mit ausländischen Gästen, ein Verleger saß im abgetrennten Bereich der Bar mit einem seiner Hausautoren bei einer Flasche Burgunder, und im dahinter gelegenen Saal trat eine schwedische Jazzsängerin auf, deren Fangemeinde das Lokal bald füllte.

Als Stanislaw vor zwei Jahren die baufällige Immobilie in der Zürcher Innenstadt zum ersten Mal besichtigte, hatte er gleich gewusst, dass dieser Ort ideal für das wäre, was er vorhatte. Die Vorbesitzer hatten wohl etwas Ähnliches im Sinn gehabt.

Es gab ein Restaurant mit einer Terrasse davor, eine Bar und einen angrenzenden sehr großen Raum, der vor sehr langer Zeit ein Kino gewesen war. Offenbar hatte aber am Konzept der Vorbesitzer vieles nicht gestimmt, und irgendwann war ihnen das Geld ausgegangen.

Die Schweizer Geschäftsleute, mit denen seine Bevollmächtigten damals verhandelten, konnten sich zwar nicht erklären, warum sich ein unbekannter osteuropäischer Adeliger für diese heruntergewirtschaftete Immobilie interessierte, aber die Auskunft des Zürcher Bankinstituts, das er als Referenz angegeben hatte, genügte: Die Bonität von Graf Stanislaw war über jeden Zweifel erhaben, die Bankverbindung existierte seit langem. Man war sich schnell einig geworden, und Stanislaw konnte eine Lokalität übernehmen, die perfekt zu seinen Plänen passte.

Er hatte sich nicht getäuscht. Nach einer Investition, über deren Umfang sich Kenner der Branche nur wunderten, erstrahlte das Anwesen in neuem Glanz. Er gab ihm seinen Namen, es hieß schlicht »Stanislaw«, wohl als zärtliche Erinnerung an seine verstorbene Mutter, eine gebürtige polnische Prinzessin. Sie hatte ihren Sohn nach Stanislaw Leszczyński benannt, der zu Beginn des 18. Jahrhunderts in Polen den Königsthron bestiegen hatte.

Schon wenige Monate nach der Eröffnung war der Club, wie er sein Lokal nannte, zu einem exquisiten Schauplatz geworden, an dem sich eine höchst unterschiedliche Klientel wohlfühlte: Banker und Politiker, weil sie die Mischung aus Diskretion und bestem Service schätzten, Paradiesvögel, weil sie ihren Auftritt haben konnten, stille Intellektuelle und Vertreter der städtischen Kulturszene, weil sie in Ruhe gelassen wurden. In der Bar traf man sich vor oder nach dem Essen oder einfach auf ein Glas zwischendurch, das Restaurant war die willkommene Alternative zu einer so gediegenen Institution wie der »Kronenhalle« oder zur kühlen Sachlichkeit sogenannter In-Plätze, während der ehemalige Kinosaal als Bühne für Lesungen, Kabarettabende, Konzerte und natürlich auch für prächtige Feste genutzt wurde.

Alle waren sich darin einig, dass es die besondere Mischung war, die den Erfolg des »Stanislaw« ausmachte. Stammgäste schwärmten von der Atmosphäre, vom Zauber der Dekoration und vom vielfältigen Angebot der Speisekarte. Es wurde auf hohem Niveau gekocht, aber es gab keine kulinarischen Verirrungen, keine abenteuerlichen Experimente, keinen Nouvelle-Cuisine-Purismus, einzig Raffinement, das auch bei eher bodenständigen Gerichten spürbar war.

Stanislaws Augen waren überall. Er war ein Perfektionist und überließ nichts dem Zufall. Ihm entging keine Nachlässigkeit, und Pannen wurden einmal, vielleicht auch zweimal hingenommen, danach gab es kein Pardon mehr. Stanislaw wurde nie laut, wer aber seinem hohen Qualitätsanspruch nicht genügte, wurde entlassen. Er bezahlte seine Mitarbeiter sehr gut und hatte die besten in der gesamten Branche, ein gut eingespieltes Team, darunter viele Frauen, von denen jede für ihren Chef schwärmte und alles tat, um es ihm recht zu machen. Ein Gast hatte einmal dazu bemerkt, Stanislaw dirigiere die Mitarbeiter mit seinen Augen, und so war es wohl auch.

Auch Maurizio und seine Begleiterin fühlten sich bei Stanislaw sehr wohl. Sie waren beim Dessert angelangt, als er sich wieder zu ihnen gesellte. »Seid ihr mit allem zufrieden?«, erkundigte er sich.

»Es war ganz vorzüglich«, begeisterte sich Maurizio, der selbst ein begabter Hobbykoch war, »ich würde den Küchenchef gern nach dem Rezept für diese Rognone trifolato fragen, aber er wird es mir wohl nicht verraten. Oder vielleicht doch?«

Stanislaw machte Pierre ein Zeichen, und kurz darauf erschien der Koch am Tisch. »Ich muss es natürlich Luigi überlassen, ob er dir sein Geheimnis verrät«, sagte Stanislaw entschuldigend. Aber der Küchenchef war Italiener wie Maurizio und liebte Musik. Nach einem raschen Blick zu seinem Arbeitgeber, der mit einem Wimpernschlag Zustimmung signalisierte, begann er: »Es ist mir eine Ehre, Maestro, Ihnen das Rezept zu überlassen. Also, Sie nehmen ein Pfund Kalbsnieren, die Sie gut wässern. In der Zwischenzeit bereiten Sie die übrigen Zutaten vor: drei fein gewiegte Schalotten, eine durchgepresste Knoblauchzehe, drei Esslöffel gehackte Petersilie ...« Er erklärte jeden Schritt, Maurizio notierte alles aufmerksam und schob sich schließlich mit zufriedenem Lächeln den Zettel in die Tasche seines Sakkos.

Stanislaw, der Daphne immer wieder belustigt angesehen hatte, wandte sich jetzt direkt an sie: »Ich hoffe, er kocht manchmal für Sie.«

Doch Maurizio antwortete an ihrer Stelle: »Natürlich koche ich für sie. Musiker und vor allem italienische Musiker essen gern, und die meisten können auch gut kochen. Das ist wie mit der Liebe. Eins gehört zum andern, oder etwa nicht?« Ohne eine Erwiderung abzuwarten, ergriff er sein Champagnerglas. »Auf die Liebe in all ihren Facetten!« Auch Stanislaw und Daphne hoben die Gläser, rätselten aber jeder für sich insgeheim, wie er das wohl gemeint haben könnte, und tauschten einen ungewollt komplizenhaften Blick.

Als das Glas von Daphne mit dem von Stanislaw zusammentraf, erklang ein hoher, vibrierender Ton. Sie führte das Glas ans Ohr, spürte dem Klang nach. »Und auf Ihre Musik!«, setzte Stanislaw mit ernster Miene hinzu.

Daphne sah ihn jetzt zum ersten Mal offen an: »Wir geben morgen Abend ein gemeinsames Konzert in der Tonhalle. Wollen Sie nicht kommen? Wir hinterlegen eine Karte für Sie.«

»Ja, du musst unbedingt dabei sein«, sagte Maurizio eifrig. »So viele Konzerte mit uns beiden gibt es nicht, und Daphne geht im nächsten Jahr für mehrere Monate auf Tournee.«

»Einverstanden, ich komme gern. Und nach dem Konzert bitte ich euch, hier meine Gäste zu sein.«

Beide bedankten sich. »Können wir unseren Konzertmeister mitbringen?«, fragte Daphne.

»Selbstverständlich.«

Beim Abschied küsste Stanislaw ihr erneut die Hand. Er hielt sie einen Moment zu lange fest.

»Gib acht, Daphne, Stanislaw gilt als gefährlicher Verführer!«, grinste Maurizio. Er schlang den Arm um ihre Taille und führte sie zum Ausgang.

Stanislaw sah den beiden nach, bis sie verschwunden waren. Es drängte ihn jetzt, noch etwas von der schwedischen Jazzsängerin zu hören. Der Doorman öffnete ihm respektvoll die Tür zum Saal, und Stanislaw setzte sich still auf einen Seitenplatz in der ersten Reihe.

Es gefiel ihm, was sie aus einem Klassiker wie »As time goes by« herauszuholen verstand, obwohl ihn gerade dieser Song immer wieder deprimierte. Aber das konnte sie ja nicht wissen. Das konnte niemand wissen.

Danach spielte sie auf dem Flügel das letzte Stück des Abends an, »One for my baby«, die bittere Ballade auf eine kurze, enttäuschende Affäre. »... and one more for the road ...«, intonierte sie kehlig und warf Stanislaw von der Bühne einen erwartungsvollen Blick zu. Sie gefiel ihm. Ihr langes, glattes blondes Haar, die fast kindlich wirkenden Gesichtszüge. Sie war höchstens Mitte zwanzig. Was hatte sie erlebt, um so über den Schmerz verratener Liebe singen zu können, woher nahm sie das? Und sollte er die Gelegenheit wahrnehmen?

Stanislaw überlegte kurz und entschied sich dagegen. Während das Publikum applaudierte und eine Zugabe verlangte, erhob er sich rasch und verließ sein Lokal durch einen Seitenausgang, vor dem sein Wagen parkte. Er setzte sich in den alten Jaguar, den er zurzeit am liebsten fuhr, und machte sich auf den Weg nach Hause. Er hatte es nicht eilig und wollte die Ereignisse dieses Abends noch einmal an sich vorüberziehen lassen.

Langsam glitt das Auto die Seestraße entlang, durch die stillen Ortschaften der Goldküste, die spätestens nach zehn Uhr abends so verlassen wirkten.

Stanislaw fühlte sich wohl hier, und er mochte die Schweizer. Mit Schaudern dachte er an die lässige Schlampigkeit gewisser Südländer zurück, mit denen er viel zu lange Zeit verbracht hatte. Ein Ort wie Venedig beispielsweise war nur noch eine düstere Erinnerung an etwas Morbides, das ihn nachträglich eher abstieß. Hier hingegen funktionierte alles, alles war klar, sachlich und eindeutig.

Stanislaw genoss, was sein Gastland ihm zu bieten hatte, doch er machte sich nichts vor. Vieles wäre sicher anders, hätte er nicht, gleichsam als Eintrittsbillet in diese kleine, feine Welt, über das schon bestehende und sich wundersam vermehrende Gelddepot bei einer exklusiven Schweizer Privatbank verfügt.

Seine Entscheidung, sich in Zürich niederzulassen, hatte aber auch damit zu tun, dass er glaubte, in einer Stadt wie dieser weniger schnell enttarnt zu werden. Hier gab es sehr viel bodenständige Behäbigkeit, die braven Bürger würden ihn kaum mit seinen dunklen Seiten in Verbindung bringen. Andererseits war die Stadt seit einigen Jahren regelrecht aufgeblüht, auch das gefiel ihm.

Natürlich wusste er, wie sehr seine Camouflage zum Erfolg des Clubs beitrug. In welchem Etablissement gab es schon einen echten Adeligen aus osteuropäischen, geheimnisumwitterten Landen?

Er war kein Ritter von der traurigen Gestalt, kein verarmter Junker von zweifelhafter Abstammung. Stanislaw entsprach in vielem dem, was man so bereitwillig in ihn hineinprojizierte, und das begann bei seiner fremdländischen Erscheinung.

Er war hoch gewachsen, schlank, in schwer definierbarem Alter – die meisten hielten ihn für einen gut erhaltenen Mann von etwa fünfzig –, trug sein volles, tiefdunkles Haar nach hinten frisiert, was die hohe Stirn betonte, seine schräg geschnittenen Augen, die je nach Stimmung die Farbe wechseln konnten, deuteten ebenso wie die ausgeprägten Wangenknochen auf seine östliche Herkunft hin. Die kräftige, gerade Nase, nur an der Spitze leicht gerundet, hatte ungewöhnlich weit geöffnete Nüstern, und die vollen Lippen mit den energischen Konturen wurden eingerahmt von zwei sichelförmigen Linien. Selbst wenn er lächelte, umgab ihn eine Aura von Melancholie.

Er war stets tadellos, wenn auch etwas eigenwillig gekleidet. Nach halbherzigen Experimenten mit italienischer Designermode und ermüdenden Debatten mit Londoner Schneidern hatte er einen japanischen Couturier gefunden, der sein Stilempfinden teilte und für ihn eine Garderobe entwarf, die von zeitloser Eleganz war und seinen Typ diskret betonte.

Vor allem aber waren es sein Charme, seine Bildung, seine exzellenten Umgangsformen, die ihn für seine weiblichen Gäste zu einem heimlichen oder auch unverhohlenen Objekt der Begierde machten.

Keiner wusste von der Psyche der Frauen so viel wie er, keiner war ein so guter Zuhörer, keiner kannte wie er ihre verborgenen Wünsche und Sehnsüchte. Oft genügte ein rascher Blick, eine hingeworfene Bemerkung, ein verstohlenes Lächeln, und schon schien Stanislaw der Frau ihm gegenüber bis auf den Grund der Seele blicken zu können.

Obwohl er die Kunst des leichtfüßigen Flirtens meisterlich beherrschte, trieb er das Spiel nie auf die Spitze und wusste sich zu entziehen, bevor Ernst daraus wurde. Er galt als ein unnahbarer, unbegreiflicher Fremder, über den heftig spekuliert wurde. Mal hieß es, er sei eigentlich schwul, mal unterstellte man ihm bizarre sexuelle Vorlieben. Und natürlich gab es über die Quelle seines offenkundig unerschöpflichen Vermögens mehr als ein Gerücht. Für die einen war er ein international gesuchter Krimineller, der unter immer neuen Verkleidungen und Pseudonymen in dieser Welt ohne Grenzen sein Unwesen trieb, für andere der Spross einer alten Familie, der verstoßen, aber abgefunden worden war. Jedenfalls war er der umschwärmte Mittelpunkt, wo immer er auftauchte, ein gern gesehener Gast bei den Anlässen der Wichtigen, Reichen und Schönen der Stadt.

Er selbst antwortete auf Fragen nach seiner Familie mit einer geschickten Mischung aus Fiktion und Fakten. Er spreche nur ungern darüber, denn er habe all seine Angehörigen verloren. Während der Flucht vor den Kommunisten seien diese in einen Hinterhalt gelockt und ermordet worden. Nur dem beherzten Eingreifen seines Kindermädchens, das ihn unter großen Risiken außer Landes gebracht habe, verdanke er es, noch am Leben zu sein. Und weil diese schmerzlichen Erinnerungen ihn nicht losließen, wolle er unter keinen Umständen noch einmal in die alte Heimat zurückkehren, im Gegenteil, er bemühe sich, diesen Teil seiner Vergangenheit aus seinem Gedächtnis zu löschen.

Stanislaw wusste, dass er in Zeiten des Internets vorsichtig sein musste, und vermied sorgsam alle Angaben, die überprüfbar gewesen wären.

Wer dennoch weiterfragte und zum Beispiel wissen wollte, ob es denn niemanden gebe, der ihm persönlich nahestehe, erhielt die knappe Antwort, der frühzeitige Verlust so vieler geliebter Menschen habe ihn so sehr traumatisiert, dass er es zeitlebens nicht gewagt habe, eine Bindung zuzulassen. Das erschien psychologisch schlüssig und ließ lästige Fragesteller meist verstummen. Hinter seinem Rücken wunderte sich aber so mancher darüber, dass ein so kultivierter Mann aus einer so vornehmen alten Familie sich ausgerechnet einen Nachtclub als Zeitvertreib zugelegt hatte. Er wusste davon und betonte immer wieder, sein Club biete ihm auf neutralem Terrain die Möglichkeit, mit den unterschiedlichsten Persönlichkeiten zusammenzutreffen und aus sicherer Distanz an anderen Leben teilzuhaben. Das biete ihm genügend Zerstreuung und Ablenkung. Und er liebe es, ein guter Gastgeber zu sein.

Während er an der Seestraße links abbog und der Jaguar mit dem typischen Zischeln des alten Vergasermotors den Hang hinauffuhr, kehrten seine Gedanken zu Maurizio Amado und Daphne da Silva zurück. Die beiden waren offenkundig ein Paar. Oder täuschte er sich, und es verband sie nur Freundschaft und Kollegialität? Passten die beiden denn wirklich zusammen? Maurizio, der gefeierte Mailänder Dirigent aus wohlhabender Familie, eine extrovertierte Frohnatur und ein Bonvivant, dem alles im Leben in den Schoß zu fallen schien, und Daphne, die eigenwillige junge Flötistin, die im Laufe ihrer Karriere gegen so große Hindernisse hatte ankämpfen müssen?

Er wusste, dass sie sich vor wenigen Jahren bei einem schweren Autounfall beide Beine und die linke Hand gebrochen und sich nach langem Klinikaufenthalt und Monate dauernder Rehabilitation schließlich wieder aufs Podium gewagt hatte. Sie muss eine sehr zähe Person sein, dachte Stanislaw, und sehr mutig.

Wer sich nach einem solchen Schicksalsschlag wieder der öffentlichen Kritik aussetzt, hat im Publikum mit zwei unterschiedlichen Reaktionen zu rechnen: mit den wohlmeinenden Zuhörern, die bereit waren, einen Bonus anzurechnen und es nicht so genau zu nehmen, und mit allen anderen, die auf jeden Patzer, jede Schwäche lauerten und mitleidig erklärten, es sei ja nicht anders zu erwarten gewesen. Beides war gleichermaßen schlimm. Doch Daphne da Silvas Karriere hatte mit jenem Abend, der zu einem triumphalen Erfolg wurde, erst richtig begonnen.

Stanislaw versuchte ihr Bild heraufzubeschwören und war überrascht, dass es ihm nur unvollständig gelang. Er sah zwar das fein geschnittene Oval ihrer Gesichtszüge vor sich, er erinnerte sich an den sanften Mund, und er hätte auch die Konturen ihres Körpers malen können, aber an die Farbe ihrer Augen konnte er sich nicht erinnern.

Vor seinem Haus angekommen, steuerte er den Wagen in die Einfahrt. Schwanzwedelnd kam Igor aus einem Gebüsch hervor und folgte seinem Herrn, der den Jaguar in der Garage parkte. »Sei leise, mein Großer«, murmelte er, während der Hund ihn aus hell glänzenden, blauen Augen ansah. »Heute Nacht ist Neumond. Wir wollen sie doch nicht alle wecken, oder?«

Igor erwiderte seinen Blick, als wollte er sagen, was interessieren mich irgendwelche Geister, die jetzt angeblich unterwegs sind, wenn mein Herr doch in der Nähe ist.

Stanislaw machte eine rasche, unauffällige Handbewegung, worauf Igor die Rute anlegte und ergeben hinter ihm her trottete.

– ZWEI –

Sie hatte Blumen in der Garderobe vorgefunden, ein Bouquet von jenen Rosen, die außen dunkelgelb waren, an den Rändern kräftig rot wurden und im Innern, sobald die Blüte sich geöffnet hatte, eine blass marmorierte, seidige Oberfläche enthüllten.

Die Zeilen auf der beiliegenden Karte waren mit schwarzer Tinte geschrieben, die Buchstaben eigenartig ineinander verschlungen: *Danke für die Einladung. Ich freue mich auf diesen Abend. Stanislaw*

Daphne saß vor dem Garderobenspiegel und bereitete sich auf ihren Auftritt vor. Während sie sich routiniert abpuderte, die Lippenkonturen nachzog und noch etwas mehr Wimperntusche auftrug, klopfte es. »Ja?«, fragte sie gereizt.

Diese Zeit vor dem Auftritt war für sie wie eine meditative Übung, bei der sie sich nicht gern stören ließ, doch Maurizio war schon eingetreten. Er näherte sich auf Katzenpfoten, zog einen Hocker heran und setzte sich so hinter sie, dass sie gleich seinen Kopf mit dem dichten, grau melierten Haar im Spiegel erblickte.

»Bellissima«, murmelte er, beugte sich vor und hauchte einen Kuss auf ihren Hals. Unwillig wandte sie den Kopf.

»Du siehst doch, dass ich …«

»Ich weiß, du willst vor dem Auftritt lieber allein sein«, unterbrach er sie beschwichtigend. »Ich hatte einfach Sehnsucht nach dir.«

Sie drehte sich zu ihm um und hatte schon eine harsche Antwort auf der Zunge, als sie den bittenden Ausdruck in seinen dunklen Augen wahrnahm. »Das ist schön«, sagte sie und strich leicht über seine Wange, »aber du solltest mir jetzt wirklich ein paar Momente allein gönnen. Wir sind ja später noch zusammen.«

Sofort hatte Maurizio seine gute Laune wiedergefunden. Er sprang auf, betrachtete Daphne noch einmal bewundernd und wandte sich gerade zur Tür, als sein Blick auf das Bouquet fiel. »Endlich mal ein Rosenkavalier mit Geschmack. Von wem sind sie?«

Daphne balancierte einen kleinen diamantenen Ohrring zwischen Daumen und Zeigefinger und versuchte ihn an ihrem linken Ohrläppchen zu befestigen. »Von deinem Freund, Graf Stanislaw.«

Das filigrane Schmuckstück, das einen etwas komplizierten Verschluss hatte, glitt ihr aus der Hand. »Er bedankt sich für die Eintrittskarte.«

Sie wartete, bis Maurizio mit einer Kusshand durch die Tür verschwunden war. Beim dritten Versuch hatte sie es geschafft. Der Ohrschmuck saß perfekt.

Daphne und Maurizio hatten in der Zürcher Tonhalle eine Karte in der Mitte der fünften Reihe für Stanislaw reservieren lassen. Ein idealer Platz. Von dort war man dem Geschehen nah genug, aber nicht so nah, dass man jede Schweißperle auf der Stirn des Konzertmeisters bemerkte.

Stanislaw warf erneut einen Blick in das Programm. Der Abend begann mit Tschaikowskys Sinfonie Nr. 6, der sogenannten »Pathétique«. Nach der Pause würde es Vivaldis

Konzert für Traversflöte Nr. 2 in g-Moll geben, mit Daphne da Silva als Solistin. Das Stück hatte den programmatischen Titel »La notte«.

Stanislaw liebte dieses Konzert ganz besonders, nicht nur, weil er selbst ein Geschöpf der Nacht war, sondern weil ihn der starke Kontrast zwischen innerer Ruhe und atemlosem Dahineilen so sehr an seine eigene Existenz erinnerte.

Mozarts Sinfonie in C-Dur, KV 551, die »Jupiter-Sinfonie«, sollte den Abend beschließen.

Die Mitglieder des Orchesters betraten das Podium und nahmen ihre Plätze ein. Als Letzter erschien der Konzertmeister, ein kleinerer, etwas gedrungen wirkender Mann mittleren Alters mit sympathischen, rundlichen Gesichtszügen und dunklem Lockenkopf. Dann folgte der Auftritt von Maurizio.

Wie immer war er in einen tadellos sitzenden Frack gekleidet, der die leichte Wölbung in der Mitte seines sonst schlanken Körpers elegant verbarg. Er gab dem Konzertmeister die Hand, verneigte sich mit kurzer, energischer Geste vor dem Publikum, trat ans Pult und hob den Taktstock.

Als das Orchester einsetzte, verbreitete sich auf den Mienen der Zuhörer jene konzentrierte Zufriedenheit, die man beim Hören eines geliebten Kunstwerks empfindet, das man gut kennt und in dem man trotzdem jedes Mal etwas Neues entdeckt.

Stanislaw beobachtete, wie geschickt Maurizio mit dem renommierten Orchester der Tonhalle umging. Er verfolgte seine lebhafte Stabführung und die manchmal fast eruptive Körpersprache. Mal schien der Italiener sich anzuschleichen wie ein Raubtier vor dem Sprung, um dann ganz plötzlich loszuschlagen, mal verharrte er in kontemplativer Gelassenheit. Alles an Maurizio war Energie, und was zuweilen nach zügelloser Anarchie aussah, war in Wahrheit das Ergebnis eines sehr kontrollierten Gestaltungswillens.

Bei der Arbeit hatte Stanislaw den Dirigenten noch nie erlebt. Er betrachtete ihn mit neuem Interesse. Maurizio war jemand, der auf unaufdringliche Weise gut aussah. Seine Gesichtszüge wirkten männlich und sehr harmonisch, er hatte eine kräftige, gebogene Nase und einen schön geschwungenen, sinnlich-weichen Mund. Das dunkle, von vielen grauen Strähnen durchzogene Haar war glatt und störrisch und wollte keiner Form gehorchen. Er hatte etwas von einem Wildpferd, wenn er während seines Auftritts diese Mähne immer wieder zurückwarf und vergeblich zu bändigen versuchte. Etwas Ursprüngliches war in ihm, das sich nicht zähmen und nicht verbiegen ließ, auch wenn er Frauen wie Männer mit aus dem Herzen kommender Offenheit und Freundlichkeit für sich gewann.

Er war nicht der dämonische Typus des Dirigenten, der seine Musiker mit der Unerbittlichkeit eines Hexenmeisters zu beherrschen verstand, er war kein egomanischer Selbstdarsteller und erst recht kein Opportunist, der sich um jeden Preis künstlerisch verwirklichen wollte.

Vielleicht war Maurizio, der so viel Zuneigung und Wohlwollen auf sich zog, zu sehr ein Liebling der Götter, dachte Stanislaw, um den ganz großen internationalen Erfolg zu erringen. Der Maestro war geachtet und angesehen in der Musikwelt, gewiss, aber als Genie galt er nicht.

Als es zur Pause läutete, erhob sich Stanislaw geistesabwesend von seinem Platz. Im Foyer begegnete er einigen Stammgästen, die ihn ins Gespräch zu ziehen versuchten, aber ihm war nicht nach belanglosem Geplauder zumute. Er murmelte eine Entschuldigung und wollte in den Konzertsaal zurückkehren, als er in seinem Rücken eine leicht dissonante Stimme vernahm: »Graf Stanislaw!«

Er suchte nach einem Fluchtweg. Vergeblich. Er musste sich umdrehen und im nächsten Moment die feuchten Wangenküsse der Baronin von Stein erdulden, die ihn begeistert an ihren prallen Busen zu pressen versuchte. Er rang sich ein Lächeln ab. »Sie sehen großartig aus, Baronin«, und das war nicht einmal gelogen.

»Wenn Sie das sagen, Graf, ist es ein echtes Kompliment«, säuselte sie entzückt.

Stanislaw warf einen raschen Blick auf ihre Begleitung. Sie hatte zwei deutlich jüngere Männer neben sich, die offensichtlich Brüder waren, beide auf eine etwas grobe Art sehr attraktiv und von athletischer Statur. »Das ist Ernst, und das ist Herbert«, erklärte sie in eher beiläufigem Ton.

Ernst und Herbert deuteten eine Verneigung an und verkündeten feierlich: »Es ist uns eine Ehre! Wir haben schon viel von Ihnen gehört!«

Die Baronin unterbrach sie schnell: »Wartet nur, bis ihr nachher sein Lokal kennenlernt, meine Lieben, dann werdet ihr verstehen, warum alle Welt vom ›Stanislaw‹ spricht! Bis später, Graf!« Sie verschwand mit Ernst und Herbert in Richtung Buffet.

Nach dieser Begegnung hatte er es eilig, zu seinem Platz zurückzukommen. In wenigen Minuten würde es zum ersten Mal läuten. Bis dahin wollte er unbehelligt seinen Gedanken nachhängen. Ganz leise summte er die ersten Takte von »La notte« vor sich hin, bis die Zuhörer in den Saal zurückströmten und die Musiker sich auf dem Podium versammelten.

Es wurde dunkel im Raum, und Beifall brandete auf, als ein strahlender Maurizio mit Daphne an der Hand vor das Publikum trat. Wo dieser Mann erscheint, geht die Sonne auf, dachte Stanislaw in einem Anflug von Neid, alles ist Licht und Wärme in seiner Gegenwart.

Daphne hielt ihr Instrument gegen den Körper gedrückt, als wollte sie es vor etwas schützen, und ließ es erst in dem Moment sinken, als sie sich mit einer anmutigen Bewegung nach vorne beugte.

Sie trug ein eng anliegendes, langes Kleid aus stumpfer schwarzer Seide, dessen schlichter Schnitt die Umrisse ihres Körpers weich nachzeichnete. Durch die bis zu den Knien reichenden Seitenschlitze sah man schlanke Waden mit schmalen Fesseln. Das eckige Dekolleté ließ den Ansatz ihrer Brüste erkennen, und Stanislaw entdeckte darüber ein filigranes Diamantkreuz an einer Weißgoldkette, ergänzt durch kleine Diamanten an den Ohren. An den Händen trug sie keinen Schmuck. Die Füße in den transparenten, dunklen Strümpfen steckten in schwarzen, hochhackigen Seidenpumps. Das war gekonnt, fand Stanislaw, nichts war zu viel, nichts war zu wenig.

Das Licht der Scheinwerfer warf einen rötlichen Schimmer auf das honigblonde Haar, das leicht gestuft auf ihre Schultern fiel. Er wollte ihre Augen sehen, an die er sich zuletzt nicht hatte erinnern können, doch sie hielt den Blick auf ihr Instrument gerichtet, bis im Largo, gleich nach den ersten Takten des Orchesters, ihr Einsatz kam.

Er kannte diese Musik so gut, hatte in manch durchwachter Nacht Zuflucht und Beistand bei ihr gefunden, aber jetzt war alles neu. Wie Leuchtpunkte an einer Schnur stiegen die Töne aus dem Instrument empor, sanken, stiegen wieder empor. War es das ruhelose Fragen eines Menschen, bevor der Schlaf ihn überwältigt, war es der sehnsuchtsvolle Ruf eines Nachtvogels?

Stanislaw lauschte mit halb geschlossenen Lidern, er wollte nur Daphnes Spiel auf sich wirken lassen. Innere Bilder, Assoziationen an lange vergessen Geglaubtes tauchten wieder auf und trugen ihn weit fort.

Die letzte Note von »La notte« war verklungen, und einen Moment lang herrschte Stille. Dann brach Jubel los, und während der kurzen Pause vor dem letzten Stück des Programms erhob sich Stanislaw so diskret wie möglich von seinem Sitz.

Er stieß an widerwillig zur Seite geschobene Knie, drängte sich vorbei an verärgerten Gesichtern, und als er endlich im Halbdunkel des Saales vor der Tür stand, wandte er sich noch einmal zum Podium. Daphnes Blick war ihm gefolgt.

Wenig später stand er in der kühlen Nachtluft. Den kurzen Weg zu seinem Club ging er zu Fuß. Hatte sie verstanden, weshalb er nicht bis zum Schluss geblieben war?

Kurz nach neun Uhr abends ging es im »Stanislaw« wie immer lebhaft zu. Pierre wuselte zwischen den Tischen umher, an denen eine buntgemischte Gesellschaft saß, die nur etwa zur Hälfte aus Zürchern bestand. Die übrigen Gäste, von denen viele in einem der nahe gelegenen Fünfsternehotels abgestiegen waren, hatten sich an die Empfehlung ihres Concierge gehalten, waren von Zürcher Freunden oder Geschäftspartnern eingeladen oder durch eigenes Umhören dort gelandet.

Der Hausherr betrat sein Lokal durch den Hintereingang, der durch die Küche führte. »Guten Abend, Jürg«, begrüßte er seinen Sous-Chef. »Ist alles in Ordnung?«

Der junge Mann nickte und wollte etwas erwidern, doch Stanislaw redete schon weiter: »Ich erwarte gleich noch Gäste, deren Wohlbefinden mir besonders wichtig ist. Wo ist eigentlich Luigi?«

In dem Moment erschien Pierre. »Lassen Sie uns bitte einen Moment allein, Jürg. Ich komme gleich zu Ihnen.« Der junge Mann nickte, während Pierre den Grafen beiseitezog.

»Was ist los?«, fragte Stanislaw ungeduldig.

»Luigis Frau ist heute Abend ins Krankenhaus eingeliefert worden. Sie wird dort nicht mehr lebend rauskommen. Krebs im Endstadium. Ich habe ihm bis auf weiteres freigegeben. Alles ging sehr schnell, und ich konnte Sie nicht erreichen ...«

»Ich verstehe«, murmelte Stanislaw. »Das war natürlich richtig.«

Pierre sah den Grafen an: »Ich hoffe, dass sie nicht mehr lange leiden muss. In ihrem Fall ist der Tod eine Erlösung, meinen Sie nicht?«

Stanislaw nahm seinen Schal ab. »Ja«, erwiderte er leise, »der Tod kann auch eine Erlösung sein.«

Während Pierre dem Sous-Chef Anweisungen gab, betrat Stanislaw durch eine Seitentür das Restaurant und verharrte, von den Gästen unbemerkt, auf der Schwelle. Er wusste, dass er etwas nahezu Einmaliges geschaffen hatte, und war stolz darauf. Kein Inneneinrichter, kein Designer hatte hier seine Handschrift hinterlassen.

Alle Pläne waren von ihm selbst entwickelt worden. Eine junge Architektin hatte seine Ideen dann aufs Papier gebracht, um sie der zuständigen Behörde vorzulegen, und sobald die Genehmigung für Umgestaltung und Renovierung erteilt war, hatte ein angesehenes Zürcher Bauunternehmen die Arbeiten ausgeführt. Dort erinnerte man sich noch mit Schaudern an den schwierigen Bauherrn, der alles akribisch überwachte, alles besser wusste und auch noch meist recht behielt. Aber am Ende dieser Leidenszeit hatte Stanislaw genau das bekommen, was er wollte: ein Phantasiereich, das an eine Bühnenkulisse erinnert, gepaart mit allen Möglichkeiten für eine Schweizer Spitzengastronomie und als Voraussetzung des Ganzen eine störungsfrei funktionierende Technik.

Ohne den Grundriss vollständig zu verändern, hatte er Wände entfernen und neue bauen lassen, hatte die Weitläufigkeit des Gebäudes genutzt und gleichzeitig intime Nischen und Winkel gestaltet, hatte mit Stilelementen wie Emporen, Säulen und Rundbögen gearbeitet, sodass sich dem Besucher immer andere Perspektiven und Ausblicke eröffneten. Anstelle von Türen gab es offene Durchgänge, die das Geschehen in den jeweils angrenzenden Räumen zwar nicht unmittelbar hören und sehen, aber doch erahnen ließen.

Wer Rückzug und Intimität suchte, war hier bestens aufgehoben. Aber auch wer nach Farbe verlangte, nach Glamour und nach dem besonderen Feuerwerk, das gerade die selbstverliebten Charaktere versprühen können, fühlte sich hier zu Hause.

Wenn er den Club einmal aufgäbe, würde er ein Buch mit vielen amüsanten Anekdoten über diese Zeit füllen können, dachte Stanislaw manchmal. Und es hatte keinen einzigen Skandal gegeben. Noch nie hatte er ein Hausverbot aussprechen müssen, obwohl er es seit der Eröffnung mit allerlei schrägen Vögeln zu tun gehabt hatte. Einer zickigen Opernsängerin, die sich über alles beschwerte und sein Personal schikanierte, raunte er etwas ins Ohr, das niemand sonst verstand, worauf sie hastig ihre Sachen zusammenpackte und in das Taxi stieg, das er ihr bestellt hatte.

Auf Pierres verwunderte Frage, wie er das gemacht habe, antwortete Stanislaw, er habe sie lediglich an einen wunden Punkt in ihrer Karriere erinnert, der im Nachhinein besser nicht bekannt würde.

Ein anderes Mal wurde seine Bar von einem Theaterregisseur in Aufruhr versetzt, der als geniales Enfant terrible galt. Da tauchte Stanislaw aus dem Halbdunkel des Raumes auf und blieb groß und reglos vor ihm stehen. Wer die Szene aus der Nähe verfolgte, meinte, in den bernsteinfarbenen Augen des Grafen ein irisierendes Leuchten wahrzunehmen. Sanft fragte er den Flegel, warum er sich so schlecht benehme und die anderen Gäste vertreibe.

Was Pierre seitdem den »Stanislaw-Effekt« nannte, wirkte sofort. Der Kerl schrumpfte zusammen, stammelte ein paar Worte, die nach einer Entschuldigung klangen, und stolperte zur Tür hinaus.

Stanislaw bewegte sich noch immer nicht von der Türschwelle weg. Wohlgefällig glitt sein Blick über die gesteppten Samtpolster der Sitzmöbel, deren Farbe genau zwei Töne dunkler war als das viel zitierte Yves-Klein-Blau. Erneut beglückwünschte er sich zu der Idee, für die Nischen außer den bequemen Sesseln auch diese kurvenförmig geschwungenen, miteinander verbundenen Sitzbänke ausgesucht zu haben. Die runden Tische wirkten dadurch wie Inseln, an denen die Gäste für sich sein konnten und zugleich, wenn sie wollten, mit den Leuten am Nachbartisch kommunizieren konnten.

Auch die Gestaltung der Wände und Decken war ihm wichtig gewesen. So waren die Decken der ursprünglich sehr hohen Räume jetzt leicht abgesenkt und gewölbt und ebenso wie die Wände in einem warmen Ockerton gestrichen, wobei die Farbe in einer kunstvollen Wischtechnik aufgetragen worden war. Trompe-l'œil-Malereien, die kulinarische Szenerien aus verschiedenen Epochen der Kunstgeschichte wiedergaben, zierten die Wände, und der Boden war durchgehend mit einem rötlichen Parkett aus tropischen Hölzern ausgelegt.

Auf den Tischen, die mit bodenlangen, cremefarbenen Damasttüchern bedeckt waren, funkelten zart geschliffene venezianische Gläser zusammen mit französischem Silberbesteck im Schein der zahlreichen Kerzen, die als Windlichter und Kandelaber überall verteilt waren. Die Beleuchtung im Raum war zu einem wohltuenden Stimmungslicht herabgesenkt, und die gezielt angebrachten Deckenstrahler beschienen nicht die Gäste direkt von oben, sondern das, was sich auf dem Tisch abspielte. Ein Grund mehr, weshalb gerade Frauen das »Stanislaw« liebten.

Stanislaw sah auf die Uhr. Es war fast halb elf. Die drei Musiker müssten jeden Moment erscheinen. Er hatte für sie einen großen runden Tisch in einer der Nischen reserviert. Von dort hatte man das Lokal im Blick, ohne selbst allzu exponiert zu sein.

Stanislaw grüßte lächelnd nach allen Seiten, ohne an einen der Tische zu treten, konnte es aber nicht verhindern, dass er mit einem Gast zusammenstieß, der ihm kräftig auf die Schulter klopfte und mit dröhnender Stimme erklärte: »Kompliment, Graf Stanislaw, Ihr Laden brummt ja mächtig!«

Stanislaw nickte gequält und betrat die Bar, die schlichter und in einem strengeren Stil gestaltet war als das Restaurant, mit viel dunklem Holz und hellen Lederpolstern. Ein Journalist der »Neuen Zürcher Zeitung« stand über den Tresen gebeugt und gab etwas in seinen Taschencomputer ein, zwei junge Frauen daneben tippten eifrig Texte in ihre Handys. Dieser Anblick hatte für Stanislaw etwas Trostloses. Wie würden diese Menschen reagieren, wenn man ihnen das technische Spielzeug wegnähme? Würden sie dann wieder direkt miteinander kommunizieren?

Er sah sich weiter um und entdeckte etwas, das seine Miene sofort aufhellte. In der Ecke der Bar, die der Form eines großen »L« folgte, saß ein Mann und schrieb. Sein schwarz-silberner Füllfederhalter glitt über ein Blatt weißes Papier, daneben lagen mehrere bereits gefüllte Seiten. In der linken Hand hielt er eine Billard-Pfeife, vor sich hatte er eine runde Tabaksdose aus abgegriffenem Messing.

Stanislaw näherte sich langsam, während der Mann das Glas, in dem noch der Rest einer braungoldenen Flüssigkeit schimmerte, zum Mund führte, ohne von seiner Arbeit aufzusehen. Erst als Stanislaw unmittelbar vor ihm stand, hob er den Blick.

»Guten Abend, bitte verzeihen Sie die Störung.« Blassblaue und sehr wache Augen musterten ihn. »Ich bin …«

»Ich weiß, wer Sie sind«, unterbrach ihn der Mann.

»Darf ich mich einen Moment zu Ihnen setzen?«

Nach einer auffordernden Handbewegung nahm Stanislaw auf dem Barhocker neben ihm Platz. »Ich wundere mich, dass Sie hier arbeiten können«, begann er.

»Es ist ein schöner Ort«, sagte der Mann achselzuckend, »von der Sorte gibt's heutzutage nicht viele.«

Stanislaw kommentierte das nicht. »Wie kommt es«, fragte er stattdessen, »dass ich Sie heute zum ersten Mal hier sehe?«

»Weil Sie vermutlich erst dann erscheinen, wenn ich schon gegangen bin.«

»Warum gehen Sie so früh?«

»Weil ich die Stille mag, bevor die Schwätzer einfallen.«

»Und weshalb sind Sie heute um eine andere Zeit hier?«

Der Mann lächelte. »Sie stellen Fragen ...«

Stanislaw gab dem Barkeeper einen Wink. »Darf ich Sie auf einen Drink einladen? Was trinken Sie?«

»Single Malt.«

»Welchen?«

Der Mann deutete auf eine Flasche, runzelte die Stirn und deutete auf eine andere. Der Barkeeper sah ihn fragend an. Als der Mann nickte, schenkte er ihm einen fünfzehnjährigen »Laphroaig« ein, gut dreifingerbreit.

»Und Sie, was trinken Sie?«, fragte der Mann, während er das Glas gegen die Nase hielt und in tiefen Zügen das Aroma genoss.

»Ich nehme ein Glas Rotwein, ›Réserve du Patron‹.«

Stanislaw musterte seinen Gast genauer. Er war mittelgroß, von schlankem Wuchs, höchstens Anfang fünfzig. Der oval geformte Schädel war von kurz geschorenen grauen Haaren bedeckt. Kinn und Wangen des schmalen Gesichts blieben fast ganz unter einem dichten, sorgfältig gestutzten Bart verborgen. Die hohe, runde Stirn und die kräftige, längliche Nase gaben ihm fast etwas Markantes.

»Was schreiben Sie?«

Der Bärtige hob sein Glas. »Santé. Ich schreibe Geschichten.«

»Was für Geschichten, worum geht es?«

»Es geht um den Augenblick der Wahrheit. Darum geht es doch immer, oder nicht?«

Bedächtig trank der Mann sein Glas leer und stellte es mit einer entschiedenen Bewegung auf dem Tresen ab. Er sammelte die Blätter ein und stopfte sie in einen kleinen Rucksack, der neben ihm auf der Bank lag.

»Sind schon Bücher von Ihnen veröffentlicht worden?«, fragte Stanislaw. »Kann man sie ...«

Er unterbrach sich. Pierre war in der Tür erschienen und gab ihm ein Zeichen. »Entschuldigen Sie«, wandte sich Stanislaw an den Mann, der aufgestanden war und den Rucksack über die linke Schulter schwang. »Ich hoffe, wir können unsere Unterhaltung bald fortsetzen?«

»Gut möglich«, erwiderte der andere ruhig, »aber dann müssten Sie viel früher kommen. Also, auf Wiedersehen, Graf, und vielen Dank.«

Stanislaw hätte gern noch einen Moment lang über diese Begegnung nachgedacht, aber er musste jetzt zu seinen Gästen. Erneuter Handkuss für Daphne, spontane Umarmung mit Maurizio, freundliche Begrüßung mit dem Konzertmeister, der Ramiro Sanchez hieß und deutsch mit unverkennbarem Schweizer Akzent sprach. Er war ein sogenannter Secondo, ein Zugewanderter der zweiten Generation. Seine Eltern waren Spanier, er selbst war in der Schweiz geboren und aufgewachsen und hatte zusammen mit Daphne in Zürich Musik studiert.

Stanislaw rückte Daphne den Stuhl zurecht. Maurizio nahm zu ihrer Linken Platz, Ramiro rechts von ihr und Stanislaw gegenüber. Er musterte den jungen Mann verstohlen und kam zu dem Ergebnis, dass dieser Erste Geiger eindeutig homosexuell war. Ebenso eindeutig war, dass ihn mit Daphne eine herzliche Freundschaft verband, während zwischen ihm und Maurizio zwar ein gutes kollegiales Verhältnis zu herrschen schien, jedoch keine Nähe.

Stanislaw war klar, dass er jetzt etwas über das Konzert sagen müsste. Daphne wirkte ein wenig matt. Die Anspannung des Konzerts war offenbar noch nicht ganz von ihr abgefallen. Oder steckte etwas anderes dahinter?

Maurizio stieß ihn leicht von der Seite an. »Jetzt sag endlich, dass das Konzert großartig, die Musiker brillant, der Dirigent höchst inspiriert und die Solistin begeisternd waren«, forderte er ihn grinsend auf. »Komm schon, Stanislaw, erlöse uns!«

Stanislaw räusperte sich. »Es hat mich sehr berührt, und ich habe Mühe, die richtigen Worte zu finden«, erwiderte er langsam. »Alles, was mir dazu einfällt, könnte nach Klischees klingen.«

Daphne starrte auf einen Punkt an der gegenüberliegenden Wand.

»Ich kenne jede Note des Konzerts«, fuhr er fort, »aber ich habe es heute Abend gehört wie zum ersten Mal.«

»Lass es gut sein«, erwiderte Maurizio in einem Ton milder Ironie, »ich glaube, wir haben verstanden, dass du sehr beeindruckt bist und dass wir dich mit unserer Kunst erfreut haben.«

Ramiro hatte den Grafen während des kurzen Wortwechsels sehr aufmerksam angesehen. Jetzt wanderte sein Blick zu Daphne, die noch immer reglos dasaß. In dem Moment erschien Pierre mit den Getränken. Nachdem Maurizio fachmännisch den Wein verkostet hatte, erhoben alle gleichzeitig ihre Gläser.

»Auf unseren Gastgeber!«, rief Maurizio gutgelaunt. Daphne und Ramiro schlossen sich an.

Stanislaw stellte sein Glas mit dem »Réserve du Patron« ab und erhob sich mit liebenswürdigem Lächeln. »Bitte entschuldigen Sie mich und lassen Sie sich Luigis Kreationen schmecken.«

»Essen Sie denn nicht mit uns?«, erkundigte sich Daphne stirnrunzelnd. Erst jetzt bemerkten auch die anderen, dass für Stanislaw kein Gedeck aufgelegt worden war. »Nein, es tut mir leid, so spät am Abend nehme ich keine feste Nahrung mehr zu mir. Es bekommt mir nicht. Wir sehen uns dann nach dem Essen wieder.« Er nickte kurz in die Runde, deutete eine Verbeugung an und verschwand in einem der Nebenräume.

Verblüfft hatten die drei Musiker den raschen Abgang des Grafen verfolgt, und während die Vorspeise serviert wurde, beugte sich Ramiro zu Daphne und raunte ihr ins Ohr: »Kann es sein, dass er ein wenig wunderlich ist?«

Maurizio inspizierte seine Vorspeise und griff zur Pfeffermühle. »Buon appetito, meine Lieben, lasst es euch schmecken, auch wenn der Hausherr diese Köstlichkeiten verschmäht. Ich denke, du hast recht, Ramiro, er ist tatsächlich ein wenig wunderlich, und manchmal frage ich mich, wovon er sich überhaupt ernährt. Ich habe noch nie gesehen, dass er etwas zu sich genommen hat.«

Daphne schien aus ihrer Erstarrung zu erwachen. Sie nahm einen weiteren Schluck Wein und kostete von der aufgeschnittenen Avocado mit Vinaigrette, anfangs noch etwas lustlos, dann mit immer größerem Appetit. Maurizio tätschelte ihre Hand. »Die Lebensgeister kehren anscheinend zurück, Cara. Was war los mit dir?«

Als sie nichts erwiderte, sagte Ramiro: »Mir kam es vor, als ob du dich heute Abend mehr verausgabt hast als sonst. Übrigens sitzt dort drüben der Musikkritiker des ›Tages Anzeiger‹ und schielt die ganze Zeit zu uns rüber. Ich kenne ihn flüchtig. Manchmal begegnen wir uns bei einem Absacker in der ›Splendid Bar‹.«

»So, so, in der ›Splendid Bar‹«, schmunzelte Maurizio.

»Ich mag die Atmosphäre dort, gerade nach einem Konzert«, fügte der Geiger hinzu, »und dem Kritiker geht es wohl ähnlich.«

Zwischen zwei Bissen meldete sich Daphne zu Wort: »Mir gefällt es dort auch, vor allem nach Mitternacht. Dann ist es voll und laut, das Publikum ist sehr gemischt, und wenn man Glück hat, gibt es einen Pianisten mit dem richtigen Groove.«

Die beiden Männer sahen einander fragend an. Daphne brach in Gelächter aus. »Schaut mich nicht so komisch an. Was glaubt ihr denn? Dass ich abends zu Hause sitze und Blockflöte übe?«

»Und mit wem unternimmst du diese nächtlichen Ausflüge?« Maurizio betrachtete sie mit hochgezogenen Brauen.

»Mal mit diesem, mal mit jenem Freund«, erwiderte sie kühl.

Bevor einer der beiden Männer noch etwas sagen konnte, kam der Hauptgang, ein Wolfsbarsch im Salzteig. Interessiert sah Maurizio zu, wie Pierre, der diesen Teil des Service selbst übernommen hatte, den Fisch aus der Salzhülle befreite, was ihn von seiner Irritation über Daphne nur kurz ablenkte.

Als sie Maurizios säuerliche Miene bemerkte, legte sie ihm den Arm um die Schulter und gab ihm einen raschen

Kuss aufs Ohr, was er sich, noch immer leicht schmollend, gefallen ließ. Ramiro griff nach seinem Besteck und fand, es sei Zeit für eine Nachlese des Konzerts.

Alle drei waren in eine lebhafte Diskussion über den Abend vertieft, als Daphne etwas wie einen dunklen Schatten zu spüren meinte. Ihr geschultes Gehör nahm ein Geräusch wie von mächtigen, lautlosen Schwingen wahr. Sie sah Maurizio und Ramiro an. Keiner schien etwas bemerkt zu haben. Vielleicht war sie etwas überdreht. Sie befand sich in jenem Zustand zwischen Erschöpfung und Euphorie, der für Einbildungen aller Art sehr empfänglich macht.

Dann stand Stanislaw hinter ihrem Stuhl.

»Ich hoffe, ich platze nicht mitten in ein Fachgespräch hinein.«

Maurizio blickte auf, zog an seiner Cohiba, stieß genüsslich den Rauch aus und machte eine einladende Geste. »Schön, dass du wieder bei uns bist, Stanislaw. Wir haben wunderbar gespeist, und Daphne ist noch einmal richtig munter geworden. Sieh sie dir an, wie ihre Wangen glühen und wie ihre Augen glänzen! Und unser Fachgespräch ist zu Ende, nachdem wir den Dirigenten, die Solistin und den Konzertmeister gründlich auseinandergenommen haben. Lasst uns jetzt noch ein Glas Rotwein miteinander trinken, einverstanden?«

Schon war der allgegenwärtige Pierre wieder zur Stelle, und man einigte sich auf einen Rioja. Graf Stanislaw wirkte verändert, fand Daphne. In seine vorher so bleichen Gesichtszüge war etwas Farbe zurückgekehrt, sein Körper schien noch straffer als zuvor, und seine Worte unterstrich er mit lebhaften Gebärden. Nahm er Drogen, war er ein heimlicher Kokser?

Den beiden anderen Männern am Tisch schien nichts aufzufallen, sie plauderten entspannt mit ihrem Gastgeber, wie Menschen es tun, die zumindest in diesem Moment mit sich und der Welt zufrieden sind. Daphne lehnte sich gegen das samtene Polster der dunkelblauen Sitzbank, schlug die Beine übereinander und spielte nachdenklich mit ihrem Weinglas. Das schrille Lachen einer Frau am Nachbartisch ließ sie zusammenfahren. Sie wandte den Blick. Ganz in ihrer Nähe saß eine größere Runde von Leuten, die mit steigendem Alkoholpegel immer lauter wurden. Die Frau mit dem schrillen Lachen starrte jetzt immer wieder zu Graf Stanislaw herüber, betrachtete Maurizio mit unverhohlenem Interesse und unterzog anschließend Daphne und Ramiro einer eingehenden Prüfung.

Stanislaws Augen waren Daphnes Blick gefolgt. »Ich glaube ...«, begann sie, doch er war schon aufgestanden. »Verzeihen Sie, ich bin gleich wieder da.«

Daphne schwieg verblüfft. Er trat zu der Gruppe, und sie beobachtete, wie er, der sich flüchtig über die Hand der Frau beugte, von ihr aufgefordert wurde, sich zu ihr zu setzen. Er blieb stehen und deutete mit einer entschuldigenden Handbewegung auf seine Gäste am Nebentisch. Sie flüsterte ihm etwas ins Ohr, während er sich leicht zu ihr herabbeugte. Bevor er antworten konnte, hatte sie sich erhoben, seinen Arm genommen und trat gemeinsam mit ihm auf seinen Tisch zu.

Maurizio sah Daphne an, Daphne sah Ramiro an. Dann ging es los: »Maestro, ich bin so froh, Ihnen hier zu begegnen, ich bin eine große Bewunderin von Ihnen!«

Stanislaw stand mit undurchdringlicher Miene daneben und übernahm die Vorstellung. »Die Baronin von Stein aus München, Stammgast in meinem Club und offenbar eine echte Musikkennerin.« Er zwinkerte Maurizio zu, der sich widerwillig auf seine Erziehung besann.

»Ich fühle mich sehr geehrt, Baronin. Wollen Sie sich einen Moment zu uns setzen?«

Sie strahlte ihn an. »Mit großem Vergnügen, Maestro, meine Gäste unterhalten sich auch ohne mich.«

Maurizio machte sie mit Daphne bekannt und stellte Ramiro vor. Die beiden Frauen musterten einander mit raschen, abschätzenden Blicken. Ramiro wurde nur mit einem flüchtigen Lächeln bedacht.

Stanislaw zog einen Sessel heran, und Frau von Stein ließ sich mit zufriedenem Seufzer darauf nieder. Doch kaum saß sie, stürzte sie sich wieder auf den Dirigenten, der kaum merklich zurückwich und Hilfe suchend Daphnes Hand ergriffen hatte.

»Zuletzt habe ich Ihr Konzert in London besucht, Maestro, da haben Sie etwas von Mozart gespielt, glaube ich, und damals habe ich zu meinen Begleitern gesagt: ›Wenn ich nur einmal Gelegenheit hätte, den Maestro persönlich kennenzulernen, um ihm zu sagen, wie sehr ich ihn verehre!‹ Sagen Sie, ist es wahr, dass Ihre Familie ein Castello im Piemont besitzt und dass Sie einen eigenen Weinberg haben? Ich habe gehört …«

Daphne schmunzelte in sich hinein. Die Baronin erinnerte sie ein wenig an Miss Piggy, wirkte jedoch keineswegs reizlos, wenn man diesen Typ mochte. Trotz einer Neigung zur Üppigkeit war sie wohlproportioniert, und in der Art, wie sie ihre schwellenden Körperformen einsetzte, strahlte sie eine zwar sehr vordergründige, aber auch sehr einladende Sinnlichkeit aus. Lange, rotblonde Locken umrahmten Gesichtszüge, deren puppenhaft wirkende Straffheit wohl das Werk eines plastischen Chirurgen war, und in ihren meist weit aufgerissenen hellgrünen Augen lag die Verheißung schneller, unkomplizierter Abenteuer.

Maurizio hatte Daphnes Hand losgelassen. Er schenkte der Baronin ein Glas Rotwein ein und schien ihren weitschweifigen Ausführungen mit immer größerem Interesse zuzuhören, während die anderen drei die Szene stumm verfolgten. Irgendwann stand Ramiro auf, murmelte eine Entschuldigung und verschwand in Richtung Bar.

»Ich entführe Ihren Dirigenten für einen Moment an meinen Tisch, meine Freunde möchten ihn unbedingt kennenlernen«, zwitscherte Frau von Stein und fasste mit großer Selbstverständlichkeit nach Maurizios Arm. Im Gehen wandte er sich zu Daphne: »Ich bin gleich wieder bei dir, Cara …«

Daphne und Stanislaw blieben allein am Tisch zurück. Sie sah ihm ins Gesicht. »Das haben Sie ja geschickt eingefädelt. Funktionieren Ihre Inszenierungen immer so gut?« Sie holte ein Zigarettenetui aus ihrer Handtasche.

»Ja«, erwiderte er gelassen, »immer.«

Ihre Finger berührten sich, als er sich vorbeugte, um ihr Feuer zu geben. »Ich wusste nicht, dass Sie rauchen«, sagte er lächelnd.

»Ich versuche seit Jahren immer wieder, es mir abzugewöhnen, weil es sich nicht mit meinem Beruf als Flötistin verträgt, aber es gelingt mir nicht. Stört es Sie?«

Er zog einen Aschenbecher heran. »Nein, es stört mich nicht. Mich stört nichts an Ihnen.«

Sie blies den Rauch langsam aus. Mit einer vagen Kopfbewegung in Richtung Nachbartisch, an dem Maurizio inzwischen Anekdoten aus seiner Dirigentenlaufbahn zum Besten gab, murmelte sie: »Es macht mir nichts aus.«

»Ich weiß. Ich hole Sie morgen zu einer Spazierfahrt ab.

Es ist ein altes Auto, und wir fahren offen. Ziehen Sie sich entsprechend an, nehmen Sie einen Schal mit.«

»Wann?«

»Wenn die Sonne weg ist, gegen sechs.«

Er stand auf. Ramiro kam aus der Bar zurück. Er wirkte zufrieden und etwas angeheitert. »Interessante Mischung von Gästen haben Sie da, Graf Stanislaw«, nuschelte er, »wirklich sehr interessant.«

»Es freut mich, dass Sie sich gut unterhalten haben, Ramiro. Darf ich Sie so nennen?«

Der Geiger nickte und ließ sich mit einem Seufzer neben Daphne auf die Bank fallen. »Wo ist …?«

Sie deutete wortlos auf den Tisch nebenan. Ramiro zwinkerte, als müsste er zweimal hinsehen. Aber da war Stanislaw schon bei Maurizio. Aus den Augenwinkeln beobachtete Daphne einen kurzen Wortwechsel zwischen den beiden Männern, bis sich Maurizio ein wenig schwerfällig erhob und zu ihr kam. Sein Gesicht war gerötet, seine Worte klangen ungewohnt hektisch. »Es tut mir so leid, Carissima, aber ich habe gar nicht gemerkt, wie die Zeit verging. Die Baronin hat wirklich sehr amüsante Freunde, und wir kamen von einem Thema zum nächsten. Ich wusste dich ja bei unserem Gastgeber in guter Obhut, nicht wahr?« Er warf Stanislaw einen beschwörenden Blick zu.

»Mach dir deswegen keine Sorgen, Maurizio«, erklärte Stanislaw gelassen. »Daphne ist müde und nimmt es dir nicht übel, wenn du noch etwas bleiben möchtest.«

Wie konnte er da so sicher sein?

»Ramiro wird sie nach Hause bringen. Sie haben ja ungefähr denselben Weg.«

Woher wusste er das? Aber Daphne war jetzt tatsächlich zu müde, um diesen Fragen weiter nachzugehen.

Maurizio nickte. »Gib gut auf sie acht, Ramiro.« Er klopfte ihm leicht auf die Schulter, umarmte Daphne mit einer verlegenen Gebärde und wartete, bis der Hausherr mit seinen beiden Gästen verschwunden war.

Stanislaw begleitete Daphne und Ramiro zum Taxi. Der Geiger, der ein wenig unsicher auf den Beinen schien, bedankte sich für die Einladung, kletterte in den Fond und nannte dem Fahrer die Adresse. Stanislaw war mit Daphne vor der geöffneten Wagentür stehen geblieben.

»Danke für diesen spannenden Abend.« Sie hielt ihm ihre Wange hin. Zur Begrüßung und beim Abschied küsste man sich dreimal, so war es in der Schweiz üblich. Aber er küsste sie nicht auf die Wangen und auch nicht auf den Mund.

Er legte den Arm um ihre Taille, zog sie zu sich heran, hielt sie gleich wieder ein Stück von sich weg und betrachtete ihr Gesicht im fahlen Widerschein der Straßenbeleuchtung. Seine Finger glitten über ihre Stirn, über ihre Nase, über ihre Lippen. Sie hielt still und ließ ihn gewähren. Die Finger wanderten weiter und strichen über ihre Kehle, vermieden aber die Berührung mit dem diamantenen Kreuz, das Maurizio ihr vor einiger Zeit geschenkt hatte.

Stanislaw hob ihr Gesicht zu sich empor, sodass sie gezwungen war, ihn anzusehen. Brennende Augen blickten sie an, und etwas in ihr empfand tiefe Furcht. Aber während sich seine Lippen an der leichten Vertiefung zwischen ihrem Hals und ihren Schultern festsogen, spürte sie nur noch den Drang, ihm ganz nahe zu sein. Lust, die sie alles andere vergessen ließ, stieg in ihr hoch, jäh, unerwartet, fordernd.

»Daphne …« Ramiros Stimme aus dem Inneren des Taxis klang ungeduldig. Widerwillig wandte sie sich um. »Ich komme gleich.«

»Schlafen Sie wohl, Daphne.« Stanislaw war wieder ganz der höfliche Gastgeber. Er reichte ihr die Hand und half ihr in den Wagen. »Und vergessen Sie unsere Verabredung nicht. Morgen um sechs. Gute Nacht.«

Das Auto fuhr los. Daphne lehnte sich in die Sitzpolster zurück. »Gute Nacht, Stanislaw«, sagte sie leise.

– DREI –

Daphne wurde von bizarren Träumen geplagt. Am Morgen fühlte sie einen ekligen Schweißfilm auf der Haut, das Nachthemd klebte an ihrem Körper, und das Bett war zerwühlt, als hätte es einen nächtlichen Kampf gegeben.

Sie versuchte, die nächtlichen Bilder heraufzubeschwören, konnte sich aber nur an einzelne Traumfetzen erinnern. Sie fuhr mit Stanislaw in einem klapprigen Oldtimer, der keine Türen hatte, um den See. Dann plötzlich saß sie am Steuer und er auf dem Beifahrersitz. Der Wagen wurde immer schneller, obwohl sie verzweifelt auf das Bremspedal trat, doch Stanislaw neben ihr lachte nur, während sie die Kontrolle über die Lenkung verlor und das Fahrzeug wie von einer fremden Macht dirigiert direkt in den See hineinsteuerte. Sie erwachte mit einem Aufschrei, schlief aber erschöpft wieder ein.

In einer späteren Traumszene stand sie auf einem Abhang, und ein großer, struppiger Hund mit blauen Augen kam zähnefletschend auf sie zugerannt. Wie festgewachsen stand sie da, konnte sich nicht von der Stelle rühren. Als das Tier sie schon fast erreicht hatte, wurde sie von unsichtbaren Händen emporgehoben. An mehr konnte sie sich nicht erinnern.

Was hatte das alles zu bedeuten? War sie überreizt, weil sie sich in der letzten Zeit zu wenig Ruhe gegönnt hatte, arbeitete sie zu viel, steckte sie in einer Krise? Oder machte ihr das ungeklärte Verhältnis zu Maurizio zu schaffen, der sie immer mehr bedrängte? Sicher ist es eine Mischung aus all dem, dachte sie, während sie rasch eine Tasse Tee trank, an einem Toast herumknabberte und sich dann mit schlechtem Gewissen eine Zigarette anzündete.

Ihr Handy summte. An der Nummer im Display sah sie, dass es Maurizio war. »Ich komme in einer halben Stunde bei dir vorbei, Cara«, sagte er in einem Ton gespielter Leichtigkeit, »bis gleich«, und legte auf, bevor sie reagieren konnte. Würde er sich wegen des etwas abrupten Endes des vergangenen Abends bei ihr entschuldigen wollen?

Als es läutete, öffnete sie die Tür und ging in die Küche, um zwei Tassen Espresso vorzubereiten. »Komm rein«, rief sie über die Schulter, sobald sie seine Schritte auf dem Treppenabsatz hörte. Er schloss die Tür hinter sich und kam zu ihr.

Sie erwartete eine Szene à la italiana. Er würde sie aus seinen großen, dunklen Augen ansehen, wortreiche Erklärungen abgeben und zerknirscht um Verzeihung bitten, und wenn das alles nichts nützte, würde er sich gekränkt abwenden, um eine wütende Tirade loszulassen.

Dann würde sie ihm sein Geplänkel mit der Baronin vorhalten und die Beleidigte mimen.

Bis zu diesem Punkt entsprach das folgende Szenario tatsächlich ihren Erwartungen. Als sie sich aber mit verschränkten Armen vor ihn hinstellte und mit hochgezogenen Augenbrauen fragte, wie es denn mit Miss Piggy im Bett gewesen sei, reagierte er in einer Weise, mit der sie nicht gerechnet hatte.

Sie solle ihre Stutenbissigkeit besser für sich behalten, fauchte er sie empört an. Maria sei eine wunderbare Frau und …

»Sie heißt Maria? Auch das noch … Und was willst du mir über diese wunderbare Frau sonst noch erzählen, Caro? Wart ihr nun im Bett oder nicht?«

Er schwieg. Rührte verbissen in seiner Espressotasse. Bis er mit gepresster Stimme gestand: »Sie hat mich in ihr Hotel mitgenommen, wir haben noch einen Absacker getrunken, und dann …« Er machte eine hilflose Handbewegung. »Ich würde gern daran glauben, dass du eifersüchtig bist, Daphne, aber du hältst mich seit Monaten hin.«

Jetzt war es Daphne, die schwieg.

»Außerdem hätte ich ebenso Grund, eifersüchtig zu sein«, setzte er leise hinzu.

Daphne fuhr hoch. »Wovon sprichst du?«

»Ich spreche«, begann Maurizio langsam, »von dem, was gestern Abend zwischen dir und Stanislaw gelaufen ist.«

Daphne stand auf und suchte nach ihren Zigaretten. »Hier«, er hielt ihr das angebrochene Päckchen hin, gab ihr aber kein Feuer.

»Das ist doch lächerlich!«, fauchte sie. »Zwischen uns ist nicht das Geringste geschehen. Er hat mich aus einer peinlichen Situation gerettet, dich übrigens auch, und dann hat er sich darum gekümmert, dass ich gut nach Hause komme.«

»Mit Ramiro als fürsorglichem Begleiter«, sagte Maurizio sarkastisch. »Der war doch zum Schluss völlig betrunken. Weiß Gott, wen er in der Bar getroffen hat! Aber um deine Frage zu beantworten: Ich habe Augen im Kopf! Du hast dich von diesem Operettenschmäh vollkommen einwickeln lassen!«

Sie stieß heftig den Rauch aus, sprang hoch und begann, vor dem Fenster auf und ab zu laufen.

»Du meine Güte, Daphne, deine Reaktion spricht Bände. Stanislaw ist einer, hinter dem alle Weiber dieser Stadt her sind. Keine hat ihn je gekriegt, und was er wirklich treibt, wenn nachts in seinem Club der Vorhang fällt, weiß niemand. Er ist der große Unbekannte geblieben, jedenfalls, was sein Privatleben betrifft. Vielleicht gibt es ja eine Frau in seinem Leben, aber dann hält er sie sehr gut unter Verschluss. Manchmal kommt er mir vor wie eine Art Blaubart, du weißt schon, diese Geschichte von dem König, der all seine Frauen immer wegen einer neuen umgebracht hat. Aber so genau erinnere ich mich nicht mehr, wie die Geschichte ging.«

Daphne schwieg. Nach einer Weile sagte sie: »Ich glaube, das war so: Blaubart nahm sich irgendwann Ehefrau Nummer sieben oder acht. Die junge Frau hatte drei Brüder, die ihr für den Fall, dass es mal Ärger geben sollte, ein kleines Trillerpfeifchen mitgaben, mit dem sie die Brüder herbeirufen könnte. Irgendwie ahnten die wohl schon, dass mit dem Kerl etwas nicht stimmte. Als Blaubart bald nach der Hochzeit verreisen wollte, händigte er der jungen Königin den Schlüsselbund für sämtliche Räume im Schloss aus. Er zeigte ihr einen kleinen goldenen Schlüssel, den sie niemals benutzen dürfe, sonst werde es sie das Leben kosten. Kaum war er weg, probierte sie alle Schlüssel aus, bis sie zu einer Tür kam, zu der eben jener kleine goldene Schlüssel passte. Die Neugier war stärker als die Furcht, und sie öffnete das verbotene Zimmer, doch, oh Schreck und Graus, sie entdeckte darin die blutigen Leichen ihrer Vorgängerinnen …«

Daphne stockte.

»Und was geschah dann?«

»So genau weiß ich es auch nicht mehr, aber natürlich kam der Finsterling dahinter, und es gab ein großes Theater.«

»Hat er sie dann auch umgebracht?«

Daphne zog die Stirn kraus. »Ich glaube nicht. Die Brüder sind wohl sofort herbeigeeilt, als sie das Pfeifchen benutzte. Den Schluss muss ich noch mal nachlesen.«

Als sich ihre Blicke trafen, löste sich die Spannung. »Wenn du so lächelst, bist du wieder die Daphne, die ich kenne. Und liebe«, setzte er leise hinzu. Die gewohnte Wärme war in seine Stimme zurückgekehrt, und einen Moment lang kämpfte sie gegen den Impuls an, sich in seine Arme zu schmiegen und bei ihm Zuflucht zu suchen. Zuflucht wovor?

Doch der Moment ging vorbei, und Maurizio stand auf. An der Tür wandte er sich um. »Gib auf dich acht, Daphne.«

Patzig wollte sie erwidern, sie sei schon erwachsen und wisse selbst, was gut für sie sei, aber die Worte blieben ihr im Halse stecken. Sie nickte nur und wunderte sich, dass ihre Augen voller Tränen waren. Mit wenigen Schritten war er wieder bei ihr, und sie wehrte sich nicht, als sie seine Arme um sich spürte. Behutsam hielt er sie umfangen, und so standen sie eine Weile beieinander, bis sie sich sachte befreite.

»Ich möchte dich immer so halten können.« Maurizios Stimme klang heiser. »Komm zu mir, wenn du herausgefunden hast, was du wirklich willst. Und komm zu mir, wenn du mich brauchst. Addio, Cara.« Leise zog er die Tür hinter sich zu.

Was für eine aberwitzige Idee, um diese Jahreszeit im offenen Wagen eine Spazierfahrt zu unternehmen! Daphne hatte sich darauf vorbereitet, als ginge es zum Nordpol. Sie trug mehrere Schichten übereinander, einen Pullover, eine dicke Jacke und einen gefütterten Trenchcoat, dazu einen langen Kaschmirschal, eine wollene Mütze, dicke Lederhandschuhe und Stiefel.

Stanislaw lächelte belustigt, als er sie zu Hause abholte und ihre Aufmachung sah. »Es gibt auch eine funktionierende Heizung in meinem Gefährt«, versuchte er sie zu beruhigen, »und wenn Ihnen wirklich zu kalt wird, können wir noch immer das Dach schließen. Aber jetzt lassen wir uns erst mal den Wind um die Nasen wehen, einverstanden?«

Er hatte im Halteverbot direkt unterhalb ihrer Wohnung an der Mainaustraße geparkt. Sie wohnte in diesem beliebten Stadtviertel, in einem der schönen Altbauten, die vollständig entkernt und bis auf die historische Fassade von Grund auf neu gestaltet worden waren.

Daphne blieb auf der Haustürschwelle stehen. »Das James-Bond-Auto!«, rief sie und klatschte in die Hände wie ein Kind. Sie ging auf den Wagen zu und umkreiste ihn.

»Ein Aston Martin Volante, stimmt.« Stanislaw lächelte. »Und fliegen kann er auch, wenn es nötig ist. Ich hoffe aber, wir werden in keine Situation geraten, in der er zeigen muss, was er alles kann.«

Daphne strich mit den Fingern über den blank gewienerten schwarzen Lack der Karosserie. Er hielt ihr den Schlag auf und half ihr beim Einsteigen. Wohlig sank sie in den beigefarbenen Ledersitz. Stanislaw ließ sich auf dem Fahrersitz nieder und stülpte sich eine jener Kopfbedeckungen aus Leder über, wie man sie aus alten Filmen kennt. Nachdem er die Kappe, die kaum noch etwas von seinem Gesicht sehen ließ, unter dem Kinn befestigt hatte, zog er eine seitlich abschließende Brille mit dicken Gläsern darüber. »Ich leide unter einer Lichtallergie«, erklärte er, »und muss mich entsprechend schützen, solange es draußen noch hell ist.«

Daphne sah ihn von der Seite an. »Dann haben Sie sich mit dem Club ja genau die passende Beschäftigung gesucht«, rutschte es ihr heraus. »Ich wollte sagen, ich meine …«, stotterte sie.

»Das muss Ihnen nicht unangenehm sein, Daphne, ich habe gelernt, mit meiner Behinderung zurechtzukommen«, gab er gelassen zurück. »Natürlich ist so ein Nachtberuf ideal für mich, aber ich bin ohnehin jemand, der erst nachts richtig munter wird. In den Stunden bis zum Sonnenaufgang habe ich meine besten Einfälle.« Er startete den Motor, der ein blubberndes Geräusch von sich gab, und fuhr los.

Während Daphne sich in ihren Schal kuschelte, dachte sie über seine Worte nach. Als habe er ihre Gedanken gelesen, setzte er gleichmütig hinzu, ein solches Leben könne er natürlich keiner Frau zumuten. Sie erwiderte nichts und rutschte tiefer in den Sitz. Mit zunehmender Geschwindigkeit spürte sie den Fahrtwind immer stärker.

Stanislaw steuerte den Wagen in Richtung Bellevueplatz. Bei der nächsten Ampel mussten sie halten, neugierig beäugt von Passanten und anderen Autofahrern.

»Wohin soll die Reise eigentlich gehen?«, erkundigte sich Daphne erst jetzt. Er wandte ihr sein vermummtes Gesicht zu, und es kam ihr vor, als lächele er unter der ledernen Panzerung. »Das weiß ich selbst noch nicht so genau. Jetzt sind wir erst einmal unterwegs.«

Daphne schwieg. Manchmal hatte er etwas Einschüchterndes, etwas Respekteinflößendes, dem man sich schwer entziehen konnte. Dennoch fragte sie sich, ob er wirklich stets so vollkommen Herr der Lage wäre, wie er sich den Anschein gab. Sie erinnerte sich gut daran, wie befangen er gewirkt hatte, als er sich über das Konzert äußern sollte.

Sie fuhren in Richtung Thalwil. Der Verkehr wurde ruhiger, und Daphne begann die Fahrt zu genießen. Er ergriff ihre Hand. »Das Offenfahren hat auch um diese Jahreszeit seinen Reiz, finden Sie nicht, Daphne?« Sie nickte, und er ließ ihre Hand wieder los.

»Vielleicht halten Sie mich deswegen für exzentrisch, aber ich habe so wenig Gelegenheit, an die Luft zu kommen. Ins Freie ...« Seine Worte klangen fast etwas wehmütig, doch rasch fügte er hinzu: »Ich möchte noch ein Stück weiter den See entlangfahren. Diese Gegend sehe ich sonst nur von der anderen Uferseite aus.«

Er beschleunigte das Tempo. An eine Unterhaltung war bei den stärkeren Fahrtgeräuschen nicht mehr zu denken.

»Ist Ihnen kalt?«, schrie er. »Soll ich das Verdeck schließen?«

Daphne schüttelte den Kopf. »Ich finde es herrlich«, schrie sie zurück. Sie schloss die Augen und überließ sich dem Rauschen des Windes.

»Daphne ...!« Dicke Regentropfen trafen ihr Gesicht. Verwirrt öffnete sie die Augen. »Was ist passiert?«

Er war ausgestiegen und machte sich am Verdeck zu schaffen. »Sie waren eingeschlafen, und inzwischen sind wir in Rapperswil. Und jetzt klemmt das Ding auch noch. Die Automatik funktioniert nicht.« Sie schüttelte sich ein wenig und öffnete die Wagentür. »Was haben Sie vor?«, fragte er unwillig.

»Ich will Ihnen helfen, das Verdeck zu schließen.«

»Lassen Sie das bitte, Daphne. Ich mache das allein. Hier«, er warf ihr eine Decke zu, »nehmen Sie das und mummeln Sie sich ein, bevor es richtig losgeht.«

Doch es war zu spät. Schon im nächsten Moment prasselte ein Wolkenbruch nieder, vor dem es kein Entkommen gab. In kurzer Zeit waren beide vollkommen durchnässt.

»Jetzt werden Sie mir wohl auf ewig böse sein«, sagte er, während sich endlich das Verdeck schloss. Er stieg wieder ein und drückte auf den Anlasser. Nichts geschah. »Verdammt«, fluchte er, riss sich die klatschnasse Lederkappe vom Kopf, murmelte einige unverständliche Worte und betätigte erneut den Anlasser. Seine Gesichtszüge wirkten verzerrt. Im nächsten Moment setzte sich der Wagen in Bewegung.

»Gott sei dank«, seufzte Daphne erleichtert.

»Sie glauben an Gott, Daphne?«, fragte er mit ironischem Unterton, während er auf die Seestraße fuhr.

»Ich bin Ihnen nicht auf ewig böse, wie Sie vorhin unterstellt haben«, gab sie schniefend zurück, »aber das ist wohl nicht der Moment für weltanschauliche Diskussionen, meinen Sie nicht auch?« Sie spürte die Kälte bis auf die Knochen.

Schweigend fuhren sie auf der anderen Seeseite in Richtung Stadt. Das Ortsschild von Erlenbach tauchte auf. Stanislaw bog an einer Ampel ab und fuhr eine Hangstraße hoch.

»Ich bringe Sie jetzt zu mir, stelle Sie unter eine heiße Dusche, werfe Ihre Sachen in den Trockner und mache Ihnen einen Grog. Anschließend fahre ich Sie nach Hause, weil ich noch zu tun habe. Irgendwelche Einwände?«

»Nein«, erwiderte sie kleinlaut.

Kurz darauf wurde sie in eine hochmoderne Villa oberhalb des Zürichsees geführt. Als sie eintrat, blieb sie überrascht stehen.

»Was haben Sie denn erwartet, transsylvanischen Barockstil?«, fragte er spöttisch, als sie ihm ein Kompliment für dieses Zuhause machte.

»Hier entlang, Gnädigste, folgen Sie mir bitte in den Westflügel«, erklärte er grinsend und zeigte ihr das Gästebad. »Legen Sie Ihre nasse Kleidung nach draußen, ich kümmere mich darum.« Er deutete auf eine gläserne Tür am anderen Ende des Ganges. »Dahinter ist das Wohnzimmer, und wenn Sie geduscht haben, erwarte ich Sie dort mit dem versprochenen Grog.« Er nickte ihr zu und ließ sie allein.

Daphne wand sich aus den Kleidern, die noch immer vom Regen schwer waren und an ihrer Haut klebten. Sie öffnete die Tür zum Gang und legte das nasse Bündel auf dem Boden ab. Minuten später kam sie rosig glühend aus der Dusche, hüllte sich in einen schwarzen Frotteebademantel, der ihr viel zu groß war, schlang sich ein Handtuch um den Kopf und trat wieder auf den Gang. Das Bündel lag nicht mehr dort. Daphne ging auf den flackern den Lichtschein hinter der Glastür zu, die sich von selbst öffnete.

Sie hatte für solche technischen Spielereien nicht viel übrig, aber das war nicht der Grund, weshalb sie wie erstarrt auf der Schwelle stehen blieb. Stanislaw, der ebenfalls die Kleidung gewechselt hatte und jetzt eine dunkle Hose und einen grauen Pullover trug, hatte sich auf einer Corbusier-Liege ausgestreckt. Im Kamin, der mit seiner schlichten Öffnung an eine archaische Feuerstelle erinnerte, brannten sorgsam aufgeschichtete Holzscheite. Und zu Füßen des Hausherrn ruhte ein großer, struppiger Hund mit blauen Augen.

Bei ihrem Erscheinen setzte das Tier sich auf und betrachtete sie ruhig. Stanislaw, der sich erhoben hatte, ging ihr entgegen. »Was ist, Daphne, wollen Sie nicht reinkommen? Oder haben Sie Angst vor Hunden?«

Sie rührte sich nicht von der Stelle. »Ihr Hund, Stanislaw …«, flüsterte sie fast tonlos, »ich habe letzte Nacht von diesem Hund geträumt, er sah genau so aus, er rannte auf mich zu, mit gefletschten Zähnen, und im nächsten Moment hätte er mich angegriffen, wenn nicht …«

»Wenn nicht was?«

»Ach, das weiß ich nicht mehr so genau. Aber«, Daphne deutete zitternd auf Igor, der sich wieder vor das Feuer gelegt hatte, »es war dieser Hund, daran erinnere ich mich ganz deutlich.«

Stanislaw kam auf sie zu und legte ihr behutsam den Arm um die Schultern. »Bitte beruhigen Sie sich, Daphne. Es gibt Träume, in denen man etwas von dem vorwegnimmt, was bald darauf geschieht, aber das ist nichts Schlimmes. Und Igor ist kein Killerhund. Igor, das ist Daphne, und du solltest ihr zeigen, dass sie vor dir keine Angst haben muss.«

Widerstrebend ließ sie sich zum Kamin führen. Er zog für sie einen schwarzen Ledersessel heran. »Setzen Sie sich und wärmen Sie sich am Feuer, damit Sie sich nicht doch noch eine Erkältung holen.«

Sie kauerte sich auf die äußerste Kante des Sessels. »Und jetzt sollten Sie mit Igor Bekanntschaft schließen. Es kann Ihnen nichts geschehen, glauben Sie mir.«

Er gab dem Tier ein Zeichen, worauf sich der mächtige Hund langsam erhob, ohne seinen Herrn aus den Augen zu lassen. Während Daphne noch immer vor Schreck wie versteinert dasaß, ließ sich Igor zu ihren Füßen auf den Boden fallen, rollte sich auf den Rücken und wälzte sich wohlig hin und her.

»Sehen Sie, er ist ein ganz normaler Hund, dem es sehr gut geht und der gekrault werden möchte. Kommen Sie, versuchen Sie es. Tun Sie es mir zuliebe, ja?«

Vorsichtig streckte sie den Arm aus. Stanislaw ergriff ihre Hand und führte sie, bis sie Igors struppiges Haarkleid berührte und den warmen Hundekörper fühlte. Noch immer gab Stanislaw ihre Hand nicht frei. »Wir machen es jetzt gemeinsam, damit Sie die Angst verlieren«, sagte er leise und begann, Hand in Hand mit ihr, das Tier zu streicheln.

Dann ließ er sie abrupt los und stand auf. Sie blickte zu ihm hoch. »Ich mache Ihnen jetzt den Grog, und dann sehe ich nach, ob Ihre Sachen inzwischen trocken sind.«

Erneut öffnete sich die Tür wie von Geisterhand und schloss sich hinter ihm.

»Man könnte meinen, dass es hier spukt«, murmelte Daphne vor sich hin, »Türen, die von allein aufgehen, ein Hund, den ich im Traum gesehen habe … Wer weiß, was mich hier noch alles erwartet?«

Igor, dem es vor dem Feuer zu heiß wurde, legte sich vor der Tür nieder, durch die sein Herr verschwunden war. Daphne stand auf und begann unter dem misstrauischen Blick des Tieres, im Raum hin und her zu wandern. Es gab keine Bilder, keine Bücher, nichts Persönliches. Sie wollte sich gerade ein wenig genauer umsehen, als Stanislaw zurückkam. Er trug ein kleines, silbernes Tablett vor sich her, auf dem ein Glas mit einer dampfenden Flüssigkeit stand.

»Trinken Sie das, solange es noch heiß ist.« Er stellte das Tablett auf einem Tisch neben dem Kamin ab.

Daphne betrachtete ihn schweigend. »Danke«, erwiderte sie schließlich.

»Ihre Kleider sind jetzt trocken«, fügte er hinzu. »Sobald Sie bereit sind, fahre ich Sie in die Stadt zurück.«

Daphne sah auf ihre Armbanduhr. Es war kurz vor neun. Offensichtlich wollte er sie rasch loswerden. Er hatte erklärt, dass er noch zu tun habe. Wollte er in seinen Club? Oder hatte er eine Verabredung? Mit einer Frau?

Und wenn es so wäre, was ging es sie an? Sie hockte sich wieder vor das Feuer und schlürfte das Getränk in kleinen Schlucken. Aus den Augenwinkeln beobachtete sie den schweigenden Mann. Er wich ihrem Blick aus.

Sie stellte das Glas ab. »Wir können in ein paar Minuten losfahren.«

Als sie vor einer Ampel halten mussten, sagte er leise: »Bitte halten Sie mich nicht für unhöflich, Daphne, aber ich habe wirklich noch etwas Wichtiges vor.« Sein Blick war auf die Straße gerichtet, und seine Stimme klang fast schwermütig, sodass sie ihm ohne zu überlegen die Hand auf den Arm legte. Er reagierte mit einem leisen Zucken, und sie hätte nicht zu sagen vermocht, ob er ihre spontane Geste abwehrte oder willkommen hieß.

»Ich habe zurzeit viel zu tun«, sprach er weiter, in dem neutralen Klang wie sonst, »ich bereite ein großes Fest in meinem Club vor. Es wird ein Kostümfest, obwohl ich natürlich weiß, dass die offizielle Saison für solche Anlässe vorbei ist. Aber ich nehme mir die Freiheit, mich nicht an den christlichen Kalender zu halten. Für mich ist das ganze Jahr über Maskenball.«

Sie musterte ihn stumm von der Seite.

»Ich schicke Ihnen eine Einladung, Ihnen und Maurizio. Es würde mich freuen, wenn Sie dabei wären.«

Daphne zog ihre Hand zurück und sah wieder nach vorn. »Ich könnte kommen«, antwortete sie zögernd, »aber Maurizio hat demnächst ein Gastkonzert in den USA.«

»Dann bringen Sie doch Ramiro mit, falls er Zeit hat. Ich finde ihn reizend.«

»Ja«, murmelte sie, »ich werde ihn fragen. Was für ein Kostümfest wird das sein? Gibt es ein Motto?«

»Es geht um bekannte Gestalten aus unterschiedlichen historischen Epochen. Und niemand wird ohne Maske eingelassen.«

»Sie als Gastgeber werden sicher als Graf Dracula dort ihr Unwesen treiben«, sagte sie ironisch, »schließlich stammen Sie aus einer wilden Gegend, die Transsylvanien heißt, nicht wahr?«

Diesmal zeigte er ein breites Lächeln und ließ seine weißen Zähne blitzen. »Solche Verkleidungen überlasse ich anderen.«

Der Wagen bog in die Mainaustraße ein. Stanislaw hielt an, stieg aus und begleitete Daphne zur Haustür. Er hatte es jetzt eilig.

Wie von selbst bahnte sich der Aston Martin seinen Weg über die Brücke des General-Guisan-Quai, von dem aus sich das Seebecken der Stadt Zürich öffnet. Ruhig lagen die Hände von Stanislaw auf dem Lenkrad, während sich der

Wagen dem Langstraßen-Quartier näherte. Für die einen war das ein Ort unkonventioneller Lebensfreude inmitten protestantischer Wohlanständigkeit, für andere der Inbegriff von allem, was Gott verboten hatte, ein Schandfleck mit Prostitution und Drogenhandel. Die Latinos und die Schwarzen, die sich dort niedergelassen hatten, kümmerten sich nicht um das restliche Zürich, dessen Bewohner sich mit einer Mischung aus Faszination und Widerwillen gelegentlich dorthin verirrten.

Stanislaw stellte das Auto an einer Straßenecke ab, vergewisserte sich, dass die Türen abgeschlossen waren, und zog gerade den Schlüssel heraus, als eine Horde Jugendlicher um die Ecke bog. Das exotische, teure Gefährt und die schwarz gekleidete, elegante Erscheinung von Stanislaw wirkten wie Magneten auf die Halbwüchsigen. Lärmend und in dumpfer Aggressivität kamen sie näher.

Stanislaw stand wie festgewachsen neben seinem Wagen und wartete. »He, Alter«, rief einer aus der Meute, »das ist ja ein ganz cooles Teil, das du da hast! Gehört das wirklich dir, oder hast du es bei James Bond geklaut?«

Einige lachten, andere lauerten stumm. Ein pickeliger junger Bursche mit strähnigen, langen braunen Haaren, offensichtlich der Anführer, gab ihnen ein Zeichen. Es wurde still. »Der Herr hier wird uns ganz sicher seinen Autoschlüssel für einen Ausflug überlassen, wenn ich ihn nur richtig darum bitte, stimmt's?«

Der Junge war näher gekommen, und Stanislaw konnte den Bierdunst in seinem Atem riechen. In dem Moment vernahm er die Stimme eines noch sehr jungen Mädchens. »Lasst ihn in Ruhe!« Ein zierlich gewachsenes, wuschelköpfiges Wesen, das mit den roten Haaren und dem herzförmigen, von Sommersprossen übersäten Gesicht an einen Kobold erinnerte, bahnte sich den Weg nach vorn.

Magere Beine in durchbrochenen schwarzen Strümpfen steckten in schweren Cowboystiefeln, darüber trug sie einen Jeansrock, der nur knapp die kindlich wirkenden Hüften bedeckte. Ihre kurze, enge Felljacke erinnerte an ein räudiges Kaninchen. Um den Hals hatte sie einen lilafarbenen Schal mit langen Fransen gewickelt. Die Kleine stellte sich vor Stanislaw hin und musterte ihn von oben bis unten. Ihr entströmte ein schwacher Geruch nach Mottenpulver.

Er fasste sie am Kinn: »Wie alt bist du?«

Sie versuchte sich seinem Griff zu entziehen, doch er zwang sie, ihm in die Augen zu sehen.

»Siebzehn«, erwiderte sie leise.

Keiner der Umstehenden sagte etwas, alle verfolgten atemlos das Geschehen. Endlich rührte sich der Anführer.

»Was soll das werden, Mann, willst du sie anmachen?«

Stanislaw gab keine Antwort.

Mit einer wegwerfenden Geste fügte der Junge hinzu: »Du kannst sie haben, aber gib uns zuerst deinen Autoschlüssel.«

Im nächsten Moment wurde er von einer unsichtbaren Faust gepackt, die ihn hochhob und wie ein schlaffes Bündel in den Bordstein schleuderte. Die Umstehenden wichen zurück, in ihren Gesichtern stand blankes Entsetzen.

»Geh nach Hause, Mädchen«, murmelte Stanislaw, während sich die jungen Leute angstvoll trollten. Die Kleine warf ihm einen Blick zu, in dem sich Schrecken mit ungläubigem Staunen mischte, und entfernte sich langsam in die entgegengesetzte Richtung.

Stanislaw war allein. Er verharrte einen Moment neben

dem Aston, streifte mit den Augen den scheinbar leblosen Körper des jungen Mannes, der sich langsam wieder zu regen begann, und schlenderte gemächlich weiter.

Er hatte kein Ziel, noch nicht. Er wusste nur, dass er nicht mehr lange warten konnte.

– VIER –

Sie hatten verabredet, sich im »Café Odeon« zu treffen. Ramiro legte die Zeitung auf den Tisch, als er Daphne kommen sah, und stand auf. Ihm war schon während der morgendlichen Probe aufgefallen, wie blass und angespannt sie wirkte.

Sie warf ihre Tasche auf einen freien Stuhl und ließ sich aufatmend neben ihm auf den Stuhl fallen. Während er den Kellner herbeiwinkte, deutete sie auf das Boulevardblatt. »Was liest du?«, erkundigte sie sich. »Gibt's was Neues von Bedeutung?«

»Nichts Wichtiges«, sagte er achselzuckend, »außer den üblichen Geschichten über korrupte Politiker, überbezahlte CEOs und Fundamentalisten jeder Couleur. Was willst du trinken?«

Nachdem beide einen Cappuccino bestellt hatten, ergriff er ihre Hand. »Jetzt erzähl mir endlich, was da zwischen dir und diesem Waldgrafen läuft!«

»Waldgrafen?«

»Na, er stammt doch aus Transsylvanien, und das heißt, soviel ich weiß, ›hinter den Wäldern‹ oder so ähnlich.«

Daphne zog ihre Hand weg. »Wenn du damit sagen willst«, begann sie steif, »dass er …«

»Ich will damit nichts anderes sagen«, unterbrach er sie rasch, »als dass mir einiges an ihm aufgefallen ist, das ich nicht verstehe. Er kommt mir vor wie einer, der nirgendwo hingehört, trotz dieser Geschichte, die er über sein früheres

Leben erzählt. Ich halte ihn nicht für einen Hochstapler, und er ist sicher auch ein echter Graf, aber irgendetwas stimmt mit ihm nicht. Nach allem, was ich weiß, ist Rumänien ein Land, das unserer Welt und unserer Zeit sehr fern ist. Da ist es schwierig, die Spuren einer Person zu verfolgen. Bitte, Daphne, sei vorsichtig.« Er schwieg einen Moment. »Außerdem«, setzte er hinzu, »musst du an Maurizio denken.«

Daphne blickte hoch.

»Du meine Güte«, schimpfte Ramiro, »der Mann liebt dich ohne Ende, obwohl du ihn seit Monaten hinter dir her hecheln lässt, ihr seid Kollegen und habt immer etwas, worüber ihr reden könnt, nämlich über das Wunderbarste, was es auf dieser Welt gibt, die Musik, und außerdem ist er ein warmherziger, phantasievoller ...«

»... kluger und einfühlsamer Mensch, ich weiß, und kochen kann er auch noch, ganz zu schweigen von seinen sagenumwobenen Fähigkeiten als Liebhaber. Seine Kochkünste kenne ich inzwischen, seine Liebeskünste hat er mir noch nicht vorführen können.«

Daphne zündete sich unter dem missbilligenden Blick von Ramiro eine Zigarette an und entließ den Rauch in kurzen Stößen. »Ich liebe ihn eben nicht«, sagte sie kurz angebunden. »Obwohl ...«, sie sah ihren Freund von der Seite an, »obwohl ich ihn sehr gern habe, aber das reicht wohl nicht.«

Ramiro trank einen Schluck von seinem Cappuccino. »Was suchst du eigentlich, Daphne?«

Sie überlegte einen Moment und streifte die Asche ihrer Zigarette ab. »Ich weiß nicht, ob ich wirklich etwas suche, aber ich weiß, dass ich etwas anderes brauche als diese ... diese Perfektion in allem, falls du verstehst, was ich meine.«

Er schüttelte den Kopf. »Nein, verstehe ich nicht. Erklär's mir.«

Daphne atmete tief durch, drückte die Zigarette aus und stieß sich in ihrem Stuhl mit den Füßen ein Stück vom Tisch ab. »Maurizio ist jemand, bei dem alles stimmt, er hat viele wunderbare, liebenswürdige Eigenschaften, ich fühle mich bei ihm aufgehoben und umworben wie noch nie, aber ...«, sie hob die Hände in einer hilflosen Geste, »irgendwie langweile ich mich mit ihm.«

Der Geiger starrte auf den Grund seiner Tasse, als versuchte er, im Kaffeesatz zu lesen. »Wie kann man sich mit jemandem wie Maurizio langweilen? Ich wäre froh, hätte ich einen wie ihn an meiner Seite, das kannst du mir glauben.«

Daphne schluckte eine sarkastische Erwiderung hinunter, die sich auf seine Neigung bezogen hätte, mit sicherem Griff immer den falschen Partner zu wählen. Sie strich über seinen Arm. »Ramiro, wir kennen uns so lange und so gut, und trotzdem hast du nie gewusst, dass meine Wünsche und Sehnsüchte in eine ganz andere Richtung gehen. Vernünftig betrachtet hast du ja recht.« Sie verstummte. »Das Herz hat Gründe, die der Verstand nicht kennt«, zitierte sie leise.

»Das gefällt mir, von wem ist das?«

»Von Blaise Pascal, einem französischen Philosophen des achtzehnten Jahrhunderts. Er hatte das wohl mehr in einem weltanschaulich-religiösen Zusammenhang gemeint, aber es ist eigentlich ein Wortspiel, denn der französische Ausdruck ›raison‹ bedeutet sowohl ›Grund‹ wie auch ›Verstand‹ oder ›Vernunft‹.«

»Und welche Gründe hat nun dein Herz?« Ramiros Stimme klang sanft.

In Daphnes Augen war ein Leuchten, als sie ihm ihr Gesicht zuwandte. »Ich weiß es nicht, Ramiro, noch nicht jedenfalls, aber ich weiß schon jetzt, dass dieser ›Waldgraf‹, wie du ihn nennst, genau die Ecken und Kanten hat, die mich brennend interessieren. Vielleicht birgt er wirklich dunkle Geheimnisse in sich …«, sie lächelte ironisch, »aber all diese Widersprüche und Gegensätze, von denen ich immer mehr an ihm entdecke, machen ihn umso spannender.« Sie lächelte versonnen vor sich hin.

»Aha«, sagte Ramiro trocken, »es geht also um die Lust am Abgründigen. Dann zieh dich warm an, Daphne. Als Freund wünsche ich mir für dich zwar etwas anderes, aber wenn's denn sein muss, probier es aus. Vielleicht wirst du dann sehr schnell kuriert.« Er küsste sie auf die Wangen und stand auf. »Ich muss los. Bleibst du noch einen Moment?«

»Ja, ich werfe rasch einen Blick in die Zeitung. Ach, das hab ich ganz vergessen, wir sind zu einem Kostümfest im ›Stanislaw‹ eingeladen.«

Ramiro krauste die Stirn. »Die Saison dafür ist vorbei.«

»Das ist ihm egal. Es ist Maskenzwang, und jeder soll ein historisches Kostüm tragen. Was ist, kommst du mit?«

»Natürlich. Erstens muss ich auf dich aufpassen, und zweitens sollte ich auch mal wieder ein bisschen auf die Jagd gehen. Wann ist es?«

»Nächste Woche, am Freitag.«

Als er gegangen war, griff sie nach dem »Blick«. Sie überflog die ersten Seiten, bis sie auf eine Meldung stieß, die ihr Interesse weckte:

ERNEUT BLUTIGER ÜBERFALL IM KREIS 4

Rasch überflog sie den Text. Demnach trieb seit einiger Zeit ein schwarz gekleideter Mann im Langstraßen-Quartier sein Unwesen. Er überfiel nachts auf der Straße junge Frauen. Sämtliche Opfer waren mit schwerem Blutverlust aufgefunden worden, den einige von ihnen nicht überlebt hatten. Diejenigen, die durchkamen, sagten später übereinstimmend aus, dass der Angriff von hinten erfolgt sei und dass sie sich weiter an nichts erinnern könnten. Und jede dieser jungen Frauen hatte am Hals zwei kleine Bisswunden wie von einem Tier.

Daphne ließ die Zeitung sinken. Zwei Bisswunden am Hals? War der Täter ein Irrer, der sich für einen Vampir hielt? Sie meinte, schon einmal etwas darüber gelesen zu haben. Was mochte in einem Kopf vorgehen, der sich so etwas ausdachte?

Ihr Handy klingelte, und im Display erschien eine unbekannte Nummer. Zögernd nahm sie den Anruf entgegen.

»Daphne? Hier ist Stanislaw. Haben Sie Lust auf einen Drink bei mir in der Bar, sagen wir, in zwei Stunden?« Sie stotterte etwas in den Hörer, doch er schien ihr gar nicht richtig zuzuhören. »Also dann gegen sieben, ja?«

Sie blickte auf ihre Jeans und beschloss, nach Hause zu fahren, um sich umzuziehen. Sie wollte ohnehin noch ein paar Telefonate erledigen, die mit der geplanten Konzerttournee zu tun hatten und die sie lieber vom Festnetz aus erledigte.

Von der Mainaustraße aus versuchte sie vergeblich, ihren Agenten zu erreichen. Dann mussten die Anrufe eben warten. Sie duschte, öffnete ihren Kleiderschrank, probierte verschiedene Kombinationen aus, und nachdem sie sich einschließlich der dazugehörigen Accessoires dreimal umgezogen hatte, entschied sie sich für einen cremefarbenen

Kaschmirpullover mit tiefem, rundem Ausschnitt und einen kurzen schwarzen Lederrock. Dazu schwarze Stiefel mit hohen Absätzen.

Als sie fertig angezogen war, zögerte sie einen Moment, ehe sie das Diamantkreuz von Maurizio anlegte.

Kurz vor sieben betrat sie das Lokal. Ein breiter Gang führte zur Bar, deren Flügeltür weit geöffnet war. Am Ende der Theke saß der Hausherr und unterhielt sich lebhaft mit einem bärtigen Mann mittleren Alters.

Daphne blieb auf der Schwelle stehen und ging dann langsam näher. Vor dem Bärtigen lagen ein paar beschriebene Seiten und zwei Bücher. Stanislaw nahm gerade eines der Bücher zur Hand und begann darin zu blättern, als der Mann neben ihm den Blick hob und eine leise Bemerkung machte.

Stanislaw stand auf und kam ihr entgegen. Bis auf den Mann am Tresen, der sich jetzt in sein Manuskript vertiefte, waren sie allein in der Bar. In der Mitte des Raumes blieben sie voreinander stehen.

»Würde es dir etwas ausmachen, das da für die Dauer des heutigen Abends abzunehmen?« Er deutete auf das Diamantkreuz in ihrer Halsbeuge.

Wortlos griff sie in den Nacken, löste den Verschluss und ließ das Geschmeide in ihrer Manteltasche verschwinden.

Mit halb geöffneten Lippen streifte er ihre Wange. Ein eigentümlich süßlicher Duft ging von ihm aus, der sie an etwas erinnerte, doch sie kam nicht dahinter, was so roch.

Stanislaw nahm ihr den Mantel ab, ergriff ihren Arm und zog sie zur Bar. »Ich möchte dich mit jemandem bekannt machen.«

Der Bärtige blickte von seinen Blättern hoch und stand auf.

»Das ist Hannes Krebs«, sagte Stanislaw.

Daphne hielt ihm die Hand entgegen.

»Und das ist ...«

Der Mann mit dem Namen Hannes Krebs kam ihm zuvor: »Sie sind Daphne da Silva.« Eine große, warme Hand mit langen Fingern schloss sich um die von Daphne und drückte sie kräftig. Er lächelte scheu. »Ich war in einem Ihrer Konzerte«, begann er zögerlich, »obwohl Ihre Musik nicht wirklich meine ist.«

»Was ist denn Ihre Musik?« Daphnes Stimme klang sanft und interessiert.

»Meine Musik ist der Jazz.«

Sie nickte, als habe er ihr etwas erzählt, das sie nicht überraschte. Mit einer selbstverständlichen Bewegung rutschte sie neben ihn auf den Barhocker. »Können Sie sich vorstellen, dass ich Jazz ebenfalls liebe?«, erwiderte sie lächelnd.

»Ihr werdet euch nicht miteinander langweilen«, hörte sie Stanislaw neben sich. »Entschuldigt mich bitte einen Moment. Ich muss im Büro noch etwas erledigen. Ich schicke euch den Barkeeper. Bis gleich.«

Daphne sah ihm nach, während er sich mit langen Schritten entfernte. »Wollen wir darüber reden?«, wandte sie sich an ihren Nachbarn.

Er nickte und sah sie aufmerksam an.

»Weshalb haben Sie Mühe mit meiner Musik, Hannes?« Sie spürte, dass es ihm wichtig war, seine Antwort präzise zu formulieren.

»Wir könnten jetzt eine Grundsatzdiskussion über dieses Thema beginnen«, sagte er langsam, »und ich könnte

Ihnen zu erklären versuchen, dass Musik für mich erst wirklich spannend ist, wenn sie die Freiheit der Improvisation zulässt ...«

»Wollen wir uns nicht an einem so schönen Frühlingsabend wie diesem darauf einigen, dass es nur zwei Arten von Musik gibt, nämlich gute oder schlechte?«, schlug sie vor.

Er nickte bedächtig. Dann schwiegen sie eine Weile, rauchten und nahmen zwischendurch einen Schluck aus ihren Gläsern. Es war kein unbehagliches Schweigen, mehr ein stilles Einverständnis, wie zwischen Komplizen.

»Wie lange kennen Sie ihn schon?«, fragte Krebs aus seinen Gedanken heraus.

Sie sah ihn an. »Seit einer Woche ungefähr. Warum? Ist das wichtig?«

Er erwiderte ihren Blick, bis er nach seinem Whiskyglas griff und es einen Moment in der Hand wiegte, bevor er den letzten Schluck austrank. Er zuckte die Achseln. »Wahrscheinlich spielt es keine Rolle, ob man ihn einen Tag, eine Woche oder ein paar Jahre kennt. Er wird immer derselbe sein, und er wird sein Geheimnis nie preisgeben.«

Daphne musterte den Mann neben sich verwundert. »Wie meinen Sie das?«

Hannes langte in seine Tabaksdose und stopfte die Pfeife, die neben seinem Glas lag. »Sehen Sie das nicht, Daphne? Stanislaw ist eine Figur, die es eigentlich nicht wirklich gibt. Er ist wie jemand, der sich selbst erfunden hat. In das Zeugs, das ich schreibe, passt er zwar überhaupt nicht rein, aber für mich ist er wie eine Romangestalt, nicht wie jemand aus dem richtigen Leben.«

Er schüttelte den Kopf und murmelte etwas, das Daphne nicht verstand.

»Klingt, als ob Sie mich vor ihm warnen wollten. Haben Sie etwas gegen ihn?«

Ein Lächeln, das bis zu seinen Augen reichte, erschien auf seinen strengen Zügen. »Ganz im Gegenteil, ich mag ihn sogar sehr. Nur hat das eine nichts mit dem anderen zu tun. Und es würde wohl auch nicht viel nützen, wenn ich Sie vor ihm warnte, oder?«

Er hatte recht, es würde nichts nützen. Aber dieser sonderbare Mensch, der sich am frühen Abend in eine leere Bar setzte, um seine Geschichten zu schreiben, war schon der Dritte, der sie im Umgang mit Stanislaw zur Vorsicht mahnte. Zuerst Maurizio, dann Ramiro und jetzt Hannes Krebs, dem sie nie zuvor begegnet war.

Da sie nicht antwortete, fuhr er fort: »Es gibt Menschen, die etwas tief in uns wachrufen, das besser weiter geschlummert hätte.« Er sah sie von der Seite an.

Sie reagierte nicht.

Der Barkeeper erschien. Daphne bestellte ein Glas Weißwein, Hannes Krebs einen Espresso.

»Und Sie glauben, dass Graf Stanislaw zu diesen Menschen gehört?« Daphnes Stimme war nur noch ein Flüstern.

»Ja, das glaube ich. Ich unterstelle dabei keineswegs immer Absicht. Es muss nur die richtige Person zum richtigen Zeitpunkt am richtigen Ort erscheinen, und der Schlüssel passt ins Schloss, Türen öffnen sich, andere schließen sich für immer.«

Sie streckte die Hand aus und umklammerte den Arm von Hannes Krebs, als könnte er sie vor dem Ertrinken retten. Er ließ sie gewähren, paffte vor sich hin und studierte die Etiketten der Flaschen, die in den indirekt beleuchteten Glasregalen vor ihnen an der Bar aufgereiht standen.

»Hannes ...«

Er legte seine warme große Hand auf ihre. »Das Einzige, was du wirklich fürchten musst, Daphne, bist du selbst, denk dran, wenn's so weit ist. Hier«, behutsam löste er seinen Griff und schrieb etwas auf einen Zettel, den er aus dem Rucksack neben seinem Barhocker hervorgekramt hatte, »da kannst du mich erreichen, falls es mal brennt.«

Sie nahm den Zettel und verstaute ihn in ihrer Handtasche.

Stanislaw kehrte zurück und erfasste die Szene mit einem Blick. »Hat er dir gesagt, dass du dich vor mir in Acht nehmen sollst, Daphne?« Sein Ton war ein wenig spöttisch und durch und durch gelassen.

Sie betrachtete ihn, als sähe sie ihn zum ersten Mal. »Nein, Stanislaw. Er hat ...«

Krebs machte eine Handbewegung, die sie innehalten ließ. »Sie hatten recht, Graf Stanislaw, wir haben uns nicht miteinander gelangweilt. Ich muss jetzt gehen.« Er deutete auf die beiden Bücher. »Ich lasse sie Ihnen da.«

Stanislaw begleitete ihn zur Tür. »Schreiben Sie mir etwas hinein?«

»Nur, wenn sie Ihnen gefallen. Dann mit großem Vergnügen.« Krebs winkte zum Abschied und verschwand.

Stanislaw setzte sich neben Daphne. Sie hatte eines der Bücher aufgeschlagen und las den Klappentext. Es handelte sich um Kriminalgeschichten. Das andere Buch enthielt Erzählungen über Cuba, in denen es um Politik zu gehen schien und um Musik. Es überraschte sie, dass er unter Pseudonym schrieb. »Leihst du es mir, wenn du es gelesen hast?«

»Aber natürlich. Danach können wir den Autor gemeinsam auseinandernehmen. Oder auch gemeinsam loben.«

»Was ist das eigentlich für ein Wein?«, fragte sie und deutete auf das Glas, das der diskrete Barkeeper dem Hausherrn auf dessen Wink gebracht hatte.

»Das ist der ›Réserve du Patron‹, nur für mich reserviert, eine Spezialabfüllung. Es ist ein Roter aus meiner Heimat, pure Nostalgie wahrscheinlich.«

Sie deutete auf das Glas. »Darf ich?«

»Natürlich, aber er wird dir nicht schmecken. Man braucht eben diesen besonderen Bezug dazu …«

Daphne trank einen kleinen Schluck, stutzte, setzte das Glas ab und versuchte es erneut. Sie verzog das Gesicht. Stanislaw betrachtete sie amüsiert von der Seite. »Nun?«

»Du hast recht. Ich will dich nicht kränken, und ich will auch nicht die Erzeugnisse deines Landes kritisieren, aber obwohl dieser Wein nach Rotwein schmeckt, hat er doch einen, na, eben sehr fremdartigen Beigeschmack, so einen bittersüßen Nebenton, der nicht dazu passt.«

Grinsend legte er den Arm um ihre Taille. »Das wird wohl daran liegen«, raunte er ihr ins Ohr, »dass es in meiner Heimat üblich ist, den Wein mit Blut zu strecken, denn vergiss nicht, das ist Dracula-Land, das Reich der Vampire.«

Die kurze Meldung im »Blick« blitzte in ihrem Kopf auf. Seine Hand, die jetzt über ihre Hüfte wanderte, fühlte sich unerwartet kühl an.

»Sei ganz ruhig« flüsterte er, als er spürte, wie sie sich verspannte, »du bist hier in Zürich und in Sicherheit, und außerdem bist du in meiner Obhut.« Er sah ihr in die Augen. »Hättest du Lust, einmal mit mir dorthin zu reisen, nach Transsylvanien? Es ist ein sehr schönes Land, glaub mir …«

Ein Schatten glitt über sein Gesicht. Erst jetzt fiel ihr

auf, wie fahl und eingefallen, wie müde es aussah. Rasch führte er das Glas zum Mund und trank einen Schluck.

Daphne hatte seine Bewegungen verfolgt, die plötzliche Erschöpfung und das plötzliche, fast unkontrollierbare Verlangen. Sie kramte in ihrer Tasche und holte eine Zigarette hervor.

Als er ein Streichholz abriss, um ihr Feuer zu geben, hatten seine Finger etwas vom nervösen Zittern eines Falters, der sich schon zu sehr der Quelle seines Verderbens genähert hat.

»Stanislaw ...«, begann sie zögernd, aber er ließ sie nicht zu Ende sprechen, fasste nach ihrer Hand, bog sie auseinander und küsste ihre Fingerspitzen der Reihe nach.

»Ich wollte dir sagen ...«, versuchte sie es erneut, während er noch einen Schluck nahm und allmählich ruhiger zu werden schien.

»Was denn?« In seine Stimme war die gewohnte Überlegenheit zurückgekehrt. »Worum geht es? Um Maurizio?« Er hatte den Ellbogen aufgestützt, das Kinn in die rechte Hand gelegt, und betrachtete ihr Profil.

Der Barkeeper tauchte in der Tür auf, und Stanislaw bedeutete ihm mit einer raschen Geste, noch mal das Gleiche zu bringen.

Gedankenverloren langte Daphne in das Schälchen mit Nüssen, das vor ihr stand, bis ihr bewusst wurde, dass er eine Antwort erwartete.

»Maurizio und ich sind kein Paar«, sagte sie mit einer Stimme, die in ihren eigenen Ohren fremd klang, »wir mögen uns, und wir sind Freunde. Glaub ich zumindest.«

»Er liebt dich«, stellte Stanislaw trocken fest, »und er will dich ganz für sich allein haben. Was ich gut verstehen kann.«

»Aber ich liebe ihn nicht«, warf sie eine Viertelsekunde zu schnell ein. Großer Gott, weshalb erzählte sie ihm das? Ihr Blick wanderte über die Flaschen im gegenüberliegenden Regal und verlor sich im Nirgendwo, bis ihr ein paar Sätze von Maurizio wieder in den Sinn kamen.

»Er sieht in dir übrigens so etwas wie Blaubart, hat er mir gesagt.« Nachlässig streifte sie die Asche ihrer Zigarette ab.

»Blaubart?« Stanislaw lachte leise in sich hinein. »Hat er das ernst gemeint?«

Ein Zorn, den sie nicht verstand, stieg in ihr auf. »Ja, hat er.« Mit heftigen Stakkatobewegungen massakrierte sie den Zigarettenstummel im Aschenbecher und leerte den Rest Weißwein. »Ich möchte jetzt gehen.« Sie langte nach ihrer Tasche.

Eine feste Hand umklammerte ihren Arm und zog sie auf den Barhocker zurück. »Einer meiner Angestellten wird dich nach Hause fahren. Und, Daphne ...« Er hatte seinen Griff nicht gelockert. »Sieh mich an.«

Sie starrte in seine schwarzen Pupillen, während sich in ihren Gliedern eine bleierne Schwere ausbreitete. Als sie seine Hand auf ihrer Schulter spürte, blinzelte sie benommen. »Ich bin so müde«, murmelte sie.

»Ja, und du wirst heute Nacht ganz tief schlafen. Komm«, er half ihr hoch, »der Wagen wartet schon.«

Sie stützte sich auf seinen Arm.

»Bis Freitag, Daphne.«

»Freitag ...?«, murmelte sie.

»Hast du das Kostümfest schon vergessen?«

»Ach ja, das Kostümfest, natürlich.«

Er half ihr in den Fond der Limousine und ging nachdenklich das kurze Stück zum Eingang der Bar zurück, als ein Taxi vorfuhr. Er blieb stehen und wartete.

Ein Reporter des »Blick«, der gelegentlich bei ihm zu Abend aß, stieg aus dem Fahrzeug und steuerte auf die Bar zu. Stanislaw folgte ihm und stellte sich neben ihn an den Tresen.

»Der Hausherr persönlich, welche Ehre«, sagte der Journalist in jenem leicht ironischen Ton, den manche aus Unsicherheit anschlugen, wenn sie mit Stanislaw zu tun hatten.

»Und welche Freude, mal wieder einen Vertreter der hiesigen Presse begrüßen zu dürfen«, parierte Stanislaw und zauberte ein besonders strahlendes Lächeln auf sein Gesicht. »Darf ich Ihnen einen Drink offerieren?« Ohne die Antwort des Mannes abzuwarten, winkte er dem Barkeeper.

Inzwischen waren mehrere Plätze besetzt. Die Gäste unterhielten sich leise oder lauschten der Stimme Billie Holidays, die gerade »Fine and Mellow« sang.

Bald hatte er den Reporter in eine Unterhaltung über die Situation der Medien in diesem Land verwickelt. Über Fusionswellen, Zeitungssterben, Übernahmeversuche und Ähnliches kam er schließlich auf die Boulevardpresse im Allgemeinen und dann im Besonderen zu sprechen. »Sie sind doch Polizeireporter, oder?«, fragte er schließlich. Und als sein Gast nickte, fügte er lässig hinzu: »Muss spannend sein, immer so nah an den Abgründen der menschlichen Natur zu recherchieren!«

Der Journalist deutete ein Gähnen an »Das stellt sich ein Außenstehender nur so vor. Das meiste ist langweilige Routine.«

Stanislaw beugte sich ein wenig zu ihm. »Sie haben recht, ich kenne mich da wirklich nicht aus. Wie funktioniert das denn so bei Ihnen? Erzählen Sie doch mal!«

Schon wurde dem Reporter nachgeschenkt, der geschmeichelt zu plaudern begann. Gelegentlich unterbrach Stanislaw den Wortschwall durch ein interessiertes »Aha« oder »Ach, so ist das«.

Ein wenig erschöpft hielt der andere nach einer Weile inne und leerte sein Glas in einem Zug.

»Noch einen?« Die Frage erübrigte sich.

»Da fällt mir ein«, fuhr Stanislaw in beiläufigem Ton fort, »diese seltsame Geschichte, die heute bei Ihnen im Blatt steht, haben Sie die selbst recherchiert? Ich meine diesen Überfall im Kreis 4, Sie wissen schon.«

»Die Frau mit den Bisswunden am Hals?«

Stanislaw nickte.

»Ja, ich hab's versucht, aber das Opfer ist noch nicht richtig ansprechbar, und man weiß nicht, ob sie durchkommt. Es ist ja nicht der erste Fall dieser Art, obwohl die anderen eine Weile zurückliegen. Erstaunlicherweise ist aber jeder Fall bisher so anders gewesen, dass sich kein Muster daraus erkennen lässt, kein Täterprofil.«

»Sind denn alle bisherigen Opfer gestorben?«, erkundigte sich Stanislaw.

Der Journalist überlegte kurz. »In den letzten zwei Jahren gab es sechs solche Überfälle, und nur drei der Opfer, die übrigens alle weiblichen Geschlechts waren, haben den Angriff überlebt. Das hing natürlich davon ab, wann das Opfer gefunden wurde, wie groß der Blutverlust war und in welcher physischen Verfassung es war.«

»Was halten Sie denn von der Geschichte?« Stanislaw sah seinen Gesprächspartner aufmerksam an.

»Na, es wird sich um einen Psychopathen handeln, der sich für Dracula hält oder so ähnlich. Allerdings muss es ein sehr intelligenter und raffiniert vorgehender Irrer sein, denn er hat noch nie irgendeine Spur hinterlassen. Außerdem scheint er die Opfer im Moment des Angriffs in eine Art Trance zu versetzen, denn die Überlebenden haben ausgesagt, dass sie sich an fast nichts erinnern können.«

»Konnten die Opfer den Mann wenigstens teilweise beschreiben? Oder den Tathergang?«

»Die Umstände waren jedes Mal sehr verschieden«, erklärte der Reporter, »und eine Beschreibung …, es war ja immer dunkel. Jedenfalls ist das Ganze wirklich unheimlich, und wenn das so weitergeht, gerät unsere Polizei gewaltig unter Druck. Sie wissen ja, die öffentliche Meinung verlangt nach raschen Resultaten. Natürlich wird weiterhin ermittelt, aber es ist, als ob man mit einer Nadel im Heuhaufen stochert.«

»In dem Fall«, sagte Stanislaw leichthin, »wäre es wohl an der Zeit für einen Aufmacher mit einer richtig schönen Schlagzeile, finden Sie nicht? Die Leute stürzen sich doch auf so was!«

»Wir denken darüber nach«, erwiderte der Reporter. »Ich wusste gar nicht, dass Sie sich so für die Journaille interessieren, Graf Stanislaw. Na, es tut ja auch mal gut, vom Job erzählen zu können. Verzeihen Sie also meine Redseligkeit.« Er sah auf die Uhr. »Jetzt muss ich aber wirklich gehen. Zeit für die Nachtschicht.«

Nachdem er sich bedankt hatte, rief er seinem Gastgeber noch über die Schulter zu: »Vielleicht bekommen Sie ja bald Ihren Aufmacher!«

– FÜNF –

Brennende Fackeln säumten den Aufgang zum Club, aus dem Inneren drang Musik. Sicherheitsleute wuselten hin und her und flüsterten in ihre Funkgeräte.

Gerade als Daphne von Ramiro aus dem Taxi geholfen wurde, setzte ein Platzregen ein, vor dem alle sofort unter den Schutz schnell aufgespannter Schirme flüchteten. Ein Angestellter des Grafen eilte auf Daphne zu, nahm sie am Arm, und sie stakste missmutig in ihren Pumps neben dem jungen Mann her, der einen riesigen schwarzen Schirm mit dem leuchtendroten »Stanislaw«-Signet über sie hielt.

»Und was ist mit mir?«, schimpfte Ramiro. »Ich kann wohl nass werden, wie? Im nächsten Leben komme ich als Frau auf die Welt.«

Doch schon erbarmte sich seiner ein Kellner, sodass er den Rest des Weges trocken zurücklegen konnte.

Er hätte es sehr bedauert, wenn sein Kostüm zu Schaden gekommen wäre. Seine engen Lederhosen steckten in hohen Stulpenstiefeln, und über einem reich mit Spitzen besetzten weißen Hemd trug er die blaue Uniform mit dem goldenen Kreuz und den drei bourbonischen Lilien des französischen Königshauses. Die Handhabung des Degens bereitete ihm noch ein wenig Mühe, doch das schwungvolle Lüften des Lederhutes mit der nach oben gebogenen Krempe und der langen Feder beherrschte er schon ganz souverän. Er war ein prachtvoller D'Artagnan.

Mit dem Kostüm des königlichen Musketiers hatte er eine Rolle für sich gefunden, die einem Alter Ego von ihm entsprach. Auch Ramiro empfand sich nicht als Hasenherz, sondern als stolz und unbestechlich, loyal und zuverlässig.

Daphne wartete im Entree, wo eine Armada dienstbarer Geister herumschwirrte. Angestellte des Clubs trugen, wie die Gäste, Kostüme aus verschiedenen historischen Epochen. Ein kleines Schild mit dem »Stanislaw«-Signet und dem Vornamen kennzeichnete sie als Mitarbeiter.

Ein leicht bekleideter »ägyptischer Sklave« nahm Daphne das Cape ab. Interessiert betrachtete Ramiro den jungen Mann, dessen braun glänzender, muskulöser Körper nur von einem baumwollenen Lendenschurz bedeckt wurde. Dort, wo der Stoff oberhalb der Hüften aufhörte, war das Namensschild angebracht. »Reto« stand darauf. Daphne unterdrückte ein Grinsen. Ramiro starrte ihm hinterher, als er im Gedränge verschwand, während Daphne versuchte, die Aufmerksamkeit ihres Begleiters zu erregen, indem sie sich einmal um die eigene Achse drehte.

Der gebauschte Rock ihrer bodenlangen Robe aus karmesinfarbener Seide schwang leicht um ihre grazile Figur, und das mit Perlenschnüren verzierte Mieder ging auf der Höhe des Brustansatzes in lange, gefältelte Ärmel über. Hals und Schultern waren bloß. In der Vertiefung unterhalb ihrer Kehle schimmerte eine tropfenförmige schwarze Perle an einer hauchdünnen Diamantschnur. Das honigfarbene Haar hatte sie sich im Stil des ausgehenden Biedermeier zu üppigen Korkenzieherlocken frisieren lassen, die als goldene Kaskaden in den Nacken fielen.

»Du siehst atemberaubend aus. Wo gibt es so was?«

»Im Fundus der Oper. Und wer bin ich?« Mit anmutig zur Seite geneigtem Kopf vollführte sie erneut eine halbe Drehung, doch bevor der Geiger antworten konnte, erschien eine maskierte männliche Gestalt, bei der es sich unverkennbar um das »Phantom der Oper« handelte, und nahm Daphne beim Arm.

Ohne auf Ramiros Protest zu hören, ließ sich Daphne zum Eingang des Saals führen. Dort hatte sich wie in alten Zeiten ein Majordomus postiert, der beim Erscheinen jedes neuen Gastes mit einem prächtig verzierten Zeremonienstab dreimal auf den Boden klopfte und ihn feierlich als den ankündigte, den er darstellte. Auf der Antwortkarte hatte jeder Gast vermerken müssen, in welcher Rolle er auftreten würde.

»Marguerite, la Dame aux Camélias«, annoncierte er Daphnes Auftritt, und im selben Moment spielte das Orchester auf der Bühne im Hintergrund die Ouvertüre aus »La Traviata« an. »Charles d'Artagnan, Musketier des Königs«, schmetterte der Majordomus, als Ramiro, seinen Hut schwenkend, die Szenerie betrat.

Dann ging es in raschem Tempo weiter: »Mister Sherlock Holmes und Doctor Watson«, ein skurril anmutendes Paar, das amüsierte Zustimmung fand, »Giacomo Casanova, Chevalier de Seingalt«, der seine etwas zu stämmige Statur in ein mottenzerfressen wirkendes Rokokowams gezwängt hatte, »Al Capone«, ein Zigarren rauchender, schwarz gekleideter Kerl in Begleitung der unvermeidlichen Wasserstoffblondine mit paillettenbesetztem Hängerchen à la Marilyn Monroe, »Oscar Wilde« im perfekten Dandy-Look und natürlich auch Kostümdoubletten von Gästen, die sich offenbar vorher nicht abgesprochen hatten.

Ramiro nahm ein Glas Champagner von einem der Tabletts und lehnte sich an eine verspiegelte Säule. Er beobachtete, wie Daphne/Marguerite sich ihrem maskierten Begleiter entzog und in die Menge eintauchte. Der Kostümierte blieb stehen, sah ihr einen Moment lang nach und steuerte rasch wieder auf die Tür zu. »Guten Abend, Ramiro«, sagte er heiter, während er die Gestalt an der Säule im Vorbeigehen streifte, »ich hoffe, Sie werden diese Nacht genießen. Weidmannsheil!« Schon war er fort.

»Weidmannsdank, Graf Stanislaw«, flüsterte Ramiro ihm hinterher. Irritiert betrachtete er sich im Spiegel der Säule. War er trotz seiner Verkleidung und trotz der Maske, die sein Gesicht fast vollständig bedeckte, so leicht zu erkennen?

Er sah sich im Saal um. Erst jetzt nahm er die Details der Szenerie wahr und wusste nicht, worüber er mehr staunen sollte – über das, was Stanislaw sich hatte einfallen lassen, oder über den Aufwand, den er dafür trieb. Ramiro kannte die Räumlichkeiten des ehemaligen Kinosaals von verschiedenen Anlässen, doch jetzt befand er sich in einer Zauberwelt, in der alles anders war.

Der Hausherr hatte eine Kulisse bauen lassen, die keinerlei historischen Bezug nahm und nur durch ihre besondere Stimmung wirkte. Bequeme, mit dunkelrotem Samt bezogene Möbel luden mehr zum Liegen als zum Sitzen ein, und kleine quadratische Tische aus geschwärztem Eisen mit kunstvoll geschwungenen Füßen waren als Ablage für Gläser, Teller oder Aschenbecher aufgestellt. Der künstliche Sternenhimmel an der tiefblauen, leicht gewölbten Decke schuf eine irisierende, diffuse Beleuchtung, während ein Meer von kleinen Flämmchen, die überall im Raum verteilt waren, gerade so viel Licht spendete, dass die teilweise beeindruckenden Kostüme der Gäste genügend zur Geltung kamen.

Lebende Bilder, in den Nischen entlang der beiden Seitenwände zwischen Eingang und Bühne, wurden indirekt beleuchtet und zeigten bekannte Themen aus Geschichte und Mythologie: eine besonders blutrünstige Enthauptung der Marie Antoinette, ein sehr privates Gelage von Cleopatra und Cäsar, eine lüsterne Leda mit ihrem Lieblingsschwan, einen äußerst spärlich bekleideten Siegfried im Kampf mit einem Hollywood-verdächtigen Drachen, Nymphen in durchsichtigen Gewändern, die von bocksfüßigen Faunen bedrängt wurden.

Ramiro erinnerte sich an das Motto des Abends: berühmte Gestalten der Geschichte. War Stanislaw aufgrund seiner Biographie jemand, der mehr in der Vergangenheit lebte? Oder war das Ganze lediglich ein großer Spaß für ihn, ohne jeden Hintersinn?

Vielleicht, sinnierte er, während er sich mit seinem Champagnerglas auf die Menschen in der Mitte des Raums zubewegte, war dieser entwurzelte transsylvanische Adlige nichts anderes als eine skurrile Figur, die es auf Umwegen in das gediegene Zürich verschlagen hatte. Einer, der sich darin gefiel, den exotischen Sonderling zu spielen, weil es ihm diebisches Vergnügen bereitete und weil seine Gäste es so wollten.

Sein Blick fiel auf eine Szene in seiner unmittelbaren Nähe.

Stanislaw beugte sich gerade über die Hand einer etwas magersüchtig wirkenden Rokoko-Dame, deren hochgeschnürtes Dekolleté eine pikante »Mouche«, ein Schönheitspflästerchen, zierte. Der Majordomus hatte sie als »Madame Pompadour« angekündigt. Der Hausherr blickte einige Sekunden lang in ihre Augen hinter der schmalen weißen Seidenmaske und flüsterte ihr etwas ins Ohr. Dann richtete er sich auf und trat zwei Schritte zurück.

»Madame Pompadour« begann ihr Mieder zu öffnen. Mit starrer Haltung, den Blick geradeaus gerichtet, löste sie die zahlreichen Häkchen und Ösen des Gewands, bis es raschelnd zu Boden fiel. Darunter kam das Drahtgestell des Reifrocks zum Vorschein, das zu den knabenhaften Brüsten einen rüden Kontrast bildete. Die dünnen Beine steckten in durchsichtigen, halterlosen Strümpfen, zu denen sie ein spitzenbesetztes weißes Höschen trug. Tuschelnd stießen die Umstehenden sich an und bildeten einen Kreis um sie. Das Gesicht der Frau war ausdruckslos, und ihre Bewegungen wirkten mechanisch. Jetzt begann sie sich im Rhythmus der Musik zu wiegen, als läge sie in den Armen eines unsichtbaren Tanzpartners.

Stanislaw klatschte in die Hände. Die Frau hielt in der Bewegung inne, blickte an sich herab und schien sich erst jetzt der Umstehenden bewusst zu werden. Auf einen Wink des Hausherrn erschien ein Bediensteter, hob »Madame Pompadours« Gewand vom Boden auf und begleitete die Frau, die wie erstarrt stehen geblieben war, hinaus.

Stanislaw machte nur eine ratlose Geste, als wollte er sich für das Verhalten seines Gastes entschuldigen, und die Szenerie löste sich rasch auf.

Irritiert blickte sich Ramiro nach Daphne um, konnte sie jedoch nirgendwo entdecken. Wie hätte sie darauf reagiert?

Stanislaw, einige Schritte von ihm entfernt, ließ sich gerade von Pierre ein Glas mit einer rot schimmernden Flüssigkeit reichen. »Santé, Ramiro, ich hoffe, dass Sie in dieser Nacht finden werden, was Sie suchen!«

Während Ramiro noch überlegte, ob er ihn auf den grotesken Vorfall ansprechen sollte, ertönte erneut die Stimme des Zeremonienmeisters: »Graf Dracula, Herrscher aus Transsylvanien.«

Stanislaw und Ramiro drehten sich gleichzeitig um. Eine Gestalt im schwarzseidenen Umhang mit leuchtend rotem Innenfutter betrat den Saal und blieb publikumswirksam einen Moment auf der Schwelle stehen.

Dracula war ein großer, kräftiger Mann mit vollem grauem Haar, dessen Halbmaske einen Teil seines bleichen Gesichts freigab. Die blutroten Lippen bildeten einen auffälligen Kontrast zu der wächsernen Blässe der Haut, und als sich sein Mund zu einem grimmigen Lächeln verzog, wurden spitze Fangzähne sichtbar.

»Er sieht wirklich echt aus«, fand Ramiro. »Aber hat er sich nicht im Motto des Abends geirrt? Es geht doch um reale Persönlichkeiten, oder etwa nicht?«

Achselzuckend wandte Stanislaw sich ab. »So betrachtet haben Sie recht. Aber ich habe mich mit meiner Kostümierung ebenfalls darüber hinweggesetzt, denn das ›Phantom der Oper‹ ist auch nur eine literarische Figur. Andererseits …« Er beugte sich näher zu Ramiro. »Sie glauben gar nicht, Ramiro, wie viele Menschen insgeheim von der Existenz der Vampire überzeugt sind. Und außerdem hat die Familie Dracula tatsächlich existiert, aber das wissen nur wenige. In meiner Heimat …« Er wurde von Pierre unterbrochen, der auf ihn zueilte.

»Graf Stanislaw, es gibt da ein Problem«, erklärte er nervös. »Im Entree ist ein Mann aufgetaucht, der keine Einladung hat und unbedingt reinwill. Er behauptet, es müsse sich um ein Versehen handeln, dass er keine Einladung erhalten hat, und er weigert sich, seinen Namen zu nennen. Was soll ich tun? Eigentlich müsste man ihn rauswerfen, aber er ist sehr eindrucksvoll verkleidet, und er hat so etwas ...«

»Ich seh ihn mir mal an«, unterbrach ihn Stanislaw trocken, »wenn mir sein Kostüm gefällt, darf er rein.« Er folgte Pierre zum Eingang.

Eine vollständig verhüllte Gestalt im bodenlangen schwarzen Kostüm eines venezianischen Pestdoktors mit der vogelschnabelartig geformten Gesichtsmaske und dem schwarzen Dreispitzhut wandte sich um und blieb stumm vor ihm stehen. Stanislaw warf nur einen kurzen Blick auf den anonymen Eindringling und gab seinem Geschäftsführer ein zustimmendes Zeichen.

»Bitte hier entlang«, sagte Pierre höflich und bedeutete dem Unbekannten, ihm in den Saal zu folgen. Fast geräuschlos klatschte er in die Hände, worauf einer der Angestellten mit einem Tablett auftauchte.

Vorsichtig setzte der ungebetene Gast das Glas an den Mund und trank es in wenigen Schlucken leer. Diejenigen, die sein Erscheinen bemerkten, stießen sich gegenseitig an und tuschelten. Auch Ramiro, der sich gerade in einem intimen Dialog mit dem ägyptischen Sklaven Reto befand, hatte den Neuankömmling entdeckt. Der Pestdoktor ließ seinen Blick durch den Saal schweifen, als suche er etwas. Endlich ließ er sich auf eines der Sitzmöbel fallen. »Verdammter Jetlag«, murmelte er vor sich hin, während die kostümierten Gestalten in seiner Umgebung ihn weiter anstarrten.

»Eindrucksvolle Maske, finden Sie nicht?«, nuschelte er unter seiner Vermummung. Seine Nachbarn entspannten sich. »Erzählen Sie mir mal, wer Sie sind«, forderte er die Runde auf. »Es hat doch eine Vorstellung gegeben, und ich war nicht dabei.«

»Sieht man das denn nicht?«, fragte eine junge Frau neben ihm, die ein eng geschnürtes weißes Kleid mit großzügigem Schulterdekolleté und gerüschtem, langem Rock trug. In ihr weit über die Schultern reichendes, gelocktes dunkles Haar waren sternförmige Diamanten eingearbeitet. Sie neigte kokett den Kopf zur Seite.

»Kaiserin Elisabeth von Österreich, genannt Sissi, habe ich recht?«

Statt einer Antwort streckte sie ihm die behandschuhten Finger entgegen, und der Vermummte hauchte einen angedeuteten Kuss darauf. Er blickte weiter in die Runde und wandte sich zu einem stattlichen, etwas gedrungen wirkenden Mann in einem seidenen, weißen Rokoko-Kostüm mit goldener Stickerei, dessen gewaltige Allonge-Perücke bei jeder Bewegung leicht schwankte.

»Ludwig XIV.?«

Der Mann verzog den fleischigen Mund zu einem hochmütigen Lächeln. »Ganz recht.«

Der Vermummte deutete eine Verneigung an. »Sire …«

Eine Frau, deren üppige Formen von einem bordeauxfarbenen Prachtkleid im Stil des ausgehenden Barock mühsam gebändigt wurden, reckte ihm ihren Busen entgegen. »Und wer bin ich?«

Der Pestdoktor lauschte dem Klang ihrer Stimme nach und sprach leise vor sich hin: »Ich glaube, ich weiß es, aber für den Moment würde ich sagen …« Er beugte sich vor. »Katharina die Große?«

Zufrieden lehnte sie sich in die Kissen zurück.

Eine große, schlanke Gestalt erschien vor der Gruppe. »Majestät, darf ich um diesen Tanz bitten?«

Katharina die Große ergriff die dargebotene Hand und ließ sich von Stanislaw auf die Tanzfläche führen.

»Verdammt heiß ist das hier«, schimpfte der Pestdoktor, stand auf und verschwand.

»Schade«, sagte einer der anderen, »diese Art von heiterem Beruferaten begann mir zu gefallen.«

Ramiro sah sich nach Daphne um, bis er sie am Rand der Tanzfläche im Gespräch mit einer männlichen Gestalt entdeckte, in der er den mottenzerfressenen Casanova erkannte. Im selben Moment erschien der vermummte Venezianer und ließ sich in der Nähe der beiden nieder. Hartnäckig starrte er in Ramiros Richtung, bis der sich gemächlich auf ihn zu bewegte.

»Es war wohl ein langer Weg von Venedig bis hierher«, begann Ramiro, als er vor ihm stand. »Wer oder was mögen Sie sein?«, fragte er. »Sie wollen auf keinen Fall enttarnt werden, Sie sind zu spät gekommen, und Sie hatten keine Einladung.«

Der Pestdoktor reagierte nicht.

Daphne ließ Casanova stehen und trat zu den beiden Männern. Der geheimnisvolle Gast verbeugte sich tief vor ihr, und als ein Tablett mit Getränken vorbeigetragen wurde, reichte er ihr ein Glas Champagner. Sie dankte ihm mit einer anmutigen Gebärde.

Sie setzte das Glas an die Lippen, die im selben Karmesinrot schimmerten wie ihr Kleid und die mit Strass besetzte Maske. Aus den Augenwinkeln beobachtete sie, wie Stanislaw und Katharina die Große an ihr vorbeitanzten. Es war nicht schwer zu erraten, dass es sich um Miss Piggy handelte.

Es versetzte Daphne einen feinen Stich, als sie sah, dass Stanislaws Tanzpartnerin ihm mit einer besitzergreifenden Geste die Finger um den Nacken legte und ihre Wange an seine schmiegte. In dem Moment nahm der Vermummte ihre Hand und zog sie wortlos in das Gewühl der Tanzenden.

Während die Band ein langsames Stück spielte, hielt er sie mit festem Griff, wahrte aber Distanz. Sie nahm einen Duft wahr, der ihr bekannt vorkam, da er sich aber mit anderen Gerüchen, mit schweren Parfüms, Rauch und Schweiß, mischte, konnte sie ihn nicht einordnen.

Um das anhaltende Schweigen beim Tanzen zu brechen, wollte sie ihm ein Kompliment für sein Kostüm machen, doch er legte nur seinen behandschuhten Finger an die Mundöffnung der Maske, zog sie ein wenig näher zu sich heran, und wieder spürte sie, wie fest er sie im Arm hielt. Verstohlen blickte sie sich um, doch Stanislaw und die Baronin waren verschwunden.

Die Musiker auf der Bühne wechselten zu einem schnelleren, rhythmischeren Stück, und trotz seines unförmigen Gewands begann der Vermummte, Daphne nun zu schwenken und zu drehen. Er bewegte sich mit großer Sicherheit und stets im Takt der Musik. »Geheimnisvoller Venezianer, Sie sind ein sehr begabter Tänzer«, sagte Daphne, obwohl sie wusste, dass ihr Gegenüber keine Unterhaltung wünschte. Der Kostümierte verstärkte den Druck seiner Hand.

Das Stück war zu Ende. Daphne war es heiß geworden. Der Vermummte bot ihr gerade seinen Arm, um sie von der Tanzfläche zu führen, als Stanislaw vor ihnen stand.

»Verzeihen Sie, Dottore«, erklärte er lächelnd, »ich werde Ihnen diese Kameliendame jetzt entführen.«

Ohne eine Erwiderung abzuwarten, legte er den Arm um ihre Taille. Das alles ging so schnell, dass weder der Mann in der venezianischen Maske reagieren konnte noch Daphne. Mit raschen Schritten bahnte sich Stanislaw zusammen mit Daphne einen Weg durch das Gedränge, führte sie zu einem der Sitzpolster, wo sie nebeneinander Platz hatten.

»Ruh dich aus, du bist erhitzt. Ein wenig Champagner wird dir guttun, und du solltest auch etwas essen.« Er winkte einer jungen Frau im Kostüm einer mittelalterlichen Marketenderin, die ein Tablett mit Häppchen durch die Menge balancierte.

Wieder ruhte seine Hand auf Daphnes Taille. Als sie versuchte, sich vorzustellen, wie sich diese kühle, feste Hand auf ihrer nackten Haut anfühlen würde, entwand sie sich seinem Griff und nahm zwei Canapés vom Tablett.

»Besser?«, fragte er.

Daphne biss herzhaft in eines der kleinen Brötchen. »Viel besser«, antwortete sie kauend und trank ein wenig Champagner hinterher. »Stanislaw, hast du eine Ahnung, wer mein vermummter Tänzer sein könnte? Er ist ungewöhnlich musikalisch und kann sich trotz seiner sperrigen Verkleidung sehr elegant bewegen.«

»Nein, ich habe keine Ahnung.«

»Ist ja auch nicht so wichtig«, sagte sie leichthin und blickte in den Saal. In einiger Entfernung turtelte Katharina die Große eng umschlungen mit Ludwig XIV. Erleichtert wandte sie sich wieder Stanislaw zu. Trotz der weißen Maske, die seine Züge auf einer Seite vollständig bedeckte, hätte sie jede Einzelheit seines Gesichts aus dem Gedächtnis nachmalen können.

»Wie kommt es«, hörte sie sich mit einer Stimme fragen, die ihr nicht zu gehören schien, »dass du mir so, so …« Sie suchte nach dem richtigen Wort.

»So vertraut bist?«, fragte er sanft.

Mit der Fingerspitze strich er über ihre Wange, steckte

eine Locke wieder an ihren Platz und ließ seine Hand spielerisch in ihren Nacken gleiten. Sie rührte sich nicht. Winzige elektrische Impulse schienen von seinen Fingern auszugehen, doch als sie ihren Kopf gegen sie schmiegte, zog er die Hand zurück.

»Sieh mich an, Daphne.«

Sie wandte ihm ihr Gesicht zu. In seinen Pupillen hinter der Maske begann ein kleines Licht zu tanzen.

»Deine Augen«, stammelte sie, »was ist mit deinen Augen?«

Er umschloss ihre Hand. »Du musst dich nicht fürchten, Daphne, aber ... du wirst mir nicht entgehen. Das«, seine Stimme war sehr leise, »ist noch niemandem gelungen.« Er ließ sie los und erklärte in nüchternem Ton: »Ich möchte mit dir tanzen. Komm!«

Die Musiker auf der Bühne begannen einen Walzer zu spielen, der nichts mit den Klängen der Gebrüder Strauß zu tun hatte. Daphne erkannte ihn sofort. Es war das Thema von einem der »Mephisto-Walzer« von Franz Liszt, eines dieser abgründigen Nachtstücke, die beim Zuhörer für gewöhnlich ein ebenso unbehagliches wie fasziniertes Schaudern hervorrufen. Niemand im Saal konnte sich den Tönen dieser Melodie entziehen, die etwas Schwül-Sinnliches und zugleich Bedrohliches hatte.

Stanislaw hatte Daphnes Schultern umfasst. Sie wiegte sich im Takt von Klängen, die sie weit forttrugen. »Schade, dass du mich vorhin gleich erkannt hast«, stieß sie zwischendurch ein wenig atemlos hervor. »Es wäre viel spannender gewesen, wenn du in mir eine Fremde gesehen hättest.«

Er lächelte unter der Maske. »Ich hätte dich immer und überall erkannt. An deiner Haut. An deinem Hals. An deinen Schultern. An deinem Haar. An deinen Bewegungen.

Um von mir nicht erkannt zu werden, hättest du zumindest eine Tarnkappe wählen müssen. Aber ...«, er senkte die Stimme, »ich kann jeden Menschen an seinem Geruch erkennen.«

»An seinem Geruch?« Verblüfft hielt Daphne in der Bewegung inne.

Stanislaw zog sie erneut in den Tanzrhythmus hinein. »Ja, ich weiß genau, wer jeder der hier Anwesenden unter seiner Maske in Wahrheit ist, und das nur, weil ich ihn oder sie durch den Geruch identifizieren kann.«

»Aber das ist ja ...« Daphne wusste nicht, was sie erwidern sollte. »Ist das eine besondere Begabung der Menschen in deiner Heimat?«, fragte sie zögernd.

Stanislaw zog sie näher an sich. »Ja, vielleicht ist das so«, und seine Stimme war nur noch ein Flüstern, »manche von uns können das. Und dein Geruch ...«

»Ja ...?«

In seinen Augen hinter der Maske blitzte etwas auf, das sofort wieder verschwand. »Dein Geruch ist besonders leicht zu erkennen. Er ist so unschuldig.«

»Mag sein, aber täusch dich nicht, ich bin eine erwachsene Frau, oder zweifelst du daran?«

»Wir werden sehen, wie erwachsen du bist«, murmelte er. »Auf jeden Fall bist du ein richtiges Weib, das wusste ich von Anfang an.«

Gib mir Gelegenheit, und ich werde es dir beweisen, dachte sie.

»Führst du Selbstgespräche, Daphne?«

Sie geriet aus dem Takt, fing sich aber gleich wieder. »Du bist ein vielfältig begabter Mann, Stanislaw. Kannst du auch Gedanken lesen?« Der ironische Ton verbarg ihre Betroffenheit nicht.

»Wenn mir jemand so nahe ist wie du jetzt, gelingt es mir manchmal«, erwiderte er leichthin und hauchte einen Kuss auf ihre Schläfe. Eng aneinandergeschmiegt drehten sie sich auf der Tanzfläche, bis Daphne in Stanislaws Ohr wisperte: »Wieso spielt die Band ausgerechnet den ›Mephisto-Walzer‹? Du weißt doch sicher, dass das Intervall des Tritonus in der Musikliteratur als Symbol für das Böse gilt und dass man es im Mittelalter auch diabolus in musica nannte.«

»Natürlich weiß ich das«, wisperte er zurück, »ich habe mich ausreichend mit Musiktheorie befasst. Aber ich liebe diese Melodie, auch wenn es heißt, sie sei aus dem ›Geist, der stets verneint‹ entstanden. Hör nur …«

Wie versunken lauschte er der magischen Tonfolge: »Da da da di … Ich habe deine Kollegen da oben auf der Bühne gebeten, das Stück so zu bearbeiten, dass danach getanzt werden kann. Nur ein Versuch natürlich, aber mir gefällt es.«

Daphne legte die Stirn in Falten. »Mir gefällt es auch, und trotzdem bin ich mir nicht sicher, ob man so etwas darf.«

Stanislaw lachte lauthals, wie sie es noch nie an ihm erlebt hatte. »Ob man das darf? Daphne, du hast viel zu viele Skrupel.«

Daphne erwiderte nichts. Ihre Anspannung wollte sich nicht lösen, und sie willigte sofort ein, als er vorschlug, die Tanzfläche zu verlassen.

Ramiro winkte ihr zu. Er hatte den ägyptischen Sklaven neben sich, und beide wirkten sehr entspannt. Daphne eilte auf die beiden zu, während Stanislaw von seinen Gästen sofort wieder vereinnahmt wurde.

»Zu heftig getanzt, Daphne?«, flachste Ramiro.

»Mmhh ...«

»Das ist Reto«, stellte Ramiro den jungen Beau an seiner Seite vor, »und das ist Daphne, eine sehr gute Freundin von mir ...«

Daphne und Reto nickten einander zu. Daphne lächelte. »Geht es dir gut?«, fragte sie ihren alten Freund leise. »Ja«, murmelte er zurück und lächelte ebenfalls unter seiner Maske, »er ist ganz wunderbar.«

Sie stellte sich neben ihn und lehnte den Kopf an seine Schulter. »Als ich dich heute Abend in diesem Kostüm sah, wusste ich gleich, dass so etwas passieren würde. Das ist keine Verkleidung, das bist ganz und gar du. Schade, dass du das nicht öfter trägst!«

»Würde ich gern, aber unsere Dirigenten wären damit wohl nicht einverstanden«, sagte er heiter. »Obwohl Maurizio das vielleicht verstehen würde ...«

»Maurizio ...« Sie sprach den Namen in lang gedehnten Silben aus, als sei er ihr gerade wieder in den Sinn gekommen. Ramiro ergriff ihre kalte Hand. »Was ist los? Habe ich etwas Falsches gesagt?«

Daphne machte eine Bewegung, als wollte sie etwas abschütteln. »Es ist alles in Ordnung, Ramiro, mach dir keine Sorgen. Ich bin nur ein bisschen müde. Ich gehe mal in Richtung ›Powder-Room‹. Bis später.«

Im Gehen winkte sie ihm noch mal zu, froh, ihn in Gesellschaft seines ägyptischen Reto so strahlen zu sehen. Sie blieb vor der Tanzfläche stehen und betrachtete die Masken. Bis jetzt hatte sie niemanden erkennen können, und es war ihr recht so. Die Figuren auf der Tanzfläche bewegten sich in einem kollektiven Taumel, und doch war jeder in seinem eigenen Traum gefangen. Warum einen Traum zerstören, der nur für die Dauer einer Nacht währen würde?

Die Musiker auf der Bühne formierten sich neu. Eine höfische Quadrille erklang. Stanislaw stand vor ihr. »Komm, lass es uns versuchen«, forderte er sie auf.

»Wie tanzt man so etwas?«, fragte sie zögernd.

»Überlass dich meiner Führung. Es ist gar nicht so schwierig.«

Widerstrebend ließ sie sich von ihm zur Tanzfläche geleiten. Drei weitere Paare hatten sich dort aufgestellt, darunter Katharina die Große und der venezianische Pestdoktor.

»Man tanzt ihn zu jeweils acht Personen, die sich zwei und zwei im Quadrat gegenüberstehen«, erläuterte Stanislaw, während sie die Plätze einnahmen.

Daphne hatte Mühe, den unbekannten Figuren des Tanzes zu folgen. Angestrengt versuchte sie sich ausschließlich auf die Formationen und Schrittfolgen zu konzentrieren.

Die Quadrille schloss mit einem Walzer ab, und die Tanzfläche füllte sich wieder. Als Stanislaw sie beim Arm nahm, hätte sie sich am liebsten fallen lassen, so benommen war sie auf einmal.

»Geht es dir nicht gut?«, hörte sie seine besorgte Stimme wie durch wattige Nebelgebilde.

»Mir ist etwas schwindelig.«

Sobald sie saß, stotterte sie: »Ich glaube, ich habe zu viel Champagner getrunken. Und außerdem bin ich solche Tänze nicht gewöhnt.«

»Möchtest du einen Moment nach draußen? Frische Luft würde dir guttun«, sagte er fürsorglich. »Ich hole dir deinen Umhang. Warte hier auf mich.«

Mit einem matten Wedeln der Hand stimmte sie zu.

Kaum war er fort, pirschte sich der Venezianer an sie heran. Daphne hob den Blick. Der Maskierte nahm dicht neben ihr Platz, beugte sich zu ihrem Sessel vor und ergriff mit selbstverständlicher Geste ihre Hand. Er trug Handschuhe wie sie, doch durch den Stoff nahm sie die Wärme seiner Haut wahr. Sachte strichen seine Finger über ihren Handrücken. Es war eine tröstliche Berührung.

»Daphne?« Stanislaw stand mit dem Cape vor ihr. Ein scharfer Ton war in seiner Stimme, während er den Venezianer musterte. Sie hob entschuldigend die Achseln. »Ich bin gleich wieder da«, murmelte sie.

Unter den neugierigen Blicken anderer Gäste steuerte er auf den Ausgang zu, Daphne an der Hand hinter sich her ziehend. Bevor sie ins Freie traten, legte er ihr das Cape um.

»Wer ist dieser Mann?«, fragte sie. »Kennst du ihn?«

Stanislaw rief einen seiner Angestellten herbei und flüsterte ihm ein paar Worte zu. »Wird sofort erledigt, Graf«, erwiderte der beflissen. Erst dann wandte sich Stanislaw wieder zu Daphne. »Ich glaube ja«, sagte er kurz angebunden.

Sie runzelte die Stirn. »Er ist von Kopf bis Fuß maskiert, und er hat den ganzen Abend kein Wort gesprochen. Wie kannst du also wissen, wer er ist?«

»Ich habe dir doch erklärt, dass ich Menschen am Geruch erkennen kann.«

»Das würde bedeuten, dass du ihm schon einmal begegnet bist.«

Er lächelte dünn. »Wenn er der ist, für den ich ihn halte, ja. Und jetzt sei bitte ein braves Mädchen und lass dich von meinem Mitarbeiter nach Hause fahren. Es ist besser für dich. Ich würde dich gern selbst begleiten, aber ich muss noch eine Weile bleiben, das verstehst du sicher.«

»Aber …«, wollte sie protestieren.

»Keine Widerrede, mein Schatz. Schlaf gut und erhol dich. Ich wünsche dir süße Träume.«

Eine schwarze Limousine war vorgefahren. Der Chauffeur stieg aus und öffnete den hinteren Schlag.

Der Fahrer des Clubs hatte sie zur Mainaustraße gebracht und gewartet, bis sie hinter der Haustür verschwunden war. Kaum war sie an der Treppe angelangt, raffte sie den Saum ihres langen Kleides und lief im Galopp die Stufen hoch. Sie schloss die Tür auf und blieb atemlos im Flur stehen. Sobald sich ihr Herzschlag etwas beruhigt hatte, warf sie das Cape ab und stellte sich vor den Garderobenspiegel. Die Wirkung des Champagners schien nachgelassen zu haben. Ein bleiches Gesicht mit verstörten Augen blickte ihr entgegen. Erschrocken fasste sie sich an den Hals. Ihr Collier mit der schwarzen Perle war nicht mehr an seinem Platz. Sie musste es beim Tanzen verloren haben, vermutlich bei der Quadrille, denn sonst wäre es ihr wohl aufgefallen.

Sie suchte nach ihrem Handy und wählte die Nummer des Clubs. Einer der Angestellten meldete sich, und sie schilderte ihr Problem. »Ich werde es sofort weitergeben«, versicherte er.

»Hoffentlich finden Sie es«, sagte sie mutlos und legte auf. Das Collier war ein Erbstück ihrer verstorbenen Mutter und bedeutete ihr viel.

Sie öffnete die Corsage, schlüpfte aus dem unbequemen Gewand und ließ es zu Boden fallen. Als sie einen Bademantel übergezogen hatte und auf ihre kleine Terrasse treten wollte, läutete es an der Tür.

Ärgerlich über die späte Störung, drückte sie auf den Knopf der Gegensprechanlage. »Ja?« Sie vernahm heftiges Atmen, dann eine vertraute Stimme.

»Ich bin es, Daphne. Kann ich hochkommen?« Es war Maurizio.

Sie erwartete ihn an der offenen Wohnungstür. Der Lift summte, die Tür ging auf, und heraus trat der venezianische Pestdoktor. Den Hut und die Gesichtsmaske mit dem Vogelschnabel hatte er allerdings abgenommen. Sein Haar war zerzaust und sein Gesicht gerötet.

In Sekundenschnelle fügte sich für Daphne das Puzzle zusammen. »Solltest du nicht in den USA sein und Konzerte geben?«

»Was ist das denn für eine Begrüßung?«, konterte er. »Ich reiße mir sämtliche Beine aus, um hier sein zu können, schütze eine schwere Mageninfektion vor, riskiere eine erhebliche Konventionalstrafe, tanze trotz Jetlag wie ein Teufel auf einer Party, zu der ich nicht eingeladen bin, vermumme mich den ganzen Abend in einem Kostüm, unter dem ich fast erstickt wäre, und dann muss ich mir auch noch Vorwürfe anhören? Hier ist übrigens dein Collier.« Mit spitzen Fingern händigte er ihr das Schmuckstück aus. »Was ist, willst du mich nicht reinbitten?«

Sie öffnete die Arme und drückte ihn an sich. »Du bist verrückt.«

»Ja«, erwiderte er schlicht.

Als sie kurz darauf bei einem Glas Wein zusammen auf der Couch saßen, sagte sie kopfschüttelnd: »Ich verstehe das alles nicht.«

Maurizio betrachtete sie mit leisem Spott. »Was ist daran so schwer zu verstehen? Ich wollte ein bisschen auf mein Mädchen achtgeben, das ist alles.«

Daphne riss die Augen auf.

»Ach so, du bist nicht mein Mädchen, willst du sagen. Aber für mich bist du's nun mal, und solange du mich nicht wirklich davonjagst aus deinem Leben, werde ich aufpassen. Ja, ich weiß, du kannst allein auf dich aufpassen, das Thema hatten wir schon, und ich sage dir, du kannst es nicht!«

Angriffslustig lehnte sie sich vor. »Wieso nicht?«

Er legte einen Finger auf ihre Lippen. »Psst, nicht aufregen, bitte. Ich habe dich den ganzen Abend lang beobachtet, dich und den formidablen Stanislaw. Sobald er dich in seinen Fängen hat, bist du wie chloroformiert, wie jemand in Trance. Findest du das normal? Was macht er mit dir, dass du dich in seiner Gegenwart so veränderst?«

Daphne glitt tiefer in die Polster. Sie wollte nicht zugeben, wie recht Maurizio hatte.

»Und dann hat er auch noch die Stirn«, empörte er sich, »dich einfach nach Hause zu schicken, als könntest du nicht selbst entscheiden, ob du gehen oder bleiben willst. Natürlich hat es ihm nicht gefallen, dass ich mich um dich gekümmert habe, aber was bildet er sich ein? Für wen hält er sich?«

Maurizio leerte sein Weinglas in einem Zug. »Trotz meiner Verkleidung hat er mich erkannt, ich möchte bloß wissen, wie. Als ich dein Collier vom Boden aufhob, ist er neben mich getreten. ›Schön, dass du trotzdem kommen konntest, Maurizio. Unsere gemeinsame Freundin ist bereits auf dem Nachhauseweg. Einer meiner Mitarbeiter fährt sie. Ihr war nicht ganz wohl …‹ Sag mal, Cara, wolltest du das denn so?«

Daphne spürte, wie ihr das Blut zu Kopf stieg. Sie versuchte, auf Maurizios Frage mit einer Gegenfrage zu antworten. »Hältst du das für Macho-Gebaren?«

Er ließ sich Zeit mit seiner Antwort. »Ich glaube nicht«, erwiderte er zögernd. »Es ist etwas anderes. Aber ich kann es nicht greifen. Wenn ich gewusst hätte, was daraus entsteht, wäre ich niemals mit dir in seinen Club gegangen.« Er stockte und fuhr dann fort: »Nach allem, was ich weiß, hat er sich noch nie so offenkundig für einen seiner weiblichen Gäste interessiert.«

»Und ihr seid nie wirkliche Freunde gewesen«, setzte Daphne leise hinzu.

»Das stimmt, bei aller gegenseitigen Sympathie und Wertschätzung«, bestätigte Maurizio. »Ich vermute, dass er überhaupt keine wirklichen Freunde hat, so unnahbar, wie er ist. Vielleicht gefällt er sich in der Rolle des einsamen Wolfes.«

Daphne lächelte. »Ich habe neulich einen Gast von ihm kennengelernt, mit dem er sich gut zu verstehen scheint, einen Schriftsteller. Er hatte auch ihn zu seinem Kostümfest eingeladen, aber der Mann hat ihm einen Korb gegeben. Er fühle sich in solch einer Gesellschaft nicht wohl, hat er ihm erklärt.«

»Endlich mal jemand, der sich nicht von ihm blenden lässt und ihm widersteht.« Maurizio stand auf. Er war jetzt sehr blass, und unter seinen Augen lagen tiefe Schatten. »Der Jetlag, Cara …«

Rasch bestellte sie ihm ein Taxi. »Danke«, flüsterte sie ihm ins Ohr, »danke für alles, auch wenn ich nicht weiß …«

Er umarmte sie flüchtig. »Ich bleibe noch ein paar Tage in der Stadt. Wär schön, wenn wir uns noch einmal sehen könnten. Ciao, Cara …«

– SECHS–

Erst gegen Morgen fiel Daphne in einen unruhigen Schlummer. Im Traum saß Stanislaw an ihrer Bettkante und betrachtete sie, während sie schlief. Die Schlafzimmertür war einen Spalt geöffnet, ein Windhauch bauschte die transparenten, hellen Vorhänge. Schwaches Mondlicht drang in den Raum, während er gemächlich die Bettdecke zurückzog. Sie lag halb auf dem Rücken und war nur mit einem weißen T-Shirt bekleidet.

Seufzend drehte sie sich auf die Seite und schmiegte sich tiefer in die Kissen, als sich eine Wolke vor den Mond schob. War es der Wind, oder glitten kühle Finger tastend über ihre unbedeckte Haut? Im nächsten Moment beugte Stanislaw sich über sie, umfasste ihren Körper mit beiden Händen und hob sie zu sich empor. Vollkommene Dunkelheit umgab sie. Als er sie abrupt losließ, schien sie eine Weile im Raum zu schweben, in einem entrückten, schwerelosen Dahindämmern. Aus der Ferne vernahm sie zunächst einen schwachen Gesang, danach undeutliche Männerstimmen, die Worte in einer fremden Sprache wisperten. Jetzt griffen erneut Hände nach ihr, ließen sie los, umfassten sie wieder. Der Gesang verebbte, und dann war es still.

Daphne fuhr hoch. Um Himmels willen, wo war sie? Diffuses Tageslicht blendete sie und holte sie endgültig aus dem Reich der Träume. Mit schweren Gliedern kroch sie aus dem Bett, zog die Vorhänge ganz zurück und blinzelte.

Der Himmel über Zürich war grau und verhangen. Sie trat auf die kleine, überdachte Terrasse und trank die Morgenluft in gierigen Zügen.

Auch die Erinnerung an die vergangene Nacht erschien ihr zunächst wie ein Traum. Gedankenverloren schlenderte sie ins Bad und wäre fast über die karmesinrote Robe gestolpert, die sie beim Nachhausekommen achtlos auf dem Parkettboden liegen gelassen hatte.

Ihr Blick fiel auf den Tisch vor der Couch, auf die halb ausgetrunkene Flasche Rotwein, die zwei leeren Gläser. Im Aschenbecher lagen zwei Zigarettenkippen, nur zur Hälfte geraucht, daneben die rote Augenmaske und das verloren geglaubte Collier mit der schwarzen Perle. Die Szenerie erinnerte sie an die Requisiten eines Theaterstücks.

Ihre Gedanken kehrten zu dem Maskenball zurück, und leise begann sie die Melodie mit dem diabolischen Tritonus-Akkord vor sich hin zu summen. Sie sah wieder alles vor sich, Stanislaw, wie er eng umschlungen mit ihr dazu tanzte, Maurizio in seinem Pestdoktor-Gewand.

Die lästige kleine Stimme in ihrem Inneren, deren Mahnen sie beim Tanz mit Stanislaw zum ersten Mal wahrgenommen hatte, meldete sich wieder. Gib acht ...

Du störst, wies Daphne sie zurecht, lass mich in Frieden.

Dummes Zeug, grummelte sie vor sich hin. Und der Traum im Morgengrauen? Ach was, nichts als nächtliche Gespinste.

Sie duschte, zog sich an und machte sich bereit zum Ausgehen. Das Kleid der Kameliendame wollte sie auf dem Weg in die Innenstadt beim Fundus des Opernhauses abgeben, danach noch etwas einkaufen und zuletzt im Club von Stanislaw vorbeischauen.

Als Daphne Stunden später dort eintraf, stand ein Fahrzeug der Kantonspolizei vor dem Eingang. Ein Beamter stieg aus. Er fragte, was sie hier wolle, und warf einen inquisitorischen Blick auf das Päckchen mit dem roten Papier und der weißen Schleife, das sie unter dem Arm hielt.

»Ich bin …, ich wollte …«, stotterte sie. »Was ist denn passiert?«

Bevor der Beamte reagieren konnte, trat eine Gestalt aus dem Eingang, in der Daphne nach der ersten Verblüffung Hannes Krebs erkannte. »Herr Hauptkommissar, hier ist eine Dame, die …«

»Ist schon gut.« Krebs ging Daphne entgegen, nahm ihren Arm und führte sie nach drinnen.

»Was zum Teufel tust du hier? Und was heißt ›Herr Hauptkommissar‹?«

Sie war wütend, aber nicht wütend genug, um ihre Angst zu verstecken.

Als sie in der Bar standen, zog Krebs sie mit sanfter Gewalt auf einen der Hocker. »Ich bin im Hauptberuf, jedenfalls in dem, mit dem ich mein tägliches Überleben finanziere, Kriminalbeamter. Vergaß ich das zu erwähnen?« Sein Ton war fest, aber mild.

»Ja«, schnaubte Daphne, »das hast du tatsächlich zu erwähnen vergessen. Was soll das alles? Bitte, erklär es mir. Oder sind wir jetzt wieder per Sie?«

Hannes lächelte. »Taschentuch, Zigarette, ein Glas Wein?« Sie kramte in ihrer Handtasche und zog nach längerem Suchen eine Puderdose hervor, mit deren Quaste sie sich hektisch die Nase betupfte.

»So was nennt man in der Psychologie eine ›Übersprungshandlung‹, wusstest du das?« Hannes lächelte noch immer, wurde aber unvermittelt ernst. »Letzte Nacht ist hier ein Verbrechen verübt worden.«

Daphne starrte ihn an.

»Während des Kostümfests wurde ein weiblicher Gast Opfer eines Überfalls«, berichtete er. »Einer der Mitarbeiter fand sie in einem der dunklen Seitengänge bewusstlos am Boden liegend. Sie hatte zwei kleine Bisswunden am Hals. Der Angestellte lief sofort los, um Hilfe zu holen, und Graf Stanislaw hat dann einen Rettungswagen gerufen und die Polizei verständigt. Sie hat ziemlich viel Blut verloren. Man weiß nicht, ob sie durchkommt.«

Daphne griff nach der Zigarette, die er ihr anbot. »Kannst du mir sagen, wer das Opfer ist?«

Krebs zog seine Pfeife hervor, öffnete die abgewetzte Messingdose und entnahm ihr eine genau bemessene Menge Tabak. »Ja«, erwiderte er und stieß den Rauch in dichten kleinen Wolken aus. »Es handelt sich um einen Stammgast des Grafen, um eine Frau von Stein aus München. Kennst du sie?«

Daphne zuckte zusammen. »Ja«, ihre Antwort kam zögernd. »Aber nur ganz flüchtig. Ich glaube, sie ist in Stanislaw verliebt.« Sie schluckte. »Aber das bedeutet gar nichts«, setzte sie hastig hinzu, »fast alle weiblichen Gäste sind mehr oder weniger in ihn verliebt.«

Krebs hantierte wieder mit seiner Pfeife. »Auch du, Daphne?« Er lächelte nicht bei dieser Frage.

»Falls du eine ehrliche Antwort willst, ich weiß es nicht, und das sag ich dir unabhängig davon, ob aus dir jetzt der Schriftsteller spricht oder der Kriminalbeamte.« Trotzig reckte sie ihm das Gesicht entgegen, und er blickte ihr in die Augen.

»Ich ziehe die Frage zurück, ist ja jetzt auch nicht so

wichtig. Sag mir lieber …, du warst doch selbst Gast auf diesem Kostümfest. Erzähl mir davon, bitte. Du könntest eine wichtige Zeugin sein.«

Daphnes Blick wurde skeptisch. »Na gut, ich will's versuchen. Also, das war so …«

Zunächst noch stockend, begann sie mit ihrem Bericht über die Ereignisse des Vorabends. Doch je genauer sie sich erinnerte, desto lebhafter sah sie alles wieder vor sich, und desto präziser wurde ihre Darstellung. Hannes Krebs, der an einigen Stellen geschmunzelt hatte, unterbrach diese Schilderungen nur selten durch gezielte Fragen.

»Leider habe ich die Party ungefähr eine halbe Stunde nach Mitternacht verlassen«, erklärte sie zum Schluss. »Ich war müde und fühlte mich nicht besonders. Stanislaw ließ mich von einem seiner Mitarbeiter nach Hause fahren. Eigentlich wäre ich gern noch etwas geblieben, aber er hat manchmal eine sehr bestimmende Art, falls du weißt, was ich meine. Er hatte wohl etwas dagegen, dass der Venezianer um mich herumscharwenzelte.«

»Hast du irgendeinen von den Gästen unter der Maske erkennen können?«

Daphne holte Luft. »Abgesehen von Ramiro nicht.« Sie wusste selbst nicht, warum sie nicht erwähnte, wer sich unter der venezianischen Verkleidung versteckt hatte, und warum sie nichts von Maurizios spätem Auftauchen in ihrer Wohnung erzählte. Aber er hatte ja auch nicht auf der Gästeliste gestanden.

»Danke, Daphne, du hast eine sehr genaue Beobachtungsgabe und ein gutes Gedächtnis.« Krebs überlegte kurz und ließ das Gehörte auf sich wirken.

»Hannes …« Daphne griff mit der Hand nach seinem

Arm. »Für welche Abteilung bei der Polizei bist du zuständig?«

Er lächelte. »Mord natürlich. Was glaubst du denn, woher ich die Inspiration für meine Geschichten nehme?«

Ihr Lächeln misslang. »Die Sache ist sehr mysteriös, findest du nicht?« Und als er nichts erwiderte: »Glaubst du, es handelt sich um denselben Täter, der auch die anderen Frauen überfallen hat?«

»Das kann man beim jetzigen Stand der Ermittlungen noch nicht sagen. Es gibt natürlich immer Trittbrettfahrer, die gewisse Verbrechen nachahmen. Aber du wirst verstehen, dass ich darüber nicht sprechen darf.«

Sie nickte. »Eines würde ich gern noch wissen: Glaubst du, dass diese ganze Sache Stanislaw schaden wird? Es ist doch eine sehr negative Publicity für seinen Club, oder?«

»Da bin ich mir nicht sicher.« Er zuckte die Achseln. »Für manche Leute ist das eher ein Kitzel. Und außerdem solltest du dich jetzt weniger um ihn sorgen als um dich.«

»Um mich?«

»Nun, diese Verbrechen häufen sich in letzter Zeit, und potenziell ist jede jüngere, einigermaßen gutaussehende Frau in Gefahr. Ich will dir nicht unnötig Angst machen, aber ich bitte dich, vorsichtig zu sein, vor allem nach Einbruch der Dunkelheit. Keine nächtlichen Alleingänge bitte. Lass dich immer bis zur Haustür begleiten, meide einsame Straßen und so weiter.«

»Natürlich«, murmelte sie. »Wo ist eigentlich Stanislaw?«

»Er geht gerade mit einem meiner Kollegen die Gästeliste durch.«

Verlegen deutete Daphne auf das Päckchen in ihrer

Hand. »Ich habe hier etwas, das ich ihm gern geben würde. Meinst du, ich könnte …«

Krebs zog sein Handy hervor und sprach hinein: »Wie weit seid ihr?« Er wartete die Antwort seines Mitarbeiters ab und sagte: »Wenn ihr damit fertig seid, gebt dem Grafen Bescheid, dass er in der Bar erwartet wird. Von einer Dame.« Er wandte sich zu Daphne um. »Gut so?«

»Danke, Hannes. Was passiert denn jetzt als Nächstes? Oder gehört das zu den Dingen, die ich dich nicht fragen darf?«

Er zog an seiner Pfeife, murmelte etwas von einem Malt-Whisky, den er jetzt gerne hätte, und setzte gerade zu einer Antwort an, als Stanislaw mit Pierre in der Tür erschien.

»Ah«, sagte Krebs, »Rettung naht. Sie werden hier schon sehnsüchtig erwartet, und ich warte sehnsüchtig auf einen gut gereiften Lagavullin, zum Beispiel. Es darf aber auch ein anderes Gewächs aus der Gegend sein. Wie wäre es etwa mit einem …«

Er begann ein verhaltenes Gespräch mit Pierre, der auf verschiedene Flaschen hinter der Bar deutete, die Reaktion von Hannes abwartete, neue Vorschläge machte, die erwogen, aber wieder verworfen wurden, bis sich beide auf eine Flasche in einer der hinteren Ecke des Regals einigten.

»Sind Sie nicht im Dienst, Hannes?« Stanislaw, der Daphne mit einem leichten Kuss auf die Wangen begrüßt hatte, schürzte süffisant die Lippen.

»Jetzt im Moment gerade nicht, Graf Stanislaw. Ich bin soeben in eine meiner anderen Identitäten geschlüpft, in die des Geschichtenerzählers. Das ist der Vorteil multipler Persönlichkeiten, wissen Sie.« Er hob den von Pierre gut eingeschenkten Tumbler.

»Stanislaw ...« Daphne sprach mit einer kleinen, bangen Stimme. Die beiden Männer tauschten einen Blick. Pierre hatte sich gleich wieder ins Büro zurückgezogen.

Stanislaw setzte sich auf den Barhocker neben Daphne. »Entschuldige bitte, aber du weißt ja inzwischen, was geschehen ist, und ich bin noch etwas durcheinander.«

Sie sah ihn nicht an und fixierte die Flaschen im Regal. »Ja, ich ... Hannes hat es mir gesagt. Ich will dich nicht aufhalten. Du wirst jetzt einiges zu tun haben. Ich bin nur gekommen, um dir das hier zu geben.« Sie deutete auf das Päckchen, das sie auf dem Tresen abgelegt hatte. »Nur ein kleiner Dank für den gestrigen Abend. Und gegen die Kälte. Wenn du in einem deiner Oldtimer sitzt und dir den ...« Sie lächelte verstohlen. »... den Hals abfrierst.«

Sie drückte Stanislaw das Päckchen in die Hand, rutschte vom Barhocker und eilte hinaus.

Als sie vor der Tür des Clubs stand, kam Hannes ein wenig atemlos hinterher. Er hob die Hände in einer hilflosen Gebärde, die zu seiner Rolle als Kriminalhauptkommissar nicht so recht passen wollte. »Sollen wir dich irgendwohin bringen, Daphne? Wir können hier im Moment nichts weiter tun.«

Sie musterte ihn schweigend. »Ich möchte nach Hause.«

Hannes gab dem Beamten, der gerade in das Polizeifahrzeug einstieg, mit der Hand ein Zeichen, er möge einen Moment warten. »Du hast vorhin gefragt, wie es jetzt weitergeht. Ich nehme an, du hast genügend Krimis gesehen, um zu wissen, dass jetzt der übliche Routinekram beginnt: Befragungen von Zeugen, Erforschen des Umfelds und Ähnliches. Natürlich ist jeder, der auf dem Kostümfest war, verdächtig, aber wir konzentrieren unsere Ermittlungen hauptsächlich auf die Gäste, die ja alle maskiert waren. Das macht die Untersuchung besonders schwierig. Ein richtiges Verwirrspiel ist das.«

Er hielt Daphne den Schlag auf, und während der Fahrt zur Mainaustraße unterhielten sie sich nur über Belanglosigkeiten.

Vor ihrer Haustür blieb er stehen und sah ihr in die Augen. »Du bist eine wichtige Zeugin, und es kann sein, dass ich dich noch einmal bemühen muss. Halt dich bitte bereit für weitere Aussagen, falls nötig, ja?«

»Aber gewiss, Herr Kriminalhauptkommissar«, lächelte sie ihn an. »Danke fürs Mitnehmen.«

Er runzelte die Stirn und sah jetzt wieder aus wie Hannes Krebs, der Geschichtenerzähler. »Falls dir noch irgendetwas Wichtiges einfällt, ruf mich bitte an. Und ruf mich auch an, falls dir irgendwie der Himmel auf den Kopf fällt. Oder so. Versprochen?«

Sie winkte ihm zu, bevor er ins Auto einstieg.

Kaum war sie oben in ihrer Wohnung, piepste ihr Handy. Stanislaw hatte ihr eine SMS geschickt: »Habe den Club heute Abend geschlossen. Kann ich dich besuchen?«

Per SMS antwortete sie: »In einer Stunde, es gibt aber nur Reste im Kühlschrank.« Sofort schrieb er zurück: »Umso besser, habe nach all der Aufregung ohnehin keinen Appetit. Rotwein genügt. Freue mich sehr.«

Als Nächstes versuchte Daphne, Ramiro zu erreichen. Sie wollte ihm berichten, was geschehen war, konnte ihm aber nur eine Nachricht auf dem Band hinterlassen. Dann ging sie ruhelos hin und her, rückte die Sessel zurecht, schüttelte Sofakissen auf, stellte einen Aschenbecher auf den Tisch. Als sie gerade ins Bad gehen wollte, um Haare und Make-up zu überprüfen, hörte sie schon die Klingel.

Stanislaw war bereits oben vor ihrer Wohnung. Sie öffnete, und einen Moment lang standen sie sich stumm gegenüber, bis er sie anlächelte: »Darf ich reinkommen?«

Sie ergriff seine Hand und führte ihn in den Flur. Er hielt ihr zwei Flaschen Rotwein entgegen, die sie auf der Kommode abstellte. Um den Hals hatte er den karmesinfarbenen Schal, der in ihrem Päckchen gewesen war. Zusammen mit seinem schwarzen Mantel wirkte die Kombination ein wenig theatralisch, aber sie fand, dass es zu ihm passte.

»Daphne ...« Er drückte sie an sich, und wieder nahm sie diesen Geruch wahr, der sie an etwas erinnerte. »Niemand hat mir mehr etwas geschenkt, seitdem ich ...«

Behutsam befreite sie sich aus der Umarmung. Was wollte er ihr sagen?

»Ich kenne das nicht mehr ...«, flüsterte er. »Danke.«

Sie erwiderte nichts und verstaute seinen Mantel in der Garderobe. Den Schal wollte er behalten. Dann folgte er ihr ins Wohnzimmer. »So lebst du also.«

Sein Blick wanderte durch den Raum. Natürlich gab es viel Musik, an die zweihundert CDs stapelten sich in deckenhohen Regalen. Als er näher trat, entdeckte er nicht nur, wie zu erwarten, eine umfangreiche Sammlung von Aufnahmen aus dem klassischen Repertoire, sondern auch sehr viel Jazz.

»Mit Jazz habe ich mich nie richtig anfreunden können«, sagte er und fügte grinsend hinzu: »In mancher Hinsicht bin ich wohl hoffnungslos altmodisch. Und in der klassischen Musik bin ich bei Strawinsky stehen geblieben. Ich kann das moderne Zeug einfach nicht hören.« Als sie nichts erwiderte, fragte er nur: »Darf ich mich ein bisschen umsehen?«

Sie machte eine auffordernde Geste und verschwand in

der Küche. »Bin gleich wieder da«, rief sie ihm über die Schulter zu.

Während sie mit Gläsern und Korkenzieher hantierte, spähte sie hin und wieder durch die offene Tür ins Wohnzimmer. Stanislaw spazierte an ihren Büchern entlang und studierte die Titel, strich beinahe zärtlich mit der Hand über das glänzend polierte Holz des ererbten Renaissancetisches, inspizierte kenntnisreich die Bilder an der Wand, begutachtete das Parkett und den alten Kelim und ließ sich schließlich seufzend auf der hellen Couch nieder.

Als Daphne mit einem Tablett auf ihn zutrat, sagte sie trocken: »Bei dir sieht es anders aus.«

Er sprang auf und nahm ihr das Tablett ab. »Das liegt daran, Daphne, dass ich schon uralt bin. Deshalb brauche ich eine ganz moderne Umgebung, die mich herausfordert, während es bei dir ...«

»Gib dir keine Mühe, falls das der Versuch eines Kompliments sein soll«, unterbrach sie ihn ironisch. »Für Schmeicheleien dieser Art bin ich nicht empfänglich.« Was nicht stimmte. Sie wollte ihn lediglich provozieren, damit er ihr sein Alter verrate. »Wie alt bist du nun wirklich?«, bohrte sie.

»Wie alt sehe ich denn aus?«, gab er kokett zurück.

»Jedenfalls siehst du jünger aus, als du tatsächlich bist«, stellte sie fest.

»Stimmt«, gab er ihr recht, »aber ist das wirklich so wichtig? Und außerdem brauchst du nur zurückzurechnen. Als Kind musste ich vor den Kommunisten fliehen. Na ...?«

Sie legte die Stirn in Falten. »So um die fünfzig?«

Er lächelte. »So ungefähr. Du musst wissen, dass man in meiner Heimat nicht gern über sein Alter spricht. Das bringt Unglück, heißt es. In Transsylvanien ist man sehr abergläubisch.«

Sie betrachtete ihn skeptisch, ging aber nicht weiter darauf ein und wechselte das Thema. »Du hast dir deinen eigenen Wein mitgebracht. Ist das auch bei euch so üblich?«

»Ich habe einen meiner besten Burgunder für die liebreizende Daphne mitgebracht und einen ›Réserve du Patron‹ für mich«, erklärte er. »An manchen Tagen tut es mir besonders gut, den Geschmack meiner Heimat zu kosten.«

Nachdem die Gläser gefüllt waren und sie einander zugeprostet hatten, sagte Daphne: »Willst du darüber sprechen?«

Er wandte den Blick ab und spielte gedankenverloren mit seinem Weinglas. »Es ist eine scheußliche Geschichte, und ich fürchte, dass man sie jetzt auch in der Presse breittreten wird, das lässt sich wohl nicht verhindern.«

Daphne berührte seine Finger, die sich kühl anfühlten wie immer. »Die Polizei wird doch hoffentlich nicht die Namen der Gästeliste an die Presse weitergeben, oder? Immerhin ist jeder Gast verdächtig. Obwohl für diese Tat wohl eher ein Mann in Frage kommt, denke ich.«

Ohne direkt darauf zu antworten, sagte er: »Du gehörst ohnehin nicht zum Kreis der Verdächtigen, Daphne. Du hast das Fest ja lange vorher verlassen.«

Rasch verbesserte sie ihn: »Du hast mich einfach nach Hause geschickt. Dabei wäre ich gern noch etwas geblieben.«

»Jedenfalls war die Baronin zu dem Zeitpunkt noch äußerst munter, wie jeder sehen konnte«, sagte er schnell und fügte nach kurzem Zögern hinzu: »Und ich bin froh, dass du nicht dabei warst, als es passierte.«

»Was ist mit den Angestellten?«, wandte Daphne ein. »Gehören die nicht ebenso zu den Verdächtigen?«

Er verzog das Gesicht. »Im Prinzip ja, aber ich würde für jeden von ihnen die Hand ins Feuer legen. Und außerdem ...«

»Ja?«

Er trank einen Schluck. »Außerdem gehöre ich dann genauso dazu.«

Sie grinste. »Was für eine Schlagzeile: ›Geheimnisvoller Graf als transsylvanischer Blutsauger entlarvt‹, oder so was in der Art.«

Er blieb ernst. »Das ist nicht die Art von Publicity, die ich mir wünschte, Daphne. Aber man weiß nie. Entweder bleiben die Gäste jetzt fern, oder sie kommen erst recht.«

»Mir ist gerade etwas eingefallen«, rief sie lebhaft. »Einer deiner Gäste war doch als Dracula verkleidet ...«

Er machte eine wegwerfende Geste. »Ja und? Dadurch ist er doch am wenigsten verdächtig.«

»Weißt du, wer er ist?«

Stanislaw schenkte Wein nach. »Natürlich, er gehört zum Ensemble des Schauspielhauses. Deshalb war seine Maske auch besonders gelungen. Nein, vergiss das, Daphne. Es gibt allerdings noch die Möglichkeit, dass sich jemand von außen eingeschlichen hat und irgendwie an den Sicherheitsleuten vorbeigekommen ist.«

Beide schwiegen nachdenklich. »Ich habe für die Baronin nicht viel übrig, aber ein solches Schicksal ist schrecklich«, sagte Daphne leise. »Wenn sie nun stirbt ... dann ist es Mord, nicht wahr?«

Stanislaw gab keine Antwort.

»Aber wenn sie es überlebt«, dachte sie weiter laut nach, »kann sie vielleicht etwas über ihren Angreifer aussagen.«

»Das konnten die früheren Opfer auch nicht, Daphne«, widersprach er. »In der Zeitung stand, dass der Überfall meist von hinten ausgeführt wurde und dass die Opfer sich an kaum etwas erinnern können.«

»Wer tut so etwas?«, sinnierte sie. »Was geht in einem Menschen vor, der sich einbildet, ein Vampir zu sein? Stanislaw, ich fürchte mich. Wenn ich länger geblieben wäre, hätte ich genauso gut das Opfer dieses Irren werden können.«

Er schüttelte den Kopf. »Ich habe den ganzen Abend über gut auf dich aufgepasst, hast du das nicht bemerkt? Wenn ich bei dir bin, kann dir nichts geschehen. Und, Daphne ...« Seine Stimme bekam einen beschwörenden Klang.

»Ja ...?«

»Du tust mir gut, Daphne. Ich brauche deine Nähe.«

Er nahm ihr Gesicht in beide Hände. Sie schloss die Augen, während seine Finger die Konturen ihrer Züge nachzeichneten, als wollte er sich jede Einzelheit unauslöschlich einprägen. Sehr langsam, sehr vorsichtig, strichen sie über die leichte Vertiefung zwischen Hals und Schultern. Sie zitterten ein wenig.

Daphne rührte sich nicht. Als sie die Augen wieder öffnete, bemerkte sie, wie schon auf dem Kostümfest, die tänzelnde kleine Flamme in seinen Pupillen. Und jetzt meinte sie, Figuren darin zu erkennen, zuletzt die eines Wolfes. Erschrocken wandte sie sich ab. Halluzinierte sie? Offensichtlich war sie durch die Geschehnisse der letzten Tage völlig überreizt.

Er ließ sie los und erhob sich. »Ich muss jetzt gehen. Wenn du einverstanden bist, erwarte ich dich morgen Abend bei mir in Erlenbach. Ich schicke dir einen Wagen, der dich kurz vor neun abholt.«

Als sie ihm gegenüberstand, verspürte sie ein leises Ziehen in Armen und Beinen, wie nach einer ungewohnten Anstrengung. Mühsam brachte sie den Satz heraus: »Worauf soll ich mich einstellen? Eine Party, ein gesetztes Essen, Jeans, das kleine Schwarze, andere Leute …, oder sind wir allein?«

»Wir sind allein.« An der Tür wandte er sich zu ihr um. »Und keine Jeans. Bitte.«

– SIEBEN –

Wenn er die Beamten von der Kriminalpolizei täuschen könnte, überlegte Stanislaw, während er den See entlangfuhr, sollte ihm das ebenso bei Daphne gelingen. Allerdings war einer wie Hannes Krebs kein Polizist wie andere. In ihm hatte er einen sehr ernst zu nehmenden Gegner. Und Daphne?

In mancher Hinsicht mochte sie ein wenig naiv sein, eine Eigenschaft, die er nicht als unangenehm empfand, aber er dürfte keine Sekunde lang vergessen, wie gut ihre Intuition funktionierte. Nichts entging ihr, jedes Detail nahm sie wahr und speicherte es, davon hatte er sich schon ein paarmal überzeugen können.

Das könnte ihm allerdings erst dann zum Verhängnis werden, wenn sie diese gespeicherten Informationen miteinander verknüpfte und daraus die richtigen Schlüsse zöge.

Er war sich nicht sicher, inwieweit sie an Übersinnliches glaubte. Die Auswahl ihrer Bücher in der Mainaustraße deutete nicht auf ein spezielles Interesse hin, obwohl sie beiläufig erwähnt hatte, sie habe sich eine Zeit lang mit Parapsychologie befasst. In dem Zusammenhang war der Name eines alten Freundes von ihr gefallen, über den sie mit einer Mischung aus Zuneigung und Bewunderung gesprochen hatte. Sie nannte ihn Darius, fügte jedoch gleich hinzu, dass dies nicht sein richtiger Name sei, sondern das, was Franzosen einen »nom de plume« nennen.

Neugierig geworden, hatte er mehr über diesen Darius

von ihr erfahren wollen, doch ihre Reaktion war eher zurückhaltend gewesen. Sie erzählte nur, er sei seit dem frühen Tod ihres Vaters so etwas wie ein väterlicher Freund, der sich nach wie vor um sie kümmere.

Ein Grund mehr, fand Stanislaw, diese Verbindung im Auge zu behalten. Er musste damit rechnen, dass sich Daphne an ihren alten Freund wenden würde, je mehr die Geschehnisse sie ängstigten und je mehr Ungereimtheiten sie entdeckte. Wie lange würde er sie beschwichtigen können, und wie lange würde er sie noch vor sich selbst beschützen können?

Keinesfalls würde er zulassen, dass sie sich an irgendeinen Schwachkopf hängte, nur weil der ihr ein leichteres Leben versprach. Dass jemand wie Maurizio alles andere als ein Schwachkopf war und sie an seiner Seite ein wunderbares Leben hätte, musste er widerstrebend zugeben. Trotzdem meinte er, sicher zu wissen, dass diese Verbindung nicht das war, was sie sich wünschte. Dafür hatte er zu tief in sie hineingesehen.

Daphne war eine Abenteurerin, ohne es zu wissen, eine Frau, die bis jetzt fast nur für ihre Musik gelebt hatte und die durch die Begegnung mit ihm vor der größten Herausforderung ihrer menschlichen Existenz stand. Ahnte sie etwas davon?

Als er schon kurz vor der Gemeinde Zollikon war, wendete er und fuhr in die Innenstadt zurück. Er wollte menschliches Leben spüren, Gerüche, Geräusche, Gesichter um sich haben. Die Vorstellung, jetzt in seine Goldküstenidylle zurückzukehren, hatte etwas Beklemmendes, und nichts wünschte er sich in diesem Moment mehr, als seiner Isolation zu entkommen und der Bürde eines Geschicks, das er nicht selbst gewählt hatte.

In der Bar der »Kronenhalle« wurde er mit dem gewohnten Respekt begrüßt. Sich nach den jüngsten Ereignissen ausgerechnet dort sehen zu lassen, war nach seiner Einschätzung kein ungeschickter Schachzug.

»Graf Stanislaw«, raunte der Barkeeper ihm zu, »wir haben gehört, was passiert ist.«

Woher?, fragte sich Stanislaw. »Eine schlimme Geschichte«, gab er zurück und blickte bekümmert in sein Rotweinglas.

»Die Polizei wird in den höchsten Kreisen ermitteln«, meinte der Barkeeper. »Gibt es schon einen Verdacht?«

»Nein, gibt es nicht. Aber ihr seid hier vielleicht besser informiert.« Es zuckte ein wenig um seine Mundwinkel.

Der Barkeeper wollte gerade etwas erwidern, als er von einem Mitarbeiter ans Telefon gerufen wurde. Stanislaw legte einen Geldschein auf den Tresen und schlenderte zur Tür. Im Vorbeigehen bemerkte er in einer der Ecknischen vor dem Fenster ein jüngeres Paar, das an seinem Kostümfest teilgenommen hatte. Höflich grüßte er zu den beiden hinüber. Unsicher, wie sie reagieren sollten, hob schließlich der Mann, ein bekannter Börsenmakler, den Arm und winkte verhalten.

Während er in seinen Wagen stieg, den er wie immer im Halteverbot vor dem Eingang abgestellt hatte, grinste er in sich hinein. Er war sich ganz sicher, dass sie alle, alle wiederkommen würden. Sein Club als Ort des Schreckens würde künftig ein noch größerer Anziehungspunkt sein.

Er steuerte den Wagen am General-Guisan-Quai vorbei und fuhr stadtauswärts. Auch wenn die Baronin den Angriff überlebte, hatte er von ihr nichts zu befürchten. Sie hatte ihren Angreifer nicht gesehen. Und sie war eine leichte Beute gewesen. Während der Quadrille hatte er ihr in einem von Daphne unbemerkten Moment zugeflüstert, er wolle sie in einer Stunde in seinem Büro treffen, sie müsse nur durch den Seitengang gehen. Dann hatte er dafür gesorgt, dass Daphne nach Hause gebracht wurde, und im Dunkeln des Flurs auf die Baronin gewartet.

Anders als beim Überfall auf die junge Latina im Langstraßen-Quartier tat es ihm diesmal nicht leid. Die junge Frau hatte ihn durch ihren Gang und durch ihre Anmut bezaubert, die Baronin hingegen war in seinen Augen eine impertinente Person, deren angeheirateter Titel über ihre laute Vulgarität nicht hinwegtäuschen konnte. Katharina die Große! Vielleicht hatte es auch an dieser prätentiösen Verkleidung gelegen, dass er gerade sie als Opfer auswählte.

Die Polizei würde sich schwertun, den Zeitpunkt des Angriffs genau zu bestimmen. Was die Frage nach einem Alibi von vornherein ziemlich sinnlos machte. Natürlich konnte man den Zeitpunkt eingrenzen, wenn Augenzeugen berichteten, bis wann sie die Baronin noch im Saal gesehen hatten. Das war aber auch alles und würde Herrn Hauptkommissar Krebs nicht viel weiterhelfen.

Hannes Krebs: Was war der doch für ein hinterlistiger Bursche! Gab den lebensfernen Dichter und entpuppte sich dann als Kripobeamter. Aber die Rolle des feinsinnig schreibenden Detektivs passte gut zu ihm, und die Qualität seiner Texte hatte ihn beeindruckt. Schon allein deshalb bedauerte es Stanislaw, dass er in Krebs jetzt seinen Widersacher sehen musste.

Inzwischen hatte er sein Domizil in Erlenbach erreicht und fuhr von der Garage aus mit dem Lift nach oben in seine Wohnräume. An Abenden wie diesen, wenn er ein wenig erschöpft war, verzichtete er auf seine telekinetischen Fähigkeiten, mit denen er sonst mühelos Türen öffnete und Distanzen überwand. Jetzt war ihm all das zu anstrengend geworden. Du wirst alt, Stanislaw, sagte er sich grimmig grinsend.

Er begrüßte Igor, der während der Abwesenheit seines Herrn auf dem Grundstück frei herumlaufen durfte, denn Stanislaw wusste, dass dieses Tier niemals ausreißen würde. Der Hund sprang an ihm hoch, und Stanislaw presste für einen kurzen Moment sein Gesicht gegen das dichte Fell.

Wie gut es tat, die Nähe einer Kreatur zu spüren, die ihm so bedingungslos treu war, die keine Fragen stellte, auf die es keine Antworten geben konnte, und die sein einsames Geschick nicht nur teilte, sondern ihm etwas von ihrer Wärme abgab!

Stanislaw wanderte durch seine Räume. An immer neuen Orten hatte er Behausungen gehabt, aber zu Hause gewesen war er nirgends, eine verlorene Seele wie er. Seit Jahrhunderten hatte er als Untoter aus dem Dunkel heraus agiert, ein Fürst der Finsternis, vor dem niemand sicher war.

Auch er war einmal ein sterblicher Mensch gewesen, damals, als sein Großonkel ihn zu sich ins Schloss zitiert hatte. Er war ein junger Mann von achtzehn Jahren gewesen, der seit seinem zwölften Lebensjahr bei französischen Verwandten seiner früh verwitweten Mutter lebte.

Die Familie von Stanislaws Vater entstammte dem ungarischen Adelsgeschlecht der von Lugosys, das seit vielen Generationen in Siebenbürgen ansässig war. In dieser Region, auch Transsylvanien genannt, gab es nur wenig ursprünglichen Adel, die meisten der Edelleute dort stammten aus Ungarn, zu dessen Königreich das Gebiet von Siebenbürgen während seiner bewegten Geschichte jahrhundertelang gehörte.

Stanislaw war 1704 auf einem hübschen kleinen Schloss in der Nähe von Rasnov im Herzen dieser Region zur Welt gekommen. Seine polnische Mutter Anna hatte ihn auf den Namen Stanislaw taufen lassen, weil im selben Jahr, 1704, Stanislaw Leszczyńki den Thron Polens bestieg.

An das Städtchen Rasnov, das sich seit dem Mittelalter durch seine geographische Lage zu einem wichtigen Handelszentrum entwickelt hatte, würde Stanislaw sich stets erinnern. Manchmal hatte er mitfahren dürfen, wenn dort Markt war, und hatte dann jedes Mal staunend zu der wehrhaften Burg emporgeblickt, die auf einem steilen Felsen errichtet worden war und der Bevölkerung bei Belagerungen Schutz bot. Aber das lag lange zurück, zu lange.

Das Bild seines Vaters, des Grafen Istvan von Lugosy, war für Stanislaw über die Zeit hinweg lebendig geblieben. Noch heute sah er diesen großen, fröhlichen Mann mit dem kräftigen Lippenbart vor sich, der so gern gelebt hatte und der eines Tages auf einer Bahre von der Jagd zurückgekehrt war, tödlich verletzt von einer verirrten Kugel.

Schon bald nach dem frühen Verlust ihres Mannes hatte Stanislaws Mutter mit ihrem Sohn eine Kutsche bestiegen, die sie zu den Verwandten in die Bretagne bringen sollte.

Dort, so erklärte sie ihm, würde er die Art von Erziehung erhalten, die sie einem vaterlosen Jungen im abgelegenen Transsylvanien niemals ermöglichen könnte.

Stanislaw, der sich zu dem Zeitpunkt schon fast als junger Mann fühlte, im Herzen aber noch Kind genug war, um ein längeres Getrenntsein von der sehr geliebten Mutter zu fürchten, protestierte vergeblich. Er ahnte mit allen Sinnen zugleich, dass seine Mutter ihn auch noch aus anderen Gründen weit fortschicken wollte, selbst um den Preis, dass sie von da an immer wieder für lange Zeit ohne ihr einziges Kind sein müsste.

Vom Cousin seiner Mutter und dessen Familie wurden beide herzlich empfangen. Das Familienoberhaupt, ein gebildeter Mann, fand in dem intelligenten Knaben einen gelehrigen Schüler und hatte Freude daran, ihn in den unterschiedlichsten Wissensgebieten zu unterweisen.

Stanislaws Mutter war nach der Ankunft bei ihren Verwandten noch einige Monate geblieben, um dem Sohn und sich selbst die Trennung zu erleichtern, doch nachdem sie gesehen hatte, wie rasch ihr Kind sich einlebte, reiste sie zwar mit blutendem Herzen, aber auch in der beruhigenden Gewissheit nach Transsylvanien zurück, dass sie es nicht besser hätte machen können.

Stanislaw fühlte sich wohl bei den Verwandten. Dennoch litt er insgeheim. Er vermisste seine Mutter mehr, als er zugeben wollte, und er hatte Heimweh. Damals konnte er noch nicht einmal ahnen, dass gerade dieses Gefühl ihn für die Dauer seiner ganzen weiteren Existenz begleiten und wie ein Fluch verfolgen würde.

In den nächsten Jahren besuchte ihn seine Mutter regelmäßig, und sie verbrachten jedes Mal unbeschwerte Wochen miteinander. Und jedes Mal fragte er beim Abschied, wann er nach Transsylvanien zurückkehren könne, und jedes Mal vertröstete sie ihn.

Von seinem Großonkel Lorant wusste er damals nur, dass der alte Herr der Bruder seines Großvaters väterlicherseits war. Als Erstgeborener hatte Farkas von Lugosy den Stammsitz der Familie geerbt, und nach seinem Tod war der Besitz auf Stanislaws Vater übergegangen, der dessen einziges Kind gewesen war.

Graf Farkas hatte die Geburt seines Enkelsohns nicht mehr erlebt. Nach dem, was über den Großvater erzählt wurde, war der ein stolzer und prinzipientreuer Mann gewesen, für den Recht und Ordnung die höchsten Güter waren, was für seinen Bruder Lorant keineswegs galt. Von Jugend an waren die beiden, in ihrem Wesen so unterschiedlichen, Geschwister uneins gewesen. Als der ältere von ihnen das väterliche Erbe antrat, war es zu einem heftigen Streit gekommen, so wurde berichtet, in dessen Folge der jüngere Bruder den Familiensitz verließ, um nie mehr zurückzukehren.

Auch Stanislaw kannte das alles nur aus den Gesprächen der Bediensteten, die er als Kind belauscht hatte, denn Großonkel Lorant war von der Familie totgeschwiegen worden, und die Eltern bemühten sich, so zu tun, als existiere er nicht mehr. Was die Phantasie eines heranwachsenden Jungen nur umso mehr beschäftigte, zumal um das Schicksal des Großonkels mancherlei Gerüchte entstanden, von denen Stanislaw einige aufschnappte.

Mal hieß es, Graf Lorant sei in fernen Ländern unterwegs und verdinge sich dort als Söldner, mal wurde erzählt, er sei von einem sehr wohlhabenden walachischen Fürsten adoptiert worden. Und irgendwann war auch die Rede von einem Schloss am südöstlichen Rande der Karpaten, in dem der Graf jetzt ganz allein hause.

All diese Geschichten hatten zur Folge, dass Großonkel Lorant den jungen Stanislaw nicht mehr losließ.

Sein Vater aber war tot, konnte ihm also darüber keine Auskunft mehr geben, und seine Mutter wurde blass, sobald er den Vornamen des Großonkels erwähnte. Doch irgendwann, das schwor er sich, würde er selbst dieses Rätsel zu lösen versuchen.

Die Zeit verging, und Stanislaw wurde achtzehn Jahre alt. Seine französischen Verwandten hätten ihn vorerst gern bei sich behalten, doch kurz nach diesem achtzehnten Geburtstag wurde durch einen reitenden Boten ein Schreiben für ihn abgegeben, dessen Kuvert eine ihm fremde Handschrift trug. Nie würde Stanislaw den Moment vergessen, als er fassungslos auf die Zeilen seines verschollen geglaubten Großonkels starrte, der ihn aufforderte, ihn auf seinem Schloss im Südosten von Transsylvanien zu besuchen, »in einer dringenden Familienangelegenheit«.

Stanislaws Entschluss stand sofort fest. Den französischen Verwandten erklärte er, er müsse umgehend in seine Heimat zurückreisen, der Verwalter des väterlichen Besitzes habe ihm geschrieben, dass seine geliebte Mutter, Prinzessin Anna, einen Unfall erlitten habe und ihren Sohn jetzt dringend brauche.

Er nahm schon die nächste Postkutsche, obwohl auch ihm der Abschied schwerfiel. Die besorgten Augen jener Menschen, die ihn so lange Jahre bei sich aufgenommen hatten, denen er so viel Gutes verdankte und die er jetzt belog, verfolgten ihn noch eine Weile. Doch die Neugier auf das, was ihn erwartete, war stärker als alles andere.

Erst jetzt wurde er sich seines diffusen Heimwehgefühls wirklich bewusst, und endlich verstand er, dass er Sehnsucht hatte nach den eigenen Wurzeln, nach seiner wahren Zugehörigkeit.

Je näher er seinem Ziel kam, während der langen und beschwerlichen Reise zu Lande und zu Schiff und dann wieder zu Lande, desto aufgeregter war er. Und als er, von Glück überwältigt, nach all den Jahren des aufgezwungenen

Exils wieder den Boden der Heimat unter den Füßen spürte, konnte er sich nicht sattsehen an der Weite der dunkelgrün schimmernden Wälder der Karpaten, die tagsüber von Sonnenlicht durchflutet waren.

Endlich erreichte er den Borgopass. Dort, so hatte Großonkel Lorant ihm geschrieben, werde er von seinem eigenen Gefährt abgeholt und zum Schloss gebracht. Stanislaw wunderte sich ein wenig, dass der Kutscher, der ihn an der angegebenen Stelle aussteigen ließ, so nervös wirkte und sich nicht schnell genug entfernen konnte, sobald er seinen Fahrgast abgesetzt hatte, doch schon näherte sich die Kutsche des Onkels.

Es war ein schwarz verhängter Wagen, der von zwei schwarzen Pferden mit Scheuklappen gezogen wurde. Eine fast bis zu den Ohren vermummte Gestalt stieg ab, nahm wortlos das Gepäck entgegen und bedeutete Stanislaw mit einer Handbewegung, im Inneren Platz zu nehmen.

Die Sonne sank tiefer, die Schatten wurden länger. Nach einer Fahrt über holprige Wege, durch eine Gegend, von der er in der zunehmenden Dunkelheit nicht viel erkennen konnte, hielt die Kutsche ruckartig an. Stanislaw spähte hinaus. Wie Scherenschnitte zeichneten sich die düsteren Umrisse eines Schlosses gegen den noch nicht ganz schwarzen Nachthimmel ab.

Als würde es von unsichtbarer Hand gelenkt, öffnete sich ein mit spitzen Pfeilen bewehrtes Eisentor. Sie fuhren in den Innenhof, wo der Wagen endgültig zum Stehen kam. Stanislaw stieg aus, und der stumme Kutscher reichte ihm sein Gepäck herab.

Eine Gestalt erschien im Portal des Schlosses.

»Seid Ihr es, Onkel Lori?«, rief Stanislaw zögernd. Unwillkürlich hatte er ihn mit dem familiären Kosenamen angesprochen, mit dem der Bruder seines Großvaters früher in seiner Familie gerufen worden war.

Mit tiefer Stimme antwortete die Gestalt: »Willkommen, Stanislaw, ich habe lange auf dich gewartet!«

Erleichtert wollte Stanislaw die Stufen hinaufeilen, als ihm ein Geschöpf entgegensprang, das er in der ersten Schrecksekunde für einen Wolf hielt.

Stanislaw blieb stehen. Es war ein sehr großer, sehr schöner Hund mit dichtem, grau-weiß gescheckten Fell und glänzenden, hellblauen Augen. Ruhig erwiderte er den Blick des Tieres, bis es sich abwandte, die Treppe hinauflief, sich nach wenigen Metern aber wieder umdrehte, um sich zu vergewissern, dass der Neuankömmling ihm folgte.

»Tritt ein, mein Junge, diese Prüfung hast du schon bestanden«, sagte Lorant, sobald Stanislaw das Portal erreicht hatte, und klopfte ihm leicht auf die Schulter.

Erst jetzt kam Stanislaw ein wenig zu sich. Er war also angekommen. Er trat über die Schwelle und versuchte, sich in dem mit vielen Kerzen beleuchteten Saal zurechtzufinden. Dann wandte er sich seinem Großonkel zu, den er erst jetzt richtig betrachten konnte.

Der Schlossherr war in einen bodenlangen Mantel aus rot-goldenem Brokatstoff gewandet, den er in einer Schleppe hinter sich her zog und dessen kunstvoll gearbeiteter Stehkragen seinen Kopf mit der ungewöhnlich hohen Stirn umrahmte. Ein Familienmerkmal derer von Lugosy.

Das volle weiße Haar trug er als nachlässig gebundenen Zopf, das von unzähligen Falten durchzogene Gesicht wirkte wächsern und erinnerte an vergilbtes Pergament. Die blutunterlaufenen Augen ließen eine schwere Krankheit erahnen.

Verstohlen sah Stanislaw sich um. Mitten in eine Wand des riesigen Saals war ein Kamin von gewaltigen Ausmaßen eingelassen, der den gesamten Raum beherrschte. Neben einem Sessel vor dem Kamin stand ein kleiner Tisch mit einem Kandelaber und einem aufgeschlagenen Buch, daneben eine Karaffe und ein halb volles Weinglas mit einer rötlichen Flüssigkeit. Im hinteren Teil des Raumes, der weitgehend im Dunkeln lag, erkannte er eine Truhe und darüber einen Wandbehang. Die vielen Kerzen verbreiteten ein angenehmes Licht, sonst jedoch war das Interieur dieser Schlosshalle karg, fand der junge Mann.

»Bitte bedien dich.« Sein Großonkel deutete auf die lange Tafel aus schwerem, dunklem Holz, an der nur für eine Person gedeckt war.

Mit dem Appetit der Jugend langte Stanislaw bei den gebratenen Gänsekeulen zu und genoss den roten Wein seiner Heimat. Der alte Herr sah schweigend zu. Mit einem wohligen Seufzer lehnte Stanislaw sich schließlich zurück. Er hätte gern viele neugierige Fragen gestellt, doch der Alte schüchterte ihn ein, und er spürte, wie die Müdigkeit ihn zu überwältigen drohte.

Eine große, feuchte Hundenase, die sich gegen seine Hand schmiegte, riss ihn aus seiner Mattigkeit.

»Dieses Tier heißt Igor«, erklärte Graf Lorant, und die Andeutung eines Lächelns erschien auf seinem Gesicht. »Er ist das Beste, das mir je passiert ist, seit …«

Unter dem versonnenen Blick des Onkels ließ Stanislaw seine Finger durch das dichte Fell gleiten.

Bis der alte Herr mit veränderter Stimme begann: »Du wirst dich gefragt haben, mein Junge, weshalb ich dich hierher kommen ließ. Die Familie deines Vaters wollte nichts mehr mit mir zu tun haben, nachdem ich mich von meinem

Bruder, der dein Großvater war, im Streit getrennt hatte. Übrigens hat es mir gefallen, dass du mich vorhin mit meinem früheren Kosenamen angesprochen hast.«

Stanislaw wollte etwas erwidern, wurde aber durch eine Handbewegung zum Schweigen gebracht. »Ich weiß, dass du deine Heimat vermisst und dass du schon lange zurückkommen wolltest.«

Woher wusste der Großonkel davon? Er hatte doch immer nur mit seiner Mutter darüber gesprochen. »Ich bin alt, sehr alt sogar inzwischen«, fuhr Lorant mit tiefer Stimme fort, »und du bist mein einziger männlicher Nachkomme. Was ist dir über unsere Familiengeschichte bekannt?«

»Nur das, was meine Mutter mir erzählt hat«, gab Stanislaw zu und senkte den Kopf.

»Deine Mutter hat dich von deinen Wurzeln abgeschnitten, mein Junge«, zürnte der alte Graf. Er stand auf und begann vor ihm auf und ab zu wandern. Stanislaw wunderte sich, dass er sich bewegte, als hätten ihm die Jahre nichts anhaben können.

»Du bist mein Großneffe ...« Der Alte blieb vor ihm stehen und starrte ihn an, als wollte er ihn hypnotisieren. »Und du wirst von jetzt an unser Erbe würdig weiterführen, versprichst du mir das?«

»Natürlich, Großoheim«, murmelte Stanislaw verunsichert.

»Und wie steht es mit deinem Sinn für Tradition?«

»Aber ja, ich bin doch hier geboren und habe auch meine Kindheit in Transsylvanien verbracht. Ich liebe meine Heimat ...«

»Es freut mich, das zu hören, aber was ist mit der Familientradition? Deine Mutter ist eine polnische Prinzessin, die sich in unserem Land nie wohlgefühlt hat, und nach dem frühen Tod deines Vaters hat sie alles getan, um ...«

Erneut brach er mitten im Satz ab.

»Ich versichere Euch, Großoheim, dass mir die Tradition der Familie ebenso am Herzen liegt wie Euch selbst!« Stanislaws Stimme war klar und aufrichtig.

Der Onkel musterte ihn. »Du gefällst mir, Junge, und ich glaube, mit dir könnte es gehen ...«

Bleischwere Müdigkeit drückte Stanislaw immer tiefer in den Sessel. Die letzten Worte waren schon wie aus weiter Ferne zu ihm gedrungen.

Er versank wie in einem Traum. Er sah seinen Onkel, der hinter ihn trat und ihm die Hände mit den krallenartigen Fingern auf die Schultern legte. An einer Hand trug er einen Siegelring mit einem fremden Wappen, dessen Details nicht zu erkennen waren. Er beugte sich über Stanislaw, nahm dessen linke Hand, zog den Ring von seiner eigenen Hand ab und streifte ihn dem Neffen über.

»Ich will, dass du ihn jetzt erhältst, mein Junge«, hallte die Stimme des alten Grafen durch den Saal, »denn ich weiß nicht, was eines Tages mit mir geschehen wird, und es ist besser, wenn dieser Ring rechtzeitig in deinen Besitz gelangt.«

Als Stanislaw den Ring an seinem Finger spürte, entstand in ihm die Gewissheit, dass damit für ihn ein Geschick besiegelt war, dem er, auch wenn er es gewollt hätte, niemals hätte entkommen können.

Feierlich öffnete der Graf sein Gewand, entblößte seine faltige Brust und ritzte sich mit dem langen, scharfen Nagel des Daumens die Haut ein. Er zog Stanislaw zu sich empor, packte seinen Kopf und presste ihn gegen die Wunde, aus der dickes, dunkelrotes Blut hervorquoll. »Trink!«, befahl er mit heiserer Stimme. Stanislaw führte den Befehl aus. Abrupt ließ der alte Herr ihn los, beugte sich herab, grub seine Zähne in die Halsschlagader des Neffen und sog in gierigen Zügen sein Blut in sich hinein. Danach wurde alles dunkel um Stanislaw.

Als er wieder zu sich kam, saß Großonkel Lorant bei ihm und betrachtete ihn nachdenklich.

»Ich musste es tun, Stanislaw. Ich habe viele Gegner, die mich vernichten wollen, und du bist der Einzige, an den ich die Tradition weitergeben konnte. Vampire sterben nicht, aber auch sie können müde werden und damit unachtsam und verletzlich. Deshalb ist es gut, dass meine Nachfolge jetzt geregelt ist.«

Stanislaw hatte Mühe, diese Worte zu begreifen. »Was habt Ihr getan, Großoheim?«, stammelte er. Entsetzen kroch in ihm hoch.

»Ich habe dich zu einem der unseren gemacht, Stanislaw. Damit unser Geschlecht weiterhin unsterblich bleibt, und ich spreche nicht von der Familie der Lugosys, ich spreche von der Familie, der ich angehöre.«

Stanislaw, der mit den Mythen und Legenden seiner Heimat aufgewachsen war, obwohl seine Mutter sie stets von ihm fernzuhalten versucht hatte, griff sich in panischem Schrecken an den Hals. Er stieß seinen Stuhl um und stürzte in die Wandelhalle des alten Schlosses. Vor einem goldgerahmten Spiegel aus der Renaissancezeit hielt er inne. Sein Bild wurde nicht zurückgeworfen.

Lautlos sank er zu Boden und barg das Gesicht in beiden Händen. Sein Großonkel war ihm gefolgt und sprach zu ihm: »Fasse dich, mein Junge. Du gehörst jetzt zu uns, zum stolzen Geschlecht der Vlad Draculeas, nicht durch Geburt, sondern durch die Blutstaufe, die du gerade durch mich erhalten hast. So gibt es auch für dich eine neue Art von Verwandtschaft, denn das Blut der Draculeas ist jetzt ebenso in dir wie in mir.«

Erregt schritt er wieder auf und ab und fuhr fort: »Bald wirst du entdecken, welche Vorteile dieses Dasein bietet. Du wirst Macht haben, nahezu unbegrenzte Macht, und die Menschen werden vor dir erzittern. Frauen werden sich dir hingeben, wenn du sie erst in deinen Bann gezogen hast, und Männer werden dich fürchten, sobald sie deine Macht spüren. Naturgewalten werden dir gehorchen wie die der Lüfte und des Feuers, und auch über manche Tierarten wirst du gebieten ...«

Unfähig, seine neue Situation in ihrer ganzen Bedeutung zu erfassen, blieb Stanislaw auf dem kalten Steinboden liegen, dem der dumpfe Geruch jahrhundertealten Moders entströmte. Vor seinen Augen die Porträts seiner vielen Ahnen, von denen ihm keiner zu Hilfe kommen würde. Neben ihm die Ehrfurcht gebietende, hohe Gestalt seines Großonkels, dessen Gesicht jetzt einen Ausdruck von Stolz und Zufriedenheit zeigte.

Endlich erwachte er aus seiner Erstarrung. Mit einem Satz sprang er auf die Füße. Ein lang gezogener, hoher Ton, ähnlich dem Heulen eines Wolfes, wich aus seiner Kehle. Drang durch sämtliche Mauern des alten Schlosses, bis er allmählich schwächer wurde und dann ganz verebbte.

Einen Moment lang starrte Stanislaw seinen Großonkel an, der seinen Blick reglos erwiderte, dann brach es aus ihm heraus. »Ihr seid alle verdammt, Ihr und Euresgleichen!«, schrie er hasserfüllt. »Und jetzt habt Ihr den Fluch auch noch an mich weitergegeben, damit ich genau wie Ihr ein elendes, unerlöstes Dasein führe, als einer, der von allen

Menschen verabscheut und gefürchtet wird, der Beistand und Gesellschaft nur bei seinesgleichen findet, der jeden Sonnenstrahl meiden muss und sich nur zu den dunklen Kreaturen seiner eigenen Welt flüchten kann!«

Und ruhiger setzte er hinzu: »Was bedeutet mir die Macht, von der Ihr sprecht, wenn ich niemals die Liebe eines sterblichen Menschen gewinnen kann und auch selbst niemals lieben darf ...«

»Du wirst es später einmal verstehen«, murmelte der Großonkel und fügte hinzu, er hoffe sehr, sich in seinem Neffen nicht getäuscht zu haben.

»Du sprichst von Dingen, die du nicht kennst, Junge, noch nicht zumindest, und du solltest dich jetzt von solchen romantischen Vorstellungen lösen«, fuhr er fort. »Glaub mir, dir wird vieles erspart bleiben.«

Stanislaw, der in diesem Moment noch das ganze Erbe seiner menschlichen Existenz in sich trug, erwiderte bitter: »Ja, vielleicht, aber um welchen Preis?«

Langsam kehrte er in den Saal zurück und setzte sich vor das Feuer. Großonkel Lorant zog seinen Stuhl direkt neben ihn.

»Wie ist es damals passiert?«, fragte Stanislaw mit tonloser Stimme. »Und wann wurdet Ihr ...?«

Statt zu antworten, stand der alte Graf auf, trat zu der langen Tafel, holte Stanislaws Glas und schenkte ihm aus der Karaffe ein, die auf dem kleinen Tisch neben dem Feuer stand.

»Hier«, sagte er und reichte ihm das Glas, »du wirst gleich Durst bekommen, einen Durst besonderer Art, und dies hier wird dir guttun. Es wird deine Kräfte wecken.«

Misstrauisch beäugte Stanislaw die rötliche Flüssigkeit. »Was ist das?«

»Nun trink schon, mein Junge, du wirst es gleich merken.«

Das Getränk schmeckte nach Wein, doch da war noch ein Beigeschmack, etwas Süßliches, das eine unbekannte Gier in ihm hervorrief und zugleich jede Körperzelle mit neuer Energie zu versorgen schien.

»Dies, mein Junge, ist so etwas wie ein Lebenselixier für unseresgleichen«, erklärte der alte Graf achselzuckend. »Es ist Rotwein aus unserer Heimat, versetzt mit jenem Stoff, ohne den wir nicht sein können. Feste Nahrung verträgt unser Stoffwechsel nicht, doch dieses Gemisch ist für uns äußerst bekömmlich. Sieh zu, dass du stets einen Vorrat von beidem hast.«

Stanislaw wollte erneut nach seinem Glas greifen, doch der Alte legte ihm eine Hand auf den Arm.

»Nicht so hastig, der Umwandlungsprozess bei dir ist noch nicht ganz vollzogen, und zu viel hiervon würde dir jetzt schaden.«

Stanislaw ließ die Hand sinken, glitt in den Sessel zurück und sah aus halb geschlossenen Augen dem tanzenden Spiel der Flammen zu. »Ihr seid mir noch immer eine Antwort schuldig, Großoheim«, sagte er leise.

»Alles begann in einer stürmischen Nacht im Januar 1693«, begann Graf Lorant seufzend. »Ich hatte viele Jahre in fremden Ländern verbracht, doch es war stets nur ein Umherirren gewesen, und ich konnte meinen Platz in der Welt nicht finden. Schon immer war ich ein Unbehauster gewesen, nicht erst, nachdem ich mich mit deinem Großvater überworfen und nach jenem fürchterlichen Streit das Familienschloss für immer verlassen hatte.«

Stanislaw richtete sich im Sessel auf und betrachtete seinen Großonkel aufmerksam von der Seite.

»Mein Bruder hatte recht«, fuhr der alte Herr fort, »ich war ein unzuverlässiger Nichtsnutz, ein Taugenichts. Aufgrund meiner adeligen Herkunft hätte ich mich in unserer Heimat für manches höhere Amt bewerben können, ich hätte eine passende junge Frau unseres Standes heiraten und eine Familie gründen können, doch all das erschien mir viel zu langweilig. Und es kränkte mich tief, dass ich als jüngerer Bruder keinen Anspruch auf den Familienbesitz hatte. Vielleicht ahnte ich damals schon, wie wenig Ehre ich unserem Namen machen würde.«

Er schenkte sich selbst aus der Karaffe nach und nahm einen kräftigen Schluck.

»Ich hatte keinerlei Aufgabe, keinerlei Verantwortung, und es gab niemanden in der Familie, für den ich sorgen musste. Ich war frei, ohne Pflichten, aber auch ohne besondere Rechte, wie ich bald feststellen musste, nachdem ich mich als Söldner in fremde Dienste gestellt hatte. Immerhin brachte ich es bis zum Offizier und hatte als geborener Graf von Lugosy ein gewisses Ansehen bei den Leuten. Gleichzeitig hatte ich mir einen eher zweifelhaften Ruf als streitsüchtiger Haudegen erworben.«

Die Stimme des Onkels bekam einen beschwörenden Klang, während er weiterredete: »So ging das lange Zeit, bis ich merkte, dass ich müde wurde. Zu meiner eigenen Überraschung zog es mich wieder in die Heimat, obwohl ich glaubte, dass dieses Wort für mich längst seinen Sinn verloren hatte. Ohne große Erwartungen reiste ich zurück, ich wusste nur, dass ich irgendwo ankommen wollte ...«

»Und dann?« Stanislaw saß jetzt kerzengerade in seinem Sessel.

»Dann setzte mich der Kutscher in einem kleinen Dorf in der Nähe des Borgopasses ab, er weigerte sich, weiterzufahren. Die Reise sei hier zu Ende, erklärte er lediglich. Ich nahm mein Gepäck und betrat die Dorfschänke. Der Wirt wies mir einen Platz zu und brachte Speisen und Getränke. Nachdem ich mich gestärkt hatte, sah ich mich in dem Raum um. In einer Ecke saß ganz allein ein Mann, der offensichtlich von den übrigen Leuten im Gastraum gemieden wurde. Seine Kleidung war eher schlicht, doch seine Gesichtszüge und sein Habitus verrieten den Aristokraten. Ich erkannte sofort den Einzelgänger in ihm, womöglich eine verwandte Seele, und ich fühlte mich auf unerklärliche Weise zu ihm hingezogen.«

Stanislaw lauschte atemlos.

»Nach einer Weile kam der Fremde an meinen Tisch und setzte sich neben mich. Rasch begannen wir – unter den argwöhnischen Blicken der Dorfbewohner – eine lebhafte Unterhaltung. Ich war froh, jemanden gefunden zu haben, mit dem ich reden konnte, und so erzählte ich ihm schließlich, was mich an diesem Abend in diese Gegend geführt hatte. Als ich meinen Namen nannte, stellte er sich ebenfalls vor. Er war ein Nachkomme der Familie der Draculeas, jener walachischen Fürsten, die einst unter dem Siegel des Papstes gegen die Türken gekämpft hatten.«

»Dann stammte er also auch vom berüchtigten Vlad Tepes ab, dem sogenannten Pfähler«, unterbrach ihn Stanislaw nachdenklich.

»Ja, aber das war damals mehr als vierhundert Jahre her. Weshalb hätte ich diesen Mann für die Gräueltaten eines zeitlich so weit entfernten Vorgängers verantwortlich machen sollen?«

Stanislaw nickte, während Igor herangetrottet kam und sich vor dem Feuer niederließ.

»Mein Tischnachbar, nennen wir ihn Fürst Barbat, bot

mir an, die Nacht auf seinem Schloss ganz in der Nähe zu verbringen. Ich willigte ein, und bald darauf saßen wir in ähnlicher Weise vor einem Kaminfeuer wie wir jetzt. Dort erzählte der Fürst mir seine Geschichte, deren Einzelheiten jetzt nicht so wichtig sind, und offenbarte mir am Ende, wer und was er tatsächlich war. Er hatte sofort den heimatkranken und an seinem Schicksal gescheiterten Mann erkannt und schlug mir einen Pakt vor ...«

»Das war wohl mehr ein Pakt mit dem Teufel«, murmelte Stanislaw zwischen den Zähnen.

»Einen Pakt«, fuhr sein Großonkel unbeirrt fort, »dem ein so unsteter und entwurzelter Charakter wie ich kaum widerstehen konnte.«

»Aber wozu? In dem Moment wäre es für ihn doch schon ein Leichtes gewesen, einfach über Euch herzufallen«, wandte Stanislaw kopfschüttelnd ein.

»Du magst recht haben, nur war es nicht das, was er wollte. Er war der Letzte aus dem Geschlecht der Draculeas, und er war allein zurückgeblieben. Vielleicht war es eine seltsame Art von Sentimentalität; ihm ging es wohl darum, sich gleichsam einen neuen Verwandten zu erschaffen, mit dem er in besonderer Weise verbunden war, und dazu bedurfte es des Rituals der Bluttaufe, die nach seiner Überzeugung zu einer tieferen Bindung führte, wenn das Opfer sich freiwillig darauf einließ. Und durch diese neue Blutsverwandtschaft würde ja auch etwas vom Geschlecht der Draculeas weitergegeben, für den Fall, dass ihm etwas zustieße. Damit nicht genug, versprach er, mich zu adoptieren.«

Stanislaw wollte etwas erwidern, doch der Alte redete weiter: »Es bereitete ihm keine große Mühe, mich zu überzeugen. Ich hatte alles verloren, und eine Verbesserung meiner Lebensumstände war sehr unwahrscheinlich. Und plötzlich sollte ich durch das Angebot von Fürst Barbat eine nie gekannte Macht erlangen.«

»Und Unsterblichkeit«, fügte Stanislaw leise hinzu.

Der große, struppige Hund Igor hob bei diesem Wort den Kopf. Stanislaw machte eine einladende Geste, worauf Igor sich von seinem Platz vor dem Feuer erhob und auf ihn zukam.

»Habt Ihr ihn schon lange?«, fragte er, während er das Fell des Tieres kraulte, das sich vor ihn hingesetzt hatte und ihn aufmerksam ansah.

»Ja«, erwiderte der Großonkel knapp, »aber das ist eine andere Geschichte.«

Stanislaw spürte, dass der alte Graf nicht bereit war, davon zu erzählen. Und plötzlich formten sich die Worte in ihm wie von selbst. »Gebt mir Igor mit, Großoheim!«

Einen Moment lang war Stille. »Weißt du, was du da von mir verlangst, Junge?«

»Ihr habt mich gegen meinen Willen zum Vampir gemacht. Nun solltet Ihr auch einen Preis dafür bezahlen. Schließlich bin ich Euer Nachkomme.«

Großneffe und Großonkel waren aufgestanden und maßen einander mit offenem, klarem Blick. Bis Graf Lorant den Hund mit einer kaum wahrnehmbaren Handbewegung zu sich befahl.

Er beugte sich herab und flüsterte ihm etwas ins Ohr. Igor blieb reglos vor ihm stehen. Nur der Ausdruck in den hellblauen Augen verriet, dass er die Botschaft seines Herrn verstanden hatte.

»Du kannst ihn haben«, sagte der Graf kurz angebunden und setzte sich wieder vor das Feuer.

»Ich danke Euch, Großoheim.«

Eine Pause entstand. Bis Stanislaw an den Kamin trat und fragte, während er die Scheite wendete: »Euer sogenannter neuer Verwandter, Fürst Barbat, was wurde aus ihm?«

Die Gesichtszüge des Onkels verdüsterten sich. »Er fiel einem Anschlag zum Opfer.«

»Das heißt, er wurde ...«

»Nein, ihm wurde kein Pfahl ins Herz gestoßen, falls du das meinst. Er geriet in eine Falle und wurde vom Sonnenlicht vernichtet. Hüte dich vor der Sonne, Stanislaw, sie ist unser größter Feind.«

Es gab nicht mehr viel zu sagen. Stanislaw erklärte, er werde jetzt Abschied nehmen und seinen eigenen Weg gehen.

»Wirst du irgendwann zurückkommen?«

»Vielleicht. Aber zunächst einmal werde ich lange unterwegs sein, denn ich habe von der Welt fast noch nichts gesehen.«

Graf Lorant begleitete ihn zum Portal.

»Gib auf dich acht, mein Junge.«

Damit war Stanislaw aufgebrochen, um seine Reise durch die Zeiten anzutreten. Sein Großonkel, der im Laufe des neunzehnten Jahrhunderts der List eines besonders fanatischen Vampirjägers zum Opfer gefallen war, hatte natürlich in einem recht gehabt: Einmal zum Vampir geworden, konnte Stanislaw nicht gegen die Gesetze seiner neuen Existenz ankämpfen. Und nachdem er erkannt hatte, dass dieses Los unabänderlich war, wurde er zu einem unnahbaren, zynischen Einzelkämpfer, der auch seinesgleichen nicht an sich heranließ.

Seine Spur verlor sich. Eine Weile, während der er als

vermisst galt, wurde nach ihm gesucht, bis die Behörden ihn offiziell für tot erklärten. Bald darauf starb seine Mutter. Ob sie geahnt hatte, was ihm widerfahren war?, fragte er sich oft. Hatte der Gram darüber sie aufgefressen?

Nun waren beide nicht mehr, die Mutter, die das Opfer gebracht hatte, ihr einziges Kind nicht bei sich haben zu können, weil sie es vor dem geheimnisumwitterten Großonkel schützen wollte, und Graf Lorant selbst, der ihn in ewige Finsternis gestürzt hatte.

Stanislaw reiste viel, und zur Enttäuschung des Alten war er niemals nach Transsylvanien zurückgekehrt. Ihre Wege kreuzten sich nicht mehr. Stattdessen ließ sich Stanislaw unter immer anderen Pseudonymen an verschiedenen Orten in Europa nieder, wo es ihn jeweils nur einige Zeit hielt. Überall hinterließ er blutige Spuren. Manches Opfer überlebte den Angriff, und bei manch anderem vollzog er die Blutstaufe, um wenigstens eine Zeit lang einen Gefährten oder eine Gefährtin zu haben. Doch auf die Dauer langweilte ihn der Umgang mit denen, die dadurch zu seinesgleichen geworden waren. Außerdem wollte er die Welt nicht mit immer neuen Vampirgeschöpfen bevölkern.

Er suchte die Nähe der Menschen nicht nur, weil ihr Blut ihn am Leben hielt, er hoffte dort auch etwas von dem Teil seiner selbst wiederzufinden, der ihm durch seinen Großonkel geraubt worden war.

Wenn er seine Fangzähne in die Halsschlagader seines Opfers schlug und die warme, süß schmeckende Flüssigkeit in gierigen Zügen einsog, bis sie ihn durchströmte und mit neuer Kraft versorgte, empfand er zwar Lust, aber dieses Gefühl hatte nichts von einer sadistischen Befriedigung. Er war unerbittlich in dem, was er tat, weil er es tun musste. Es entsprach seiner Natur als Vampir, er gehorchte jetzt anderen Gesetzen, und darin lag für ihn nichts Grausames.

Gewiss, die Macht, von der Graf Lorant gesprochen hatte, war seitdem seine Droge geworden. Sie entschädigte ihn für nichts, aber sie gab ihm ein Gefühl der Sicherheit und verschaffte ihm Genugtuung, und auf beides konnte er nicht verzichten.

Auch Sex war eine Droge, auf die er manchmal zurückgriff, doch das war oft genug nur ein Umweg zu seinem wahren Ziel. Einige berüchtigte Erotomanen der Weltgeschichte waren Vampire gewesen, was allerdings nie bewiesen werden konnte. So gab es zum Beispiel über das skandalöse Leben von Lord Byron viele Gerüchte. Man bezichtigte ihn im viktorianischen England nicht nur des Inzests mit seiner Schwester, sondern eben auch des Vampirismus.

Stanislaw lächelte in sich hinein, während er gedankenverloren Igors Rücken kraulte. Es war nicht einzusehen, weshalb ein Vampir kein Geschlechtsleben haben sollte, aber in der Literatur über seine Spezies wurde das Thema meist schamhaft unterschlagen, zumindest in der des neunzehnten Jahrhunderts, die das Genre des Schauerromans so sehr geprägt hatte.

Erst mit dem zwanzigsten Jahrhundert war eine Wende eingetreten, und jetzt, zu Beginn des neuen Jahrtausends, schienen die Menschen nicht nur unverändert fasziniert von allem, was mit Vampirismus zu tun hatte, sie lösten sich auch zunehmend von alten Klischees. Literaten befassten sich mit dem Thema, Cineasten und Psychoanalytiker.

Stanislaw hatte einige Filme über seinesgleichen gesehen, die ihn beeindruckt hatten. Offenbar gab es Sterbliche, die über genügend Phantasie und Gespür verfügten, um zu verstehen, worum es ging.

Er sah auf die Uhr. Stunden waren vergangen, während er vor sich hin geträumt hatte, und ein neuer Tag dämmerte herauf. »Komm, Igor, es ist Zeit.« Das Tier streckte sich, stand auf und lief ihm zu seiner Schlafstätte voraus.

Am Abend dieses neuen Tages würde Daphne bei ihm zu Gast sein. Leise sagte er ihren Namen vor sich hin, und ohne zu wissen, warum, empfand er zum ersten Mal seit mehr als dreihundert Jahren etwas, das sich beinahe so anfühlte wie Furcht.

– ACHT –

Es war die letzte Woche im März, und endlich ahnte man etwas vom herannahenden Frühling.

Sobald der erste Sonnenstrahl durch den Dunst brach, der bis dahin wie ein diffuser Schleier über der Stadt gelegen hatte, wurden in den Straßencafés die Stühle herausgestellt. Menschen mit wintergrauen Gesichtern ließen sich wohlig nieder, vertieften sich in ihre Zeitungen, sprachen in ihre Handys und streckten sich der lang entbehrten Wärme entgegen.

Zielstrebig steuerte Daphne auf das »Hotel zum Storchen« zu. Sie lief die Treppe hinauf, gab ihren Mantel an der Garderobe ab und betrat den holzgetäfelten Saal. Mit den Schnitzereien in den Wänden und Nischen und den hohen Bogenfenstern vor dem Fluss strahlte der Raum etwas angenehm Altmodisches aus.

Ein beflissener Maître wollte wissen, ob sie reserviert habe, doch da kam ihr Darius schon mit ausgebreiteten Armen entgegen. Als er sie fest gegen seine Brust drückte, genoss sie für einen Moment die Wärme dieses kräftigen Körpers. Verstohlen atmete sie den vertrauten Geruch nach englischem Tweed und Sandelholz ein, bis er sie ein Stück von sich weg hielt und aufmerksam betrachtete.

»Am Telefon hörte es sich dringend an«, sagte er trocken, »deshalb habe ich zu Hause alles stehen und liegen lassen.« Darius bewohnte ein altes Bauernhaus in der Nähe von Luzern, auf seiner »Alp«, wie er diesen abgelegenen Sitz nannte.

Er führte sie zu einem Tisch am Fenster. »Na ja, so ganz stimmt das nicht«, setzte er augenzwinkernd hinzu, »ich hatte ohnehin etwas in Zürich zu tun, und außerdem will ich eine alte Freundin von mir treffen, die gerade in der Stadt ist.«

Auf Daphnes fragenden Blick erklärte er: »Du wirst sie kaum kennen. Sie bewegt sich in ganz anderen Kreisen als du. Allerdings nimmt sie ihr Handy zurzeit nicht ab. Ich werd's nachher mal in ihrem Hotel versuchen. Für gewöhnlich wohnt sie im ›Baur au Lac‹. Sie ist aus München, weißt du, und ...«

»Wie heißt sie denn?«, unterbrach ihn Daphne. Ihre Stimme klang angespannt. »Vielleicht von Stein? Maria von Stein?«

»Ja, aber woher ... Kennst du sie doch?«

»Ich bin ihr nur zweimal begegnet«, erwiderte sie langsam.

Darius wurde unruhig. »Was ist mit ihr?«

»Sie ist überfallen worden«, erklärte sie tonlos, »und man weiß nicht, ob sie überleben wird.«

Darius wurde blass. Er packte Daphne beim Arm. »Erzähl mir alles, was du weißt.«

Daphne begann zu sprechen. Zwischendurch erschien der Maître, um die Bestellung aufzunehmen. Daphne begnügte sich mit einem Wasser, während sich Darius einen einheimischen Weißwein bringen ließ. Beiden war zunächst der Appetit vergangen.

Als sie geendet hatte, griff er gedankenverloren erst einmal nach dem Glas neben sich und trank einen kräftigen Schluck. Seine Augen kehrten zu ihr zurück. »Wie gut kennst du ihn, diesen Grafen Stanislaw?«

»Nicht sehr gut«, antwortete sie leichthin, während sie

spürte, wie sich in ihrem Körper eine Hitzewelle ausbreitete. Rasch zog sie ein Päckchen Zigaretten aus der Handtasche und gab sich selbst Feuer, bevor Darius reagieren konnte. Unter den missbilligenden Blicken eines älteren Paares am Nebentisch rauchte sie stumm vor sich hin.

Erneut trat der Maître auf sie zu. »Meine Herrschaften, es tut mir leid, aber wenn Sie noch etwas zu essen bestellen wollen ..., die Küche schließt in einer halben Stunde.«

Rasch entschieden sich beide für einen Teller mit Bündnerfleisch. Daphne lehnte sich in ihrem Stuhl zurück und musterte den alten Freund verstohlen. Ursprünglich war er ein Freund ihres Vaters gewesen, Giovanni da Silva. Die beiden hatten sich auf dem Konservatorium in Wien kennengelernt, doch während der hochbegabte Giovanni eine Karriere als Pianist anstrebte, gab Darius, der zunächst Geiger werden wollte, die Musik bald auf und schlug einen ganz anderen Weg ein.

Sein Großvater hatte vor Jahrzehnten eine Erfindung gemacht, durch die seine Familie reich geworden war, sehr reich sogar. So war es ihm möglich, sich fernab von allen wirtschaftlichen Zwängen ganz mit seinen eigentlichen Neigungen zu beschäftigen, mit dem, was inzwischen unter dem Oberbegriff »Esoterik« zu einer Allerweltsangelegenheit zu verkommen drohte.

Giovanni hatte mit dieser Welt nicht viel anfangen können, doch der freundschaftliche Kontakt zwischen den beiden Männern riss nie wirklich ab, obwohl sie sich seltener sahen. Irgendwann, als Giovanni schon international erfolgreich war, begegneten sie sich in einer Hotelhalle. Giovanni gab in der Stadt ein Konzert, und Darius nahm an einem Kongress für Parapsychologen teil. Giovanni vertraute dem Freund an, dass er wegen eines soeben diagnostizierten Gehirntumors nur noch wenige Monate zu leben habe, und bat ihn, sich nach seinem Tod um seine Tochter zu kümmern. Daphne war damals zwölf Jahre alt.

Darius, schockiert und traurig zugleich, versprach es ohne zu zögern, und als er das Mädchen kurz nach Giovannis Tod kennenlernte, ließ sich schon erahnen, was einmal auf ihn zukommen würde. Daphne hatte nicht nur die weichen, harmonischen Gesichtszüge ihres Vaters geerbt, sondern auch die leuchtenden Augen und das volle blonde Haar der Mutter, einer bekannten Bühnenschauspielerin, die erleichtert war, das oft als störend empfundene Kind immer mal wieder der Obhut von Darius anvertrauen zu können.

Daphnes musikalisches Talent zeigte sich früh, und Darius förderte sie, so gut er konnte. Er war für sie zunächst so etwas wie ein Onkel, und trotz gelegentlicher Versuche, seine Autorität in Frage zu stellen, betrachtete sie ihn mit den Jahren immer mehr als väterlichen Freund und Mentor. Als sie dann auch noch ihre Mutter verlor, wurde Darius der einzige Mensch, dem sie wirklich vertraute.

Darius nahm seine Aufgabe ernst und wachte gewissenhaft über seinen Schützling, auch, als Daphne schon eine erwachsene Frau war und erste Erfolge als Solistin feiern konnte. Nach ihrem schweren Unfall war es Darius, der ihr immer wieder Mut machte, ein Comeback zu wagen.

Das Einzige, was ihn immer stärker beunruhigte, war, dass sie keinerlei Neigung zeigte, sich zu binden. Sie habe keine Zeit für »so etwas«, erklärte sie ihm, sie lebe für die Musik, und das fülle sie ganz und gar aus. »Fürs Grobe«, wie sie spöttisch hinzufügte, gebe es den einen oder anderen Liebhaber, und das genüge ihr.

Dann tauchte Maurizio auf, der als erster Mann Darius'

uneingeschränkte Zustimmung fand. Doch was tat dieses törichte Kind? Ließ sich von einem undurchsichtigen Exilrumänen umgarnen, der einen Nachtclub betrieb! Ausgerechnet Daphne, die sich in einer Haltung gefiel, die man heute als »cool« bezeichnete, und zu Männern emotional einen großen Sicherheitsabstand hielt, schien von diesem mysteriösen Grafen so beeindruckt zu sein, dass sie schon rot wurde, wenn nur sein Name fiel.

Und jetzt war in diesem Club auch noch ein Mordversuch verübt worden. An einer Frau, die Darius ganz gut kannte.

Er zeigte ihr nicht, wie besorgt er war, während sie schweigend ihr Bündnerfleisch verzehrten und gelegentlich auf den Fluss hinaus sahen, jeder tief in Gedanken. Darius würde keinesfalls tatenlos zusehen.

»Das ist eine schlimme Geschichte«, erklärte er, als sie beim Espresso angelangt waren. »Und dieser schreibende Kripobeamte, dieser …«

»Hannes Krebs«, murmelte Daphne.

»Ja, Kommissar Krebs. Hast du Vertrauen zu ihm? Würdest du dich an ihn wenden, wenn du Hilfe brauchst?«

»Was meinst du damit?« In Daphnes Stimme war ein Anflug von Trotz. »Wieso sollte ich Hilfe brauchen?«

»Weil du mich nicht um dieses Treffen gebeten hättest, wenn dir nicht ziemlich unbehaglich zumute wäre, mein Kind«, erwiderte Darius sanft.

In seinen Augen las sie liebevolle Zuneigung wie immer und eine ungewohnte Anspannung. Er ergriff Daphnes Hand, die kalt und ein wenig feucht war.

»Soll ich mich mal mit dem Herrn Krebs unterhalten? Immerhin kenne ich Maria von Stein seit längerer Zeit. Vielleicht kann ich zu den Ermittlungen etwas beitragen, was denkst du? Ich bleibe noch ein paar Tage in der Stadt. Man hat mir hier im Hotel mein altes Zimmer gegeben.«

»Vielleicht ist das eine gute Idee. Aber ich weiß nicht, ob …« Daphne sprach den Satz nicht zu Ende. Sie ließ die Schultern hängen und starrte wieder auf den Fluss. Unbarmherzig fiel Tageslicht auf ihre blassen Gesichtszüge, in denen Darius jetzt feine Linien und Schatten bemerkte, die ihm nie zuvor aufgefallen waren. Ohne es zu wollen, stellte er sich vor, wie sie in zwanzig Jahren aussehen würde, verscheuchte die Vision aber gleich wieder.

»Hast du eine Visitenkarte des Kommissars, eine Telefonnummer, unter der ich ihn erreichen kann?«, fragte er, als sie die Treppe zum Ausgang hinabstiegen.

Im Gehen begann Daphne in ihrer Handtasche zu kramen. »Warte«, murmelte sie, »ich hab sie gleich.«

Als sie unten angekommen waren, sahen sie zwei Männer vor dem Eingang.

»Hannes!«, rief Daphne überrascht. »Und was machst du hier, Ramiro?«

Darius hatte sich als Erster gefasst. »Wir kennen uns noch nicht, Herr Krebs, aber Daphne und ich haben soeben von Ihnen gesprochen.« Lächelnd streckte er ihm die Hand entgegen. »Schön, dich auch mal wieder zu sehen, Ramiro«, begrüßte er den Geiger und klopfte ihm freundschaftlich auf die Schulter.

Daphne stellte Darius und Hannes Krebs einander vor und verabschiedete sich hastig.

»Es war ein günstiger Zufall, der uns hier zusammengeführt hat«, sagte Darius gelassen. »Sofern man an Zufälle glaubt.«

Krebs, der spontan beschlossen hatte, Darius zu mögen, erwiderte: »Daphnes Kollege ist natürlich ebenfalls ein wichtiger Zeuge, und ich fand, dass wir uns bei diesem schönen Wetter in einer angenehmeren Umgebung unterhalten sollten als auf dem Polizeirevier.«

»Ich wohne zurzeit hier im Hotel. Würden Sie mich bitte auf meinem Zimmer anrufen, wenn Sie fertig sind und Zeit für ein Gespräch haben?« Darius nickte den beiden Männern zu und ging zur Rezeption.

Als sich die Blicke von Krebs und Ramiro trafen, dachten beide das Gleiche. Mit einer Autorität, die nicht in Frage zu stellen war, legte einer wie Darius die Spielregeln fest, wohlwissend, dass er es mit einem Staatsbeamten zu tun hatte.

»Dann werde ich jetzt mal mit Ihnen anfangen«, erklärte der Kommissar grinsend und schob den Musiker auf den kleinen Platz vor dem Hotel, wo inzwischen Tische und Stühle aufgebaut waren.

»Sie müssen Ihre Aussage natürlich noch bei uns protokollieren lassen«, beendete Krebs die Befragung nach etwas mehr als einer Stunde, »aber ich bin Ihnen sehr dankbar. Sie haben uns bei unseren Ermittlungen wirklich weitergeholfen.«

Nachdem er sich von Ramiro verabschiedet hatte, blieb er noch einen Moment in der Nachmittagssonne sitzen und verglich in Gedanken, was ihm zunächst Daphne und jetzt ihr Kollege Ramiro über den Ablauf des Kostümfestes erzählt hatten. In solchen Momenten kämpfte der Geschichtenerzähler mit dem Ermittler, doch der Ausgang war jedes Mal klar. Der Polizist obsiegte, und der Geschichtenerzähler speicherte all das ab, was der Polizist gehört hatte.

Eine kräftige Hand legte sich auf seine Schulter. »Ich

habe Sie von meinem Zimmer aus hier unten sitzen sehen. Können wir uns jetzt miteinander unterhalten?«

Hannes sah auf und erhob sich. »Bitte.« Er wies auf den freien Stuhl gegenüber. Beide nahmen Platz, und nachdem sie Kaffee und Tee bestellt hatten, fand der Beamte, dass es an der Zeit sei, die Dinge in die Hand zu nehmen.

Er bat Darius um einige Angaben zu seiner Person, die der sachlich beantwortete, klärte ihn darüber auf, dass seine Aussagen je nach Bedeutung später protokolliert würden, und stellte ihm danach einige sehr direkte Fragen.

Er erfuhr, dass Darius das Opfer seit mehreren Jahren kannte. Die Baronin habe sich eine Zeit lang für Okkultismus interessiert und sich an Darius gewandt, weil sie über ein Medium Kontakt zu ihrem verstorbenen Mann aufnehmen wollte.

»Ich hatte bisher eher den Eindruck, dass diese Dame Interessen anderer Art hat«, sagte Krebs überrascht, »dass sie mehr so etwas wie eine Society-Größe ist.«

Er grinste und verkniff sich die Frage, ob der verblichene Baron dem Medium erschienen war.

»Da mögen Sie recht haben«, erwiderte Darius achselzuckend, »und ihr Interesse am Übersinnlichen geht sicher nicht sehr tief.« Ein Sonnenstrahl zauberte kleine Lichter auf seine Züge. Er lächelte versonnen, was ihn um Jahre jünger aussehen ließ, während er fortfuhr: »Wir haben uns trotzdem ein wenig ... nun ja, befreundet. Ihre Talente liegen deutlich auf anderen Gebieten, und mir gefiel ihre muntere, unkomplizierte Art, die etwas sehr Bodenständiges hat.«

Krebs nickte. »Ich glaube, ich weiß, was Sie meinen. Und jetzt sagen Sie mir bitte, was Sie von der Beziehung zwischen Daphne und dem Grafen halten.« Er griff nach seiner Pfeife, reinigte sie etwas umständlich und wartete. »Nun, wie sehen Sie das?«

Darius antwortete mit einer Gegenfrage. »Was haben Ihre Recherchen bisher ergeben?« Und als Krebs ihn mit hochgezogenen Brauen ansah, fuhr er fort: »Sie werden seine Daten doch längst in Ihren Polizeicomputer eingegeben haben, stimmt's?«

»Ich mag Sie, Darius, falls ich Sie so nennen darf.« Die Stimme des Kommissars klang mild. »Aber versuchen Sie's nicht durch die kalte Küche bei mir. Sie wissen sehr genau, und den Satz kennen Sie sicher aus vielen Kriminalfilmen, dass ich derjenige bin, der hier die Fragen stellt. Ihre Einschätzung der Dinge ist wichtig. Also bitte!«

Wäre Darius nicht ernsthaft beunruhigt gewesen, hätte er die Situation genießen können. Ihm gefiel es, mit diesem schreibenden Polizisten die Klinge zu kreuzen. Dazu kam eine Ahnung, dass dies der Beginn einer spannenden Männerfreundschaft sein könnte, doch der durchdringende Blick aus den blassblauen Augen seines Gegenübers brachte ihn in die Realität zurück. Er wusste, dass ihm all seine Souveränität nicht mehr half, wenn es um einen Menschen ging, den er liebte und der ihm anvertraut worden war. Sein Blick war nicht objektiv, war es nie gewesen. Er hob die Hände und ließ sie gleich wieder sinken.

»Ich kann Ihnen nichts dazu sagen. Ich weiß nichts darüber. Außerdem kenne ich diesen Mann nicht.«

Krebs erhob sich und winkte dem Kellner. Ohne sich wieder zu setzen, beglich er die Rechnung und wandte sich im Gehen nochmals zu Darius, der ebenfalls aufgestanden war: »Geben Sie acht auf sie. Es könnte sein, dass Daphne Sie brauchen wird.«

»Meinen Sie wegen Liebeskummer?«

»Möglicherweise. Und aus anderen Gründen.«

»Was reden Sie denn da?« Zwischen den dichten, dunklen Brauen von Darius hatten sich zwei steile Falten gebildet.

»War ernst gemeint«, rief Krebs ihm über die Schulter zu, bevor er zwischen den teuren Geschäften der Storchengasse verschwand.

Die Turmuhr der Peterskirche schlug fünf. Es handelte sich um die Uhr mit dem größten Zifferblatt Europas, erfuhr man als Tourist. Die Kirche selbst hatte, wie bei protestantischen Gotteshäusern üblich, im Innenraum nicht viel zu bieten. Darius stieg die Schlüsselgasse hinauf und öffnete leise die Tür. Er setzte sich in die hinterste Reihe und sprach ein stummes Gebet für seine alte Freundin.

Als er wieder auf die Gasse hinaustrat, kamen ihm jene anderen Orte religiöser Einkehr in den Sinn, die er kannte und liebte, obwohl er schon lange keiner Konfession mehr angehörte. Sehnsüchtig dachte er an die katholischen Kathedralen mit ihrem mystischen Spiel von Licht und Schatten, in deren Gemäuer sich die Gläubigen so klein und zugleich so geborgen fühlten, doch jetzt wäre ihm auch in einer südländischen Dorfkapelle wohler gewesen als in so viel nüchterner Genügsamkeit wie hier.

In seine Betrachtungen vertieft, wäre er beinahe mit einem Mann zusammengestoßen, der einen Fuß vor den anderen setzte, ohne aufzublicken.

»Maurizio!« Darius schloss den italienischen Dirigenten heftig in die Arme, ohne sich darum zu kümmern, wie diese in der Schweiz unübliche Begrüßung auf die vorbeieilenden Passanten wirken musste.

»Was machst du hier, Darius?« Maurizios Stimme klang matt.

»Was wohl? Ich war mit Daphne Mittag essen, und außerdem habe ich hier noch ein paar andere Dinge zu tun.«

Maurizio wirkte übernächtigt, und der nachlässig rasierte Bart legte einen dunklen Schimmer auf seine meist so strahlenden Gesichtszüge.

»Du hast gehört, was passiert ist?«, fragte er niedergeschlagen. »Ich habe Daphne eine Nachricht auf dem Anrufbeantworter hinterlassen, aber sie hat bis jetzt nicht zurückgerufen.«

»Diese Geschichte hat sie sehr mitgenommen. Gib ihr etwas Zeit.«

»Aber sie war ja gar nicht dabei, als es passierte. Stanislaw hatte sie nach Hause geschickt, und zwar Stunden vor dem Überfall.«

»Ja, das hat sie mir erzählt. Und du? Solltest du nicht eigentlich in Amerika sein?«

»Ja, sollte ich. Aber dann habe ich beschlossen, krank zu werden und hierher zurückzukehren. Vorgestern, wenn du es genau wissen willst.«

Darius begann von einem Ohr zum anderen zu grinsen. »Du warst also der vermummte Venezianer. Das hat sie mir nämlich nicht erzählt, das kleine Biest. Bravo, mein Junge, hast du gut gemacht, die Idee hätte von mir sein können!«

Maurizio senkte den Kopf. »Trotzdem sieht es so aus, als hätte das alles nichts genützt.«

»Ach was, du wirst doch wohl nicht aufgeben wollen? Das passt nicht zu dir. Daphne verrennt sich da in etwas, glaub mir. Sie wird bald wieder zur Besinnung kommen, und dann gehört diese transsylvanische Episode zu den Tempi passati.«

»Kennst du Graf Stanislaw?«

»Nein, und ich habe auch keine große Lust, ihn kennenzulernen.« Darius' Blick wurde streng. »Hast du dir schon mal überlegt, dass diese Geschichte ihrer Karriere schaden könnte? Wenn sie ins Gerede kommt und ihr Name in den Zeitungen erwähnt wird?« Er ereiferte sich zusehends: »Daphne da Silva gilt in der internationalen Musikwelt als seriöse Künstlerin. Sie kann es sich nicht erlauben, in eine Skandalgeschichte reingezogen zu werden, das schadet ihrem Image.«

Er achtete nicht darauf, dass Maurizio ihn betroffen unterbrechen wollte. »Zürich ist nicht der Nabel der Welt«, polterte er weiter, »aber in dieser Stadt ist sie zu Hause, geographisch und künstlerisch. Mit dem Orchester der Tonhalle ist sie groß geworden, in jeder Hinsicht. Was glaubst du wohl, wie ihre Kollegen im Orchester reagieren, wenn sie in der Zeitung lesen, dass Daphne die Gespielin eines dubiosen rumänischen Adligen geworden ist, in dessen Nachtclub gerade ein Mordversuch der abstrusesten Art verübt worden ist? Und dass sie an einem Kostümfest teilgenommen hat, bei dem zu vorgerückter Stunde die Kokslinien offen auf den Tischen inhaliert wurden und die Gäste außer ihren Gesichtsmasken vielleicht gerade noch Stringtangas anhatten?«

Bestürzt wandte Maurizio den Blick ab. Hätte er Daphne doch nie mit Stanislaw bekannt gemacht! War er sich seiner Sache zu sicher gewesen? Hatte er geglaubt, dass jemand wie Daphne immun war gegen den sogenannten Stanislaw-Effekt?

Mit beiden Händen zog er den Mantel fester um sich. »Wenn sie stirbt, ist es Mord, oder?«, fragte er leise.

»Man nennt das dann wohl schwere Körperverletzung mit Todesfolge, falls ich richtig informiert bin«, erwiderte

Darius. »Aber es gibt Hoffnung, hat man mir gesagt. Maria ist auch physisch eine starke Frau, sie kann es schaffen.«

Er ergriff Maurizios Hand und umschloss sie einen Moment lang mit seiner Löwenpranke. »Du musst jetzt ebenfalls stark sein, Maurizio. Schlaf dich erst mal aus, mein Junge. Dann kannst du wieder klare Gedanken fassen.«

Maurizio nickte wortlos. Rasch wandte er sich zum Gehen.

- NEUN -

Stanislaw sah auf die Uhr. Es war Viertel vor neun. In wenigen Minuten würde Daphne eintreffen.

Im Kamin prasselte ein Feuer, die Beleuchtung war herabgedimmt, und überall brannten Kerzen, die den Raum in sanftes Licht tauchten. Er begutachtete ein letztes Mal die Szenerie und nickte zufrieden, während Igor versuchte, seine Aufmerksamkeit auf sich zu ziehen.

Das Tier umstrich die Beine seines Herrn, rieb den mächtigen Kopf an dessen Knien und sah aus seinen eisblauen Augen zu ihm hoch. In den Hundeaugen war ein leiser Vorwurf zu lesen, als ahne er, für wen dieses Arrangement gedacht war.

»Gib Ruhe, Igor«, wies Stanislaw ihn unwirsch zurück. »Und keine Eifersucht, wenn ich bitten darf.«

Igor trollte sich mit staksigen Beinen und drapierte sich vor die Feuerstelle, während Stanislaw eine CD einlegte. Er würde mit Mozart anfangen, das war die richtige Einstimmung. Nach kurzem Überlegen entschied er sich für die Opernouvertüren.

Heiter und leicht schwebten die erste Takte des »Figaro« durch den Raum, als es läutete. Knurrend sprang Igor auf, wurde von seinem Herrn jedoch sofort zurückgepfiffen. »Still, Igor!« Er vollführte eine Handbewegung, und das Tier kehrte augenblicklich auf seinen Platz zurück.

Mit langen Schritten lief er die Treppe hinab und öffnete.

»Willkommen, Daphne!« Sie hielt ihm die Wange hin, doch er zog sie an sich und hauchte einen Kuss auf ihr Ohr. Er ließ sie los, und sie betrachtete ihn verstohlen.

Er trug ein schwarzes Sakko, eine dunkle Hose und ein weißes Hemd mit offenem Kragen. Ihr gefiel das, es wirkte auf wohltuende Weise nicht zurechtgemacht. Das tiefbraune Haar war glatt zurückgekämmt, sodass die Konturen seiner Gesichtszüge noch mehr hervortraten.

Mit einladender Geste bat er sie, ihm zu folgen. »Igor ist oben, und ich habe ihm befohlen, dich nicht zu erschrecken.«

Er nahm ihr den Mantel ab. »Dieses Rot steht dir gut, das ist deine Farbe«, sagte er beifällig nach einem Blick auf ihr Kleid.

Vor dem Treppenabsatz wandte er sich mit verlegenem Lächeln um. »Ich weiß, dass es unhöflich ist und dass ich als Gastgeber vorangehen müsste, aber tu mir den Gefallen und gönn mir den Anblick deiner Beine, ja?«

Sie nickte ein wenig verlegen und begann, vor ihm die Treppe hinaufzusteigen. Unter dem eng anliegenden roten Kaschmirkleid zeichneten sich bei jeder Bewegung die sanften Rundungen ihrer Hüften ab. Sie spürte seine Augen im Rücken.

Die Tür zum Wohnraum war offen. Musikklänge kamen ihr entgegen, die Ouvertüre aus dem »Figaro«. Zögernd trat sie ein, sah die ruhig brennenden Flammen im Kamin, die Kerzen, die überall verteilt waren, und dazu die kräftigroten Rosenbouquets in hohen Bodenvasen. Am Esstisch vor dem Fenster, einem modernen, rechteckigen Holzmöbel, und den bequemen Lederstühlen drum herum blieb ihr Blick hängen.

Es war nur für eine Person gedeckt. In einem silbernen Weinkühler lag eine geöffnete Flasche Champagner, und neben dem Gedeck standen eine angebrochene Flasche »Réserve du Patron« und ein halb volles Glas.

Stanislaw reichte ihr ein Glas Champagner und schenkte sich selbst aus der Rotweinflasche ein. »Möchtest du gleich zu Tisch gehen?«, fragte er. »Es ist schon spät, und du wirst hungrig sein. Ich habe ein paar Sushi für dich kommen lassen. Du magst diese Sachen doch, oder irre ich mich?«

Sie nickte überrascht. Woher wusste er das? Bisher hatten kulinarische Vorlieben nie zu ihren Gesprächsthemen gehört. »Und du?«, fragte sie. »Warum isst du nicht mit mir?«

»Ich habe schon eine Kleinigkeit im Club gehabt, und du weißt doch, dass ich zu späterer Stunde keine feste Nahrung mehr zu mir nehme.«

»Aha.«

»Wenn du mich einen Moment entschuldigst ... Ich bin gleich wieder bei dir. Mach es dir bequem. Aber bevor ich mich um dein Nachtmahl kümmere, solltest du Igor begrüßen.«

Er gab dem Tier einen Wink, und Igor ging gemächlich und mit hoch erhobenem Kopf auf Daphne zu.

»Ein bisschen schneller, mein Großer!«, tadelte ihn Stanislaw. »Und jetzt sag unserem Gast guten Abend.«

Der Hund setzte sich vor ihr auf den Boden und reichte ihr mit gelangweiltem Gesichtsausdruck die rechte Vorderpfote. Daphne, die ihre Scheu vor dem Tier noch immer nicht ganz überwunden hatte, sah Stanislaw fragend an.

»Nun nimm sie schon«, forderte er sie lachend auf, und gleichzeitig wurde ihr bewusst, dass sie ihn bis zu diesem Augenblick noch nie hatte richtig lachen sehen. Diese unerwartete Fröhlichkeit löste auch etwas von ihrer eigenen Anspannung.

Mit betont ernsthafter Miene ergriff sie die Hundepfote und schüttelte sie kräftig. Sie legte Stanislaw die Hand auf den Arm. »Komm schnell wieder!«

Kaum war Stanislaw hinter der Tür verschwunden, wandte Igor ihr das Hinterteil zu, trottete auf seinen Platz beim Kamin zurück und würdigte sie keines Blickes mehr. Mutig geworden, streckte sie ihm die Zunge raus und machte ihm eine lange Nase. Er gähnte.

Während sie noch überlegte, woher er wusste, dass sie gerne Sushi aß, öffnete sich die Zaubertür wieder, und Stanislaw kam herein. Er balancierte ein Tablett vor sich her, das er auf dem Esstisch abstellte. Mit großen Augen beobachtete sie, wie geschickt er hantierte. Als er alle Zutaten vor ihr aufgebaut hatte, deutete er eine Verneigung an. »Madame … il est servi!«

Er schenkte Champagner nach und rückte ihr den Stuhl zurecht. Sobald sie sich hingesetzt hatte, nahm er neben ihr Platz. Interessiert sah er zu, mit welcher Fingerfertigkeit sie die Fischröllchen zwischen die Stäbchen klemmte, in die Mischung aus Sojasauce und grünem Rettich tauchte und sie dann ohne zu kleckern in den Mund beförderte. »Sehr elegant machst du das«, sagte er bewundernd. »Und damit dir dein Essgenuss nicht zu eintönig wird, unterhalte ich dich ein wenig.«

In leichtem Plauderton begann er, ihr Anekdoten aus seinem Club zu erzählen, berichtete von skurrilen Gästen, ohne Namen zu nennen, und beschrieb ihr das Geschehen hinter den Kulissen. Nachdem sie ihm eine Weile aufmerksam zugehört hatte und es ihm gelungen war, sie mehrmals zum Lachen zu bringen, schob sie den Teller mit einem zufriedenen Seufzer beiseite.

»Wie wäre es, wenn du mir mal etwas von dir selbst erzähltest?« Ihre Haltung wirkte ganz entspannt, doch Stanislaw spürte das Drängen hinter der Frage.

»Was willst du wissen?«

Sie lächelte ihn an. »Alles.«

»Daphne ...«

»Ja?«

Er drehte sein Weinglas in den Händen. »Du weißt es vielleicht nicht, aber ich spreche ungern von meiner Vergangenheit. Ich habe schmerzliche Dinge erlebt, an die ich mich lieber nicht erinnere. Ich habe meine Heimat und meine ganze Familie verloren.« Und nach einer kleinen Pause setzte er hinzu: »Manchmal bin ich krank vor Heimweh.« Er stand auf und brachte ihr einen Aschenbecher. »Du möchtest jetzt sicher rauchen.«

Sie ließ sich von ihm Feuer geben und lehnte sich in ihrem Stuhl zurück. »Ich wollte deine Gefühle nicht verletzen, und ich verstehe, dass du über diese Ereignisse nicht reden magst. Aber in deinem Leben gibt es doch auch eine Zeit nach all dem. Ich meine die Zeit zwischen der Flucht aus deiner Heimat und deiner Ankunft in Zürich. Wo hast du gelebt, womit hast du dich beschäftigt?«

Jetzt war Phantasie gefragt. Er tat so, als lasse er seine Gedanken in die Vergangenheit zurückschweifen, und schwieg einen Moment. »Ich habe mich an verschiedenen Orten aufgehalten, aber ich bin nirgendwo lange geblieben. Ich war rastlos, ein Getriebener, der seine Vergangenheit vergessen wollte und sie doch überallhin mitgenommen hat ...«

Würde sie sich mit so vagen Andeutungen zufriedengeben? Wohl kaum. Obwohl sie so zurückhaltend wirkte, war sie ausgesprochen zielstrebig, wenn sie etwas wollte, und jetzt, das war ihm klar, wollte sie konkrete Antworten.

»Also gut, da du so charmant bohrst ... Nach der Flucht habe ich mich eine Weile in London niedergelassen. Finanzielle Sorgen gab es nicht, mein Vater hatte gut vorgesorgt. Ich konnte mich daher ganz meinen Neigungen hingeben. Und ich hatte ein großes Wissensbedürfnis auf verschiedenen Gebieten.«

»Wurdest du so etwas wie ein Privatgelehrter?« In ihrer Stimme war nur ein leiser Anflug von Ironie.

Er lächelte. »So könnte man es nennen. Besonders die wunderbaren alten Bibliotheken hatten es mir angetan. Oxford, Cambridge ..., ich konnte Wochen an diesen Orten verbringen. Später bin ich nach Prag und Wien gereist ... und natürlich nach Weimar. Aber das ist eine Welt für sich, die man lieben muss.«

Daphne bemerkte, wie er sich veränderte, als er jetzt über etwas sprach, das ihm wirklich wichtig war.

»Welche Gebiete haben dich denn besonders interessiert?«

»Vor allem die Naturwissenschaften, aber auch Geschichte und Philosophie.«

»Was ist mit den Künsten?«

»Im Laufe der Zeit hatte ich das Glück, einigen großen Komponisten ...« Rasch unterbrach er sich. »Ich meine, ich habe ihr Werk genau studiert. Und was die Literatur angeht, habe ich versucht, die wichtigsten Schriftsteller und Dichter zu lesen. Alles, was eben in so ein Leben reinpasst ...« Wieder lächelte er. »Zufrieden?«

Auf ihrer Stirn erschien eine steile Falte. »Nicht ganz«, murmelte sie. »Was ist mit Menschen? Freundschaften oder Liebesaffären kommen in deinem Bericht nicht vor.«

»Gelegentlich gab es kurze Affären«, erwiderte er achselzuckend. »Aber Liebe? Ich weiß nicht, wie das geht.«

Sie zündete sich eine neue Zigarette an und stieß langsam den Rauch aus.

»Und du, Daphne? Weißt du, wie sich Liebe anfühlt? Hast du sie jemals kennengelernt?«

Mit der Zigarette zwischen den Fingern stand sie auf und trat an eines der bis zum Boden reichenden Fenster. Auf dem See blinkten ein paar Lichter. Sie wandte ihm den Rücken zu und rauchte schweigend. »Du kannst dir die Antwort selbst geben, denn ich glaube, du kennst sie. In meinem Leben gab es bisher immer nur eine wirkliche Liebe: die Musik. Ein kluger Mensch, an dessen Namen ich mich im Moment nicht erinnere, hat gesagt: ›Wenn du ein glückliches Leben willst, verbinde es mit einem Ziel, nicht aber mit Menschen und Dingen.‹ Daran glaube ich. Was hätte mir Besseres passieren können, als die Musik zu meinem Lebensmittelpunkt zu machen?«

»Der Satz stammt von Einstein«, murmelte er in ihrem Rücken.

Daphne drehte sich um.

»Komm zum Feuer«, bat er sie. Er hatte es sich in einem der Sessel vor dem Kamin bequem gemacht. Igor war verschwunden.

Langsam trat sie näher. Als sie dicht vor ihm stand, streckte er die Hand nach ihr aus. Sie sank auf die Knie und barg ihr Gesicht in seinem Schoß, bis er sie mit einer raschen Bewegung zu sich emporzog, sodass sie rittlings auf ihm saß. Sehr sachte strichen seine Finger über ihren Hals, über ihre Schultern, verharrten einen Moment und begannen erneut, die Haut zu liebkosen, die an diesen Stellen besonders zart ist.

»Halt mal still«, flüsterte er, langte nach hinten und löste den Verschluss der schweren Goldkette um ihren Hals.

»So ist es besser, findest du nicht?«, murmelte er.

Winzige Schweißtropfen perlten auf ihrer Stirn. In seinen Augen, die im Widerschein des Kaminfeuers glänzten, las sie einen unbändigen Hunger, und ohne darüber nachzudenken, ließ sie den Kopf in den Nacken sinken und bot ihm Hals und Kehle dar.

Stanislaw verharrte reglos. Noch nie war die Versuchung, seiner Natur nachzugeben, so groß gewesen, noch nie waren Verlangen und Gelegenheit so nahe beieinander gewesen. Und noch nie hatte er so sehr davor zurückgescheut.

Der Augenblick war vorüber. Langsam, als bereite ihr jede Bewegung Mühe, löste sie sich von ihm und stand auf.

Mit jeder Faser spürte er, wie verletzt sie war, und ein erstes Mal seit seiner langen Vampirexistenz bedauerte er es, sich einem sterblichen Wesen nicht erklären zu können. Er trat auf sie zu, doch sie mied seinen Blick.

»Verzeih, Daphne, aber es ist besser, wenn du jetzt gehst. Ich bestelle dir einen Wagen, der dich in die Stadt zurückbringt.«

Sie nickte stumm. Allmählich erwachte sie aus ihrer Erstarrung. »Ich würde mir gern die Hände waschen«, sagte sie tonlos.

»Selbstverständlich. Findest du den Weg allein?«

»Aber ja«, erwiderte sie kühl. »Ich habe schon einmal bei dir geduscht, wie du dich sicher erinnerst.«

Als sie wenige Minuten später zurückkehrte, hatte er schon neues Holz aufgelegt, saß wieder vor dem Kamin und starrte aus dem Fenster. Aus den Boxen ertönte der »Mephisto-Walzer«. »Die Originalfassung gefällt mir doch besser«, bemerkte sie trocken.

Sofort erhob er sich und deutete auf den zweiten Sessel.

»Der Wagen kommt gleich. Wärm dich noch einen Moment.«

Sie setzte sich neben ihn. »Gibt es etwas Neues in dieser schrecklichen Geschichte?« Ihre Stimme klang ruhig und beherrscht.

Er wandte ihr das Gesicht zu. »Dieser schreibende Kommissar hat sich bis jetzt nicht mehr bei mir gemeldet. Die Ermittlungen laufen, und die Ergebnisse hält man natürlich unter der Decke. Allerdings ...« Er hielt inne.

»Ja?«

»Der Polizeireporter des ›Blick‹, den ich von seinen gelegentlichen Besuchen im Club kenne, hat mich angerufen. Sein Blatt möchte eine Story bringen, etwa im Stil von ›Wer sind die Gäste, die einen Ort frequentieren, an dem so etwas geschieht?‹. Und natürlich soll ich ihm alles Mögliche über den Club erzählen. Eine Art Homestory, wenn du so willst.«

»Wirst du da mitmachen?« Er spürte die Anspannung in ihrer Stimme.

Gelassen erwiderte er: »Wenn ich nicht kooperiere, wie das bei den Boulevardleuten so schön heißt, habe ich überhaupt keine Möglichkeit, Einfluss darauf zu nehmen. So kann ich die Dinge wenigstens ein bisschen steuern, um das Schlimmste zu verhindern.«

»Ich verstehe«, sagte sie gedehnt. »Kannst du mich aus der Geschichte raushalten?«

»Ich werde es versuchen.« Er ergriff ihre Hand, die locker auf der Sessellehne ruhte. »Mir tut das alles sehr, sehr leid, das musst du mir glauben.«

Es läutete. Rasch stand er auf. »Der Wagen ist da.«

Diesmal ging er voraus. Unten half er ihr in den Mantel, öffnete die Tür und bat den Fahrer, einen Moment zu warten. Er schloss die Tür wieder und wandte sich zu ihr um. In seinem Gesicht sah sie sehnsüchtiges Verlangen, hilflosen Zorn, unerwartete Resignation und eine Trauer, die nicht von dieser Welt zu sein schien.

Daphne nahm seinen Kopf in beide Hände und suchte mit geöffneten Lippen seinen Mund. Er erwiderte ihren Kuss nicht, aber er entzog sich ihr auch nicht. Sie spürte eine Zunge, die sich rau und pelzig anfühlte. Zitternd wandte sie sich ab und lief auf das Taxi zu.

»Danke, Stanislaw«, rief sie, bevor sie einstieg.

Stanislaw winkte und sah dem Taxi nach. Langsam ließ er die Hand wieder sinken und ging ins Haus zurück.

Was er ihr gesagt hatte, kurz bevor das Taxi kam, stimmte. Es tat ihm tatsächlich leid, dass sie in die Geschichte hineingezogen worden war.

Als er in der Nacht des Kostümballs seinem Trieb gefolgt war, hatte er sich die Auswirkungen auf Daphne nicht bewusst gemacht. Aber hätte es etwas geändert? Wohl nicht. Und wie hätte er ihr erklären sollen, dass er sie auch vor sich selbst geschützt hatte, als er ein anderes Opfer wählte? Jetzt müsste er das Spiel zu Ende bringen und danach wieder einmal den Schauplatz wechseln. Was sonst sollte er tun? Zürich wurde ein zu heikles Pflaster. Was er bedauerte, denn zum ersten Mal hatte er begonnen, sich an einem Ort beinahe zu Hause zu fühlen. Widerstrebend gestand er sich ein, dass dieses unbekannte Gefühl etwas mit Daphne, der kleinen Musikerin, zu tun hatte.

Kleine Musikerin? Was bist du für ein großkotziger, arroganter Macho, Stanislaw, schalt er sich im nächsten Moment, während er, von den interessierten Blicken Igors begleitet, vor dem fast erloschenen Kaminfeuer auf und ab wanderte.

Sie war jung, erst Ende zwanzig, und sie war in manchen Dingen von einer geradezu bestrickenden Arglosigkeit. Aber machten diese Eigenschaften sie »klein«? Und hatte er nicht längst viel zu tief in sie hineingesehen, um nicht zu wissen, wer sie war?

Müdigkeit überkam ihn, obwohl es noch lange nicht Zeit für ihn war und die Sonne sich dem Wetterbericht zufolge am nächsten Tag ohnehin erst spät zeigen würde, wenn überhaupt.

Er legte eine CD ein und wartete, bis die ersten Noten von »La Notte« den Raum erfüllten, doch der Zauber dieser Musik, wie er ihn zu früheren Zeiten und dann, geradezu überwältigend im Konzertsaal, durch Daphne erlebt hatte, stellte sich dieses Mal nicht ein.

Langsam trat er zum Esstisch, goss sich den Rest des »Réserve du Patron« ein und setzte sich mit dem Glas in der Hand vor die Feuerstelle, in der nur noch eine schwache Glut zu sehen war.

Igor näherte sich vorsichtig. »Ich bin ein alter Narr, mein Großer«, murmelte Stanislaw.

– ZEHN –

Graf Stanislaw, was machen Sie denn hier um diese Zeit?« Erstaunt sah Pierre seinen Arbeitgeber über den Brillenrand hinweg an. Der Geschäftsführer des Clubs war dabei, die Speisekarten für den Abend zu kontrollieren. »Sie sind ja noch nie so früh gekommen. Ist etwas nicht in Ordnung?«

Stanislaw lächelte dünn. »Um Ihre Fragen der Reihe nach zu beantworten, Pierre: Sehen Sie mal nach draußen! Es ist ein trüber Tag, an dem es gar nicht erst richtig hell geworden ist und an dem sich kein Sonnenstrahl mehr zeigen wird. Ein guter Grund, sich mit lästigem Bürokram zu beschäftigen, finden Sie nicht auch? Und im Moment ist hier überhaupt nichts in Ordnung, falls ich Sie daran erinnern darf.«

Als er in das betroffene Gesicht seines wichtigsten Mitarbeiters blickte, fügte er hinzu: »Außerdem erwarte ich gleich den Besuch eines Reporters vom ›Blick‹. Er wird mir einige Fragen zu jenen Ereignissen stellen, und er bringt einen Fotografen mit, der hier ein paar Aufnahmen machen soll. Ich werde ihm erzählen, was er wissen will, und ich werde ihm einige Antworten auf Fragen geben, die er nie stellen würde. Ist sonst noch etwas?«

Pierre starrte ihn an. »Aber Sie werden diesem Schreiberling doch nicht unsere Gästeliste offenbaren oder sonst etwas, das den nichts angeht, oder?«

Stanislaw legte ihm eine Hand auf die Schulter, und

Pierre spürte durch den Stoff seines Sakkos hindurch, welche Kälte von diesen Fingern ausging. War der Graf krank?

»Seien Sie unbesorgt, Pierre. Wir werden diesen Herrn von der Boulevardpresse höflich empfangen, ihn mit unserem besten Malt abfüllen und seinem Fotografen gestatten, einen Blick in die Welt der Reichen und Wichtigen einzufangen. Das ist alles.«

»Verstehe«, murmelte Pierre.

Stanislaw lächelte ihm aufmunternd zu und ging in sein Büro.

Pierre blieb noch einen Moment vor den Speisekarten sitzen. Mit seiner Konzentration war es vorbei. Er war sehr beunruhigt.

In Graf Stanislaw hatte er endlich einen Arbeitgeber gefunden, dessen Autorität er fraglos anerkannte und den er mochte. Der Graf ließ ihm in fast allen wichtigen Angelegenheiten freie Hand. Er wusste, dass er ihm vertrauen konnte und dass er kompetent und zuverlässig war.

Gleich nach der Eröffnung war der Club für Pierre so etwas wie sein Baby geworden. Er hing an diesem Laden, und miterleben zu müssen, was jetzt hier geschah, tat ihm weh. Hatte Graf Stanislaw die Dinge überhaupt noch im Griff?

Schon seit einiger Zeit fand er seinen Chef verändert, so als befände er sich in einer Lebenskrise. Pierre war schon zu lange in seinem Job tätig, um nicht auch ein fähiger Psychologe zu sein. Cherchez la femme, sagte er sich grimmig und sammelte gerade die Speisekarten ein, als ihn eine angenehme Baritonstimme aus seinen Betrachtungen riss: »Entschuldigen Sie, ist die Bar schon geöffnet?«

Pierre blickte hoch. Ein Mann, den er auf gut erhaltene Ende fünfzig schätzte, sah ihm aus leuchtend blauen Augen sehr direkt ins Gesicht.

In Sekundenschnelle erfasste Pierre, dass dieser Mann nichts mit den exzentrischen Paradiesvögeln zu tun hatte, er war auch kein Banker und kein Politiker, allenfalls ein Big Shot aus der Wirtschaft. Aber auch in diese Schublade passte er nicht richtig. Er wirkte allein durch seine Ausstrahlung, flößte Respekt ein, ohne einzuschüchtern.

Pierre stand auf und erwiderte mit liebenswürdigem Schmunzeln: »Eigentlich öffnen wir die Bar erst nachmittags um fünf, aber ich denke, wir können heute eine Ausnahme machen. Wenn Sie mir bitte folgen wollen.«

Mit raschen Schritten ging er dem neuen Gast voraus in die Bar, machte Licht und drückte auf einen Knopf, worauf der schmelzende Klang eines Saxophons den Raum zum Leben erweckte.

»Schön«, murmelte der Mann, »das hört sich nach Ben Webster an, oder irre ich mich?«

»Sie irren sich nicht«, lächelte Pierre. Er wartete, bis der Gast an der Bar Platz genommen hatte. »Was darf ich Ihnen bringen?«

»Eine Bloody Mary bitte, mit wenig Wodka.«

Pierre trat hinter die Theke, um den Drink zu mixen.

»Ich hoffe, ich bringe mit meinem frühen Erscheinen Ihre Vorbereitungen für den Abend nicht durcheinander«, hörte er die Baritonstimme.

»Keineswegs«, gab Pierre zurück und goss die Zutaten für die Bloody Mary zusammen.

»Ihr Club ist neulich in die Schlagzeilen geraten«, sagte der Mann beiläufig, »keine gute Presse, oder was meinen Sie? Wie wird man denn mit so etwas fertig?«

Pierre presste die Lippen aufeinander. Zu gern hätte er dem unbekannten Gast recht gegeben, aber er spürte, dass sich hinter dieser Frage noch etwas anderes verbarg.

»Sehr zum Wohl, lassen Sie sich Ihren Drink schmecken.« Sein Ton war pure professionelle Höflichkeit.

»Er schmeckt genau so, wie er sein soll, vielen Dank«, sagte der Mann, nachdem er einen Schluck probiert hatte. »Jetzt noch eine Zigarre«, murmelte er träumerisch. Sofort brachte ihm Pierre den Humidor.

»Gute Wahl«, befand Pierre zustimmend, während er dem Gast eine Corona Especial präparierte.

»Darf ich fragen, welche Funktion Sie hier haben? Sie sind doch kein gewöhnlicher Angestellter.«

»Mein Name ist Pierre, und ich bin der Geschäftsführer.«

»Das dachte ich mir. Und der Eigentümer, der sagenumwobene Graf Stanislaw, ist er hier?«

Bevor Pierre zu einer Antwort ansetzen konnte, erschien sein Chef in der Tür. »Pierre, können wir heute mal ..., oh, ich sehe, dass wir schon einen Gast haben. Guten Abend!« Langsam näherte sich der Hausherr dem Bartresen.

Verblüfft sah der Mann ihm entgegen, und mit jedem Schritt, den Stanislaw auf ihn zukam, wuchs seine Betroffenheit. Das war also der Kerl, der seiner kleinen Daphne Kopf, Herz und Sinne vernebelt hatte. Mühsam fasste er sich und stand vom Barhocker auf.

»Guten Abend, Graf Stanislaw. Mein Name ist Darius. Ich glaube, Sie wissen, wer ich bin.«

»Seien Sie mir willkommen, Darius«, erwiderte Stanislaw förmlich. Beide deuteten eine Verbeugung an, gaben sich aber nicht die Hand. Stanislaw machte Pierre ein Zeichen, worauf der, etwas widerstrebend, verschwand.

»Wollen wir uns lieber da unten hinsetzen?«, schlug Stanislaw vor. Als Darius nickte, nahm Stanislaw das Glas, stellte es auf einem der Tische vor dem Fenster ab und wartete, bis Darius einen Platz gewählt hatte, ehe auch er sich niederließ.

»Ich wusste, dass Sie kommen würden«, eröffnete Stanislaw das Gespräch. Darius antwortete nicht sofort. Stumm musterte er sein Gegenüber. Wie hatte er sich nur zu einem solchen Vorurteil hinreißen lassen können?

Fürsorglich und eifersüchtig, wie er war, hatte er sich einen schmierigen Nachtclubbesitzer zusammenphantasiert, an dem nichts echt war, nicht sein Adelstitel und schon gar nicht sein Interesse für Daphne. Einen Hasardeur, der mit gefälschten Bilanzen hantierte und dem es gefiel, sich an der Seite einer ebenso erfolgreichen wie seriösen Künstlerin zu zeigen. Wie sehr hatte er sich geirrt!

»Daphne hat Sie mir als ihren väterlichen Freund beschrieben«, sagte Stanislaw leichthin, »als eine Art Onkel.« Er lächelte zum ersten Mal.

Zu seiner Verblüffung fiel es Darius immer schwerer, sich der Ausstrahlung dieses Grafen zu entziehen, zudem spürte er, dass ihn irgendetwas an dem Mann brennend zu interessieren begann.

»Ja, so ist es«, sagte er und sah sein Gegenüber direkt an. »Können wir offen sprechen?«

Stanislaws Lächeln wurde breiter. »Selbstverständlich. Sie sind ja nicht hergekommen, um mit mir über das Wetter zu plaudern.«

Mit den Blicken fochten sie ein stummes Duell aus, die hellgrünen, mal ins Gelbliche, dann wieder zu einem Grauton wechselnden Augen von Stanislaw gegen die tiefblau leuchtenden von Darius.

Pierre näherte sich diskret. »Verzeihen Sie, dass ich Sie stören muss. Die Herren von der Presse sind da.«

Darius zuckte kaum merklich zusammen, während sich Stanislaw mit einer beschwichtigenden Gebärde erhob.

»Es tut mir leid, aber die Presseleute waren angemeldet, und man sollte es sich mit ihnen nicht verderben. Die Situation ist mir wirklich unangenehm. Wollen wir uns für einen anderen Zeitpunkt verabreden? Ich weiß nicht, wie lange das hier dauern wird. Vielleicht schaffen wir es in einer halben Stunde, vielleicht brauchen wir auch doppelt so lange.«

»Ich habe Zeit. Ich werde in Ruhe meine Zigarre rauchen, meinen Drink genießen, und wenn es Ihnen nichts ausmacht, Graf, würde ich auch gern noch etwas von der Atmosphäre hier schnuppern. Natürlich nur, wenn meine Anwesenheit unter diesen Umständen nicht stört.«

»Keineswegs«, log Stanislaw, der Daphnes »Onkel« gerade in diesem Moment lieber aus dem Weg gehabt hätte. »Pierre wird sich um Sie kümmern. Entschuldigen Sie mich jetzt bitte. Wir sehen uns noch.« Er nickte ihm zu und verschwand.

»Kann ich im Moment noch etwas für Sie tun?«, erkundigte sich Pierre sofort, doch als Darius den Kopf schüttelte, lief er mit langen Schritten seinem Chef hinterher.

Darius nahm einen tiefen Zug aus seiner Cohiba. Seine Augen spazierten durch den Raum. Alles war anders, als er es sich ausgemalt hatte. Der Club, soweit er ihn bis jetzt kennengelernt hatte, schien ein Ort höchst gepflegter Gastlichkeit zu sein, der mit ähnlichen Etablissements in Paris oder New York mühelos konkurrieren konnte. Das Ganze hatte Stil und Klasse. Genau wie der Hausherr.

Das begann mit der äußeren Erscheinung des Grafen, die selbst auf ihn als Mann ihre Wirkung nicht verfehlte. Die Kleidung verriet sicheren Geschmack, und seine Eleganz hatte nichts Gekünsteltes.

Doch so wie die Iris seiner Augen manchmal die Farbe zu wechseln schien, hatte auch er selbst etwas Schillerndes. Überhaupt, diese Augen! Sie beherrschten die Szene, sahen alle Schwächen seines Gegenspielers und ließen nichts von den eigenen Gefühlen und Plänen erkennen.

Während er noch darüber nachgrübelte, womit das alles zusammenhängen könnte, tauchte ein bärtiger junger Mann in Jeans und Lederjacke im Eingang der Bar auf. Als er Darius erblickte, der noch immer mit seiner Zigarre beschäftigt war, hellte sich seine Miene auf.

»Sie kommen mir wie gerufen«, rief er und eilte auf Darius zu. »Warten Sie mal ...« Schon begann er, an Darius herumzuzupfen: »Ja, ja, so könnte es gehen, das Licht vielleicht noch ein bisschen mehr ...«

Unwirsch schüttelte Darius ihn ab. »Sagen Sie, was machen Sie denn da? Wer sind Sie überhaupt?«

In dem Moment erschienen zwei weitere Männer in der Tür. Einer davon war der Hausherr, der andere ein Mann mittleren Alters mit schütterem blondem Haar und verdächtig geröteten Adern um die Nase. Er trug ein Tweedsakko in undefinierbaren Farben, ein nicht mehr ganz frisches Hemd mit einer gelockerten Krawatte und zerbeulte Kordhosen.

»Hundwyler«, sagte der Begleiter des Grafen und ging auf Darius zu, »Markus Hundwyler vom ›Blick‹. Bitte nehmen Sie meinem Fotografen diesen Überfall nicht krumm. Er hat Sie hier so malerisch sitzen sehen, und Sie wären ein sehr geeignetes Motiv. Wären Sie bereit zu einer Aufnahme? Wir können das ganz diskret machen, wenn Sie nicht wollen, dass man Sie erkennt.«

Er blickte fragend zwischen Darius und Graf Stanislaw hin und her.

Schulterzuckend sagte Stanislaw: »Das müssen Sie entscheiden, Darius. Aber ich finde auch, dass Sie als Gast wunderbar hierherpassen. Es wäre eine Ehre für mich …«

Er blinzelte Darius verschwörerisch zu, in dem unerwartet ein Gefühl der Zuneigung aufstieg. Trotzdem zierte er sich noch einen Moment lang, bis er mit einer lässigen Handbewegung erklärte: »Also gut. Aber machen Sie schnell.« Und zum Fotografen gewandt: »Ich lasse mich eigentlich nicht gern fotografieren. Und ich kann auch nicht posieren.«

Lachend erwiderte der junge Mann: »Das macht nichts, bewegen Sie sich ganz natürlich. Unterhalten Sie sich mit dem Grafen, das wäre ein schönes Motiv für eine Serie von Bildern. Oder bleiben Sie einfach so sitzen.«

Er sah sich nach Pierre um. »Vielleicht eine neue Zigarre …«

»Nein«, widersprach Darius, »ist nicht nötig.« Er fixierte Stanislaw. »Ich bin der Gast, und Sie sind der Gastgeber. Mehr braucht es doch nicht für ein geeignetes Foto, oder was meinen Sie?«

»Ich würde mich geschmeichelt fühlen, wenn unser Gast sich in diesen Räumen fotografieren ließe«, sagte der Hausherr zu den beiden Journalisten gewandt, und seine Stimme klang ungewohnt nervös, »aber haben Sie bitte Verständnis dafür, dass ich selbst nicht auf diesen Fotos erscheinen möchte.«

Die drei Männer betrachteten ihn verwundert.

»Es geht schließlich nicht um meine Person«, erklärte Stanislaw rasch, »es geht um meinen Club. Die Bilder sollen für sich sprechen, sie sollen eine Stimmung wiedergeben.« Er verschränkte die Hände ineinander. An seiner linken Schläfe pochte eine Ader.

»Gut, ich hole meine Ausrüstung.« Der junge Fotograf drehte sich um und sagte zu Darius: »Seien Sie einfach ganz locker.«

»Keine Sorge«, murmelte der.

»Ist es Ihnen wirklich nicht unangenehm, wenn in einer Boulevardzeitung mit dieser Auflage ein Foto von Ihnen erscheint, das Sie in meinem Club zeigt?«, fragte Stanislaw und setzte sich, nachdem sein Gast ihn mit einer raschen Handbewegung dazu aufgefordert hatte.

Aus den Augenwinkeln beobachtete Darius, wie der Graf die Beine übereinanderschlug und die Spitzen der langen, schlanken Finger zusammenpresste. Äußerlich gelassen, wirkte er dennoch wachsam bis in die Zehenspitzen.

Um Darius' Mundwinkel zuckte es leicht. »Nein, das ist mir keineswegs unangenehm. Nicht, nachdem ich Sie kennengelernt habe. Ich hätte ...«

Der Fotograf kam wieder herein, während Markus Hundwyler mit gespitzten Ohren versucht hatte, etwas von der Unterhaltung der beiden Männer mitzubekommen. Leise gab er seinem Mitarbeiter ein paar Anweisungen und überließ ihm dann das Feld.

In dem Moment, wo Stanislaw das Objektiv auf sich gerichtet fühlte, wich er zurück. Der junge Mann setzte seine Digitalkamera ab und vollführte eine beschwichtigende Geste. »Bitte gehen Sie einfach beiseite, Graf Stanislaw, ich hab Sie gar nicht im Bild.«

Als ginge es um ein neues Supermodel, dessen Capricen er sich unterwarf, drapierte er sich bäuchlings vor Darius. »Sie haben einen sehr eindrucksvollen Kopf, aber das wissen Sie sicher!« Die Stimme des Fotografen dirigierte ihn in immer neue Perspektiven, in immer andere Lichtwinkel.

Als endlich zu Ende war, was Darius als eine sehr anstrengende Choreographie empfunden hatte, reichte ihm der junge Mann die Hand: »Vielen Dank. Es war eine wunderbare Zusammenarbeit. Sie bekommen die Abzüge.« Und grinsend: »Schade, dass ich nicht öfter ein Opfer wie Sie haben kann.«

Hundwyler ging auf Darius zu. »Für die Abzüge brauchen wir Ihre Adresse. Und natürlich Ihren Namen.«

»Schicken Sie sie an den Club«, ertönte die Stimme von Stanislaw hinter ihnen. Er hatte die Bar zwischendurch verlassen und war jetzt geräuschlos wieder hereingekommen.

»Aber Sie werden doch nicht glauben, dass wir …«

»Natürlich glaube ich das nicht«, unterbrach ihn Stanislaw freundlich. »Aber wenn die Abzüge hierhergeschickt werden, ist das sicherer. Dieser Herr«, er deutete kurz in Darius' Richtung, »ist sehr viel auf Reisen. Deshalb …«

»Natürlich.« Hundwyler grummelte etwas Schwerverständliches. Sein Kollege packte die Ausrüstung zusammen.

»Der Club würde Sie und Ihren Fotografen gern noch auf einen Drink einladen«, fügte Stanislaw in seinem üblichen freundlichen Ton hinzu.

»Einen kleinen Malt haben wir uns jetzt wohl verdient.« Der Journalist winkte seinen Mitarbeiter herbei.

Stanislaw und Darius setzten sich wieder an den Tisch vor dem Fenster, während Pierre die beiden Presseleute an die Bar bat. Währenddessen waren weitere Gäste eingetroffen, die Stimmung wurde lockerer. Zwischen den Zähnen hindurch murmelte Hundwyler: »Ich wüsste zu gern, wer der Typ ist.«

»Wüsste ich auch gern«, antwortete sein Kollege grinsend. »Er wirkt wie ein VIP, ist aber kein Promi. Interessante Mischung. Zeig sein Foto doch mal ein paar Leuten, die es wissen könnten.«

»Worauf du dich verlassen kannst.«

Der Fotograf krauste die Stirn. »Etwas war seltsam«, sagte er nachdenklich. »Der Graf wollte ja auf keinen Fall mit aufs Foto, und als ich anfing, hatte ich routinemäßig erst mal das Umfeld im Objektiv. Er machte gleich Theater, aber ich sagte ihm, ich hätte ihn gar nicht im Bild. Doch das stimmte nicht, ich hatte ihn im Bild. Nur dass er darauf nicht zu sehen war.«

»Wie … nicht zu sehen war?«

»Na ja, da war nichts, verstehst du?«

»Ach was.« Hundwyler lachte. »Du siehst Gespenster.«

»Aber ich könnte schwören, dass …«

Pierre erschien hinter dem Tresen. »Dasselbe wie immer?«, erkundigte er sich höflich.

»Gewiss, the same procedure as always. Sagen Sie mal, Pierre, kennen Sie den Gast, den wir fotografiert haben? Kommt er öfter?«

»Ich habe ihn heute zum ersten Mal gesehen. Aber auch wenn ich wüsste, wer er ist …«

»… würden Sie es mir natürlich nicht verraten. Schade. Ich dachte, Sie sind um ein gutes Verhältnis zur Presse bemüht.«

»Das bin ich auch. Aber so sind nun mal die Spielregeln.« Er lächelte verbindlich.

Unterdessen war Darius aufgestanden, um sich zu verabschieden. »Ich muss jetzt gehen, Graf Stanislaw. Heute wird also leider nichts mehr aus unserem Gespräch, aber ich bleibe noch ein paar Tage in der Stadt. Vielleicht klappt es an einem anderen Tag. Ich rufe Sie vorher an, wenn es Ihnen recht ist.«

»Natürlich. Ich würde mich freuen.« Stanislaw sah Darius gerade in die Augen.

»Eine Bitte habe ich noch, Graf. Versuchen Sie, Daphne aus diesen Pressegeschichten herauszuhalten, wenn es irgendwie geht.«

»Ich tue mein Möglichstes«, versicherte Stanislaw in verbindlichem Ton. Er streckte die Hand aus. »Auf Wiedersehen, Darius. Und danke für Ihren Besuch.«

Er begleitete seinen Gast zur Tür.

Darius trat auf die Straße und ging langsam in Richtung Paradeplatz. Er wollte nachdenken. Stoff dafür hatte er reichlich. In seinem Unterbewusstsein rumorte einiges, das er noch nicht greifen konnte, Ungereimtheiten und Absonderliches.

Daphne hatte ihm nicht viel über den Grafen erzählen können. Sie wusste nur, dass er Emigrant war und aus einem alten, ungarischen Adelsgeschlecht stammte, das seit langer Zeit in Siebenbürgen, einer anderen Bezeichnung für Transsylvanien, ansässig war. Er hatte keine Familie mehr, und es gab dem Anschein nach auch keine Frau in seinem Leben.

Der Umbau des Lokals musste ihn ein Vermögen gekostet haben. Eigenes oder geliehenes? Woher kam dieser Wohlstand, wenn er denn echt war?

Zu gern hätte er Stanislaw als Hochstapler entlarvt, um sein ursprüngliches Vorurteil wenigstens in dem Punkt bestätigt zu finden. Er rief sich die Szenen im Club ins Gedächtnis. Warum hatte der Graf so eine panische Angst davor, fotografiert zu werden? Warum war seine Hand so kalt gewesen?

Auf die erste Frage gab es vielleicht eine simple Antwort. Stanislaw wollte verhindern, dass sein Foto in einem Massenblatt wie dem »Blick« erschien, weil er fürchtete, von jemandem erkannt zu werden. Und zwar von jemandem, der etwas über ihn wusste, das nicht für die Öffentlichkeit bestimmt war. Das konnten alte Leichen im Keller sein oder die Verstrickung in üble Machenschaften.

Darius würde zunächst Erkundigungen über den Club einholen, um wenigstens ein paar objektive Daten zu haben.

Für die ungewöhnlich kalte Hand des Grafen und die wächserne Blässe mochte es eine medizinische Erklärung geben. Es könnte sich um eine Blutkrankheit handeln, um eine spezielle Form von Anämie. Auch das ließe sich recherchieren.

Doch da war mehr, etwas, was Darius zunehmend beunruhigte: Von Graf Stanislaw ging etwas Machtvolles aus, wie er es nie zuvor an einem Mann erlebt hatte. Und er glaubte zu ahnen, weshalb sich Daphne so sehr zu ihm hingezogen fühlte.

Arme kleine Daphne, gegen einen wie Graf Stanislaw hatte sie keine Chance. Und er selbst hatte es womöglich erstmals mit jemandem zu tun, gegen den er keine Argumente finden würde.

– ELF –

Daphne ließ die Zeitung sinken. Das konnte doch nicht wahr sein! Der »Blick« brachte eine Geschichte über Stanislaws Club, und der einsame Gast, der auf den Fotos so dekorativ vor einem der Barfenster posierte, war niemand anders als Darius.

Sie nahm das Blatt wieder hoch und starrte auf die Bilder. Darius war unverwechselbar. Die kantigen Gesichtszüge mit der kräftigen, geraden Nase und dem energischen Mund, das feste Kinn, die gewölbte Stirn, das dichte, blonde Haar mit den grauen Strähnen, das er immer etwas zu lang trug.

In einer Hand hielt er ein Glas mit einer dunklen Flüssigkeit, in der anderen eine lange Zigarre. Versonnen blickte er aus dem Fenster. Der Fotograf hatte ihn gut getroffen.

Einen Moment lang wusste sie nicht, ob sie zornig oder belustigt sein sollte. Rasch nahm sie ihr Handy und landete bei seiner Mailbox. »Darius, ich bin's, Daphne. Bist du von allen guten Geistern verlassen? Wie kommst du auf dieses Foto im ›Blick‹? Ruf mich bitte sofort zurück!«

Nach kurzem Überlegen kramte sie die Visitenkarte von Hannes Krebs hervor und wählte die Handynummer, die er handschriftlich darauf notiert hatte. Wie hatte er doch damals zu ihr gesagt: »… falls dir mal der Himmel auf den Kopf fallen sollte …«

»Krebs«, meldete sich seine ruhige Stimme nach kurzem Läuten.

»Hannes, hier ist Daphne ...«

»Daphne, du kommst mir zuvor, ich wollte dich auch schon anrufen. Wer fängt an?«

»Du natürlich, du bist schließlich der Polizist.« Sie schluckte nervös.

»Ich kann mir schon denken, was du auf dem Herzen hast. Also der Reihe nach. Zuerst die gute Nachricht. Maria von Stein ist auf dem Weg der Genesung.«

»Gott sei Dank. Und die schlechte?«

»Sie kann sich an fast nichts erinnern. Blackout oder partielle Amnesie, wie die Ärzte sagen.« Er erwähnte nicht, dass die Baronin inzwischen ausgesagt hatte, sie sei auf dem Weg in Stanislaws Büro gewesen, als der Unbekannte sie von hinten überfallen hatte.

Daphne schwieg einen Moment und sagte dann vorsichtig: »Das heißt also, ihr tappt weiter im Dunkeln?«

»Daphne, du weißt, dass ich dir nichts erzählen darf. Und jetzt zu dir. Es geht um die Geschichte im ›Blick‹, oder?«

»Ja, das ist doch unglaublich. Was soll das? Ich kann mir nicht vorstellen, wie ...«

»Beruhige dich«, unterbrach er sie, »die einfachste Erklärung ist die, dass Darius in der Bar war, weil er den Grafen kennenlernen wollte. Ihn und den Ort des Geschehens. Er sorgt sich um dich.«

»Ich bin kein kleines Kind mehr, das man beaufsichtigen muss«, fuhr sie ihn an und fügte nach einer kurzen Atempause hinzu: »Aber muss er sich dann gleich fotografieren lassen?«

Hannes lachte. »Es sieht so aus, als ob er um die Zeit der einzige Gast war, und da er eine so eindrucksvolle Erscheinung ist, werden sie ihn dazu überredet haben. Außerdem wird sein Name nirgendwo erwähnt.«

»Trotzdem, ich find's blöd.« Sie machte eine Pause. »Sag mal, Hannes, jetzt, da die Baronin den Anschlag überlebt hat, handelt es sich ja nicht mehr um Mord. Wie nennt man das Delikt denn in einem solchen Fall?«

»Nun, der Täter hat immerhin billigend in Kauf genommen – das ist der Terminus –, dass das Opfer an den Folgen des Anschlags sterben könnte. Und bei ähnlichen Überfällen sind früher ja auch schon Opfer zu Tode gekommen.«

»Ja, ich weiß.« Ihre Stimme klang bedrückt. »Hoffentlich passiert demnächst nicht schon wieder etwas.«

Er ging nicht darauf ein. Stattdessen fragte er sanft: »Wie geht es denn jetzt mit euch beiden weiter? Mit dir und Stanislaw? Oder magst du nicht darüber reden?«

»Doch ..., aber ..., ach, Hannes, ich weiß es nicht. Ich werde aus diesem Mann nicht schlau. Er ist so widersprüchlich und so verschlossen. Unsere Affäre, wenn man sie denn so nennen will, kommt nicht richtig in Gang.«

Nach kurzem Schweigen sagte er: »Ist vielleicht besser so. Kannst du dich nicht mit Arbeit ablenken? Proben, Konzerte, eine neue CD aufnehmen?«

»Ich werd's versuchen. Nächste Woche gehe ich ins Studio für eine neue Einspielung.«

»Na dann«, Hannes bemühte sich um einen munteren Ton. »Ruf mich ruhig an, wenn du ein bisschen reden willst. Ich muss jetzt aufhören, mein Kollege steht in der Tür und will was von mir. Bis bald, Daphne. Und lass die Ohren nicht so hängen.«

»Bis bald, Hannes«, murmelte sie.

An diesem Abend herrschte Hochbetrieb im »Stanislaw«. Wie er es vorhergesehen hatte, war sein Etablissement durch die jüngsten Ereignisse für viele ein noch größerer Anziehungspunkt geworden, und die Story im »Blick« hatte ein Übriges getan.

Der Hausherr machte wie üblich seinen Kontrollgang durch die Räume, grüßte nach allen Seiten und erteilte seinen Mitarbeitern diskrete Anweisungen.

Dann sah er sie. Sie saß an einem der größeren Tische, in einer Runde von ungewöhnlich gutaussehenden und elegant gekleideten Leuten, die sich angeregt unterhielten und ihre Worte immer wieder durch lebhafte Gesten unterstrichen. Südländer ganz offensichtlich.

Er hatte sie sofort erkannt, obwohl sie ihre äußere Erscheinung verändert hatte. Leonora. Die schöne, gefährliche Leonora. Ein Raubtier unter den weiblichen Vampiren. In den Siebzigern war er ihr zuletzt begegnet, und das war jetzt mehr als dreißig Jahre her. Damals war sie blond gewesen, mit einer langen, lockigen Mähne. Jetzt trug sie glattes schwarzes Haar, das sie straff im Nacken zusammengebunden hatte. Ihr bleiches, hochmütiges Gesicht mit den ausgeprägten Wangenknochen, dem kantigen Kinn und den schräg stehenden, dunklen Augen hatte er nie vergessen. Sie trug eine modische Brille mit leicht getönten Gläsern.

Langsam ging er auf sie zu. An ihrem Tisch wurde italienisch gesprochen. Die Unterhaltung erstarb, als der Graf vor ihnen stand. Gelassen nahm Leonora die Brille ab und sah ihn an. Stanislaw verneigte sich mit einer knappen Gebärde, ergriff Leonoras Hand und zog sie gegen seine Lippen, ohne sie zu berühren.

»Ich will Ihr Gespräch nicht stören, Signori«, wandte er sich an Leonoras Tischnachbarn, die ihn neugierig beäugten, »aber wir beide sind alte Bekannte, die sich lange nicht gesehen haben.«

In Leonaras Augen las er die Frage, ob sie ihn hinterher sprechen könnte, und stumm signalisierte er Einverständnis. Er verneigte sich erneut und entfernte sich in Richtung Bar. Unterwegs wurde er von Pierre aufgehalten, der Ärger mit einem Gast hatte. »Offerieren Sie ihm etwas, das ihm Freude macht«, sagte er abwinkend. »Zum Beispiel einen Château Chasse-Spleen, aber nicht gerade einen unserer besten Jahrgänge. Die Nennung des Namens sollte genügen«, setzte er ironisch hinzu und wandte sich ab.

Pierre sah seinem Chef verwundert nach. Was war los? Es gehörte zu den eisernen Regeln des Clubs, dass jede Beschwerde ernst genommen wurde. Bisher hatte sich in solchen Fällen der Hausherr persönlich zu einem unzufriedenen Gast bemüht. Jetzt schien der Vorfall den Grafen überhaupt nicht zu interessieren. Pierres Beunruhigung wuchs.

Stanislaw nahm in der Nische des Tresens Platz. Um diese Zeit war hier nicht viel los, die meisten Gäste saßen beim Essen. »Ich möchte einen Moment ungestört bleiben«, wies er den Barkeeper an.

»Hätten Sie gern ein Glas Wein, Graf Stanislaw?«, fragte der junge Mann respektvoll.

Stanislaw nickte. »Bringen Sie bitte eine Flasche ›Réserve‹ und zwei Gläser, ich erwarte später noch einen Gast.«

Der Barkeeper holte das Gewünschte und schenkte eines der Gläser halb voll. »Sehr zum Wohl.«

Als Stanislaw wieder allein war, kam ihm die Begegnung mit Darius in den Sinn, und er empfand plötzlich Sympathie für diesen Mann.

Schon wenige Minuten später ging die Tür zur Bar auf, und Leonora schritt in einer Haltung herein, als teilte sich das Rote Meer vor ihr. Stanislaw blieb sitzen und rührte sich nicht. Die Vampirin glitt auf den Barhocker neben ihm.

»Auch wenn uns gerade niemand zusieht, könntest du dich auf deine Erziehung besinnen und aufstehen«, zischte sie gereizt.

»Hier«, sagte er anstelle einer Antwort und schenkte ihr ein Glas Wein ein.

»Was ist das?«, fragte sie misstrauisch.

»Es wird dir schmecken«, sagte er und verzog spöttisch das Gesicht. »Du stammst zwar nicht aus meiner Heimat und wirst unsere Gewächse nicht zu schätzen wissen, aber es ist mit dem Stoff versetzt, den wir beide so sehr lieben.«

Sie kostete, und ihre harten Züge entspannten sich ein wenig. »Woher bekommst du es?«

»Die Konserven meinst du? Nun, wenn du bezahlen kannst, bekommst du hier wie in jeder anderen Stadt alles, was du als Junkie brauchst«, erwiderte er achselzuckend.

»Du hast Beziehungen zu einer Blutbank?« Lauernd sah sie ihn von der Seite an.

»Ich habe genau die Beziehungen, die ich brauche.« Seine Stimme war knirschendes Eis. »Warum fragst du, Leonora? Versorgungsprobleme?« Und als sie nicht antwortete: »Was machst du überhaupt hier? Was willst du in Zürich?«

Er betrachtete sie genauer. Sie war immer eine herbe Schönheit gewesen, die ihren animalischen Reiz sehr geschickt zu inszenieren verstand. Ihre Opfer, Männer wie Frauen, hatten vor ihr flach gelegen, noch bevor sie ihnen die Fangzähne in den Hals bohren konnte.

Sein Blick wanderte über ihre ganz in Schwarz gewandete Erscheinung: zu dem mit schweren Nieten besetzten Lederoberteil, unter dem sie eine knappe Corsage trug, zu den hauteng sitzenden Hosen und zu den Pumps, deren Absätze sich ihm wie Waffen entgegenstreckten, nachdem sie die Beine übereinandergeschlagen hatte.

»Hast du einen neuen Job?«, erkundigte er sich sarkastisch. »Auf Domina umgesattelt?«

Leonora gab ein fauchendes Geräusch von sich. Wäre er ein sterblicher Mann, dachte er schaudernd, würde er diesem Geschöpf aus der Hölle nur sehr ungern in einer dunklen Gasse begegnen. Doch jetzt musste er erst einmal herausfinden, was sie wollte. War es ein Zufall, der sie an diesem Abend in seinen Club geführt hatte, oder verfolgte sie einen Plan?

»Was hast du vor, Leonora?«

Nach einem weiteren Schluck aus ihrem Weinglas atmete sie tief aus. »Ich schlage dir vor, dass wir Verbündete werden, wenn wir uns schon nicht als Gegner besiegen können. Wir haben beide eine lange Reise hinter uns.« Sie lächelte und entblößte ein seltsam kleines Gebiss mit spitz zulaufenden Eckzähnen. »Und wenn wir sonst auch nichts gemeinsam haben, teilen wir doch dasselbe Schicksal.«

»Willst du wieder in meinem Revier wildern? Das lasse ich nicht zu, Leonora. Außerdem hast du meine Frage nicht beantwortet. Wieso gerade Zürich?«

»Nun«, sagte sie gedehnt, »es gibt verschiedene Gründe. Es gefällt mir in dieser Stadt. Sie boomt wie nie zuvor. Ich könnte es hier eine ganze Weile aushalten. Und außerdem stelle ich mir vor, dass du im Moment ein wenig Unterstützung nötig hast.«

Er hob die Brauen.

Leonora schenkte sich aus der Flasche »Réserve« nach. »Du weißt genau, was ich meine. In deinem Club hat sich etwas ziemlich Ungeheuerliches ereignet, die Presse ist voll davon. Das kannst du nicht gebrauchen. Wieso hast du eigentlich ausgerechnet hier …«

»Ich will das mit dir nicht diskutieren. Man wird mir nichts nachweisen können, das steht fest.«

»Bist du dir da so sicher, Stanislaw? Sie sind dir auf der Spur, glaub mir. Genau wie damals in Venedig, als ich dich …«

»Gib dir keine Mühe, Leonora, du erreichst damit nichts«, fuhr er sie an.

Die Vampirin leerte ihr Glas und stellte es heftig auf dem Tresen ab. »Du wirst es dir noch anders überlegen. Es ist nur eine Frage der Zeit, und davon habe ich reichlich. Genau wie du. Was findest du übrigens an dieser Musikerin? Mir kommt sie ein bisschen langweilig vor. Aber vielleicht ist sie ja so ein stilles Wasser, das man erst ergründen muss. Hast du sie schon im Bett gehabt und ihr die Finessen des Vampir-Sex beigebracht? Nein? Wirst du es noch tun? Oder sparst du dir diesen Umweg, weil du sie dir für die Blutstaufe aufheben willst?« Geschmeidig rutschte sie vom Barhocker. »Was ist eigentlich mit ihrem Dirigentenfreund? Hat sie ihn abserviert?«

Wie von Zauberhand bestellt, tauchte Pierre auf. Leonora schnippte mit den Fingern. »Ich hätte gern meinen Mantel.« Wortlos kehrte Pierre auf dem Absatz um. Als er kurz darauf zurückkam, hatte er einen geschorenen roten Nerz auf dem Arm, den er Leonora mit spitzen Fingern entgegenhielt. Gelangweilt reichte sie den Mantel an Stanislaw weiter, der ihr mit einer Geste kühler Höflichkeit hineinhalf.

»Bis bald, Stanislaw.«

Er brachte sie nicht zur Tür, und auf Pierres unausgesprochene Frage erklärte er nur: »Ich mache Schluss für heute. Falls jemand nach mir fragt, sagen Sie ..., nein, sagen Sie nichts. Ich bin nicht da, das ist alles. Gute Nacht, Pierre.«

»Gute Nacht, Graf Stanislaw.«

Stanislaw beschloss, seinen Wagen in der Garage zu lassen. Er wollte zu Fuß zum See hinuntergehen. Es war kühl, und die wenigen Passanten, auf die er um diese Zeit traf, hüllten sich fröstelnd in ihre warme Kleidung. Er liebte diese einsamen Spaziergänge durch die verlassenen Straßen der Innenstadt, und er liebte das Dunkel, das ihn schützend umfing.

Leonoras Erscheinen hatte ihn in Aufruhr versetzt. Ihre Wege hatten sich immer wieder irgendwo auf der Welt gekreuzt, aber ihre letzte Begegnung lag mehr als dreißig Jahre zurück. Er verabscheute sie noch genauso wie damals. Wie sehr hatte sie es während ihrer Unterhaltung in der Bar genossen, ihn an jenes Erlebnis zu erinnern!

Stanislaw hatte sich damals in einem verschwiegenen Palazzo zwischen Rialto und San Marco einquartiert und ein zurückgezogenes Dasein geführt. Er verließ das Haus nur am Abend, denn er hatte zu der Zeit noch nicht gelernt, sich auch bei Tageslicht zu bewegen.

Oft glichen seine nächtlichen Streifzüge einer raffinierten Verfolgungsjagd, und manches Opfer konnte ihm im Dunkel der engen Gassen wieder entkommen. Dann musste schon mal eine der vielen streunenden Katzen, die Venedig bevölkerten, herhalten, um seinen größten Durst zu befriedigen.

Meistens jedoch war seine Jagd erfolgreich, und die Opfer konnte er diskret in den Tiefen der unzähligen Kanäle verschwinden lassen.

Bei den Behörden wurden immer mehr Personen vermisst gemeldet, nur: Wo sollte man ansetzen?

Stanislaw hatte sich für diesen Aufenthalt in der Lagunenstadt als Kunsthistoriker getarnt, der eine Abhandlung über die Glasbläserkunst von Murano verfassen wollte. Man wunderte sich nicht, dass er sich tagsüber nicht sehen ließ, denn jeder vermutete ihn bei seinen Büchern und Studien. Er galt als etwas verschrobener Gelehrter, dessen Erscheinung und Habitus perfekt in den Umkreis von vergangener Größe und edlem Dahinwelken passte, so als wäre er schon immer ein Teil davon gewesen.

Während der wärmeren Monate veränderte der damals gerade aufblühende Tourismus das Bild. Die Vaporettoboote spuckten Scharen von Menschen an den Anlegestellen aus, die sich lärmend über die Stadt verteilten und die erhabene Ruhe der Serenissima störten.

Leonora war irgendwann mit einer Horde von leichtlebigen Freunden dort eingefallen, die in Venedig ihre Dauerparty weiterfeiern wollten. Stanislaw hatte sie bei einem der seltenen Anlässe, die ihn aus seinem Refugium hervorlockten, getroffen.

Es war während des Karnevals. Er hatte eine Einladung in einen der prächtigen, alten Adelspaläste nahe beim Markusplatz erhalten, und da er schon immer eine Vorliebe für Kostümfeste gehabt hatte, wollte er die Gelegenheit nutzen und sich unter den Gästen ein wenig umsehen.

In einem dunklen Gang des Palazzo stand sie unvermittelt vor ihm. Sie trug eine schwarz-goldene Robe aus der Zeit des Barock und war gefährlich schön.

»So treffen wir uns wieder, Leonora«, murmelte er.

»Seit London ist viel Zeit vergangen, Stanislaw«, erwiderte sie lächelnd und ließ ihr kleines Raubtiergebiss aufblitzen. Als einer ihrer Begleiter nach ihr suchte, mischten sie sich unter die übrigen Gäste.

Sein Blick fiel auf ein junges Mädchen, das höchstens achtzehn Jahre alt sein mochte. Die makellose Frische dieses Geschöpfes zog ihn unwiderstehlich an. Langsam näherte er sich ihr. Ihr langes rötliches Haar war in der Mitte gescheitelt, und die gekräuselten Locken wurden von Perlenschnüren zurückgehalten. Das Oval der fein gezeichneten Gesichtszüge, soweit er sie unter der Maske erkennen konnte, wirkte noch etwas kindlich, wozu der herzförmige Mund mit den aufgeworfenen Lippen einen beunruhigenden Kontrast bildete.

Unter durchsichtiger weißer Haut schimmerte ein schwach sichtbares Geflecht von bläulichen Adern, und bei jedem Atemzug hob und senkte sich die Wölbung der Brüste über dem engen Mieder des dunkelgrünen Samtkleids. In ihrem Ausschnitt lag ein schlichtes goldenes Kreuz. Die ganze Gestalt erinnerte Stanislaw an ein Renaissancegemälde.

Er stellte sich vor, wie er ihr dieses Kreuz vom Hals reißen würde und wie er … Er musste dieses Mädchen haben, beinahe um jeden Preis. Als er vor ihr stand, verneigte er sich, nahm ihren Arm und führte sie ans Fenster.

»Wie heißen Sie, mein schönes Kind?«

»Ich heiße Gabrielle.« Sie war vollkommen arglos, was Stanislaw anrührend fand, doch jetzt war er nur noch der Jäger, der seine Beute erlegen wollte.

»Und wie heißen Sie?«, fragte die Kleine.

Er verneigte sich ein weiteres Mal. »Ich bin Rinaldo Razzonico.« Das war sein Name hier in der Lagunenstadt.

Gabrielle zog einen Fächer hervor und begann etwas unbeholfen damit zu wedeln. »Würden Sie mir etwas zu trinken bringen, Rinaldo?«

»Nur wenn Sie mir versprechen, sich nicht von der Stelle zu rühren.«

Sie nickte eifrig. »Versprochen.«

Als Stanislaw mit einem Glas Wein in der Hand zurückkam, stand Leonora neben ihr. Sie lächelte Gabrielle an, hob spielerisch ihr Kinn mit einem Finger zu sich empor und strich ihr leicht über die Wange. Stanislaw durchfuhr eine Welle kalten Zorns.

»Ich möchte mich mit dieser jungen Dame noch einen Moment unterhalten, Leonora.«

»Natürlich«, murmelte Leonora. Widerstrebend wich sie zurück. »Vergessen Sie nicht, was ich Ihnen gesagt habe, Liebes«, rief sie dem Mädchen zu, bevor sie sich unter die anderen Gäste mischte.

Stanislaw reichte Gabrielle das Weinglas, und sie trank ein paar Schlucke. »Männer sind immer neugierig, was sich Frauen zu erzählen haben«, sagte er in lockerem Ton.

»Eigentlich geht Sie das ja nichts an«, sie wedelte kokett mit ihrem Fächer, »aber da Sie die Dame zu kennen scheinen …« Sie machte eine Pause und sah Stanislaw forschend ins Gesicht. »Schade, dass Ihre Augen unter dieser Maske verborgen sind.«

»Warum?«

»Nun, die Signora hat mich gewarnt. Ich solle mich vor den Männern dieser Stadt in Acht nehmen, besonders während des Karnevals. Den Venezianern sei nicht zu trauen. Und es heißt doch, dass die Augen der Spiegel der Seele sind.«

Stanislaw lächelte. »Erstens: Ich bin kein Venezianer.

Zweitens: Ich bin alt genug, Ihr Vater zu sein. Und drittens: Ich finde Sie trotzdem entzückend. Schlimm?«

Langsam zog er sich die Maske vom Gesicht. Einem unsichtbaren Zwang folgend, tat Gabrielle es ihm gleich. Sein Blick tauchte in die meergrünen Augen des Mädchens, das von einem plötzlichen Schwindel erfasst wurde. Er umfasste ihre Taille und führte sie zu einem Sessel.

»Es geht schon wieder«, flüsterte sie. »Mir war auf einmal so seltsam. Vielleicht ist es die Hitze, die vielen Menschen ...«

»Darf ich Sie nach Hause bringen?« Er war kurz vor dem Ziel, und es fiel ihm schwer, sich die Erregung nicht anmerken zu lassen.

Dankbar nickte sie ihm zu. »Könnten Sie mir meinen Umhang bringen? Er ist schwarz und hängt hinten in der Garderobe. Sie erkennen ihn an den goldenen Verschlüssen.«

Sofort stand er auf und verschwand. Als er zurückkehrte, saß Gabrielle nicht mehr auf ihrem Platz. Fieberhaft begann er, überall nach ihr zu suchen, doch das Mädchen war fort. Ein Bediensteter erzählte ihm, er habe vor kurzem ein junges Mädchen in Begleitung einer Dame weggehen sehen. »Die Signora hat ihr sehr fürsorglich ihren eigenen Umhang übergelegt, weil die Kleine offenbar ihr Cape nicht finden konnte.«

Stanislaw wandte sich ab und fletschte die Zähne zu einer hässlichen Grimasse. In dem Moment, in dem sich Leonora nicht mehr in seinem Bannkreis aufhielt, konnte er ihr nichts mehr anhaben. Und sie war schon weit genug fort, das fühlte er deutlich. Sobald sie ihr Werk vollführt hätte, würde sie aus Venedig fliehen.

Mit hallenden Schritten stürmte er die Steintreppe des

Palazzos hinab. Vielleicht könnte er sie noch finden, Leonora und das Mädchen. Er lief auf die Gasse hinaus, die in vollkommenem Dunkel lag. Aus einiger Entfernung vernahm er Stimmen, Lachen und Musik.

Wohin mochte Leonora ihr Opfer gebracht haben? Eine Gondel glitt an ihm vorbei. Natürlich, Leonora war auf dem Wasser unterwegs! Aber wohin unterwegs? Es war hoffnungslos, er würde die beiden nicht aufspüren.

Er sollte recht behalten.

Leonora fiel über Gabrielle her, sobald sie mit ihr in der Gondel saß. Der leblose Körper des Mädchens wurde am anderen Morgen in dem Boot gefunden, neben dem Leichnam des Gondoliere. In beiden war kein einziger Tropfen Blut.

Jeder, der das Kostümfest im Palazzo besucht hatte, wurde von der Polizei vernommen. Die einheimische Presse stürzte sich auf das Thema. Es wurde eine Fahndung ausgeschrieben nach einer Frau, auf die Leonoras Beschreibung passte. Aber wie sollte man eine maskierte Gestalt in einem Phantasiekostüm überhaupt identifizieren?

Auch Stanislaw wurde vorgeladen, denn man hatte ihn vorher mit dem Opfer eine Weile plaudern gesehen. Bereitwillig beantwortete er die Fragen der Beamten. Ja, er habe sich mit dem jungen Mädchen unterhalten. Nein, er kenne die Verdächtige nicht, aber sie habe sich auffallend für das Mädchen interessiert. Er galt als wichtiger Zeuge, konnte aber als Verdächtiger nicht ganz ausgeschlossen werden. Immerhin hatte er kurz nach dem Verschwinden der beiden Frauen ebenfalls das Fest verlassen.

Die Ermittlungen verliefen ergebnislos, bis die Akte geschlossen und bei den ungelösten Verbrechen abgelegt wurde.

Stanislaw hatte die Stadt damals kurz nach diesen Geschehnissen verlassen. Die Erinnerungen an seine Niederlage waren dennoch in seinem Gedächtnis unverändert lebendig geblieben. Und jetzt, mehr als dreißig Jahre später, war sie nach Zürich gekommen, die schreckliche Leonora, die sogar unter seinesgleichen als besonders grausam galt.

Stanislaw hatte auf seinem Gang inzwischen den See erreicht. Er blieb einen Moment lang an der Schiffsanlegestelle stehen und blickte aufs Wasser, das wie ein dunkler Spiegel vor ihm lag. In wenigen Tagen war Vollmond, und in der Zeit davor war er jedes Mal besonders ruhelos. Ohne zu überlegen, überquerte er langsam die nach dem General Guisan benannte Quai-Brücke, die das westliche Seeufer mit dem östlichen verband.

Auf der anderen Seite angelangt, war er noch immer in Gedanken vertieft. Er war durstig nach Blut und wollte doch nicht trinken, auch wenn sich gleich eine Gelegenheit geboten hätte. Mechanisch setzte er einen Fuß vor den anderen. Inzwischen spazierte er den Limmatquai entlang, jene einstige Hauptverkehrsader und inzwischen für Autos gesperrte Straße, die zum Central führte.

Als er die Rosengasse hinaufging, kam aus der »Splendid Bar« Pianomusik. Wie so oft in letzter Zeit überkam ihn ein quälendes Verlangen nach menschlicher Gesellschaft, und er stieß die Tür auf.

Die Luft im Inneren des Lokals war warm und verraucht. Stanislaws übersteigertes Geruchsempfinden wollte ihn im ersten Moment dazu bewegen, das Lokal fluchtartig wieder zu verlassen, als er Daphne zusammen mit Ramiro in einer Ecke sitzen sah. Er blieb stehen.

Einer der Angestellten kam auf ihn zu. »Graf Stanislaw, dahinten ist noch Platz.« Stanislaw musste lächeln. »Kann man denn hier nirgendwo unerkannt hingehen?« Er folgte ihm und setzte sich neben ein junges Paar. »Guten Abend«, grüßte er höflich und zog ein Medizinfläschchen aus der Tasche. Unter den interessierten Blicken der jungen Leute träufelte er einige Tropfen einer dunkelroten Flüssigkeit in das Weinglas, das der Kellner ihm gebracht hatte, und nahm einen kräftigen Schluck.

Daphne kam auf ihn zu. Rasch steckte er das Fläschchen ein. »Stanislaw, wir haben dich reinkommen sehen, Ramiro und ich. Sollen wir uns zu dir setzen?«

Er erhob sich und küsste sie auf die Wangen. »Bleib, wo du bist, Daphne. Ramiro ist müde und wird gleich gehen wollen, ich sehe es ihm an. Ich komm dann zu dir rüber.«

Daphne kehrte zu ihrem Tisch zurück. Ramiro bezahlte bereits, verabschiedete sich von Daphne und ging auf Stanislaw zu.

»Guten Abend und auf Wiedersehen, Graf. Ich räume das Feld. Geben Sie gut auf Daphne acht. Wir leben in gefährlichen Zeiten.«

»Sie können ganz beruhigt sein«, erwiderte Stanislaw ernst, »bei mir ist sie bestens aufgehoben.«

Der Musiker schaute ihn ein wenig skeptisch an, nickte dann aber und wandte sich zum Gehen. »Ich wünsche noch einen schönen Abend.« Grinsend fügte er hinzu: »Treiben Sie es heute nicht zu toll, wir haben morgen früh Probe.«

– ZWÖLF –

Lass uns gehen«, bat Stanislaw und war schon unterwegs zur Tür. Sie folgte ihm nach draußen, ohne Fragen zu stellen.

Der Wind hatte nachgelassen. Er nahm ihren Arm, und sie hakte sich bei ihm unter. Langsam führte er sie die Gasse hinauf, vorbei an den beleuchteten Restaurants und Bars des Vergnügungsviertels. An diesem Montagabend waren im Niederdorf nur wenige Passanten unterwegs. Aus den Kneipen drangen laute Stimmen und Gelächter, aus manchen kam Musik.

Er blieb stehen, ließ ihren Arm los und sah sich um, als suche er etwas. Gleich als er die Bar betreten hatte, war Daphne aufgefallen, wie verändert er aussah. Sein Blick wirkte gehetzt, und in den Wangen hatten sich zwei tiefe, sichelförmige Furchen eingegraben.

Sie unterdrückte die Fragen, die ihr auf der Zunge lagen. Eine schroffe Antwort hätte sie gekränkt, und mit ausweichenden Worten wollte sie sich nicht abspeisen lassen. Sie kannte ihn inzwischen gut genug, um zu wissen, dass er sprechen würde, wenn er den Zeitpunkt für richtig hielte.

Er hob den Kopf. Seine Nasenflügel vibrierten wie bei einem Tier, das Witterung aufnimmt. Daphne beobachtete ihn von der Seite. Schließlich wandte er sich nach links, in Richtung Predigerplatz, ohne ihr erneut seinen Arm anzubieten.

Sie hasste dieses holperige Pflaster, in dem sich ihre Absätze verfingen. Am liebsten wäre sie auf der Stelle umgekehrt. Unten am Limmatquai könnte sie sich ein Taxi nehmen, das sie zur Mainaustraße brachte, in die wohlige Sicherheit ihrer Wohnung.

Stattdessen stakste sie mit schmerzenden Füßen neben einem Mann her, der kein Wort mit ihr redete und auf ein Ziel zustrebte, das sie nicht kannte. Falls es so etwas wie ein Ziel überhaupt gab.

Wortlos schritten sie nebeneinander her. Es drängte sie, seine Hand zu nehmen, aber sie spürte, dass er vor jeder körperlichen Berührung zurückscheuen würde. Nach einer Weile hielt sie mitten im Gehen inne. Er drehte sich um. »Was hast du?«

»Es gibt zwei Möglichkeiten, Stanislaw«, sagte sie ruhig. »Entweder du reichst mir jetzt deinen Arm, damit ich mit diesen verdammten Schuhen weiter über dieses verdammte Pflaster gehen kann, bis wir in der nächsten Kneipe landen, wo ich sie mir dann ausziehe. Oder ich lasse dich hier stehen und suche mir unten ein Taxi.«

Benommen, als erwachte er aus einer Betäubung, starrte er sie an. »Verzeih«, murmelte er, »ich war so in Gedanken ...« Sofort ergriff er ihren Arm. »Geht es noch einen Moment?« Sie nickte verdrossen.

»Es tut mir leid, Daphne, aber zurzeit gibt es für mich einiges, das genau überlegt werden muss. Meine Situation ist sehr schwierig geworden.«

Er betrachtete sie im Schein der Straßenbeleuchtung. Das helle Haar fiel ihr an diesem Abend locker und glatt auf die Schultern und umrahmte schimmernd ihr Gesicht. Er konnte den Ausdruck ihrer Augen nicht sehen, dafür reichte das Licht nicht, aber er kannte jede Frage, die sie ihm stellen wollte.

»Ich möchte noch ein wenig mit dir durch die Gassen spazieren, bevor deine Füße erlöst werden«, sagte er leichthin, »ich stütze dich, und du sagst mir, wenn du endgültig genug hast, ja?«

»Dann musst du mich aber richtig festhalten«, gab sie leise zurück. Er hakte Daphne unter und legte die Hand auf ihren Arm. Sie gingen weiter. Stanislaw beschleunigte seinen Schritt. Stumm, den Blick nach vorn gerichtet, verstärkte er den Druck seiner Hand.

Außer ihnen war niemand auf der Straße zu sehen. Manchmal huschte ein Schatten vorbei, und von irgendwo drang ein Geräusch zu ihnen, doch alles schien von weit her zu kommen, fast so, als wären sie allein auf der Welt.

Vielleicht war es ihre Müdigkeit, die sie die schmerzenden Füße in den engen Schuhen vergessen ließ, vielleicht fügte sie sich auch fatalistisch dem Willen dieses Mannes an ihrer Seite, mit dem sie mittlerweile unentrinnbar verbunden zu sein glaubte.

Sie hatten den Predigerplatz erreicht. Flüchtig bemerkte sie im Vorbeigehen die Schaufenster des Frosch-Kinos, in denen für die aktuellen Filme geworben wurde. Es war noch nicht so lange her, dass sie dort zusammen mit Maurizio den letzten Film von Woody Allen gesehen hatte. Hinterher waren sie in einem spanischen Restaurant gelandet, und dort hatte er ihr eine Liebeserklärung gemacht. Sie hatte mit einem Lachen darauf reagiert und ihn sehr verletzt.

Maurizio. Er kam ihr in den Sinn wie eine beinahe vergessene Melodie. Womit würde sie seine Person verbinden, wenn es sich um ein Musikstück handelte? Und ohne zu überlegen, summte sie ganz leise die Arie des Papageno aus der Zauberflöte vor sich hin: »Ein Mädchen oder Weibchen wünscht Papageno sich ...«

»… denn so ein sanftes Täubchen wär' Seligkeit für mich«, fiel Stanislaw mit tiefer Stimme ein.

Ein Bassbariton, dachte sie noch verwundert, seine Sprechstimme klang einige Töne höher. Gleichzeitig blieben sie stehen. Er nahm sie bei den Schultern, löste die Enden ihres Schals und vergrub das Gesicht in ihrer Halsbeuge. Seine Lippen öffneten sich leicht, es klang, als ziehe er die Luft durch die Zähne.

»Komm«, sagte er leise und zog sie in einen dunklen Hauseingang. Von den schäbigen, alten Mauern blätterte der Putz ab, Fahrräder und Kinderwagen standen im Weg, alte Kartons und Zeitungen waren aufeinandergestapelt, und aus den Ecken kroch ein dumpfer, muffiger Geruch.

Stanislaw umklammerte Daphnes Hand und bahnte sich achtlos einen Weg durch das Gerümpel. Am Ende des Hausflurs blieb er stehen. Nur von der Straße kam ein schwacher Lichtschein. Er drängte sie gegen die Wand und bedeckte sie mit seinem Körper. Sie stand wie festgenagelt, in der reglosen Haltung einer Statue.

Ohne den Druck zu verstärken, verharrte er in dieser Stellung, bis Wärme und Leben in ihre erstarrten Glieder zurückkehrten. Er fühlte, wie sie ihre Muskulatur anspannte, als wollte sie sich vergewissern, dass sie ihr nach wie vor gehorchte.

Er zerrte an ihrem Mantel, bis die Knöpfe nachgaben, schob ihren Rock hoch und machte sich nicht die Mühe, den Slip herunterzuziehen. Wie scharfe Messer durchtrennten seine Nägel das dünne Stoffgewebe, bevor er ihre Schenkel auseinanderbog.

Sie rieb sich gegen seinen Körper, packte seine Hand und wollte sie zu ihrem Schoß führen, doch mitten in der Bewegung hielt er inne.

»Nicht so«, flüsterte er. Sie spürte seinen heißen Atem auf ihrer Haut. »Nicht hier.«

Schweigend knöpfte sie ihren Mantel zu.

Als sie wieder auf der Straße standen, lächelte er zum ersten Mal. »Möchtest du jetzt fliegen können? Auf einem Zauberteppich vielleicht? Oder eher wie eine Fledermaus?«

Sie erwiderte sein Lächeln. »Am liebsten auf einem Zauberteppich, Stanislaw!«

Ein Taxi näherte sich. Er hob den Arm, und der Wagen hielt. Sie sank neben ihm in den Fond. »Nach Erlenbach, bitte«, wies Stanislaw den Fahrer an. Daphne schmiegte sich in den Sitz, ohne ihn zu berühren.

Wenig später hielt die Limousine vor der Villa. Igor kam aus dem Garten gerannt und blieb erwartungsvoll vor dem Eingang stehen. Stanislaw rief etwas, das Daphne nicht verstand, worauf das Tier kehrtmachte und im Gebüsch des Grundstücks verschwand.

Es war sehr still an diesem Abend. Alle Fenster in den umliegenden Häusern waren dunkel, die Bewohner schienen längst zu schlafen. Auch zwischen Stanislaw und Daphne fiel kein Wort, so als könnte jedes Geräusch den Zauber durchbrechen.

Stanislaw schloss auf und ließ Daphne eintreten. Er nahm ihr den Mantel ab, hängte ihn an die Garderobe und stieg vor ihr die Treppe hoch. Oben angekommen, folgte sie ihm durch einen langen Gang mit herabgedimmten Deckenstrahlern, bis sie vor einer halb geöffneten Tür standen. Dahinter lag ein Raum in vollkommener Dunkelheit.

Er ging voraus und entzündete mit sicheren Bewegungen die Kerzen eines mehrarmigen Leuchters, der auf einer antiken Konsole stand. Der Raum begann zu leben. Als Erstes fiel ihr auf, dass sie in einem Zimmer ohne Fenster war. An der Wand rechts von ihr hing ein Gemälde des Schweizers Heinrich Füssli, die Traumvision einer leicht bekleideten jungen Frau auf ihrem Nachtlager, der ein unheimliches Wesen mit einem Tierkopf erscheint.

»Ich leide unter Schlafstörungen, deshalb habe ich das Fenster dort, wo jetzt das Bild hängt, zumauern lassen«, erklärte Stanislaw rasch. »Nur vollkommene Dunkelheit hilft mir, Ruhe zu finden.«

»Wenn ich ein solches Bild in meiner Nähe hätte, würde ich auch schlecht schlafen«, sagte sie beklommen. Er erwiderte nichts darauf, während Daphnes Augen sich an die Dunkelheit und die flackernden Kerzen, die verzerrte Schattengebilde an die Wände warfen, gewöhnten.

Anders als in den unteren Räumen gab es kein einziges modernes Möbel, aber sie fand hier die persönlichen Stücke, die sie in seiner Umgebung bisher vermisst hatte. Außer dem Gemälde von Füssli entdeckte sie mehrere kolorierte Stiche mit Landschaftsmotiven. »So ungefähr sieht es in meiner Heimat aus, in Transsylvanien.«

Er hatte diese Worte leichthin gesprochen, doch der wehmütige Klang seiner Stimme war ihr nicht entgangen.

Ihre Augen wanderten zu der Bücherwand aus dunklem Holz. Wie es schien, handelte es sich überwiegend um alte Ausgaben, unter denen sie manche Rarität vermutete.

»Das ist nur ein Teil meiner Sammlung«, sagte er. »Der Rest ist noch immer in Kisten verpackt und steht im Lager. Was du hier siehst, sind die Bücher, die ich immer um mich haben möchte.«

Daphne kämpfte gegen den Impuls an, nachzuschauen, welche Bücher er liebte. Dann aber blieb ihr Blick an der Stirnseite des Zimmers hängen. Da stand ein klassisches Himmelbett mit vier hölzernen Pfosten und zurückgezogenen Vorhängen – alles in tiefem Schwarz. Das pompejanische Rot von Zimmerdecke und Wänden bildete dazu einen dramatischen Kontrast.

»Auch nicht gerade schlafförderend, diese Farbzusammenstellung«, murmelte sie. Stanislaw war hinter sie getreten. Sie bewegte sich nicht. Nur ein leises Zittern verriet ihre Anspannung.

»Schließ die Augen.« Sie spürte, wie er ihr etwas um den Hals legte. Mit kaum hörbarem Klicken rastete in ihrem Nacken ein Verschluss ein. Er reichte ihr einen Handspiegel. »Geh näher ans Licht.«

Sie stellte sich vor den Leuchter, hob den Spiegel hoch und betrachtete sich. Vorsichtig berührten ihre Finger die zarte Goldkette, an der ein zierlich geformter goldener Drache hing. Seine Augen waren glänzende Rubine, und sein langer, gewundener Schweif war mit unzähligen kleinen Diamanten besetzt.

»Der Drache wird dich beschützen, solange du ihn trägst.« Seine Stimme war tief und beschwörend.

»Er ist wundervoll, und ich liebe ihn schon jetzt, Stanislaw, aber ... ich bin doch nicht in Gefahr!«

Er zog sie an sich. »Wir können nicht wissen, was das Schicksal für uns bereithält, Daphne. Wir alle wandern auf einem schmalen Grat, jeder auf seine Weise, tagtäglich, Nacht für Nacht, und immer wieder begegnen wir Mächten, die uns vernichten wollen.«

Seine Worte hatten ungewohnt pathetisch geklungen. Erneut bemerkte sie so etwas wie Furcht in seinen Zügen.

»Danke, Stanislaw. Dann ist das jetzt mein Glücksdrache, und ich werde mich mit ihm gegen die bösen Mächte verbünden.« Sie versuchte ein Lächeln, auf das er nicht reagierte.

Stattdessen verstärkte er den Druck seiner Hände. »Ich habe das ernst gemeint, Daphne. Nimm den Drachen nicht einmal beim Duschen ab, ich bitte dich! Du weißt nicht ...«

Sie schmiegte ihr Gesicht gegen seine Schulter und atmete den fremden und doch schon vertrauten Geruch ein. Sein Körper spannte sich.

Das breite Lager nahm sie auf, als wäre sie in einen lange vermissten Hafen zurückgekehrt. Mit geschlossenen Augen stellte sie sich vor, in einer Barke zu liegen, die sich im Rhythmus sachter Winde wiegte. Sie fühlte ihn dicht an ihrem Ohr, doch seine Worte kamen zu ihr wie von ferne. »Ich kann dir Dinge zeigen, die du nie gesehen hast«, raunte er, »fremde Länder, exotische Tiere, seltene Schätze, Naturgewalten, Voodoo-Priester, hawaiianische Kahunas, geheime Rituale ... alles, was du willst ...«

Langsam öffnete sie die Augen. Sie war noch immer ganz bekleidet. Stanislaw kauerte über ihr wie ein Satyr über einer Nymphe. In seinen Augen flackerte wieder das kleine Licht.

»Ich brauche das alles nicht, Stanislaw, ich brauche nur dich. Zieh mich aus«, verlangte sie mit rauer Stimme, »komm, mach schon!«

Erneut schloss sie die Augen und wartete. Ein scharfes, lang gezogenes Geräusch durchschnitt die Luft. Sie hatte eine Bewegung an ihrem Körper gespürt, einen Lufthauch, dann das Zerreißen von Stoff. Als sie blinzelnd an sich herabblickte, hielt sie den Atem an. Alles, was sie am Leibe getragen hatte, lag neben ihr, wie zerfetzt von den Krallen eines wilden Tieres. Sie war nackt.

»Jetzt bist du dran, kleine Hexe«, flüsterte er.

Hände wie Tentakel begannen über ihre Haut zu streichen und mit unerträglicher Langsamkeit jeden Zentimeter zu erkunden. Es war Lust, und es war Qual, und sie wusste nur, dass sie sich wünschte, es möge niemals aufhören. Die Tentakel bewegten sich schneller, immer schneller, bis sie die Arme nach ihm ausstreckte, um ihn an sich zu ziehen. Er aber hielt ihre Hände fest, richtete sich auf und langte neben das Bett. »Ich könnte mir vorstellen, dass dir das hier gefällt.«

Atemlos sah sie zu, wie er ihr in aller Gelassenheit ein Paar Handfesseln anlegte und sie damit an einem der Pfosten ankettete. Als sie ihn ansah, sagte er nur: »Lass es einfach geschehen ...«

Er knöpfte sein Hemd auf und zog es langsam von den Schultern. Die Haut seines entblößten Oberkörpers war unbehaart und schimmerte in einem bleichen, olivfarbenen Ton. Einen Moment lang kniete er vor ihr auf dem Bett und betrachtete sie. Dann glitt er zwischen ihre Schenkel, die unter dem Druck seiner Finger nachgaben. »Lass mich dich noch ein bisschen quälen, mein Hexlein«, flüsterte er, »du wirst es lieben, das verspreche ich ...«

Sie liebte es und ergab sich im nächsten Moment. In Sekundenschnelle verfiel sie dem fordernden Mund mit der rauen, pelzigen Zunge, die in immer geheimere Bereiche vordrang, während sich zugleich Finger wie die Fühler von Tausendfüßlern jeder Zelle ihres Körpers bemächtigten.

Daphnes Gesicht war nass von Schweiß und Tränen, und wenn sie zwischendurch die Augen öffnete, sah sie ihn über sich gebeugt wie einen dunklen Raubvogel. Bis sie an den Handfesseln zerrte. »Befrei mich von diesen Dingern«, bat sie.

»Alles, was du willst«, erwiderte er mit wölfischem Grinsen, »... später. Ruh dich aus, ich werde dir etwas vorlesen. Aber zuerst hole ich uns eine kleine Erfrischung.«

Er verschwand. Nach Minuten, die ihr endlos erschienen, kam er mit einem Tablett, auf dem zwei Weingläser standen. »Für dich einen leichten Weißen vom Zürichsee.« Er setzte sich zu ihr auf die Bettkante, stützte mit einer Hand ihren Kopf und führte mit der anderen das Glas an ihre Lippen.

Nachdem sie daraus getrunken hatte, ergriff er das zweite Glas und hielt es nachdenklich gegen das Licht. »Für mich etwas von meinem Lieblingsgetränk.«

Die Flüssigkeit in dem langstieligen Pokal schimmerte heller als sonst. Bedächtig leerte er den Inhalt Schluck für Schluck, trat an die Bücherwand und zog ein Buch mit einem dunkelbraunen Ledereinband heraus.

Daphne fiel in die Kissen zurück. »Woraus willst du mir vorlesen?«

»Lass dich überraschen. Vielleicht kennst du es.«

Stanislaw öffnete das Buch und begann zu zitieren:

Masken! Masken! Daß man Eros blende.
Wer erträgt sein strahlendes Gesicht,
wenn er wie die Sommersonnenwende
frühlingliches Vorspiel unterbricht.

Wie es unversehens im Geplauder
anders wird und ernsthaft ... Etwas schrie ...
Und er wirft den namenlosen Schauder
wie ein Tempelinnres über sie.

Er sah auf und betrachtete aus den Augenwinkeln ihren hingestreckten Körper. »Liegst du bequem?«

»So bequem, wie es mit Handfesseln eben möglich ist.« Sie zog eine kleine Grimasse und rollte sich mit angezogenen Beinen auf die Seite. In ihrem Schamhaar schimmerten winzige feuchte Perlen.

»Lies weiter«, drängte sie.

Mit einem raschen Blick auf sie fuhr er fort:

Oh verloren, plötzlich, o verloren!
Göttliche umarmen schnell.
Leben wand sich, Schicksal ward geboren.
Und im Innern weint ein Quell.

Er ließ das Buch sinken. »Rilke«, murmelte Daphne. Sie schwiegen, bis er sich vorbeugte und ihre Fesseln löste. »Möchtest du noch etwas Wein?«

»Ja, gern.« Sie rieb ihre Handgelenke und raffte die Decke um sich, als schämte sie sich unvermittelt ihrer Nacktheit. Stanislaw reichte ihr das Glas.

»Inzwischen ist der Wein warm geworden«, murrte sie, »und außerdem hat das Glas oben einen Sprung, an dem man sich leicht verletzen kann. Hier, sieh ...« Sie berührte den Rand. »Verdammt«, fluchte sie leise, »es ist schon passiert.«

Stanislaw starrte auf den dunkelroten Tropfen, der aus ihrer Fingerkuppe hervorquoll. Sie wollte den Finger zum Mund führen, doch seine Hand schnellte vor. »Lass mich das machen.«

Mit saugenden Bewegungen umschlossen seine Lippen die verletzte Stelle, bis er abrupt aufhörte und sich abwandte. »Jetzt sollte es gut sein«, murmelte er heiser und verließ geräuschlos das Zimmer.

Als er zu ihr zurückkehrte, ruhte Daphnes rechte Hand zwischen ihren halb geöffneten Schenkeln. Sie lächelte im

Halbschlaf. Unter seiner Berührung dehnte sie sich und streckte sich ihm entgegen. Wie im Traum flüsterte sie seinen Namen. Nimm mich endlich, hieß das, quäl mich nicht länger, ich bitte dich, ich flehe dich an!

Stanislaw legte sich auf sie und bedeckte sie der Länge nach mit seinem Körper. Sie blinzelte, doch sein Gesicht war jetzt ganz dicht über ihr, sodass sie seine Augen nicht sehen konnte. Im Kerzenschein glänzte sein Rücken wie blank polierter Marmor.

Sie wollte ihn an sich drücken und mit beiden Armen umfangen, um ihn endlich Haut an Haut zu spüren, doch er packte ihre Handgelenke, bog sie auseinander und hielt sie fest. Mit den Lippen öffnete er ihren Mund und schlängelte seine Zunge in sie hinein, zog sie zurück und drang wieder vor.

Hör auf damit oder erlöse mich, wollte sie ihm entgegenschreien, und sie hasste ihn für die Gier, die er in ihr geweckt hatte, aber da war er schon tief in ihr. Wie glühendes Eis fühlte er sich an, und es war wie nichts, das sie kannte. Immer mehr wuchs er in ihr, bis mit der Gewalt eines Sturzbachs alles fortgeschwemmt wurde, die Furcht, der Zweifel, der Kummer.

Danach lag sie eine Weile wie tot in seinen Armen, den Kopf auf seine Brust gebettet, eins mit seinem Herzschlag. Sobald sie sich ein wenig erholt hatte, zog er sie zu sich empor. Der Atem aus seinen halb geöffneten Lippen strich wie lauer Wind an ihrem Hals entlang, und wieder tasteten kundige Finger über ihren Körper, der noch warm und feucht war von der Liebe.

Sie überließ sich seiner Führung, bereit, jeden eigenen Willen aufzugeben und ihm dorthin zu folgen, wo ihr bisheriges Ich erstarb und durch ihn neu erschaffen wurde.

Seine Haut fühlte sich kühl und trocken an wie immer, während er sich langsam in ihr bewegte, und wenn sie die Augen öffnete, sah sie in seinen Zügen feierlichen Ernst.

Manchmal sagte er Worte in einer fremden Sprache, die sich wie Liebesworte anhörten. Jedes Zeitgefühl war ihr abhandengekommen, aber es hatte keine Bedeutung, nichts hatte mehr Bedeutung.

Als sie sich ihm ganz geöffnet hatte, war es, als spürte sie glühendes Metall, das in ihr zerschmolz und sich immer wieder neu formte. »Willst du mich verbrennen?«, murmelte sie. »Willst du mich so zu Tode lieben?«

»Nein, meine Liebste, ich bringe dir das Leben«, flüsterte er, während er erneut ihren Hals liebkoste und sich eine riesige Hitzewelle in ihr ausbreitete, »aber sag mir jetzt, dieses eine Mal, dass du mir gehörst und nur mir! Sag es mir und zeig es mir!«

Tief aus ihrem Inneren kam die Antwort, und der Schrei, der aufstieg und von dem beide nicht wussten, ob es der eigene war oder der des anderen, löschte endlich für diesen kurzen Moment der Ewigkeit auch alles andere aus.

Daphne öffnete zwei Knöpfe ihrer Bluse und deutete auf ihren Hals. »Hier, das hat er mir geschenkt.«

Schweigend betrachtete Ramiro das Schmuckstück. »Schöne Arbeit«, murmelte er.

Sie saßen im »Café Odeon«, wie meist nach der morgendlichen Probe.

»Er hat mich gebeten, es immer zu tragen. Es soll mir Glück bringen und mich vor Gefahren beschützen.«

Ramiro starrte auf den Anhänger. »Es ist also ein Talisman, ein magisches Amulett. Aber was bedeutet dieser Drache?«

»Genau weiß ich das auch nicht. Ich weiß nur, dass der Drache ein uraltes mythisches Symbol ist. Außerdem sind die Menschen in seiner Heimat sehr abergläubisch. Man glaubt dort sogar noch an die Existenz von Vampiren, heißt es.«

»Ja, davon hat er mir auf dem Kostümfest erzählt. Ich finde das alles ziemlich absonderlich, und ich kann mir nur schwer vorstellen, dass jemand mit seiner Intelligenz solchen Hokuspokus ernst nimmt. Schließlich leben wir in aufgeklärten Zeiten und nicht im Mittelalter.«

Sie gab keine Antwort. Anfangs hatte Ramiro es vermeiden wollen, sie nach ihren nächtlichen Erlebnissen zu fragen, doch jetzt siegte seine Neugier.

»Daphne, Schätzchen ...«

Sie wandte den Kopf. »Ja?«

»Letzte Nacht ..., da ist es zum ersten Mal passiert, hab ich recht?«

Sie nickte.

»Und wie war es?«, fragte er, wohl wissend, wie unbeholfen sich seine Worte anhörten.

Es schien sie nicht zu stören. »Es war anders, ganz anders.«

»Wie ... anders?« Etwas in ihrer Stimme ließ ihn aufhorchen.

»Es hatte etwas ..., nun ja, etwas irgendwie Mystisches, fast etwas Heiliges.«

Mystisch? Heilig? Sie wirkte fast entrückt. Dem Musiker stellten sich die Nackenhaare auf.

»Könnte es sein«, überlegte er laut, »dass er sich mit Magie befasst? Ich verstehe zwar nichts davon, aber ich habe mal gelesen, dass es tatsächlich funktionieren soll. Wie wäre es, wenn du dich mit Darius darüber unterhältst? Unser großer Parapsychologe kann sicher mehr dazu sagen, meinst du nicht?«

Ramiro fand die Geschichte immer absonderlicher. Er fühlte sich von dieser Entwicklung überfordert und hoffte im Stillen, dass sich Daphnes väterlicher Freund endlich des Problems annahm.

Denn dass Daphne ein Problem hatte, ohne es selbst zu wissen, wurde für ihn immer offensichtlicher. Seit ihrem letzten gemeinsamen Abend in der »Splendid Bar«, hatte sie sich sehr verändert, das war ihm morgens bei der Probe sofort aufgefallen, und das äußerte sich nicht nur darin, dass seine stets pünktliche, disziplinierte Kollegin mehr als eine Viertelstunde zu spät gekommen war.

Sie wirkte abwesend, traf an einigen Stellen die Töne nicht und verfehlte zweimal ihren Einsatz. Der Glanz in ihren Augen, der rosige Schimmer auf ihrer Haut, dieser entrückte Blick, das alles waren für Ramiro eindeutige Signale. Daphne kannte nur noch ein Thema: Stanislaw.

Warum, zum Teufel, hatte sie sich nicht mit jemandem wie Maurizio zusammengetan, der sie ohne jeden Zweifel liebte, mit dem sie ein gemeinsames Interesse verband, das bisher das Wichtigste in ihrem Leben gewesen war, und der ihr niemals Schaden zufügen würde? Der sie nur fördern und beschützen würde.

Ach, Daphne, dachte er resigniert, du bist dabei, dich immer mehr in irgendwelche Phantasmen zu verstricken, und wenn das so weitergeht, bringst du dich um ein Lebensglück, von dem andere nur träumen können. Siehst du denn nicht, was für jeden von uns …

Der Kellner stand vor ihnen. »Wünschen Sie noch etwas?« Ramiro kehrte in die Realität zurück. »Ja«, sagte er mit einem Blick zu Daphne, die schon wieder versonnen in die Ferne blickte, »bringen Sie uns bitte noch einen Kaffee. Und, warten Sie … Ich brauche jetzt etwas Stärkeres. Ich nehme einen Brandy dazu.«

Der Kellner nickte und entfernte sich.

An den Nebentisch setzte sich ein neuer Gast, eine Frau mittleren Alters, die sofort Ramiros Aufmerksamkeit erregte. Er schätzte sie auf mindestens Mitte vierzig, denn obwohl ihre Haut glatt und faltenlos wirkte, ging nichts Jugendliches von ihr aus. Sie war der Typ Frau, wie man ihn auch im international geprägten Zürich selten zu sehen bekommt, eine dunkle, exotische Schönheit mit ausgeprägten Wangenknochen, schwarzen, straff zurückgekämmten Haaren und bleichem Teint. Etwas Hochmütiges ging von ihr aus, was Ramiro ebenso missfiel wie der schmale, tiefrot geschminkte Mund. Die Augen waren hinter einer überdimensionalen Sonnenbrille verborgen.

Sie war von Kopf bis Fuß in schwarzes Leder gekleidet und trug Stilettos, die Ramiro schaudern ließen. Rasch wandte er den Blick ab. Sie beachtete ihn nicht, ihre Augen hinter der Brille ruhten jedoch immer wieder auf Daphne. Die aktuelle Ausgabe des »Blick« vor dem Gesicht, schien sie in ihre Lektüre vertieft. Dennoch glaubte Ramiro, dass sie die Ohren spitzte, um Teile seiner Unterhaltung mit Daphne aufzuschnappen.

Als der Kellner die Getränke brachte, verlangte er sofort nach der Rechnung, trank rasch seinen Kaffee aus und nippte nur kurz an dem Brandy.

»Lass uns aufbrechen«, sagte er mit einem unbehaglichen Blick zum Nachbartisch, sobald er bezahlt hatte.

»Warum hast du es plötzlich so eilig?«, fragte Daphne.

»Ich habe noch etwas zu erledigen«, erwiderte er laut, sodass die Frau neben ihnen es hören konnte. Sie sah kurz hoch und las dann weiter in ihrer Zeitung.

Ramiro nahm Daphne beim Arm und ging mit ihr in Richtung Bellevue. Er spürte die Augen der Frau im Rücken.

»Kannst du mir bitte mal erklären, was das sollte?«, schimpfte Daphne. »Zuerst bestellst du am helllichten Tag einen Brandy, was du sonst nie tust, und als er vor dir steht, willst du ihn nicht mehr. Warum dieser völlig überstürzte Aufbruch? Was ist los?«

»Daphne …« Ramiro trat von einem Fuß auf den anderen. »Du hast es vielleicht nicht so richtig mitbekommen, weil du zurzeit anderes im Kopf hast, aber diese Frau am Nebentisch …«

»Was ist mit der?«, fragte sie ungeduldig. »Sie sah gut aus, fand ich. Interessanter Typ. Na und?«

»Sie hat die ganze Zeit versucht, unser Gespräch zu belauschen. Und nicht nur das. Auf mich hat sie irgendwie … bedrohlich gewirkt. Mir war überhaupt nicht wohl in ihrer Nähe.«

»Abgesehen davon, dass dir solche Frauen offenbar Angst einjagen«, sagte sie mit mildem Spott, »weiß ich nicht, weshalb sie sich so für uns interessiert haben soll.«

»Vielleicht sehe ich Gespenster«, murmelte er. »Trotzdem, irgendwas war da.«

Daphne zuckte die Achseln und verabschiedete sich rasch.

– DREIZEHN –

Hannes Krebs saß hinter seinem Schreibtisch und starrte auf das Bild an der gegenüberliegenden Wand.

Es war ein Poster, das er erworben hatte, als das Kunsthaus eine Ausstellung mit Gemälden von Johann Heinrich Füssli gezeigt hatte. Er war mehr zufällig hingegangen, und seitdem war Füssli – oder Fuseli, wie er in England genannt wurde, wo er es als bildender Künstler erst zu wahrem Ansehen gebracht hatte – einer seiner Lieblingsmaler geworden.

Gedankenverloren betrachtete er das Sujet, über das seine Kollegen anfangs nur gespottet hatten. Das machte ihm nichts aus. Unter den Kollegen galt er ohnehin als eine Art rosafarbener Elefant, obwohl sie von seiner Schriftstellerei nichts ahnten. Er veröffentlichte unter Pseudonym bei einem kleinen, aber sehr angesehenen Schweizer Verlag, und damit war er zufrieden.

Mit der Welt, in der einer wie Heinrich Füssli zu Hause gewesen war, hatten seine Geschichten nichts zu tun. Sie handelten von den alltäglichen Katastrophen und von den Augenblicken, die ein Schicksal besiegeln und ein Leben zerstören können. Darüber schrieb er, damit kannte er sich aus.

Und doch gab es eine geheime Verbindung zwischen dieser Welt und dem Poster an der Wand. Immer ging es um die Abgründe in der menschlichen Natur, um die Schrecken, die ein unerforschliches Schicksal bereithielt, aber es ging auch um das, was Krebs das Heroische nannte. Um einen, der bereit war, es mit all dem aufzunehmen, einen Weißen Ritter, einen Einzelkämpfer. Deshalb war er Polizist geworden, deshalb schrieb er.

Oft fiel es ihm leichter, gegen das Elend der Welt anzuschreiben, als den Frust ungelöster Fälle wegzustecken, besonders, wenn es Fälle waren, die ihm auch noch nach mehr als dreißigjähriger Polizeiarbeit unter die Haut gingen. Und jetzt sollte er einen Fall aufklären, bei dem er an seine Grenzen stieß.

Wieder wanderten seine Augen zu dem Bild, als könnte er darin einen Schlüssel für die Lösung des Falles finden. »Der Nachtmahr« hieß es und stellte das wohl berühmteste Motiv des Malers dar. Ob der Künstler selbst wohl Schlaf gefunden hatte, wenn er sich mit solchen Themen befasste?

Diskretes Anklopfen unterbrach seine Betrachtungen. Urs, sein jüngster Mitarbeiter, steckte den Kopf zur Tür herein. »Chef«, begann er mit mühsam unterdrückter Erregung, »es gibt Neuigkeiten.«

Krebs seufzte und deutete auf den Stuhl vor seinem Schreibtisch. »Komm schon, erzähl.«

Der junge Mann legte ein Dossier auf die Tischplatte. »Sie hatten mich doch beauftragt, nach ähnlichen Fällen zu suchen. Anfangs sah es nicht danach aus, als ob ich etwas finden würde. Fälle dieser Art sind sehr selten, und keiner passt zum anderen. Aber dann bin ich weiter zurückgegangen und auf etwas gestoßen, das in den siebziger Jahren passiert ist.«

Krebs beugte sich vor. Eine heiße Welle, die in den Zehenspitzen begann, fuhr durch seinen Körper bis zu seinem Kopf. Es war das untrügliche Zeichen dafür, dass sein Jagdinstinkt funktionierte und jetzt das Kommando übernahm.

Seine Hand schnellte vor und griff nach dem Aktenhefter.

»Sie finden darin alles, was ich ausdrucken konnte«, fügte der junge Beamte hinzu und betrachtete ihn mit der erwartungsvollen Miene eines Jagdhunds, der die Beute apportiert hat.

Krebs blickte kurz hoch. »Das hast du sehr gut gemacht, Urs, danke. Ich lese das jetzt erst mal.«

Kaum war er allein, bereitete er sich in der nagelneuen Maschine einen Espresso zu und vertiefte sich in die Unterlagen.

Vor mehr als dreißig Jahren hatte es in Venedig eine Serie rätselhafter Verbrechen gegeben, die niemals aufgeklärt werden konnten. Immer wieder verschwanden junge Frauen, und die meisten wurden nie wieder gesehen. Einige aber wurden tot aufgefunden. Alle wiesen am Hals zwei tiefe, kleine Wunden auf. Einige hatten keinen Tropfen Blut im Leib, wenige hatten trotz schweren Blutverlusts überlebt.

Die sagten hinterher aus, sich an den Überfall nicht erinnern zu können. Manche berichteten immerhin, dass sie eine Zeit lang von einer männlichen Gestalt verfolgt worden waren. Dann sei es plötzlich um sie herum dunkel geworden, bis sie irgendwann im Krankenhaus erwachten, wo man um ihr Leben kämpfte.

»Merkwürdig, merkwürdig …«, murmelte Hannes vor sich hin. Er setzte die leere Espressotasse ab und langte, ohne aufzublicken, nach seiner Pfeife.

Er las weiter: »Das letzte Verbrechen dieser Art geschah während des Karnevals im Februar 1974. Es gab zwei Opfer, ein knapp zwanzigjähriges Mädchen und einen Gondoliere. Das junge Mädchen war Gast auf einem Kostümfest im Palazzo … bei …« Es folgten einige Namen, die Krebs nichts sagten. Viel interessanter war, was dann kam: »Dringend tatverdächtig war eine Frau mittleren Alters, die ebenfalls dort zu Gast war. Nach Aussage mehrerer Zeugen hatte sie sich während des Abends längere Zeit mit dem Opfer unterhalten und später das Fest in Begleitung des Opfers verlassen …«

Es klopfte kurz, und sein Kollege Suter stand in der Tür. »Hannes, der Rapport! Es ist gleich drei Uhr!«

Krebs winkte ab. »Es geht jetzt nicht. Sag ihnen, dass ich wegmusste, sag ihnen, was du willst, dass ich in die Limmat gefallen bin oder was auch immer.«

Suter musterte ihn verärgert. »Das kannst du nicht machen, Hannes. Morgen um zehn ist der Termin mit der Presse, und bis dahin müssen wir wissen, was wir denen erzählen. Du leitest die Abteilung, wenn ich dich daran erinnern darf, und du hast speziell diesen Fall zur Chefsache erklärt.«

»Stimmt«, erwiderte Krebs mürrisch, »und deshalb will ich jetzt weiter meinen Job machen.«

Suter verdrehte die Augen, grummelte etwas Unverständliches und verließ eilig das Büro.

Hannes las weiter: »… weitere Gäste des Kostümfests sowie mehrere Bedienstete waren als Zeugen vernommen worden. Übereinstimmend sagten sie aus, dass sich außer der dringend verdächtigen Frau noch ein anderer Gast auffallend für das Opfer interessiert habe. Es handelte sich um einen Mann um die fünfzig, einen Grafen Razzonico. Er galt als zurückgezogen lebender Wissenschaftler, der einen kleinen Palazzo in der Nähe des Rialto bewohnte und eine Arbeit über die Kunst der Glasbläser auf Murano schreiben wollte …«

»Der Graf wurde als Zeuge vorgeladen und verhielt sich

sehr kooperativ. Aufgrund seiner detaillierten Beschreibung der verdächtigen Frau konnte ein Phantombild von ihr angefertigt werden …«

Hannes warf nur einen kurzen Blick auf die beigefügte Zeichnung und war einmal mehr sehr erleichtert über die Fortschritte kriminaltechnischer Ermittlungsmethoden seit den siebziger Jahren. Der Zeichner hatte sich bestimmt Mühe gegeben, aber was war eine solche Skizze im Vergleich zu den Computeranimationen der heutigen Zeit?

Immerhin hatte die Zeichnung eine gewisse Aussagekraft, dafür war die Verdächtige als Typus zu ungewöhnlich. Noch einmal betrachtete der Polizist die exotisch wirkenden Züge mit den hohen Wangenknochen und dem schmalen, harten Mund. Eine sehr reizvolle Frau, ohne Zweifel, aber ebenso eine, der er als Mann wie auch als Kriminalbeamter jederzeit misstraut hätte.

Ihm war klar, warum diese Frau die Hauptverdächtige gewesen war, obwohl die venezianischen Behörden auch den Grafen in Verdacht gehabt hatten. Der sei sehr aufgeregt gewesen, als er das Verschwinden des Mädchens bemerkt habe, und er sei sofort hinterhergestürzt, hatte jemand vom Personal berichtet. Außerdem hatte er sich bei der Vernehmung nicht ausweisen können.

Er hatte angekündigt, seine Papiere von zu Hause holen zu wollen, doch er tauchte nicht wieder auf, und als die Polizisten am nächsten Tag die Tür seines Palazzos aufbrachen, war der Graf verschwunden, und sämtliche Zimmer waren leer geräumt. Die ausgeschriebene Fahndung führte zu keinem Erfolg, ebenso wenig wie die Suche nach der verdächtigen Frau, von der man lediglich den Vornamen kannte. Der Gastgeber des Kostümfestes hatte ausgesagt, er wisse nur, dass sie Leonora heiße und dass andere Gäste sie mitgebracht hätten.

Eilig überflog Krebs den weiteren Text. Die lokale Presse hatte zunächst eine große Geschichte daraus gemacht, doch bald sprach niemand mehr davon, und irgendwann wurde der Fall zu den Akten gelegt.

Hannes Krebs notierte den Namen des Beamten, der damals die Ermittlungen geleitet hatte, Commissario Aldo Santin, und steckte den Zettel in seine Jackentasche. Einen Moment lang brütete er über dem, was er zuletzt gelesen hatte. Dann stand er auf und verließ sein Büro. Auf dem Gang wäre er beinahe mit dem jungen Mitarbeiter zusammengestoßen, der gerade vom Rapport zurückkam. »Tut mir leid, Urs«, grinste Krebs ein wenig verlegen, »hab dich nicht gesehen …«

»Schon gut, Chef. Der Alte ist übrigens stinkesauer, dass Sie nicht beim Rapport waren.«

»Was hat Suter ihm gesagt? Dass ich auf dem Grund der Limmat liege?«

Entgeistert starrte Urs ihn an. »Natürlich nicht. Er hat gesagt, dass Sie wegmussten und dass es mit dem neuen Fall zu tun hat. Was sagen Sie übrigens zu dem Dossier?«

»Es gibt Arbeit, Urs. Komm mit.«

Der Kommissar drehte sich auf dem Absatz um und ging zurück in sein Büro. Der junge Beamte folgte ihm. Krebs holte den Zettel aus seiner Tasche.

»Hier hast du den Namen des Beamten, der seinerzeit mit dem Fall befasst war, Aldo Santin heißt er. Ruf bei der Questura in Venedig an, lass dich mit der entsprechenden Dienststelle verbinden und sag denen dort, dass ich mit Santin Kontakt aufnehmen möchte. Er muss längst pensioniert sein. Hoffentlich lebt er überhaupt noch.«

»Aber das sind doch jetzt alles jüngere Leute. Woher sollen die …«

»Es wird sicher irgendeinen älteren Kollegen geben, der noch etwas darüber weiß«, sagte Krebs, »zum Beispiel einen, der als junger Mann unter ihm gearbeitet hat. Na …?«

»Hoffentlich reicht mein Italienisch dafür aus, Kommissar. Und wenn Sie nichts dagegen haben, mach ich das lieber von meinem Platz aus. Damit Sie nicht hören, wie ich rumstottere.«

Bevor Krebs etwas erwidern konnte, verschwand Urs nach nebenan und schloss die Tür hinter sich. Hannes trommelte eine Weile mit den Fingern auf der Schreibtischplatte herum. Nach einigen Minuten riss er die Tür zum benachbarten Zimmer auf.

Urs hatte sich den Telefonhörer unters Kinn geklemmt und schrieb etwas auf ein Blatt Papier. Als er seinen Chef erblickte, hob er abwehrend den Arm. »Si … ho capito, si, molto bene.« Er lauschte wieder auf die Stimme am anderen Ende der Leitung. »E il numero di teléfono …?«

Dann notierte er eine Zahlenfolge. »Mi é stato di grande aiuto, la ringrazio molto, Sergente …, buona giornata.«

Endlich legte er den Hörer auf, stieß seinen Stuhl zurück und schwenkte triumphierend das Papier. »Hier ist die Telefonnummer von Santin. Er erfreut sich bester Gesundheit, sagt der Sergente, der damals mit ihm an dem Fall gearbeitet hat. Der Kollege war sehr entgegenkommend. Der Stimme nach auch schon ein älteres Modell, aber er konnte sich sofort an alles erinnern und hat mir einen Haufen Zeug erzählt. Trotzdem meinte er, dass Sie am besten gleich mit Santin selbst sprechen sollten.«

Krebs grinste von einem Ohr zum andern. »Ich könnte dich küssen, Urs.«

Spielerisch ging der junge Mann in Deckung. »Lieber nicht. Wie wär's stattdessen mit einem Espresso aus unserer neuen Wundermaschine?«

»Subito.«

»Fast wie in Italien«, sagte der junge Beamte, nachdem er genüsslich den Kaffeeduft eingeatmet hatte. »Da fällt mir ein … Sie könnten hinfahren und persönlich mit Santin reden, oder?«

»Ja, aber es könnte auch sein, dass ich inzwischen eine bessere Idee habe. Ich …«

»Störe ich?« Suter öffnete die Tür einen Spalt breit.

»Wieso?«

»Ich dachte, dass wir zwei gemeinsam an dem Fall arbeiten, aber offenbar bin ich nur dafür gut, deine Alleingänge zu decken, während du den Nachwuchs förderst.« Er reckte das Kinn vor und bedachte Urs mit einem mürrischen Blick.

»Lass es gut sein, der Junge ist zwar ein Grünschnabel, aber er kann Italienisch.« Krebs ging auf Suter zu und legte ihm eine Hand auf die Schulter. »Komm, setz dich. Ich erklär dir alles.«

Minuten später holte der Kollege tief Luft. Groll und Eifersucht waren vergessen. Ohnehin war er viel zu sehr Polizist, um sich längere Zeit durch persönliche Gefühle von einem Fall ablenken zu lassen.

»Wir müssen Santin jetzt anrufen, Hannes«, sagte er lebhaft. »Soll Urs …«

Ohne etwas zu erwidern, griff Krebs zum Telefon, aktivierte den Lautsprecher, sodass mitgehört werden konnte, und gab die Nummer ein, die auf dem Blatt Papier stand.

Es knackte und summte in der Leitung, dann ging der

Ruf durch. Nach mehrmaligem Läuten meldete sich eine sympathisch klingende Männerstimme: »Si, pronto?«

Erleichtert lehnte sich Krebs in seinem Stuhl zurück. Es war nicht die Stimme eines müden, alten Mannes.

»Signor Santin? Kantonspolizei Zürich, Kriminalhauptkommissar Hannes Krebs. Ich leite die Ermittlungen in einem Fall, bei dem Sie uns vielleicht weiterhelfen können ...« Das alles hatte er in fließendem Italienisch vorgetragen.

Suter und Urs sahen sich sprachlos an. »Dieser Sauhund«, flüsterte Suter grimmig, konnte sich dann aber ein Lächeln nicht verkneifen.

»Also doch Nachwuchsförderung«, gab Urs mit strahlender Miene zurück.

Krebs verdeckte kurz den Hörer mit der Hand. »Seid mal still, ich versteh ja nichts.«

»Commissario, wir können uns in Ihrer Sprache unterhalten«, tönte es aus dem Lautsprecher, »meine Mutter stammte aus Südtirol, und sie hat oft deutsch mit mir geredet.«

»Das vereinfacht die Dinge natürlich, Signor Santin, danke.«

»Wie kann ich Ihnen helfen, Herr Kollege? Wenn ich Sie so nennen darf? Ich bin schon seit längerer Zeit pensioniert, aber Sie wissen ja: einmal Polizist ...«

»... immer Polizist«, vollendete Krebs den Satz und schickte ein Lächeln durchs Telefon.

»So ist es«, bestätigte Santin, »man kann nichts dagegen tun. Was ist das für ein Fall, an dem Sie arbeiten? Und welche Querverbindung gibt es zwischen Ihrem ordentlichen Zürich und unserem maroden Venedig?«

Hannes Krebs begann zu erzählen. Anfangs stellte der

ehemalige Commissario noch ein paar Zwischenfragen, die sofort den alten Profi erkennen ließen, dann hörte er schweigend zu, bis Krebs geendet hatte.

Nach einer kurzen Pause kam ein wenig zögernd die Stimme Santins: »Ich möchte Ihnen einen Vorschlag machen ...« Santin sprach nicht weiter und wartete.

»Ich wollte Ihnen denselben Vorschlag machen. Sagen Sie mir bitte morgen, wann Sie ankommen, damit ich Sie abholen kann.«

– VIERZEHN –

Es war eine der üblichen Vernissagen im Oberdorfviertel mit den immer gleichen Gästen. Der Abend war mild, man spürte endlich den Frühling.

Das Gedränge wurde so groß, dass ein Teil der Eingeladenen auf die Gasse vor der Galerie auswich. Mit einem Glas in der Hand standen sie in kleinen Grüppchen beieinander, schwatzten, lachten, gestikulierten. Nur wenige waren der ausgestellten Kunstwerke wegen gekommen.

Dabei lohnte es sich. Der Künstler war Maler und Bildhauer, er entstammte der Schule von Bruno Bruni, hatte aber doch eine ganz eigene Handschrift. Er war ein Mann um die sechzig, der jetzt etwas verloren herumstand und an einem Zigarillo zog, bis der Galerist ihn am Arm nahm, um ihn mit einigen wichtigen Kunden bekannt zu machen.

Gleichzeitig schlängelte sich Leonora zwischen den Herumstehenden hindurch, griff sich den Katalog und tat, als betrachte sie die Gemälde und Skulpturen. Wie immer zog ihre Erscheinung viele Blicke auf sich.

Als der Galerist auf sie zutrat, schenkte sie ihm ein besonders bezauberndes Lächeln. »Verzeihen Sie, dass ich einfach so hereingekommen bin«, flötete sie. »Ich habe keine Einladung und bin ganz zufällig …«

»Aber ich bitte Sie«, unterbrach er sie, »im Gegensatz zu vielen anderen hier scheinen Sie sich ja wirklich für die Kunst zu interessieren. Bedienen Sie sich«, er deutete auf das Buffet mit Getränken und Häppchen.

»Vielen Dank«, strahlte sie ihn an, »aber ich würde mich gern erst etwas umsehen.«

»Tun Sie das«, erwiderte er. »Wenn Sie Fragen haben, stehe ich Ihnen gern zur Verfügung. Möchten Sie, dass ich Sie mit dem Künstler bekannt mache?«

»Später«, erwiderte sie rasch, »zunächst will ich seine Arbeiten kennenlernen.«

Mit zufriedener Miene drehte der Galerist sich um. Er hatte womöglich eine neue Kundin gewonnen, die nicht nur interessiert, sondern ihrer ganzen Erscheinung nach auch zahlungskräftig wirkte.

Langsam wanderte Leonora durch die Räume, bis sich ihre Augen an einer Skulptur festsogen. Sie trat näher.

Es war die etwa anderthalb Meter hohe, in Bronze gegossene Figur eines Mannes mit nacktem, athletischem Körper.

Alle Details waren meisterlich gearbeitet, die breiten Schultern, der muskulöse Brustkorb, die schmale Taille und die Rundung der kräftigen Schenkel, die sich nach unten deutlich verjüngten. In ihrer unerwarteten Anmut hatten sie beinahe etwas Weibliches.

Der Kopf der Figur war in den Nacken gesunken, wodurch die kantigen Wangenknochen mit dem sehnigen Hals noch stärker hervortraten. Es war ein Gesicht von klassischer Schönheit und zeigte einen Ausdruck ekstatischer Verzückung. Aus der Stirn wuchsen die mächtigen Hörner eines Widderbocks. Die Arme waren seitlich weit ausgestreckt, und die Hände hielten Leuchter mit einer Kerze darin.

»Der gefallene Engel« stand auf einem kleinen Schild unten am Sockel. Leonora strich über die bronzene Oberfläche der Skulptur.

Ein dunkel gekleideter junger Mann bahnte sich im Gedränge einen Weg zu ihr. »Ich wurde gebeten, mich ein bisschen um Sie zu kümmern. Mein Name ist Max, Max Leutenegger.«

Leonora wandte sich um. »Schön, Sie kennenzulernen, Max.«

Sie betrachtete den jungen Mann genauer und bemerkte verblüfft, wie sehr er der Skulptur ähnelte. Als habe er ihre Gedanken gelesen, antwortete er rasch: »Der Künstler ist mein Onkel, ich war sein Modell.«

»Oh«, sagte sie nur, während ihr Blick auf dem Geschlecht der Skulptur ruhte, »Sie sind also der Luzifer.«

Max sah ein wenig verlegen zur Seite. »Ich ... Ja, es war das erste Mal, dass ich ihm Modell gestanden habe.«

»Die Skulptur gefällt mir sehr, obwohl manche sie vielleicht ein wenig kitschig finden werden. Ist sie noch zu haben?«

»Gewiss«, beeilte er sich zu antworten, »wir könnten sie Ihnen bis morgen reservieren, wenn Sie das wünschen.«

Sie nickte, nahm das Werkverzeichnis des Künstlers in die Hand und blätterte darin.

»Ich habe mich noch nicht vorgestellt«, sagte sie. »Mein Name ist ... Adriana Bernasconi. Meine Vorfahren stammten aus dem Tessin.«

Sie lächelte ihn an, und ein unruhiges Flackern erschien in den Augen des jungen Mannes. »Nach der Vernissage gehen wir noch etwas essen, der Galerist, mein Onkel und ein paar Freunde. Dürfte ich Sie dazu einladen?«

»Seien Sie mir nicht böse, Max – ich darf Sie doch Max nennen, oder? Aber ich habe schon gegessen, und mir wäre viel mehr danach, mich noch ein wenig mit Ihnen allein zu unterhalten.«

Mit einer selbstverständlichen Geste nahm sie ihn beim Arm, spazierte mit ihm durch die Räume und verwickelte ihn in ein Gespräch über Kunst im Allgemeinen und über die Arbeiten seines Onkels.

»Unser Gespräch hat mir großes Vergnügen bereitet«, erklärte sie nach einer Weile, »aber ich muss jetzt gehen.«

Sie tauchte ihre Augen in die des jungen Mannes und hielt ihm ihre Hand hin.

»Nein, bitte ... gehen Sie noch nicht!«

Sie hatte ihn am Haken, das wusste sie längst. Sie wartete.

»Ich könnte Sie ein Stück begleiten«, sagte er hastig, »oder wir könnten unterwegs noch einen Drink nehmen?«

»Ja«, erwiderte sie gedehnt, »das könnten wir.«

»Ich sage rasch Bescheid.« Max eilte auf den Galeristen zu – seinen Onkel konnte er gerade nirgendwo entdecken –, flüsterte ihm etwas ins Ohr und deutete verstohlen auf Leonora, die vor der Tür wartete. Der Galerist schmunzelte und klopfte dem jungen Mann auf die Schulter.

»Wohin wollen wir gehen?«, fragte Max ein wenig atemlos, als er wieder bei ihr war.

»Lassen Sie uns erst mal die Frühlingsluft genießen«, erklärte sie leichthin. »Dann wird uns sicher etwas einfallen.«

Schweigend gingen sie nebeneinanderher. Sie spürte seine Erregung, und sie roch sein Blut. »Wie alt sind Sie, Max?«, fragte sie ihn nach einer Weile.

Er blieb stehen. »Ist das wichtig?«

Sie lächelte. »Nicht wirklich. Nun sagen Sie es schon. Also?«

»Ich bin fünfundzwanzig. Aber das macht doch ...«

»Schschtt ...« Leonora legte ihm den Finger auf die Lippen. »Kommen Sie, ich würde gern noch ein Stück die Gasse hinaufgehen. Dort oben bin ich noch nie gewesen.«

Sie ließen das Großmünster hinter sich und stiegen die Spiegelgasse in Richtung Obere Zäune hoch, vorbei an Antiquitätenläden und Antiquariaten. Als sie fast am Ende der Gasse angelangt waren, sagte er: »Ganz in der Nähe ist eine gemütliche Kneipe. Dort könnten wir doch ...«

Wieder unterbrach sie ihn: »Gleich, Max. Aber vorher möchte ich dir einen Kuss geben ...«

Er schaute sich um. Die Gasse war still und menschenleer. »Wir sind hier ganz allein«, flüsterte sie und zog ihn an sich, bis sie seinen pochenden Herzschlag spürte. Sie presste ihr Gesicht gegen seine Halsbeuge. Langsam öffnete sie die Lippen.

»Süß schmeckt dein Blut, mein schöner gefallener Engel.« Die Stimme, die einen beinahe zärtlichen Klang hatte, drang leise durch den watteartigen Nebel in seinem Kopf, als er schon vor ihr auf dem Kopfsteinpflaster lag. Leonora beugte sich über ihn. Bevor sie weitertrank, betrachtete sie sein Gesicht. Es hatte denselben entrückten Ausdruck wie die Skulptur, deren Modell er gewesen war.

Stanislaw starrte auf die Titelseite der Boulevardzeitung. »Vampir-Killer schlägt wieder zu! Neues Opfer im Oberdorf tot aufgefunden!«

Ein Ladenbesitzer hatte beim Aufschließen seines Geschäfts am oberen Ende der Spiegelgasse den reglosen Körper eines jungen Mannes entdeckt. Aufgrund der gepflegten Erscheinung hielt er ihn nicht für einen der vielen Junkies, die durch diese Gegend streiften.

Als die Sanitäter eintrafen, konnten sie nur noch den Tod des jungen Mannes festgestellt werden. Er hatte zwei kleine Wunden am Hals, und sein Blut war bis auf den letzten Tropfen ausgesaugt worden.

Leonora. Stanislaw wusste, dass dies erst der Anfang war.

Er las weiter: »... besonders gibt zu denken, dass sich das Profil des Täters offensichtlich geändert hat. Bisher waren alle Opfer weiblich gewesen. Jetzt ist erstmals ein Mann angegriffen worden.«

Er legte die Zeitung auf seinen Schreibtisch und faltete sie gedankenverloren zusammen. Was er befürchtet hatte, war eingetreten. Leonora war ihm nicht nur in die Quere gekommen, sie würde auch alles zerstören, wenn er sie nicht daran hinderte. Er kannte ihre Handschrift. Sie ließ keines ihrer Opfer am Leben, dafür war sie zu gierig. Und obwohl sie das Blut vitaler junger Männer bevorzugte, machte sie vor nichts halt.

Als Nächstes würde sie über ein Kind herfallen. Das Blut von Kindern war besonders begehrt. Stanislaw hatte diesem Drang jedoch stets widerstanden, vielleicht, weil er selbst noch ein Jüngling gewesen war, als er zum Vampir wurde.

Es klopfte an die Tür seines Büros. »Ja?«, rief er unwirsch.

Pierre steckte vorsichtig den Kopf herein. »Ich will Sie nicht stören, Graf Stanislaw, aber ...«

»Was ist denn, Pierre?«

»Ich wollte Ihnen nur sagen, dass Maurizio, ich meine, Signor Amado, also, dass er für heute Abend einen Tisch reserviert hat.« Er machte eine Pause. Stanislaw reagierte nicht.

»Für zwei Personen«, setzte Pierre bedeutungsvoll hinzu. Sein Arbeitgeber schien durch ihn hindurchzustarren.

»Danke, Pierre«, sagte Stanislaw schließlich. »Sagen Sie es mir bitte, wenn er da ist.«

»Gewiss.« Pierre deutete eine Verbeugung an und entfernte sich.

Das Telefon läutete. Widerwillig nahm Stanislaw den Hörer hoch.

»Guten Abend, Graf, hier ist Darius. Ich hatte Ihnen ja zugesagt, mich vorher anzumelden, bevor ich Sie ein weiteres Mal heimsuche.«

»Guten Abend, Darius«, erwiderte Stanislaw und wunderte sich, wie sehr ihn dieser Anruf freute. »Wollen Sie heute Abend kommen? Ich habe zwar erst richtig Zeit, wenn die meisten Gäste mit dem Essen fertig sind, aber wenn es Ihnen recht ist, werde ich Ihnen einen sehr schönen Tisch ...«

»Vielen Dank«, unterbrach der andere ihn rasch, »ich bin bereits zum Essen verabredet, aber ich könnte danach noch vorbeischauen.«

»Gute Idee. Ich werde meinem Geschäftsführer Bescheid geben. Bis später.«

Nachdenklich legte er auf. Er mochte diesen Mann, obwohl er wusste, dass er ihm gefährlich werden konnte. Doch wann hatte er schon Gelegenheit, einem Sterblichen beinahe auf Augenhöhe zu begegnen?

»Und achten Sie bitte darauf, dass der Kalbsrücken diesmal innen nicht fast roh ist, neulich gab es deswegen eine Reklamation«, wies Stanislaw seinen Küchenchef an. Luigi verzog beleidigt das Gesicht.

»Übrigens kommt heute Abend Ihr besonderer Liebling ... Maurizio Amado«, fügte sein Chef hinzu, bevor Luigi zu einer Replik ausholen konnte.

Sofort strahlte der Italiener. »Der Maestro war schon lange nicht mehr hier«, sagte er in vorwurfsvollem Ton.

»Das ist wahr, aber jetzt ...«

Die Küchentür schwang auf. »Sie sind da«, verkündete Pierre mit so düsterer Miene, als handle es sich um die Apokalyptischen Reiter. Stanislaw warf ihm einen fragenden Blick zu, erntete aber nur ein Schulterzucken.

»Also, Sie wissen Bescheid, Luigi«, sagte Stanislaw beim Rausgehen.

»Si, Signor Conte, tutto a posto. Alles tipptopp, wie man hierzulande sagt.«

»Sie möchten die Herrschaften vielleicht persönlich zu ihrem Tisch geleiten«, sagte Pierre süffisant und ging voraus.

Maurizio wartete im Entree und sah Stanislaw entgegen. Neben ihm stand Leonora.

»Ich hätte es mir denken können«, murmelte Stanislaw zwischen den Zähnen hindurch, spielte aber den routinierten Gastgeber. »Schön, dass du wieder einmal den Weg hierher gefunden hast, Maurizio.«

»Ciao, Stanislaw«, erwiderte der Dirigent verhalten. Seine Stimme war kühl und seine sonst so lebhafte Körpersprache auf ein Minimum reduziert.

Ganz anders Leonora. In Erwartung eines Handkusses streckte sie Stanislaw mit fordernder Geste ihre schlanken, bleichen Finger entgegen, und während er ihre tiefroten Nägel betrachtete, stellte er sich einen Moment lang vor, wie es wäre, wenn er diese Hand nicht nehmen würde. Aber er wollte keinen Eklat, nicht jetzt.

Wie beiläufig ergriff er ihre Finger, beugte sich kurz darüber und ließ sie abrupt los, als habe er ein giftiges Insekt berührt.

Mit kaum verhohlenem Zorn zog sie ihre Hand zurück. Sie streifte Maurizio mit einem Seitenblick, und eine Welle brennenden Hasses drang in jede Pore Stanislaws, als er das triumphierende Aufblitzen in Leonoras bernsteinfarbenen Augen wahrnahm.

»Wir haben gemeinsame italienische Freunde«, erklärte sie, bevor er fragen konnte, »und da ich den Maestro sehr bewundere, konnte ich es arrangieren, dass wir einander vorgestellt wurden.«

Sie lächelte. Es war kein schönes Lächeln.

All das aber fiel Maurizio nicht auf. Stanislaw hatte gleich bemerkt, wie verändert der italienische Dirigent wirkte. Wo war sein fröhliches Strahlen geblieben, sein in sich ruhendes Selbstbewusstsein?

Maurizios Charisma hatte viel mit seiner Einstellung zum Leben zu tun, in dem die Düsternis keinen Platz haben sollte.

Der Italiener war sein Rivale, das wusste Stanislaw. Dennoch wollte er ihn einer Bestie wie Leonora auf keinen Fall überlassen. Also verständigte er sich telepathisch mit ihr, wohl wissend, wie angreifbar ihn das machte.

»Ich warne dich, Leonora, lass die Finger von ihm«, drohte er ihr.

»So besorgt um jemanden, dem du gerade die Frau weggenommen hast?«, provozierte sie ihn höhnisch.

»Wessen Idee war es, heute Abend hierherzukommen?«, wollte er wissen.

»Meine natürlich«, gab sie gelassen zurück. »Und er hat sofort zugestimmt. Vielleicht hat er ja gehofft, deiner kostbaren Daphne zu begegnen. Aber das spielt keine Rolle mehr, ich werde dafür sorgen, dass er sie vergisst. Du weißt, ich habe Mittel und Wege …«

»Was hast du mit ihm vor? Was hast du mit ihm vor? Was hast du …« Er hörte die Worte in seinem Inneren wie ein lärmendes, lang gezogenes Echo.

Maurizio musterte ihn befremdet. Hatte er die letzten Worte laut ausgesprochen?

Leonora zog die Augenbrauen hoch. »Wie wäre es, wenn du uns zu unserem Tisch brächtest?«

Ohne ein Wort der Erwiderung vollführte er eine einladende Handbewegung und ging voraus.

»Ein schöner Platz ist das hier«, sagte Maurizio unvermittelt, der während des stummen Schlagabtausches zwischen Stanislaw und Leonora sehr abwesend gewirkt hatte. »Hier haben wir gesessen, als wir mit …« Pierre erschien am Tisch und überreichte die Speisekarten. »… als wir mit Daphne und Ramiro da waren, nach dem Konzert, weißt du noch, Stanislaw?«

Maurizio blickte scheinbar träumerisch in die Ferne. Aber Stanislaw ließ sich nicht täuschen. In einer Verdi-Oper hätte der Italiener jetzt das Messer offen in der Tasche.

Pierre trat diskret hinter ihn und raunte: »Um Himmels willen, Graf Stanislaw, hoffentlich geht das heute Abend gut. Das ist ja ein Fall von richtigem Liebeskummer.«

»Beschwören Sie nicht den Himmel, der ist dafür nicht zuständig«, flüsterte Stanislaw zurück. »Machen Sie bitte den Service, ich halte das nicht länger aus.« Und zu seinen beiden Gästen gewandt: »Ich habe noch zu tun, Pierre wird sich um euch kümmern.«

»Sehen wir uns noch?«, säuselte Leonora, die jetzt ganz auf Charme umgeschaltet hatte.

»Vielleicht«, erwiderte Stanislaw vage. Er verneigte sich kurz. »Maurizio …, Leonora …«

Gerade als er sich in sein Büro geflüchtet hatte, summte sein Handy. Es war eine SMS von Daphne. »Ich vermisse dich. War diese Nacht nur ein Traum? Falls ja, darf ich dann weiterträumen?«

»Kein Traum könnte realer sein«, schickte er ihr als Antwort, »träum weiter, kleine Hexe …«

Ein Lächeln erschien in seinen Mundwinkeln. Er hatte immer geglaubt, von den Gefühlen der Sterblichen nichts zu verstehen, obwohl er sie genau beobachtet und studiert hatte. So war er zu einem kühlen Analytiker der menschlichen Spezies geworden und konnte ihren verborgenen Trieben und den Verästelungen in dem, was die Menschen Seele nannten, nachspüren, ohne innerlich davon berührt zu werden. Diese Fähigkeit war ihm bisher als ein großes Geschenk erschienen. Jetzt, zum ersten Mal in seiner Jahrhunderte währenden Existenz, griff etwas nach ihm, das er nicht erklären konnte.

Als er die Blutstaufe durch seinen Onkel empfangen hatte und ihm bald darauf seine Verdammnis mit all ihren Konsequenzen immer deutlicher bewusst geworden war, gab er zugleich jede Hoffnung auf, etwas von dem erleben zu können, was sterbliche Menschen als Glück bezeichnen. Was Lust war, wusste er. Er hatte Zeiten zügelloser Ausschweifung hinter sich, gefolgt von Phasen der Askese, in denen er ausschließlich seinen intellektuellen Ambitionen nachging. Aber Glück? Das Streben danach war etwas zutiefst Menschliches, das für seinesgleichen keine Bedeutung hatte.

Er wusste selbst nicht, weshalb er sich so viel Zeit gelassen hatte, bis er eine erste erotische Begegnung zugelassen hatte; er hatte davor zurückgescheut wie eine zimperliche Jungfrau. Und er tat alles, um dem Verlangen widerstehen zu können, seine Zähne in ihren Hals zu schlagen, obwohl es die höchste Lust war, während der körperlichen Vereinigung vom Blut des Opfers zu trinken, die größtmögliche Verschmelzung, die Aufhebung aller quälenden Begrenztheit, ein Moment ekstatischer Entrücktheit auch für das Opfer.

Vor jedem Treffen mit Daphne hatte er dafür gesorgt, dass sein Durst bereits gestillt war, er hatte sich irgendwo ein anderes Opfer gesucht oder sich aus den Konserven bedient, die er im Kühlschrank bereithielt.

War ihr letzte Nacht aufgefallen, dass sich in seinem Weinglas nicht der »Réserve du Patron« befand, sondern reines, unverdünntes Blut?

In den Augen der Welt war er ein Mörder, ein Serienkiller, wie die Medien schrieben. Wer ahnte schon, wie sehr ihn das Verlangen danach quälte, einen Tag im Sonnenlicht zu verbringen, statt sich in der Gruft seines Schlafzimmers einschließen zu müssen? Oder einem Sterblichen zu begegnen, ohne vom Duft seines Blutes angezogen zu werden?

Niemand würde vermuten, dass der unnahbare und oft etwas arrogant wirkende Betreiber des schicken »Stanislaw«-Clubs sich insgeheim danach sehnte, ein ganz normales Leben führen zu können, niemand konnte sich auch nur annähernd vorstellen, wie einsam er war und wie grausam das Wissen darum, dass dieser Zustand ebenso unverschuldet wie unabänderlich war.

Was würde er, Stanislaw, darum geben, auch nur einmal bei Tage mit einem der Fährschiffe am Ufer des Sees entlangfahren zu können, an den Anlegestationen der vielen kleinen Gemeinden vorbei, die er nur in der Dämmerung der untergehenden Sonne kannte!

Oft hatte er sich vorgestellt, es den Touristen gleichzutun, sich in deren lärmende, lebhafte Schar einzureihen, stets bemüht, nicht aufzufallen und nicht erkennen zu lassen, dass er weder zu jenen gehörte noch zum Rest der Menschheit.

Daphne war ihm nahe gekommen wie kein sterblicher Mensch zuvor. Sie hatte sein Blut gerochen, das wusste er. Aber sie hielt das, was sie wahrnahm, für einen ungewöhnlichen Körpergeruch oder für eines der neuartigen Männerparfüms, die auf künstliche Weise Lockstoffe nachahmten, wie sie in der Natur vorkamen.

Wie würde sie reagieren, wenn sie von seiner wahren Identität erführe?

Vertraute sie ihm? Sie hatte keine Furcht gezeigt, als er sie an den Bettpfosten gebunden hatte, obwohl es doch manches gab, das ihr sonderbar vorgekommen sein musste, gerade weil sie sich inzwischen so nahe waren.

Vielleicht lag diese Arglosigkeit in ihrem Wesen, vielleicht hatte es aber auch damit zu tun, dass die Musik bis jetzt ihr eigentlicher Lebensinhalt gewesen war. Wer sich so sehr einer Sache verschrieben hat wie sie, bringt womöglich zu wenig Phantasie für anderes auf.

Er riss sich aus seinen Grübeleien und richtete seine Gedanken auf das Naheliegende. Er musste Leonora im Auge behalten.

Als er an den Tisch der beiden zurückkehrte, stand Luigi lebhaft gestikulierend vor seinem Landsmann. »… und dann garen Sie den Kalbsrücken ganz langsam bei Niedrigtemperatur«, hörte er den Küchenchef sagen.

Pierre nahm seinen Arbeitgeber beiseite und murmelte: »Luigi konnte es gar nicht erwarten, mit dem Maestro Rezepte auszutauschen.«

Doch Maurizio hörte diesmal nur mit halbem Ohr zu. Immer wieder schweifte sein Blick suchend durch den Raum. Leonoras Miene wirkte säuerlich, wie Stanislaw mit Genugtuung bemerkte.

»War alles gut so?«, erkundigte er sich.

»Ja, es war vorzüglich«, erwiderte Maurizio matt.

»Leider hat die Signora gar nichts gegessen!«, berichtete Luigi missbilligend.

»Schade, Leonora, du weißt nicht, was dir entgangen ist.« Stanislaw bemühte sich, nicht allzu viel Häme in seine Stimme zu träufeln. »Eine Magenverstimmung?«

Sie schickte ihm einen kurzen giftigen Blick. »So ungefähr, Stanislaw.«

»Wie wäre es mit einem Dessert, Signora?«, fragte Luigi beflissen.

»Nein, danke, ich habe wirklich keinen Appetit.«

Stanislaw sah ihr an, wie schwer es ihr fiel, höflich zu bleiben, und er sah auch, dass sie mit Maurizio kein bisschen weiter gekommen war.

»Dann darf ich mich jetzt wieder entschuldigen«, sagte er nonchalant. »Ich erwarte noch einen Gast in der Bar.«

Sofort wurde Maurizio hellwach. »Vielleicht nehmen wir dort nachher auch noch einen Drink.«

»Gewiss, wir sehen uns.« Der Hausherr entfernte sich, blieb an der Schwelle zur Bar kurz stehen und wandte sich um. Leonora hatte die Hand auf Maurizios Arm gelegt und redete auf ihn ein, doch nachdem er ihr eine Weile zugehört hatte, schüttelte er nur den Kopf.

In dem Moment trat Darius auf ihn zu. »Ich wollte gerade nach Ihnen suchen lassen, Graf Stanislaw. Guten Abend.«

Stanislaws Miene hellte sich auf. »Guten Abend, Darius. Schön, dass Sie da sind.«

Darius warf ihm einen zweifelnden Blick zu.

»Sie glauben mir nicht, dass ich mich über Ihren Besuch freue? Sie irren sich. Aber vielleicht gelingt es mir ja heute Abend, Ihre Zweifel nicht nur in dem Punkt zu zerstreuen.«

Er deutete auf einen Tisch in einer der Nischen. »Wollen wir uns dort drüben niederlassen, oder möchten Sie lieber an die Bar?«

»In der Nische sind wir ungestörter«, entschied Darius.

Als beide saßen, sagte Stanislaw beiläufig: »Übrigens ist Maurizio hier.«

Darius runzelte die Stirn.

»Er ist in Begleitung einer alten Bekannten von mir. Die beiden werden sicher noch auf einen Absacker in die Bar kommen.«

Darius ging nicht darauf ein. Pierre näherte sich mit der Getränkekarte. Amüsiert verfolgte Stanislaw die Begrüßung der beiden. Sein Geschäftsführer war wirklich ein exzellenter Menschenkenner. So eindeutig vom ersten Moment an seine Abneigung gegen Leonora gewesen war, so sehr konnte man seinen tiefen Respekt vor Darius spüren.

Darius war aufgestanden und streckte Pierre die Hand hin. »Bitte bleiben Sie doch sitzen«, nuschelte der verlegen, doch die Geste freute ihn sichtlich.

Nachdem sie Getränke bestellt hatten, lehnte sich Darius in seinem Sessel zurück. Er hatte sich auf dem Weg zum Lokal verschiedene Strategien für dieses Gespräch überlegt. Jetzt, wo er dem Hausherrn gegenübersaß, entschied er spontan, auf jedes einleitende Geplänkel zu verzichten.

Am frühen Abend hatte er mit Ramiro in der »Kronenhalle« gegessen. Der Geiger hatte ihn angerufen und aufgeregt von seinem Treffen mit Daphne im »Café Odeon« berichtet.

»Daphne wird sauer sein, wenn sie davon erfährt«, sagte er, sobald die Bestellung aufgegeben war. »Aber das ist mir inzwischen egal. All dieses Gerede über Mystik! Vermutlich wendet der Kerl irgendwelche obskuren Praktiken an, die Daphne vollkommen verwirrt haben.«

Als Ramiro das Amulett mit dem Drachen erwähnte, erschien auf Darius' Gesichtszügen ein Ausdruck tiefer Bestürzung.

»Das hat etwas mit Magie zu tun, oder? Und ich dachte, weil Sie sich doch damit auskennen …«

»Wie sieht der Drache aus? Können Sie ihn beschreiben? Oder können Sie mir eine Skizze davon machen?« Darius zog einen Notizblock hervor und riss ein Blatt Papier ab. »Hier, versuchen Sie es.«

Der Geiger verzog das Gesicht und begann zu zeichnen. Man sah ihm an, wie sehr es ihn anstrengte. Er strichelte, verwarf den Entwurf, begann einen neuen, verwarf auch diesen, während sich auf seiner Stirn kleine Schweißperlen bildeten. Zwischendurch blickte er auf. »Ich hätte nie gedacht, wie schwierig so etwas ist.«

Nach einer Weile nahm Darius ihm den Stift aus der Hand und vollendete mit wenigen Strichen die angefangene Skizze. »Sieht er ungefähr so aus?«

Ramiro betrachtete ihn verblüfft. »Ja, genau so, woher wussten Sie das?«

»Ich glaube, diesen Drachen schon einmal gesehen zu haben.«

Jetzt bestürmte ihn der Musiker mit Fragen, doch Darius hob abwehrend die Hände. »Ich habe nicht auf alles die passende Antwort. Aber es war richtig, dass Sie mich angerufen haben.«

»Können Sie denn …, ich meine, werden Sie etwas unternehmen?«, stotterte Ramiro.

Darius betrachtete ihn mit grimmigem Lächeln. »Ich weiß nicht, was Sie darunter verstehen. Daphne ist eine erwachsene Frau, und sie hat mir schon neulich sehr deutlich erklärt, dass sie sich jede Einmischung verbittet. Außerdem kenne ich Graf Stanislaw inzwischen persönlich, wie Sie wissen.«

Ramiro stutzte. »Was meinen Sie damit?«

»Ich meine damit«, fuhr Darius fort und schien jedes Wort genau zu überlegen, »dass er mit großer Wahrscheinlichkeit nicht der ist, für den ich ihn zunächst gehalten habe.«

»Umso besser«, ereiferte sich Ramiro. »Ist er ein Hochstapler? Dann wäre es doch leicht, ihn …«

»Keineswegs«, unterbrach ihn Darius. Um seine Mundwinkel erschien ein bitterer Zug. »Ich wollte damit sagen, dass er sehr stark und sehr mächtig ist und dass es ein unverzeihlicher Fehler wäre, ihn zu unterschätzen.«

»Aber ich verstehe trotzdem nicht …« Ramiro beugte sich vor. »Was will er von Daphne? Ist er so ein manischer Typ, der eine Frau ganz für sich haben will? Und wenn das so ist, wieso lässt sich Daphne das gefallen? Das passt doch überhaupt nicht zu ihr. Sie hat sich emotional noch nie so auf einen Mann eingelassen. Ist es vielleicht nur eine heftige Sexgeschichte?«

Kopfschüttelnd sah Darius ihn an. »Was heißt hier ›nur‹? Seien Sie bitte nicht so naiv. Als ob das allein nicht schon reichen würde!«

Darauf hatte Ramiro nichts mehr zu sagen gewusst. Nach Beendigung ihres Mahls trennten sie sich, ohne dass Darius erwähnte, wen er anschließend treffen würde.

Jetzt, vis-à-vis dem Hausherrn, würde er einen Überraschungsangriff versuchen. Er hielt die Cohiba an die Nase, die Pierre ihm gereicht hatte, betastete sie beifällig und vollführte das Ritual des Anzündens. Sobald sie brannte und er einige Züge gemacht hatte, schoss er seine Frage ab. »Wie weit sind Sie mit Daphne, ist sie inzwischen Ihre Geliebte?«

»Ja«, erwiderte Stanislaw ruhig.

»Seit wann?«

»Wenn Sie es ganz genau wissen wollen: seit vorgestern Nacht.«

Darius' Stirn kräuselte sich. Bevor er reagieren konnte, fügte Stanislaw hinzu: »Daphne hat die Nacht in meinem Haus verbracht, und ich fürchte, dass sie am anderen Morgen zu spät zur Probe erschienen ist.« Er machte eine Pause, um seine Worte wirken zu lassen.

Darius kaute an seiner Zigarre, paffte vor sich hin und nahm einen Schluck von seinem Malt. »Sie werden es sicher gelesen haben«, sagte er schließlich, »in der Nacht gab es einen neuen Angriff des Serienmörders.«

»Natürlich habe ich es gelesen. Zum ersten Mal ist ein Mann überfallen worden.«

Darius gab keine Antwort. Seine Augen weiteten sich.

Stanislaw wandte sich um. Maurizio und Leonora standen im Eingang der Bar. Der Dirigent sagte leise ein paar Worte zu seiner nach wie vor sehr mürrisch wirkenden Begleiterin und winkte von weitem. Darius und Stanislaw erhoben sich. Langsam kamen die beiden auf sie zu.

Stanislaw beobachtete Darius. Er wusste von dessen Anfälligkeit für attraktive Frauen.

Während Leonora sich näherte, die Maurizio wie einen Trabanten hinter sich herzog, versuchte Stanislaw, sie mit den Augen eines gewöhnlichen Mannes zu sehen.

Sie war an diesem Abend nicht ganz in Schwarz gekleidet, und sie trug keine Hosen. Das tiefe Dekolleté eines eng anliegenden grauen Jäckchens war mit einem violett eingefärbten Kragen aus Marabufedern geschmückt, der knapp sitzende schwarze Rock hatte zwei hohe seitliche Schlitze und gab bei jedem Schritt den Blick auf ihre makellosen Beine frei. Wie immer stöckelte sie auf spitz zulaufenden Pumps mit sehr hohen Absätzen. Die Haare in der Farbe von Ebenholz fielen ihr glatt und offen auf die Schultern.

Sie war die verkörperte Versuchung für jeden Mann, dessen erotische Instinkte einigermaßen funktionierten.

»Mein Name ist Darius.«

Stanislaw wartete gespannt. Er wollte nicht in die Gedanken dieses Mannes eindringen. In der Welt der Sterblichen wusste er seine Ziele meist auch ohne solche Kunststücke zu erreichen, und wer zu seinesgleichen gehörte, konnte sich dagegen schützen, wenn er diese Art der Verständigung nicht wünschte.

Wenn er dennoch gelegentlich seine Fähigkeiten nutzte, geschah es aus gutem Grund wie vorhin bei seinem Schlagabtausch mit Leonora. Oder aus Nachlässigkeit, weil er müde war und nicht achtgab. Während seiner ersten Begegnung mit Darius hatte er es versucht, weil er glaubte, sich wehren zu müssen. Er war nicht sehr weit vorgedrungen, denn der andere erwies sich als unvermutet starker Gegner, und Stanislaw hatte es nicht zu einer Kraftprobe kommen lassen wollen.

Immerhin hatte er damals Angst und Sorge in ihm gelesen und etwas bemerkt, das ihn wie ein Schutzschild umgab. Aber es war nicht nur das. Darius war auch eifersüchtig, denn Daphne blieb sein kleines Mädchen, sosehr sie auch dagegen rebellierte.

Daphnes väterlicher Freund unterstützte die Werbung des Italieners, weil er sie zu Recht bei ihm gut aufgehoben fand und weil er sicher sein konnte, dass ihr eine solche Verbindung in jeder Hinsicht nützen würde.

Stanislaw war in diesem Plan nicht vorgesehen. Er störte nicht nur, er forderte Darius heraus, und das war etwas, das in dessen Welt keinen Platz hatte. Er, Stanislaw, konnte die bisher unangefochtene Autorität von Darius jederzeit in Frage stellen. Außerdem hatte er Macht über Daphnes Psyche, und das würde ihm dieser wunderbare, beeindruckende Kerl gewiss nicht verzeihen.

»Ich heiße Leonora«, gurrte die Vampirin mit einem Augenaufschlag, aus dem eine wohlberechnete Mischung aus vermeintlicher Unschuld und erotischer Verheißung sprach.

»Leonora und wie weiter?«, war die lapidare Reaktion von Darius. Er sah ihr in die Augen, bis sie den Blick abwandte. Sie murmelte einen schwer verständlichen, italienisch klingenden Namen. Maurizio sah sie kurz von der Seite an, bevor er in seine geistesabwesende Haltung zurückfiel.

So schnell ergab sie sich nicht. »Darius … und wie weiter?« Herausfordernd reckte sie das breite Kinn vor.

»Einfach nur Darius«, antwortete er mit einem Lächeln, für das ihn Stanislaw am liebsten auf der Stelle umarmt hätte.

»Ja, dann«, trat sie den Rückzug an, »wollen wir eure Gespräche nicht weiter stören. Wir verziehen uns an die Bar. Kommst du, Maurizio?«

»Wie …?«, stammelte der Musiker. »Oh ja, natürlich, Leonora. Lass uns noch einen Grappa nehmen.«

Sie ging voraus, und er folgte ihr. Nach einigen Schritten wandte er sich um. »Oder auch zwei.« Er winkte den beiden Männern zu, ließ aber sofort die Arme sinken, als seine Geste nicht erwidert wurde.

Stanislaw und Darius setzten sich wieder. »Das ist Ihr Werk«, grollte Darius, »und erzählen Sie mir nicht, Sie wüssten nicht, wovon ich spreche. Der Mann ist nur noch ein Schatten seiner selbst, und dabei ist er einer der Besten.«

Er nahm die erloschene Cohiba aus dem Aschenbecher, betrachtete sie einen Moment lang unschlüssig und zündete sie wieder an.

»Das mag sein«, Stanislaws Stimme klang gelassen, »aber ist er auch der Beste für Daphne? Ist er der, den sie braucht?«

»Versteh einer die Frauen«, murmelte Darius und zog mit halb geschlossenen Augen an seiner Zigarre. »Ich habe das bisher zumindest so gesehen. Bis Sie die Bühne betraten, Graf Stanislaw. Übrigens, ich interessiere mich sehr für das Land, aus dem Sie kommen. Man weiß so wenig über Transsylvanien …« Darius machte eine kurze Pause, grinste süffisant und fuhr dann fort: »Außer den Geschichten natürlich, die man aus Vampirfilmen kennt.«

Ein winziger Muskel zuckte über der linken Augenbraue seines Gegenübers.

»Nun, meine Heimat hat eine sehr lange und sehr bewegte Geschichte. Ich selbst entstamme einem ungarischen Adelsgeschlecht, das seit dem sechzehnten Jahrhundert dort ansässig war. Bis ... Nun, es ist ja bekannt, wie die Kommunisten gewütet haben und was gerade der Adel unter deren Regime erleiden musste.« Stanislaw sah Darius in die Augen. »Alles, was mit meinem Land zusammenhängt, ist nach wie vor sehr lebendig in mir, obwohl ich die Erde der Heimat seit damals nie wieder betreten habe. Heute könnte ich es. Die politischen Verhältnisse haben sich ja gründlich verändert. Aber ich ziehe es vor, mir meine Erinnerungen an die heile Vergangenheit zu bewahren. Wozu einen Traum zerstören? Und es ist nur noch ein Traum, glauben Sie mir.«

Darius hatte ihm aufmerksam zugehört. Etwas an Stanislaw, das so voller Trauer war, wie man sie nur über den Verlust von etwas Unwiederbringlichem empfindet, rührte ihn an. Oder ließ er sich blenden? War dieses wehmütige Heraufbeschwören einer glanzvolleren Vergangenheit nichts als ein Ablenkungsversuch?

Aus den Augenwinkeln konnte Darius jetzt beobachten, wie Maurizio und seine Begleiterin in eine immer heftigere Diskussion gerieten. Nach einer Weile wandte sich Leonora beleidigt ab und stöckelte in Richtung Toiletten. Maurizio gab dem Barkeeper ein Zeichen, der ihm aus der Grappaflasche nachschenkte, und brütete vor sich hin.

»Sagen Sie, Graf, diese Leonora, kennen Sie sie gut?« Darius' Blick ruhte nachdenklich auf Maurizio.

»Sie ist eine alte Bekannte von mir, und es wird Ihnen nicht entgangen sein, dass unser Verhältnis sehr kühl ist.

Mir gefällt dieser Typ Frau nicht.« Rasch fuhr er fort: »Wir haben uns vor langer Zeit auf einer Party kennengelernt, ich glaube, es war in England. Später kreuzten sich unsere Wege immer wieder einmal.«

»Ist sie der männermordende Vamp, der sie zu sein scheint?«

»Ja«, antwortete Stanislaw schlicht.

Darius' Körper spannte sich. »Sie sagen das mit einer Entschiedenheit, als hätten Sie persönlich sehr schlechte Erfahrungen mit dieser Dame gemacht!«

Stanislaw reagierte nicht.

»Sie hat bei Maurizio offensichtlich wenig Glück«, sinnierte sein Gegenüber weiter. »Vermutlich ist er nur deshalb mit ihr hierhergekommen, weil er insgeheim hoffte, auf Daphne zu treffen, und weil er sie damit ärgern wollte.«

»Mag sein«, stimmte Stanislaw achselzuckend zu. »Hätten Sie gern noch einen Malt?« Darius nickte, und auf einen Wink des Hausherrn stand ein neuer Drink vor ihm.

»Sie gelten als Experte auf dem Gebiet der Parapsychologie«, nahm Stanislaw das Gespräch wieder auf. »Sind das eher private Studien?«

»Sowohl als auch. Das lässt sich bei mir kaum noch trennen. Ich betreibe private Forschungen, aber ich habe auch einiges publiziert, ich leite Seminare zu dem Thema, und ich halte Vorträge. Früher hatte ich eine Gastprofessur am Lehrstuhl für Parapsychologie in Freiburg, zu Zeiten des inzwischen verstorbenen Professor Bender …«

»Ah, der legendäre Bender, natürlich …«, warf Stanislaw ein. »Er verstand viel von diesen Dingen.«

»Sie kennen sich aus, Graf, aber das wundert mich nicht. Daphne hat Sie als einen belesenen Mann mit vielen Interessen geschildert.« Darius nahm einen Schluck aus seinem Whiskyglas. »Ganz hervorragend, dieser ›Glenmorangie‹.«

Er lehnte sich zurück und bohrte seinen Blick in die Augen seines Gastgebers. »Was wollen Sie von Daphne?«

»Ich mag die Art, wie Sie aus der Hüfte schießen. Und ich will versuchen, Ihre Frage so aufrichtig wie möglich zu beantworten. Die Antwort lautet: Ich weiß es nicht.«

»Sie wissen es nicht«, wiederholte Darius langsam, und dann entlud sich ein Donnerwetter über ihm, das sogar für Stanislaw überraschend kam.

»Sie gefährden Daphnes privaten Ruf und ihre Karriere als Musikerin, Sie bringen Sie womöglich um ihr Lebensglück an der Seite eines so wunderbaren Mannes wie Maurizio Amado, und dann haben Sie die Stirn, mir zu sagen, dass Sie nicht wissen, was Sie von ihr wollen?« An Darius' Schläfe trat eine Ader hervor, sein Gesicht rötete sich.

Beschwichtigend hob Stanislaw die Hände. »Darius, ich ...«

»Erzählen Sie mir nichts«, fuhr der ihn an. »Wie Sie wissen, bin ich mit Daphnes Wahl keineswegs einverstanden, und das aus mehreren Gründen. Aber wenn sie sich schon für Sie entschieden hat, erwarte ich zumindest ein klares Bekenntnis von Ihnen. Denn Daphne geht ein ungleich größeres Risiko ein, das muss ich Ihnen sicher nicht näher erläutern.«

Er hob einen Finger und richtete ihn auf Stanislaw. »Ist einer wie Sie überhaupt fähig zu lieben?«

»Wie meinen Sie das?« Stanislaw hatte sich von seiner ersten Bestürzung erholt und entschloss sich zum Gegenangriff. »Was heißt das, ›einer wie Sie‹?«

Bevor das Duell zwischen den beiden weitergehen konnte, kehrte Leonora frisch geschminkt von der Toilette zurück und trat mit ihren hohen Absätzen, die auf dem Parkettboden klapperten, zu dem kleinen runden Tisch, an dem sich die beiden Männer jetzt wie Kampfhähne gegenübersaßen.

»Maurizio hat zu viel Grappa getrunken«, raunte sie Stanislaw zu, »und ich würde gerne gehen.«

Erleichtert stand er auf. Leonora schätzte es nicht, wenn ihre männlichen Opfer zu viel Alkohol im Blut hatten. Wenigstens diese Nacht war Maurizio in Sicherheit.

»Kein Problem, Leonora«, antwortete er mit kalter Höflichkeit. »Ich kümmere mich um ihn. Brauchst du ein Taxi?«

»Danke«, wehrte sie ab, »ich gehe zu Fuß.«

Diesmal brachte er sie zur Tür, froh, sie endlich loszuwerden. Als sie ihn auf die Wangen küsste, sah es aus wie eine Verabschiedung unter Freunden. »Gib acht auf deine kleine Freundin«, flüsterte Leonora ihm zu. »Ich habe sie mir inzwischen etwas genauer angesehen. Sie gefällt mir …«

Noch bleicher als sonst kehrte Stanislaw zu Darius zurück.

»Sie haben mich gefragt, ob einer wie ich lieben kann. Ich will gar nicht mehr wissen, was Sie damit gemeint haben. Wenn es aber etwas mit Liebe zu tun hat, dass man sich um den anderen sorgt, dann liebe ich Daphne.«

Etwas in der Stimme des Grafen brachte Darius zur Ruhe. »Ich habe Sie lange genug aufgehalten«, sagte er förmlich und erhob sich mit einer unerwartet behänden Bewegung aus dem Sessel. Er streckte Stanislaw die Hand hin. »Danke für diesen anregenden Abend, Graf. Es war sicher nicht unsere letzte Begegnung.«

Mit wenigen Schritten war er bei Maurizio, der zusammengesunken an der Bar hockte, legte ihm einen Arm um die Schultern und sprach leise ein paar Worte zu ihm. Wie ein folgsames Kind überließ sich der italienische Dirigent der Führung seines älteren Freundes

Darius bezahlte die Rechnung an der Bar, bat um die Garderobe und verließ mit Maurizio das Lokal.

– FÜNFZEHN –

Die »Swiss«-Maschine aus Venedig war pünktlich gelandet. Hannes Krebs mischte sich unter die Wartenden. Sein Kollege Urs hatte ihm ein Schild gebastelt, auf dem »Signor Santin« zu lesen war. Als sich die automatische Schiebetür hinter dem Zoll öffnete und eine Gruppe von Passagieren mit leichtem Gepäck in die Halle strömte, löste sich eine mittelgroße, ein wenig füllige Gestalt in einem gutgeschnittenen dunkelblauen Kamelhaarmantel aus dem Pulk der Neuankömmlinge. Er mochte um die siebzig sein, doch sein federnder Gang ließ ihn jünger erscheinen.

Das Gesicht des Schweizer Beamten verzog sich zu einem Schmunzeln. Diese Italiener haben uns einiges voraus, dachte er mit einem Anflug von Neid, sie bewegen sich lockerer, und sie sind auch besser gekleidet.

Der Ankömmling hob den Kopf. Sein geschulter Blick überflog die Wartenden und blieb bei Hannes hängen, der das Schild verlegen nach unten hielt. Lächelnd kam Santin auf ihn zu. »Buon giorno, caro collega. Ich bin froh, dass Sie mich in Ihr verregnetes Zürich eingeladen haben. Der alte Spürhund in mir ist wieder erwacht.«

Ein kurzer, kräftiger Händedruck, ein Aufblitzen in den wachen grauen Augen, und Krebs wusste, dass es eine gute Zusammenarbeit geben würde. »Darf ich Ihnen das abnehmen?« Er deutete auf den kleinen Trolley.

»Nein, vielen Dank, ich bin zwar ein alter Mann, aber ich möchte trotzdem nicht wie einer behandelt werden.«

Als sie wenig später im Dienstwagen auf dem Weg in die Stadt waren, sah der Italiener seinen Kollegen von der Seite an. »Ich habe Sie zwar gleich erkannt, aber ich hatte Sie mir doch ein wenig anders vorgestellt.«

Krebs konzentrierte sich auf den Verkehr. »Inwiefern?«

»Nun, für einen Bullen, wie man in Ihrer Sprache sagt, wirken Sie ziemlich intellektuell.«

Der Schweizer grinste. »Disqualifiziert mich das in Ihren Augen für diesen Beruf?«

Sein Beifahrer lachte. »Keineswegs. Ich habe mich vor meinem Besuch bei Ihnen ein bisschen umgehört. Sie gelten als Spezialist für harte Nüsse. Aber ich schätze, Sie lösen Ihre Fälle auch nicht nur vom Schreibtisch aus, indem Sie die berühmten grauen Zellen anstrengen. Polizeiarbeit ist und bleibt vor allem Knochenarbeit, mühselige, entnervende Kleinarbeit, ein Geduldsspiel. Aber wem sage ich das.« Santin seufzte und sah aus dem Fenster.

»Kennen Sie Zürich? Wie wär's mit einer kleinen Stadtrundfahrt? Oder soll ich Sie zuerst zu Ihrem Hotel bringen?«

»Lieber Commissario Krebs, ich bin nicht nach Zürich gekommen, um Sightseeing zu machen. Ich kenne die Stadt von früher. Und das Hotel kann warten. Bitte lassen Sie uns direkt zu Ihrer Dienststelle fahren, und dann erzählen Sie mir alles.«

Eine Viertelstunde später saß Santin in Hannes' Büro und betrachtete zufrieden die dampfende Espressotasse, die Urs ihm gebracht hatte. »Wie zu Hause«, sagte er lächelnd zu dem jungen Beamten. Suter kam dazu, und nach einer kurzen Vorstellung begann Hannes Krebs als Chef der Abteilung, den Fall in allen Einzelheiten zu schildern.

»Verdächtig sind im Prinzip alle, die an diesem Kostümfest teilgenommen haben, Gäste, Angestellte, auch der Hausherr. Einfach alle. Und es könnte sich ebenso jemand von draußen eingeschlichen haben, obwohl das eher unwahrscheinlich ist«, beendete er seinen Bericht.

Santin verschränkte die Finger ineinander und schwieg einen Moment. »Wie wahrscheinlich ist es Ihrer Auffassung nach, dass es sich auch bei den früheren Fällen jedes Mal um denselben Täter gehandelt hat?«

Die Schweizer Beamten sahen sich ratlos an. »Wenn es keinen Trittbrettfahrer gibt, deutet alles auf denselben Täter hin«, meldete sich schließlich Suter zu Wort. »Nur im jüngsten Fall gibt es eine Abweichung. Das Opfer war ein junger Mann.«

»Das ist noch keine Spur, liefert uns aber einen Hinweis«, murmelte der ehemalige Commissario gedankenverloren. »Angenommen, wir haben es mit zwei Tätern zu tun …« Er ließ den Satz in der Luft hängen.

»In dem Fall könnte es sein, dass sich die beiden gewissermaßen in die Quere kommen«, spann Hannes Krebs den Faden weiter. »Trotzdem bringt uns das im Moment nicht weiter. Wir tappen nach wie vor im Dunkeln.« Geistesabwesend suchte er nach seiner Pfeife.

»Wir hätten es dann gleich mit zwei Irren zu tun«, warf Suter mit finsterer Miene ein.

Santin stand auf und öffnete seinen Koffer. »Ich habe Ihnen die Phantomzeichnung der seinerzeit tatverdächtigen Frau mitgebracht. Ich wusste nicht, ob Sie sie haben.«

»Danke«, murmelte Hannes, »wir haben sie zwar inzwischen, aber jetzt sehen wir uns das doch noch mal an.«

Die Männer beugten sich über das gut getroffene Abbild von Leonora. »Obwohl es sich nur um eine alte Zeichnung handelt, verursacht mir dieses Gesicht eine Gänsehaut«, murmelte Suter und wandte sich ab.

»Ich schlage vor, wir zwei begeben uns jetzt auf der Direttissima zum Ort des Geschehens.« Krebs sah auf die Uhr. »Der Club öffnet gegen siebzehn Uhr, das passt gut. Wir fahren kurz bei Ihrem Hotel vorbei, und dann, Herr Kollege, sollen Sie den Grafen Stanislaw kennenlernen. Einverstanden?«

Der Italiener nickte. »Con piacere. Statten wir diesem Grafen einen Überraschungsbesuch ab. Als wen oder was wollen Sie mich ihm vorstellen?«

»Als einen alten Bekannten aus Venedig, der hier auf der Durchreise ist und den sagenumwobenen Club einmal sehen möchte, damit er zu Hause davon erzählen kann.«

»Na, dann viel Glück«, sagte Suter grinsend und streckte Santin die Hand entgegen. »Es hat mich gefreut, Commissario. Grüssen Sie mir Venedig.«

Nachdem auch Urs sich unter großen Respektsbezeugungen von Santin verabschiedet hatte, machten sich Krebs und sein Gast auf den Weg.

Während der Fahrt zu Santins Hotel, das in der Nähe der Bahnhofstraße lag, schwiegen die beiden, bis Hannes es nicht mehr aushielt.

»Worüber denken Sie nach?« Seine Stimme klang angespannt.

»Finden Sie es nicht auch merkwürdig, wie sehr das alles zusammenpasst? Da haben wir eine Serie von Verbrechen, bei der sich der Täter entweder selbst für einen Vampir hält oder aber das nachahmt, worüber er in irgendwelchen Romanen gelesen hat. Dann gibt es einen angeblich aus Rumänien stammenden Grafen, der hier ein stadtbekanntes Etablissement betreibt. Und ausgerechnet dort wird ein weiterer Anschlag verübt.« Der Commissario dachte kurz nach. »Könnte es sein, dass jemand dem Grafen schaden will? Ein Konkurrent? Ein Neider? Ein gehörnter Nebenbuhler? Das Opfer, diese Baronin aus München, ist ja nicht zu Tode gekommen. Womöglich war das mehr als Warnschuss gedacht?«

»Man merkt, dass Sie Italiener sind«, entgegnete Krebs mit freundlicher Ironie. »Sie denken gleich an die Methoden der Mafia oder an Verbrechen aus Leidenschaft, aber so was kommt hier ziemlich selten vor.«

»Gestatten Sie, lieber Kommissar, aber ich bin in erster Linie Venezianer«, korrigierte ihn Santin würdevoll. »Auf diese Unterscheidung legt man bei uns großen Wert.«

»Verzeihung, ich ziehe diese Bemerkung zurück, sie war unbedacht. Und auch unrichtig. Denn die Methoden der Mafia sind längst nicht so phantasievoll, und Verbrechen aus Leidenschaft sind im Prinzip überall vorstellbar, wo es Menschen gibt.«

Besänftigt lehnte sich Santin zurück. Kurz darauf kamen sie beim Hotel an. »Bleiben Sie im Wagen, ich bringe rasch Ihren Koffer rein und erledige die Formalitäten.«

Hannes verschwand im Eingang und saß zwei Minuten später wieder neben Santin. »Es kann losgehen.«

Der Kollege nickte. »Gibt es noch etwas, das ich wissen muss? Zum Beispiel etwas, das ich dem Grafen gegenüber besser nicht erwähnen sollte?«

Krebs überlegte. »Nein.« Seine Stimme klang entschieden. »Lassen wir es jetzt laufen.« Er startete den Anlasser. Seine Gedanken überschlugen sich. Ohne es zu wissen, hatte der alte Polizist ihn auf eine ganz neue Idee gebracht. Vielleicht steckte tatsächlich etwas völlig anderes hinter all dem, etwas, das er bisher übersehen hatte.

Vor dem Club stellte er den Wagen im Parkverbot ab. Eine kräftige, warme Hand legte sich auf seinen Arm. »Que sera, sera, sagt man bei uns, was sein soll, wird sein. Denken Sie daran, wenn Sie wieder einmal an einem Fall verzweifeln.« Santin stieg aus.

»Ich bin ein nüchterner Protestant, Commissario«, gab Krebs zurück, als sie schon vor dem Eingang standen. »Führt ein gottesfürchtiges Leben, und alles wird gut, so hat man es uns seit Zwingli hier eingetrichtert. Alles andere gilt bei denen nicht, keine Vorsehung, keine Schicksalsmächte. Zuerst kommt das Jüngste Gericht, und wenn du etwas falsch gemacht hast, wirst du in der Hölle schmoren.«

Die Tür zur Bar öffnete sich. Pierre trat heraus. »Herr Kommissar …« Verwundert blieb er auf der Schwelle sehen. »Sind Sie dienstlich hier?« Er musterte Santin unauffällig.

»Eigentlich nicht. Wir wollten nur rasch einen Drink nehmen, mein Begleiter und ich. Das ist Signor Santin.« Und zu Santin gewandt: »Pierre, der Geschäftsführer des Clubs. Er ist die Seele des Ganzen, ohne ihn geht hier gar nichts.«

Pierre nahm das Kompliment gelassen auf. »Sehr schmeichelhaft, Herr Hauptkommissar, aber nicht wirklich zutreffend. Graf Stanislaw ist die Seele des Clubs, er ist der Club und sonst niemand.«

»Der Graf kann sich freuen, einen so loyalen Mitarbeiter wie Sie zu haben. Ist er hier?«

»Noch nicht, Herr Kommissar, aber er wird wohl in der

nächsten halben Stunde eintreffen. Wollen Sie nicht reinkommen?«

»Sehr gern. Wir sind wohl ein wenig zu früh.«

»In Ihrem Fall machen wir eine Ausnahme. Außerdem ist es gleich fünf. Also bitte, kommen Sie …«

Hannes Krebs und Aldo Santin folgten ihm.

»Wo möchten Sie sitzen? An einem der Tische oder am Tresen? Um diese Zeit ist es noch ruhig. Die meisten Gäste kommen erst ab halb sieben.«

»Wie wäre es dort?« Der venezianische Commissario deutete auf die Nische am Tresen.

»Ja, das ist auch mein Lieblingsplatz«, stimmte Krebs zu und zwängte sich als Erster in die Ecke. »Von hier aus hat man alles gut im Blick.«

»Und was darf es sein?« Pierre stand abwartend hinter der Bar.

Die beiden Beamten bestellten Cappuccino und Wasser. »Ich dachte, Sie sind nicht im Dienst«, kam es von der Bar.

»Warten Sie's ab«, sagte Krebs mit schiefem Grinsen.

Die Getränke wurden serviert, und Pierre zog sich diskret zurück.

Gemächlich fotografierte Santin jedes Detail des Raums mit den Augen. Nachdem er seinen Cappuccino halb ausgetrunken hatte, rutschte er aus der Nische. »Ich seh mich hier mal ein bisschen um.«

Krebs nickte. »Tun Sie das. Ich werd's in der Zwischenzeit mal wieder mit den kleinen grauen Zellen versuchen.«

Er zog seine Pfeifen hervor, betrachtete sie der Reihe nach und entschied sich für das neue Modell, das er sich vor ein paar Tagen geleistet hatte, eine unter Sammlern hochbegehrte Chonowitsch, von denen im Jahr nur zweihundertfünfzig Stück hergestellt wurden.

Er nahm sich Zeit mit dem Stopfen, denn er rechnete nicht damit, dass sein Kollege schon bald wiederauftauchen würde. Der Italiener – der Venezianer!, korrigierte er sich belustigt – war ein gründlicher Mensch.

Bedächtig glitten Hannes' Finger über die filigrane Maserung des Bruyèreholzes. Endlich würde er dieses schöne Teil einweihen, das ihn ein kleines Vermögen gekostet hatte. Es war ein passender Anlass.

»Herr Kollege …« Santin stand auf der Türschwelle. Sein Atem ging stoßweise. Jede Farbe war aus seinem Gesicht gewichen.

Krebs sprang auf und lief ihm entgegen. »Um Gottes willen, was ist passiert?«

»Der Graf …«, keuchte Santin, »ich habe ihn gerade gesehen …«

»Ja, und?« Hannes führte ihn zu seinem Platz zurück. Santin zitterte am ganzen Leib.

»Kommen Sie, setzen Sie sich und beruhigen Sie sich erst mal. Was ist mit dem Grafen?«

»Ich weiß, das es nicht sein kann«, stieß der Commissario hervor, und Krebs sah, welche Mühe es ihm bereitete, die Worte zu artikulieren, »aber ich könnte schwören, dass dieser Graf …« Er bekreuzigte sich unwillkürlich. »Dass er derselbe ist, der damals in Venedig unter dem Namen Graf Razzonico als Zeuge aufgetreten ist …«, flüsterte er. »Der, von dem ich spreche, trug die Haare anders, und er war auch anders gekleidet, aber …«

Krebs packte ihn am Arm. »Sie meinen doch nicht etwa …« Seine Gedanken rasten. »Wollen Sie damit sagen, dass …« Er konnte seinen Satz nicht vollenden. Wie eine Statue erschien Stanislaw im Türrahmen.

»Der Herr Kommissar, welch eine Überraschung! Und

wie ich sehe, haben Sie einen Gast mitgebracht.« Der Hausherr kam auf sie zu.

Krebs und Santin erhoben sich langsam von ihren Plätzen und sahen ihm entgegen. »Guten Abend, Graf Stanislaw.« Hannes hatte sich als Erster wieder unter Kontrolle. »Ich möchte Sie mit Signor la Ponte bekanntmachen, einem lieben Verwandten von mir, der mich leider viel zu selten in Zürich besucht, stimmt's, Carlo?«

Er trat Santin etwas unsanft auf den Fuß und hoffte, dass der Graf es nicht gesehen hatte.

»Ja, ja, viel zu selten«, stotterte sein Kollege. »Guten Abend.« Er deutete eine Verneigung an.

»Signor la Ponte, so, so ...«, lächelte Stanislaw breit. »Willkommen im Club, wie es so schön heißt. Ich nehme an, Sie sind momentan nicht im Dienst, Herr Kommissar. Deshalb würde ich Ihnen gern Ihren Lieblings-Malt offerieren. Und Sie, Signor la Ponte, sehen aus, als ob Sie auch etwas Kräftigeres vertragen könnten. Sie sind ein wenig blass, wenn ich mir diese Bemerkung erlauben darf.«

Ohne eine Antwort abzuwarten, trat er hinter die Bar, griff nach einer Flasche und goss großzügig bemessene Portionen »Lagavullin« in zwei Tumbler.

Der Schweizer Beamte hob langsam sein Glas: »Auf Sie, Graf Stanislaw. Danke für die Einladung!« Und da Santin nicht gleich reagierte: »Was ist mit dir, Carlo? Komm, lass uns auf das Wohl des Grafen trinken.«

Santin erwachte aus seiner Erstarrung. »Vielen Dank, Graf Stanislaw.« Er nahm einen Schluck aus dem Glas, stellte es auf dem Tresen ab und zog ein Zigarillo hervor, das er umständlich in Brand setzte.

»Ich bin gleich wieder bei Ihnen.« Stanislaw winkte den beiden Männern zu und entfernte sich.

»Wie sind Sie denn auf diesen Namen gekommen?«, raunte Santin. »Und wieso bin ich jetzt Ihr Verwandter?«

»Ist mir spontan eingefallen.« Krebs lächelte zum ersten Mal wieder. »Ponte heißt im Deutschen Brücke, und Sie sind für mich so etwas wie ein Brückenschlag in diesem rätselhaften Fall. Und eine verwandtschaftliche Beziehung erschien mir plötzlich plausibler.«

Der Commissario nickte. »Ich habe ihn jetzt genauer betrachten können, obwohl das Licht hier gedämpft ist. Vielleicht täusche ich mich, aber die Ähnlichkeit ist verblüffend. Und ich verstehe auch nicht, wie ...«

Hannes Krebs stieß ihn an. »Er kommt.«

Stanislaw stellte sich hinter die Bar. Wenn es nicht das Äußere ist, überlegte Santin, dann die Art, wie er sich bewegt, diese Geschmeidigkeit, die etwas von der Eleganz der Raubkatzen hat.

Der Hausherr schenkte sich aus einer Weinflasche ein. »Réserve du Patron« stand auf dem Etikett. Er führte das Glas mit der dunkelroten Flüssigkeit zum Mund und betrachtete Santin aufmerksam. »Ist es möglich, dass wir uns irgendwo schon einmal begegnet sind?«

»Nun«, erwiderte der Venezianer leichthin, »es heißt, dass man sich im Leben immer zweimal begegnet, Sie kennen den Spruch. Ganz verstanden habe ich ihn bisher nicht, aber es geht wohl darum, dass es nicht bei einem Mal bleibt, wenn's wichtig ist.«

»Sie haben recht, das entspricht ganz meiner persönlichen Erfahrung.« Die Stimme von Stanislaw klang wie immer.

Santin beugte sich vor, und Stanislaw tat es ihm gleich. Ihre Blicke trafen sich im Licht der herabgedimmten Halogenleuchten. War da ein jähes Wiedererkennen?, fragte sich Krebs. Und wäre das denn möglich?

Der Venezianer war inzwischen um die siebzig, und »sein« Fall lag mehr als dreißig Jahre zurück. Stanislaw, dessen Alter man so schwer einschätzen konnte und über den auch der Großrechner der Polizei kaum Brauchbares hergegeben hatte, mochte seiner äußeren Erscheinung nach ein Mann von fünfzig Jahren sein. Dazu würde zeitlich ungefähr passen, was er über sein Leben berichtet hatte, über die Flucht im Kindesalter, als die Kommunisten nach dem Zweiten Weltkrieg im heutigen Rumänien die Herrschaft übernommen hatten.

Etwas Eisiges glitt über Krebs hinweg, und jedes einzelne Haar an seinem Körper richtete sich auf. Er machte eine Bewegung, als wollte er etwas verscheuchen.

»Soll ich die Lüftung abstellen, Herr Kommissar? Oder hat Sie ein kalter Hauch angeweht, den man nicht einfach so abstellen kann?«, fragte Stanislaw.

Krebs und Santin wechselten einen raschen Blick. Keiner sagte etwas.

Die Tür am anderen Ende der Bar wurde leise geöffnet und wieder geschlossen. Ein Stakkato hoher Absätze näherte sich.

Santin drehte sich nicht um, zu sehr nahm ihn das Mienenspiel im Gesicht des Grafen gefangen. Was der alte Kriminalist darin las, ließ seinen Blutdruck auf der Stelle in die Höhe schnellen. Jahrzehntelange Berufserfahrung und eine Begabung, visuelle Eindrücke sofort umzusetzen und einzuordnen, die ihm manchmal selbst lästig war, hatten ihn gelehrt, mehr zu entdecken als andere. Auf manche Befragung eines Zeugen oder Verdächtigen hätte er verzichten können, er musste nur in ihre Gesichter sehen, um zu wissen, ob sie ihn dreist belogen oder ob sie ihm gleich offenbaren würden, was er oft nur ahnte.

In den Zügen des Grafen sah er eine bestürzende Feindseligkeit, und ganz hinten in seinen Augen versteckt entdeckte er etwas wie Furcht.

Der Commisario zog die Schultern hoch und zupfte an seinem Schal. Er hatte sich noch immer nicht umgedreht. Erst als er die Stimme hörte, wandte er langsam den Kopf und betrachtete die Frau, die jetzt fast neben ihm am Tresen stand.

Santin erkannte sie sofort, trotz der schwarzen Haare, die früher blond gewesen waren. Hannes Krebs erstarrte. Seine ausgestreckte Hand, die gerade nach der Pfeife greifen wollte, blieb bewegungslos in der Luft.

Später fragte sich Santin, wie der Film, der dann ablief, auf einen unvoreingenommenen Betrachter gewirkt hätte. Ihm selbst kam es vor, als handelten alle Beteiligten wie unter einem geheimen Zwang, dem sie nicht entkommen konnten.

Als Erster ergriff Stanislaw das Wort. »Guten Abend … Leonora.«

Sie nickte kurz. »Guten Abend, Stanislaw.« Und mit einem Seitenblick zu den beiden Männern: »Willst du mir die Herren nicht vorstellen?«

Stanislaw reagierte nicht. Krebs und Santin erhoben sich gleichzeitig aus ihrer Nische.

»Bitte, meine Herren, bleiben Sie doch sitzen.« Leonoras Stimme erinnerte Krebs an das Gurren der Tauben, das ihn frühmorgens empfing, wenn er aus schweren Träumen mühsam den Weg ins Bewusstsein zurückfand, ein Klang, der jedes Mal seinen Killerinstinkt weckte.

»Ich heiße Leonora«, gurrte diese Stimme jetzt, »und mit wem habe ich das Vergnügen?« Sie stand in wartender Haltung vor ihnen. In ihren bernsteinfarbenen Augen war nichts anderes zu lesen als eine höfliche Frage.

»Mein Name ist Hannes Krebs, und das hier ist ein Verwandter von mir aus Italien, Carlo la Ponte ...«

Sie neigte den dunklen Kopf. »Ich freue mich, Ihre Bekanntschaft zu machen«, sagte sie förmlich. Und zu Stanislaw gewandt, der den Blick fest auf die polierte Oberfläche des Tresens gerichtet hielt: »Sind die Herren öfter bei dir zu Gast, Stanislaw?«

»Herr Krebs ist Kommissar bei der Kantonspolizei, und seinen Verwandten, Herrn ... äh ... la Ponte, habe ich heute Abend erst kennengelernt.«

»Wie originell«, das war wieder die gurrende Stimme, »ein Polizist, der sich in deine Bar verirrt hat, Stanislaw ...«

»Verirrt ist nicht ganz richtig ausgedrückt, Signora«, erwiderte Santin ruhig anstelle des Gastgebers. »Mein Cousin leitet die Ermittlungen in einer Serie mysteriöser Fälle, über die Sie sicher in der Zeitung gelesen haben. Es geht um die sogenannten Vampir-Morde ...«

»Herr Krebs ist Chef der Mordkommission in dieser schönen Stadt«, ergänzte Stanislaw. »Natürlich geht es bei seinen Ermittlungen auch um den Vorfall in meinem Club, aber heute ist er nicht dienstlich hier. Das hat er mir zumindest gesagt.«

Stanislaw versuchte ein Grinsen, das von Hannes erwidert wurde. Warum, zum Teufel, fragte sich der Kommissar wie schon oft, warum empfand er jedes Mal, wenn er diesem rätselhaften Mann begegnete, dieses Gemisch aus spontaner Zuneigung und abgrundtiefem Misstrauen?

»Ich habe davon gehört«, murmelte Leonora. »Ich hätte gern ein Glas ›Réserve du Patron‹, Stanislaw. Das wird mir jetzt guttun. Ich ...«

Sie verstummte, als habe man einen Lautsprecher abgestellt. Pierre war im Türrahmen aufgetaucht. Neben ihm stand Daphne.

Mit drei Schritten war Krebs bei ihr. »Was machst du hier?«, flüsterte er ihr ins Ohr, bemüht, sich seine Beunruhigung nicht anmerken zu lassen.

»Ich besuche Stanislaw«, flüsterte sie zurück, verwundert über seine Frage. Erst jetzt bemerkte sie Leonora. Der Kommissar nahm sie bei der Hand und führte sie zu der Gruppe an der Bar. Stanislaw begrüßte sie mit einem flüchtigen Kuss auf beide Wangen. Nur Santin bemerkte die Panik in seinen Augen.

»Daphne, das ist Leonora, eine alte Bekannte von mir.« Leonora drehte sich auf ihrem Barhocker um und zauberte ein strahlendes Lächeln auf ihr Gesicht.

»Kompliment, Stanislaw, deine Freundin ist ganz entzückend. Aber ich glaube, wir sind uns schon einmal begegnet …, gestern Mittag in der Stadt, kann das sein? Sie waren in Begleitung eines südländisch aussehenden Mannes mit etwas zu kurzen Beinen, der heftig auf Sie einredete.«

»Ich war mit einem Kollegen im ›Café Odeon‹«, sagte Daphne knapp und dachte daran, dass Ramiro sie vor dieser Person gewarnt hatte.

»Sie sind Musikerin, nicht wahr?«, plauderte Leonora munter drauflos. »Ich habe einmal eine CD mit Ihrem Foto darauf gesehen.«

Wie das Kaninchen vor der Schlange starrte Daphne in Leonoras Pupillen, aus denen ihr ein irisierendes Licht entgegenschien. »Ja, ich … ich bin Flötistin …«

Und dann meinte sie sogar wahrzunehmen, dass diese ganze faszinierende Gestalt in allen Farben schillerte.

»Wie schön, dass wir uns endlich kennenlernen, Daphne …« Leonoras Stimme kam wie von weit her und schien gleichzeitig direkt aus Daphnes eigenem Inneren aufzusteigen. Sie verspürte eine wohlige Müdigkeit, während die Gesichter um sie herum immer mehr verschwammen, bis sie nur noch Schemen waren.

Stumm verfolgte Stanislaw das Geschehen.

»Es ist warm hier«, murmelte Daphne und legte ihren Schal ab. Die goldene Halskette mit dem diamantbesetzten Drachenanhänger sendete winzige funkelnde Blitze aus.

Mit einem halb unterdrückten Schrei wandte Leonora sich ab und tat, als suchte sie etwas auf dem Fußboden. Nur Stanislaw bemerkte, dass sie dabei die Zähne gebleckt hatte.

»Verzeihen Sie, Signora ...« Die sanfte, ruhige Stimme des Commissario holte Daphne in die Wirklichkeit zurück. Er hielt ihr die Hand entgegen und stellte sich vor.

»Ich bin ein Cousin von Hannes. Er hat mir von diesem Club erzählt und von dem Fall, an dem er zurzeit arbeitet.«

»Und in welcher Branche waren Sie tätig, Signor la Ponte?« Stanislaw klang beiläufig.

»Ich war ebenfalls bei der Polizei, zuletzt mit dem Dienstgrad eines Commissario.«

»Und wo war das, wenn ich weiter fragen darf?« Jetzt war etwas in Stanislaws Stimme, das alle aufhorchen ließ.

»In Venedig«, erwiderte Santin.

– SECHZEHN –

Die Szene an der Bar löste sich sehr schnell auf. Stanislaw verschwand mit den Worten, er müsse sich seinen Pflichten als Gastgeber widmen, Leonora erklärte, sie habe noch eine Verabredung mit einem Kunden.

»Mit einem Kunden?«, fragte Daphne erstaunt. Sie sei Modedesignerin, antwortete Leonora und richtete erstmals wieder ihren Blick auf Daphne.

»Falls es Sie interessiert, was ich mache … Hier ist meine Karte.« Leonora griff in ihre Handtasche. »Ich denke aber, wir werden uns ohnehin wiedersehen.« Sie nickte den beiden Polizisten zu und eilte auf klappernden Absätzen hinaus.

Daphne blieb mit Krebs und dem Venezianer allein in der Bar zurück. Alle drei starrten gedankenverloren vor sich hin.

Der Commissario durchbrach die Stille: »Wir sollten unser Gespräch von vorhin an einem anderen Ort fortsetzen, lieber Cousin. Wir haben noch einiges zu besprechen, bevor ich morgen zurückfliege, und hier wird es bald ziemlich voll werden. Verzeihen Sie uns bitte, Signora«, wandte er sich zu Daphne.

»Aber natürlich.«

Hannes Krebs und sein Cousin erhoben sich gleichzeitig. »Was ist mit dir, Daphne? Sollen wir dich mitnehmen und irgendwo absetzen?«

»Danke, Hannes, ich bleibe noch.« Das war die Stimme eines verwirrten kleinen Mädchens, das nicht mehr weiterwusste. Aber Hannes widerstand dem Impuls, Daphne in die Arme zu nehmen, über die Türschwelle zu führen und irgendwo in Sicherheit zu bringen. Er konnte ihr keine Sicherheit bieten, er bewegte sich selbst auf rauer See und wusste nicht mehr weiter, aber er hatte sich noch nie so sehr gewünscht, jemanden beschützen zu dürfen. Vor dem Rest der Welt und ganz besonders vor sich selbst.

Als sähe er sie zum ersten Mal, nahm er jedes Detail ihres Gesichts in sich auf. Er betrachtete sie nicht mit den eifersüchtigen Augen des verliebten Maurizio, nicht mit dem strengen Blick ihres Ziehvaters Darius, und er sah sich auch nicht als Hüter ihrer Tugend wie der ewig besorgte Ramiro. Er sah sie nur an und wusste endlich, was etwas in ihm längst geahnt hatte.

Ein weiteres Mal an diesem Abend legte sich die warme Pranke des venezianischen Commissario auf seinen Arm. »Wir müssen jetzt gehen.« Er wandte sich zu Daphne. »Signora ...« Er verneigte sich.

Kaum waren die beiden fort, kam Stanislaw zu Daphne zurück. »Bitte, Stanislaw, wann kann ich mit dir reden?«

Statt ihr zu antworten, ergriff er ihre Hand, die sich jetzt ebenso kalt und leblos anfühlte wie seine. »Was hältst du von einer Reise ..., nur du und ich?«

»Wohin?«

»Lass dich überraschen«, sagte er sanft.

Sie strich mit der Hand über seine Wange. »Wann?«

»So bald wie möglich.«

»Ich brauche hier noch mindestens zwei Tage, bevor ich reisen kann. Ich muss ein paar Termine verschieben.«

»Geht es nicht früher?«

»Nein, Stanislaw, es geht nicht früher. Überübermorgen. Oder anders gesagt ... noch dreimal schlafen.«

»Mit mir?« Sein Lächeln wirkte etwas verrutscht.

»Nein, mein Liebster.«

»Hast du eben Liebster gesagt?«

»Ja, habe ich.«

»Bin ich dein Liebster?«

»Ja.«

Er schloss sie in die Arme und drückte sie behutsam an sich.

»Ähm ...« Pierre stand in einiger Entfernung und hüstelte.

»Sie haben Besuch, und ich dachte ...«

»Ich habe vor Frau da Silva keine Geheimnisse. Wer ist es?«

»Es ist ... nun, es ist die Baronin von Stein.« Stanislaw und Daphne wechselten einen erstaunten Blick. »Sie wirkt etwas aufgeregt, sie ist nämlich gestern aus dem Krankenhaus entlassen worden und möchte unbedingt mit Ihnen sprechen!«

Stanislaw zog mit einer Geste des Unbehagens die Schultern hoch, als wollte er etwas abwehren. »Ach ...«, murmelte er dann gedehnt, »das passt mir jetzt nicht sehr gut. Falls Sie ihr nicht schon gesagt haben, dass ich hier bin, könnten Sie ihr erzählen, dass ich einen auswärtigen Termin habe.«

»Stanislaw«, entrüstete sich Daphne, »die Frau hat gerade noch mit dem Tod gerungen, und schließlich ist sie hier in deinem Club überfallen worden. Du kannst dich nicht einfach entziehen, nur weil es dir unangenehm ist!«

Pierre nickte zustimmend. Jetzt starrten ihn beide vorwurfsvoll an.

Doch ehe er etwas sagen konnte, tauchte sie schon auf. In ein Gewand aus leuchtend roter Seide gehüllt. »Graf Stanislaw«, sagte sie, »Gott sei Dank …« Ihre Stimme bebte ein wenig, hatte aber nicht den exaltierten Ton wie sonst.

Dem kannst du tatsächlich danken, dachte Stanislaw grimmig. »Schön, dass Sie gleich gekommen sind«, log er und wollte sich zu einem Handkuss herabbeugen, aber sie nahm ihn bei den Schultern, strahlte ihn an und küsste ihn auf beide Wangen.

»Es kommt mir vor wie ein Wunder«, fuhr sie fort, »und wissen Sie, alles hat ja auch ein Gutes. Als ich dort so hilflos in meinem Bett lag, konnte ich über vieles nachdenken.«

Ein Läuterungsprozess?, fragte er sich belustigt und sagte laut: »Wo sind denn Ihre beiden Begleiter, ich meine Ernst und Herbert, diese strammen Jungs?«

Ohne auf die Provokation einzugehen, antwortete sie gleichmütig: »Ich habe sie abgeschafft.«

Stanislaw schwieg. Aber Daphne streckte ihr die Hand entgegen. »Guten Abend, Baronin, wir sind alle erleichtert, dass Sie wieder bei uns sind und dass Sie sich so gut erholt haben. Ich bin Daphne da Silva, Sie erinnern sich sicher an den Abend, als wir uns kennengelernt haben. Es ist noch nicht so lange her …«

Die beiden Frauen sahen einander an. Es war offensichtlich, welcher Film im Kopf der Baronin ablief, während sie die dargebotene Hand ergriff und sofort wieder losließ.

»Waren Sie nicht …?«

»Ja, aber nicht wirklich. Ich bin sicher«, fuhr Daphne unbeirrt fort, »dass Maurizio sich sehr freut, wenn er hört, dass die Ärzte Sie entlassen haben und dass es Ihnen wieder gut geht.«

Die Baronin von Stein hatte alles erfahren, was sie wissen musste. »Ich wünsche Ihnen beiden noch einen schönen Abend«, sagte sie heiter und eilte davon.

Pierre, der die Szene mitverfolgt hatte, blickte sprachlos zwischen seinem Arbeitgeber und Daphne hin und her und drehte sich dann auf dem Absatz um.

»Frauen ...«, murmelte Stanislaw und fuhr sich mit der Hand über das Gesicht. Er wirkte plötzlich sehr müde. »Eine Bitte habe ich noch«, er nahm, während er sprach, ihren Mantel und half ihr hinein, »sag niemandem etwas von unseren Reiseplänen, versprichst du mir das?«

»Wieso?« Sie stockte mitten in der Bewegung.

Er lächelte dünn. »Man würde versuchen, dir diese Reise mit mir auszureden.«

»Wer ist man?« Sie wandte sich um und sah ihn forschend an.

»Alle um dich herum, einschließlich des schreibenden Kripobeamten, der dich heute übrigens mit ganz besonders interessierten Augen angesehen hat.«

»Ist mir nicht aufgefallen. Aber ich verstehe noch immer nicht ...«

»Daphne«, fiel er ihr ins Wort, und in seiner Stimme war nicht länger die eingeübte Gelassenheit, »ist dir denn nicht klar, wie wenig unsere ... Verbindung dem Rest der Welt ins Konzept passt? Und jetzt ist auch noch Leonora aufgetaucht«, setzte er grimmig hinzu.

Daphne wurde hellhörig. Vielleicht könnte sie endlich etwas über Stanislaws früheres Leben erfahren. »Habe ich mir das nur eingebildet, oder war zwischen euch eine gewisse Spannung? Nun sag schon, wer ist sie?«

»Ich kenne sie sehr lange, aus alten Zeiten, als wir uns in denselben Kreisen bewegten. Sie ist ... nun, sie ist jedenfalls sehr gerissen, und du tust gut daran, ihr aus dem Weg zu gehen.«

Daphne sah ein, dass sie so nicht weiterkam, und fasste

spontan einen Entschluss. »Also, dann bis sehr bald. Ich verspreche dir, dass ich niemandem etwas von unseren Plänen verraten werde. Irgendwie hat so eine heimliche Reise ja auch etwas Romantisches!« Sie stellte sich auf die Zehenspitzen, küsste ihn auf die Wangen und ging hinaus.

Hannes blickte auf das Zifferblatt von St. Peter, während er mit Santin durch die Augustinergasse spazierte. Nach ihrem raschen Abgang aus dem Club hatte er vorgeschlagen, erst einmal den Kopf auszulüften. Minutenlang waren sie stumm nebeneinanderher gegangen. Jedes Wort wäre zu viel gewesen, doch jetzt löste sich allmählich die Anspannung.

»Es ist schon nach sieben«, stellte Hannes fest. Santin blieb stehen und sah seinen Kollegen hoffnungsvoll an. »Sprechen Sie von Abendessen?«

Es war dem Kommissar nicht entgangen, dass sein Kollege angefangen hatte, sehnsüchtige Blicke in die umliegenden Kneipen und Restaurants zu werfen. Santin war einer, der gern aß und trank und vermutlich auch gut kochen konnte.

Hannes Krebs, der eher zu den asketischen Typen gehörte, überlegte laut. »Wenn Sie die hiesige Küche bevorzugen und es deftig mögen, könnten wir in den ›Zeughauskeller‹ gehen, aber dort ist es ziemlich laut, außerdem mehr etwas für Touristen. Oder vielleicht in eines der Zunfthäuser …, das ist dann etwas Ur-Zürcherisches.«

Santin nickte erfreut. »Es sollte auf jeden Fall Schweizer Küche sein. Schleppen Sie mich bloß nicht in eines von diesen Trendlokalen! Und rohen Fisch mag ich auch nicht besonders.« Er hielt inne. »Verzeihen Sie, dass ich so wählerisch bin, schließlich bin ich Ihr Gast.«

Krebs lächelte. »Keine Sorge, ich glaube, ich habe eine Idee.«

Wenige Minuten später saßen sie in einer behaglichen, holzgetäfelten Stube an einem ruhigen Ecktisch mit bequemen Stühlen. Wohlgefällig betrachtete Santin die blütenweiß eingedeckten Tische. Alles stimmte, und es gab keinen überflüssigen Schnickschnack, nur ein paar kleine Windlichter, die für eine angenehme Atmosphäre sorgten.

Eine adrett gekleidete ältere Frau reichte den beiden Männern die Karte und erkundigte sich nach ihren Getränkewünschen. Rasch einigten sie sich auf einen einfachen Rotwein vom Zürichsee. Wegen der Früchte des Landes, wie sich der Venezianer ausdrückte.

Und dann sagte er fast ein wenig verschämt: »Lachen Sie mich nicht aus, Collega, aber ich möchte unbedingt das Zürcher Geschnetzelte probieren.«

Hannes grinste in sich hinein. »Sie sind vermutlich selbst ein passionierter Koch.«

»Um ehrlich zu sein, schreibe ich an einem Kochbuch über die venezianische Küche, und ich habe auch schon einen Verlag, der sich dafür interessiert.«

»Wir sind also auch in der Hinsicht Kollegen.« Hannes lachte.

Santin machte große Augen. »Schreiben Sie auch ein Kochbuch?«

»Nein, vom Kochen verstehe ich nichts. Ich schreibe Geschichten.«

Santin wartete, ohne etwas zu sagen.

»Ich schreibe Geschichten über das, was ich in jahrzehntelanger Polizeiarbeit erlebt habe. Aber«, und jetzt wandte Hannes verlegen den Blick ab, »ich schreibe unter Pseudonym. Meine Kollegen wissen nichts davon.«

»Dann weiß ich Ihr Vertrauen besonders zu schätzen. Wollen Sie mir etwas über Ihre Arbeit erzählen, bis das Essen kommt?«

Krebs schnupperte an seinem Weinglas. Die adrette ältere Frau trat an ihren Tisch, und die beiden gaben ihre Bestellung auf. Der Venezianer blieb beim Zürcher Geschnetzelten, während der Schweizer sich für das Rindsfilet mit Pfeffersauce entschied.

Dann lehnte Hannes sich zurück und atmete tief durch. »Sie wollen etwas über meine Schreiberei erfahren? Also gut, auch auf die Gefahr hin, dass ich Sie langweile.«

Er begann zu erzählen, zunächst zögernd, dann immer lebhafter. Als ihre beiden Gerichte serviert wurden, hielt er betreten inne. »Ich war wohl etwas zu redselig, tut mir leid.«

»Unsinn!« Der Commissario wedelte energisch mit der Hand. »Dass Ihr Schreiber immer so empfindlich seid! Was Sie mir da geschildert haben, klingt höchst spannend. Ich freue mich auf die Lektüre! Und nun lassen Sie uns genießen, was auf unseren Tellern ist, trotz allem.«

Schweigend begannen sie zu essen, ein Prozess, der hin und wieder von spontanen Wohllauten des Venezianers begleitet wurde. Krebs ließ sich von der Lebensfreude des Kollegen anstecken, dessen Appetit offensichtlich allen Widrigkeiten des Daseins trotzte.

Das Steak war zart, hatte aber dennoch den nötigen Biss, der Rotwein aus der Zürcher Staatskellerei passte vorzüglich dazu, und die Umgebung hätte nicht angenehmer sein können. Doch dann legte Krebs plötzlich sein Besteck auf den Teller und starrte an die gegenüberliegende Wand.

Santin sah ihn von der Seite an und ließ die Gabel sinken, die er gerade zum Munde führen wollte. »Hannes?«

Ohne es zu bemerken, redete er ihn erstmals mit dem Vornamen an. »Ist Ihnen nicht gut?«

Hannes starrte immer noch die Wand an. »Was ist, wenn wir es hier mit etwas ganz anderem zu tun haben, mit einem ...«

Santin sah, welche Mühe es ihn kostete, weiterzusprechen. »Sie meinen, mit einem sogenannten übernatürlichen Phänomen?«, führte er den Satz zu Ende.

Hannes senkte die Augen. »Halten Sie mich jetzt für verrückt, oder glauben Sie, dass ich allmählich den Verstand verliere, weil mir diese Geschichte über den Kopf wächst?« Seine Stimme klang ungewohnt heftig, und eine intensive Röte überzog sein schmales Gesicht. Mit beiden Händen tastete er die Taschen seines Sakkos ab. »Verdammt, ich bräuchte jetzt dringend eine Pfeife!«

Der Commissario hielt die Hand des Jüngeren mitten in der Bewegung fest. »Erstens sollten Sie als zwinglianisch erzogener Protestant nicht fluchen. Zweitens bin ich tatsächlich ziemlich überrascht, eine solche Überlegung ausgerechnet aus dem Mund eines nüchternen Schweizer Kriminalbeamten zu hören, auch wenn es sich bei dem um jemanden handelt, der clandestino ein Schriftsteller ist. Und der sicher den Satz seines großen Kollegen Shakespeare im Kopf hat, wonach es Dinge zwischen Himmel und Erde gibt ...«

»Ja, ja«, unterbrach ihn Hannes, »Dinge, von denen unsere Schulweisheit nicht einmal zu träumen wagt, ich weiß.«

»Moment«, befahl der Venezianer, »ich bin noch nicht fertig. Drittens nämlich wird die Untersuchung dieses Falles für Sie nicht leichter, seit Ihnen eine sehr wichtige Zeugin den Kopf verdreht hat.«

Der Kommissar fuhr hoch und wollte etwas erwidern,

doch Santin brachte ihn durch eine Geste zum Schweigen. »Zur Entscheidung Ihres Herzens kann ich Ihnen im Prinzip nur gratulieren. Es hat eine gute Wahl getroffen, aber keine kluge. Deshalb sollten Sie sich die Sache gleich wieder aus dem Kopf schlagen, falls Ihnen das noch gelingt. Was ich bezweifle, wenn ich Sie mir so ansehe.«

Hannes zog die Schultern hoch und ließ sie wieder sinken. »Sie haben mit allem recht.« Seine Hände spielten wie ruhelose kleine Tiere abwechselnd mit Santins Feuerzeug und der angebrochenen Schachtel Zigarillos.

»Ich sollte nicht fluchen, ich sollte mich nicht in eine Zeugin verlieben, und ich sollte bei all dem Shakespeare nicht vergessen. Und nun?«

»Porca miseria«, schimpfte Santin.

»Jetzt sind Sie es, der flucht.« Krebs fand das kleine ironische Lächeln wieder, das für ihn so typisch war. Er fixierte den Venezianer mit herausfordernder Miene und verschränkte die Arme vor der Brust.

»Ich habe bisher nie an Übernatürliches geglaubt«, begann Santin bedächtig, »aber wir können hier nicht länger nach dem Prinzip verfahren, dass nicht sein kann, was nicht sein darf. Wenn es im Moment keine andere Erklärung gibt, müssen wir zunächst wenigstens so tun, als wären hier fremde Mächte beteiligt.«

»Ich fasse es nicht.« Krebs sprach leise, doch seine Stimme überschlug sich beinahe. »Sie meinen allen Ernstes, wir sollten so tun, als gäbe es für uns eine Arbeitshypothese, wonach sogenannte fremde Mächte im Spiel sind, obwohl wir nicht daran glauben?«

»Ganz recht, Collega.«

»Aber wir glauben doch nicht daran, oder wollen Sie behaupten, dass …«

»Nein, wir glauben nicht daran! Und dennoch: Können wir hundertprozentig sicher sein, dass es nichts außerhalb unseres Wissens gibt, nach dem, was wir beide heute Abend erlebt haben?«

Hannes Krebs umfasste mit beiden Händen die Tischplatte, bis seine schmalen Knöchel weiß hervortraten. »Ich verstehe überhaupt nichts mehr«, murmelte er, »ich weiß nur noch, dass ich mich hilflos fühle wie nie zuvor.«

Santin nickte. »Lassen Sie uns irgendwo hingehen, wo Sie Ihre Pfeife rauchen können.«

– SIEBZEHN –

Die »Storchen-Bar« im ersten Stock des Hotels war wie immer um diese Zeit gut besucht. Hotelgäste kehrten dort auf einen Absacker ein, und bei den Einheimischen galt sie als angenehmer Ort für private oder geschäftliche Begegnungen. Um einen Abend ausklingen zu lassen, war sie jedenfalls eine sehr geeignete Adresse, fand Hannes Krebs.

Dezente Pianoklänge empfingen sie, als sie den Raum betraten, der mit seiner gebogenen hölzernen Decke an einen Schiffsrumpf erinnerte. In einer Nische wurde gerade ein Tisch frei.

Mit zwei Schritten war Hannes bei dem Pianisten und begrüßte den alten Herrn, der nicht nur in Zürich, sondern in der ganzen Schweiz als Institution galt. »Bist du wieder auf der Pirsch, Hannes?«, fragte der Musiker lächelnd, ohne sein Spiel zu unterbrechen.

Die beiden Kommissare ließen sich in die roten Ledersessel fallen. Santin bestellte einen Espresso und sein Kollege einen Malt mit einem besonders unaussprechlichen Namen, der zu seiner Pfeife passen würde.

Als die Pfeife brannte und er sich ein wenig umsah, stutzte er. Im Eingang war ein Mann aufgetaucht, in dem er sofort Darius erkannte. Er sprang hoch und lief zu ihm.

»Sie kommen genau im richtigen Moment! Wir brauchen Ihre Hilfe.« Darius hob fragend die Brauen. Doch Hannes Krebs hielt sich nicht mit langen Erklärungen auf.

Er fasste Darius beim Arm, zog ihn zu dem runden Ecktisch und stellte die Männer einander vor.

Die beiden musterten sich gegenseitig, während Krebs ausführlich berichtete, warum er seinen Kollegen gebeten hatte, an die Limmat zu kommen. Darius hörte zu, ohne ihn zu unterbrechen, bis er zu der Begegnung Santins mit dem Grafen kam. Als er sagte, der Venezianer glaubte, in ihm einen Wiedergänger jenes Mannes erkannt zu haben, mit dem er seinerzeit in seiner Heimatstadt zu tun gehabt hatte, öffnete Darius den Mund, sog scharf die Luft ein und presste die Lippen aufeinander, als müsste er einen Aufschrei unterdrücken.

»Also doch«, flüsterte er, »ich hatte gehofft ...« Sein Gesicht wurde aschfahl, und er ließ den Kopf auf die Brust sinken, als könnte er dessen Gewicht nicht länger ertragen.

Wortlos trat Santin an die Bar und kehrte mit einem gut eingeschenkten Brandy zurück. »Hier, trinken Sie das. Als ich den Grafen zum ersten Mal gesehen habe, wurde mir diese Art von Medizin liebenswürdigerweise gleich vom Hausherrn selbst offeriert.« Er lächelte bitter.

»Danke.« Darius leerte die Hälfte des Glases mit einem Schluck. Allmählich kehrte die Farbe in seine Züge zurück.

»Leider ist unsere Geschichte hier noch nicht zu Ende.« Mit leiser Stimme, die Fingerspitzen gegeneinandergelegt, fuhr der Kommissar fort, während Santins Blick auf Darius ruhte, der wie versteinert neben ihm saß und mit beiden Händen sein Glas umklammert hielt.

»Jetzt wissen Sie alles«, murmelte Krebs schließlich und griff nach seiner erloschenen Pfeife.

»Haben Sie die Phantomzeichnung dieser ... Person dabei?« Hannes schüttelte den Kopf, doch der Commissario zog aus der Innentasche seines Sakkos ein Blatt Papier hervor, faltete es auseinander und reichte es seinem Nachbarn.

Darius warf nur einen kurzen Blick darauf und nickte. »Ja, das ist die Frau, die ich gestern im Club des Grafen gesehen habe und die sich Leonora nennt.«

Er stand auf, wechselte ein paar leise Worte mit der jungen Frau hinter der Bar und kehrte zu den anderen zurück. Tiefes Schweigen breitete sich am Tisch aus.

Die junge Frau brachte eine Brandyflasche und drei bauchige Gläser auf einem Tablett. Darius nahm es ihr ab und gab ihr mit einer freundlichen Geste zu verstehen, dass sie ungestört sein wollten.

Die Bar leerte sich, obwohl es erst kurz vor elf war. Der alte Herr am Klavier hatte noch etwas mehr als eine Stunde zu spielen, und gewöhnt, die Stimmung der Gäste aufzunehmen, spähte er verstohlen zu Hannes und den beiden anderen Männern hinüber.

Der charismatische Typ neben Hannes war dem Pianisten als Stammgast des Hotels bekannt. Jedes Mal, wenn er zu späterer Stunde die Bar betreten hatte, manchmal in weiblicher Begleitung, manchmal allein mit einem Buch unterm Arm, hatte er dem Pianisten freundlich seine Reverenz erwiesen.

Der alte Herr hatte sich oft gefragt, wer er sein mochte. Er hätte sich an der Rezeption erkundigen können, doch er liebte es, sich für jeden Gast, der ihn interessierte, seine eigene Geschichte auszudenken.

Die drei Männer wirkten ernst und bedrückt. Sie sprachen nicht viel, und wenn einer von ihnen etwas sagte, schien jedes Wort wie ein bleiernes Gewicht im Raum zu hängen. Was mochte sie an diesem Abend hier zusammengeführt haben?

Der Pianist intonierte eine Melodie, ohne lange zu überlegen. »Que sera, sera ..., whatever will be, will be ...«

Der Älteste von ihnen hob den Kopf und sah zu ihm herüber. Er sah aus wie ein Italiener aus dem Norden, und der Pianist mit seiner ausgeprägten Menschenkenntnis glaubte, in ihm den ehemaligen Polizisten zu erkennen.

Darius richtete sich in seinem Sessel auf, sah zuerst Krebs, dann Santin an und fragte mit fast tonloser Stimme: »Was wissen Sie beide über das Phänomen der sogenannten Untoten?«

»Untoten?« Es kam wie aus einem Munde.

Der Commissario bekreuzigte sich auf der Stelle. Hannes Krebs presste zitternd eine Hand gegen seine Brust. Das stählerne Blau seiner weit geöffneten Augen war stumpf geworden. »Daphne ...«, flüsterte er kaum hörbar.

Darius wartete, bis der erste Schreckmoment vorbei war. Was er zu sagen hatte, musste er jetzt sagen. Später würde man ihm immer weniger glauben, später würden diese beiden Männer nur noch auf die um Nüchternheit bemühten Kräfte ihres Verstandes hören.

Er zwang sich zur Ruhe: »Gestatten Sie mir, Ihnen einiges darüber zu erzählen.«

Sein Bericht begann mit historisch belegten Daten über die Familie der Draculeas: »Der Name des Geschlechts geht auf den Fürsten Vlad Dracul zurück, der im fünfzehnten Jahrhundert in einer Gegend lebte, die als Walachei bekannt ist. Dracul bedeutet ursprünglich Drache, ist im Rumänischen aber auch das Wort für Teufel. Dieser Stammvater gehörte dem sogenannten Drachenorden an, einem verschworenen Geheimbund mit überaus strengen Regeln, der im Auftrag des Papstes die Ungläubigen bekehren sollte, worunter man damals verstand, sie kriegerisch zu bezwingen und zu unterjochen. Dabei ging es um das Osmanische Reich mit seinem Alleinvertretungsanspruch, denn die Türken lagen mit den walachischen Fürsten in einer Dauerfehde.«

Die beiden Polizisten hörten aufmerksam zu.

»Die bekanntere historische Figur ist jedoch der Sohn des Vlad Dracul, der berüchtigte Vlad Tepes. Er hat in der Geschichte seines Landes, vor allem im Kampf gegen die Türken, eine zentrale Rolle gespielt. Den einen galt er als grausamer Schlächter, der die bezwungenen Türken mit Vorliebe auf Pfähle spießen ließ, für andere war er eine Art Nationalheld, der das Land gegen seine Feinde verteidigte. Ceauşescu, der ja auch ein grausamer Herrscher war, hat ihn sogar für einen weisen Staatsmann gehalten und sich als so etwas wie seinen Nachfolger gesehen.«

Darius nahm einen Schluck Brandy, holte tief Luft und fuhr fort: »Obwohl Vlad Tepes sich über Mangel an Feinden nicht beklagen konnte, starb er der Überlieferung zufolge keines gewaltsamen Todes. In seinen letzten Jahren hatte er sich aus Angst um sein Seelenheil immer mehr der Kirche zugewandt und viel für das Kloster Snagov auf der Insel getan, die in dem gleichnamigen See liegt. Vor dem Altar dort wurde er begraben. Doch als Archäologen im Jahr 1933 die Steinplatte öffneten, war das Grab darunter leer.«

Darius hielt inne, um seine Worte wirken zu lassen. Für einen Moment herrschte Stille. Dann sagte Krebs in gereiztem Ton: »Jetzt kommen Sie uns bloß nicht mit all diesen albernen Geschichten, die man bis zum Abwinken kennt, angefangen bei Bram Stokers Dracula-Roman bis hin zu den fragwürdigen Erzeugnissen der britischen Filmindustrie in den siebziger Jahren ...«

»Bela Lugosi ..., Christopher Lee«, vernahmen sie die träumerische Stimme Aldo Santins.

Hannes fuhr herum und starrte den älteren Kollegen an.

»Verzeihen Sie«, der Commissario wirkte etwas verlegen, »aber für mich waren diese Geschichten immer sehr spannend, auch wenn Sie sie albern finden.«

Darius, der erst gelächelt hatte, fand, es sei an der Zeit, einzugreifen. »Das Phänomen des Vampirismus hat uns Menschen immer fasziniert. Wie kann es möglich sein, fragen wir uns, dass es Geschöpfe gibt, die aussehen wie wir, sich bewegen wie wir und uns auch sonst in so vielem ähnlich sind und von denen uns dennoch etwas dramatisch unterscheidet: Sie benötigen unser Blut, um sich selbst am Leben zu erhalten!«

Er sah die beiden Männer eindringlich an. »Ich bitte Sie, hören Sie mir weiter zu. Je mehr Sie darüber wissen, umso besser werden Sie verstehen, womit wir es hier zu tun haben, und umso besser können Sie den Gefahren begegnen, die auf Sie warten. Denn dass wir alle in Gefahr sind, dessen können Sie sicher sein.«

Hannes wippte mit dem Fuß, ohne Darius anzusehen.

»Es gibt viele Aspekte des Vampirismus«, nahm Darius seinen Bericht wieder auf. »Die Untoten der heutigen Zeit entsprechen in vielem nicht mehr den Klischees der Vergangenheit. Einiges davon war ohnehin nichts anderes als ein Produkt der großen Maschinerien, in denen der Stoff für unsere Träume und Albträume verarbeitet wird, ob das nun in Hollywood geschieht oder anderswo.«

Er trank noch einen Schluck Brandy. »Das Thema ist und bleibt aktuell. Immer wieder wird es von der Literatur aufgegriffen, immer wieder gibt es entsprechende Verfilmungen. Und wenn man sich gewisse Fernsehserien ansieht, weiß man, dass dieses Thema endgültig im einundzwanzigsten Jahrhundert angekommen ist.«

»Ich verstehe nicht«, warf Hannes unwirsch ein, »welche Rolle Stanislaw dabei spielt! Er heißt von Lugosy, und seine Familie ist ungarischer Abstammung.«

»Daran zweifle ich keinesfalls, aber wenn sich bewahrheitet, was ich seit einiger Zeit vermute, gibt es dennoch eine geheime Verbindung zwischen ihm und jenen walachischen Fürsten.« Darius hielt einen Moment inne. »Von denen einer ein Vampir gewesen sein muss«, fügte er leise hinzu.

»Aber das beweist doch alles nicht, dass Stanislaw ein ..., ein ..., wie sagten Sie?«

»Dass er ebenso zu den Untoten gehört?« Darius' Stimme klang sehr sanft. »Beweise, wie Sie sie verlangen, kann ich Ihnen im Moment noch nicht liefern, aber es gibt genügend Indizien, die für meine Befürchtung sprechen, und ich will nur ein paar davon nennen. Der Graf gehört zu den hochentwickelten Vertretern seiner Spezies, die es gelernt haben, sich auch bei Tage draußen bewegen zu können, er muss das Sonnenlicht aber nach wie vor meiden, denn das bleibt sein ärgster Feind. Wenn er mit einem seiner alten Autos um den See herumfahren will, bevor die Sonne untergegangen ist, vermummt er sich bis zur Unkenntlichkeit. Und noch nie hat jemand erlebt, dass er an einem Essen teilgenommen und feste Nahrung zu sich genommen hat. Stattdessen trinkt er ein sonderbares Zeug, das sich ›Réserve du Patron‹ nennt und nach Auskunft von Daphne, die es mal versuchen durfte, einen eigentümlich süßlichen Beigeschmack hat.«

Der Kommissar wollte ihm ins Wort fallen.

»Nein, ich bin noch nicht fertig. Es gibt keine Fotos von ihm, er ist noch nie im Fernsehen aufgetreten, und das Internet hat keine Daten über ihn.«

»Was Sie uns da erzählen, Darius, ist so verwirrend, dass mir der Kopf schwirrt«, meldete sich Santin zu Wort, da sein Kollege jetzt schwieg. »Historische Fakten einerseits, jede Menge Mythen und Legenden und unerklärliche Begebenheiten andererseits … Was, um Himmels willen, beruht auf Tatsachen?«

Bedächtig legte Darius die Fingerspitzen gegeneinander. »Sie fragen nach Tatsachen? Der Vampir-Mythos ist ein uraltes Menschheitsthema, das zumindest ist eine Tatsache.«

Santin lauschte ihm mit großer Aufmerksamkeit, Hannes spielte geistesabwesend mit seiner Pfeife. Darius holte Luft:

»Das neunzehnte Jahrhundert brachte besonders in England eine Vielzahl von Schauergeschichten hervor, die sogenannten Gothic Tales. In dieser Zeit hat Mary Shelley, die zusammen mit Lord Byron und seinem Leibarzt Polidori in der Villa Diodati am Genfer See wohnte, ihren Frankenstein-Roman geschrieben. Polidori verfasste dort die Erzählung ›The Vampyre‹, wohl die erste Vampirgeschichte. Und der Dichter Lord Byron wurde nicht nur des Inzests mit seiner Halbschwester bezichtigt, sondern auch des Vampirismus, so viel zur Historie dieses Mythos in jüngerer Zeit. Eine Tatsache, die Jahrzehnte später zu datieren ist, finden wir in dem Phänomen, dass Sie, verehrter Herr Santin, heute einem Mann begegnet sind, der nach menschlicher Zeitrechnung zumindest ein Greis, wenn nicht längst unter der Erde sein müsste. Und ab hier, meine

Herren«, Darius hob gegen seine Gewohnheit die Stimme, »haben wir es mit etwas zu tun, für das es keine vernünftige Erklärung gibt.«

Erschöpft hielt er inne und verdrehte die Augen, als rechnete er schon jetzt mit der Begriffsstutzigkeit seiner beiden Zuhörer.

Hannes Krebs flüsterte erneut Daphnes Namen und legte die Hände ineinander wie zu einem Gebet. Aldo Santin langte nach vorne und klemmte sich ein Zigarillo zwischen die Lippen. »Wir jagen also ein Phantom«, murmelte er, während er in den Taschen seines Sakkos nach Streichhölzern kramte. »Und wir haben, zumindest bis jetzt, keinerlei Beweise. Waren Sie mit Ihrem Bericht zu Ende?«

»Nein, noch nicht ganz. Interessiert Sie auch der psychologische Aspekt daran, also das, was die Tiefenpsychologie dazu sagt?«

Santin wirkte jetzt eher unbeteiligt, während Hannes aufmerksam zuhörte und immer bleicher wurde.

»Ich selbst bin kein Psychologe im klassischen Sinn«, sagte Darius, »obwohl ich versucht habe, mich auch auf dem Gebiet einigermaßen kundig zu machen. Ich kann also nur referieren, was ich mir durch Lektüre angeeignet habe. Und natürlich ist mir klar, dass sowohl die Tiefenpsychologie wie erst recht die Parapsychologie von den übrigen wissenschaftlichen Disziplinen nicht als exakte Wissenschaften wahrgenommen werden.« Er seufzte achselzuckend. »Das ist eben so, damit müssen wir leben. Aber Sie beide haben mich um Hilfe und Unterstützung gebeten, und deshalb will ich Ihnen alles sagen, was mir wichtig erscheint.«

In den Augen von Krebs lag jetzt ein Ausdruck tiefer Verstörung, und der Venezianer bat sein Gegenüber mit einer raschen Handbewegung, fortzufahren.

»Einmal geht es um Macht. Beide Seiten sind sowohl Täter als auch Opfer, sind zwei Seiten derselben Medaille. Der Vampir, der sein eigenes Überleben durch seine Macht sichert, das Opfer, ohne dessen Existenz der Vampir nicht sein kann. Demnach handelt es sich – in tiefenpsychologischen Kategorien gedacht – um eine sadomasochistische Beziehung, in der beide einander brauchen: Der Vampir ist süchtig nach der Lebensenergie des Opfers, also nach dessen Blut, während das Opfer es unterschwellig genießt, dass der Vampir von ihm abhängig ist.«

Santin wollte etwas einwerfen, wurde aber durch eine Geste von Darius daran gehindert. »Diese Konstellation ergibt eine perfekte Symbiose, in der beide Teile ihre Erfüllung finden, denn erst dieses vollständige Miteinanderverschmelzen und Einswerden, in dem sie einander bedingen und keins mehr ohne das andere sein kann, bedeutet für beide die höchste Lust. Und das können Sie durchaus wörtlich nehmen. Denn im Gegensatz zu dem, was in Literatur und Film höchstens schamhaft angedeutet wird, beschränken sich die Aktivitäten der Untoten keineswegs darauf, ihren Opfern das Blut auszusaugen. Männliche wie weibliche Angehörige dieser Spezies verstehen sich meisterlich darauf, ihre potenziellen Opfer erotisch zu umgarnen und zu betören, und dabei entwickeln sie Fähigkeiten, mit denen ein Sterblicher niemals konkurrieren kann.«

Krebs ballte die Fäuste, Santin schluckte trocken.

Darius schwieg. Jeder war in seine Gedanken versunken, bis Santin sich räusperte.

»Wie können wir Daphne schützen?«

Der Kommissar ließ die Schultern hängen. »Jeder Versuch, sie zu warnen, hätte nur das Gegenteil zur Folge«, sagte er resigniert. »Sie würde uns nicht nur nicht glauben, sie würde so eine Warnung auch für einen besonders plumpen Versuch halten, sie von Stanislaw zu trennen. Und natürlich würde sie für ihren Geliebten Partei ergreifen.«

»Ich möchte noch etwas anderes zu bedenken geben«, sagte Santin in seiner ruhigen Art. »Bis jetzt haben wir uns ausschließlich auf Stanislaw konzentriert. Was ist aber mit dieser höllischen Dame namens Leonora? Ist Ihnen nicht aufgefallen, wie sie heute Abend ihre Fangarme nach der liebreizenden Daphne ausgestreckt hat, Collega? Nein?«

»Sie glauben doch nicht etwa, dass sie ..., aber das kann doch nicht ...«, stammelte Hannes Krebs hilflos.

»Wenn Ihnen an dieser Daphne liegt«, wurde er von Santin rüde unterbrochen, »dann werden Sie, porca miseria, ab sofort dafür sorgen, dass sie vierundzwanzig Stunden lang bewacht wird!«

»Wie soll ich das schaffen? Wie soll ich meinem Vorgesetzten so etwas klarmachen? Ich muss doch eine plausible Begründung angeben, wenn mehrere Beamte dafür abgestellt werden. Abgesehen davon, dass ich noch immer nicht an all diesen Hokuspokus glauben kann.«

Darius, der dem Wortgefecht der beiden Polizisten schweigend zugehört hatte, erklärte trocken: »Die Beweise, die Sie brauchen, könnten Ihnen früher geliefert werden, als Ihnen lieb ist, aber dann ist es womöglich für vieles zu spät. Ich sehe allerdings ein«, er wandte sich zu Hannes Krebs, »dass Ihnen die Hände gebunden sind.« Er warf ihm einen scharfen Blick zu. »Und dass für Sie nicht sein kann, was nicht sein darf. Eine Geisteshaltung, die Sie mit den meisten Menschen teilen. Wie wäre es zur Abwechslung mal mit etwas Phantasie?«

Der Kommissar verschränkte die Arme vor der Brust.

»Zufällig weiß ich«, fuhr Darius fort, »dass Sie, lieber

Herr Kriminalhauptkommissar, in Ihrem zweiten Leben – oder ist es das erste – Geschichten schreiben, die von der Literaturkritik bis jetzt sehr wohlwollend aufgenommen wurden, auch wenn sich das nicht unbedingt in den Verkaufszahlen niederschlägt. Und jetzt strengen Sie, verdammt noch mal, Ihre rechte Gehirnhälfte an und hören Sie auf mit diesem ganzen rationalen Scheißkram und Ihrem eindimensionalen Denken. Lassen Sie sich etwas einfallen, Mann!«

Der Zürcher Polizist setzte sich stocksteif in seinem Sessel auf. »Ich werde darüber nachdenken«, sagte er förmlich.

»Noch eines müssen Sie wissen.« Darius wurde ruhiger. »Solange Daphne den Drachenanhänger trägt, den Stanislaw ihr geschenkt hat, ist sie vor Leonora sicher.«

Die Miene des Kommissars verfinsterte sich.

»Nun regen Sie sich nicht gleich wieder auf, glauben Sie es mir einfach mal!«

»Angenommen, Sie hätten recht, und der Anhänger schützt Daphne tatsächlich vor diesem schrecklichen Geschöpf, wer oder was schützt sie dann vor Stanislaw?«

»Die entscheidende Frage ist: Was hat er mit ihr vor?«, sagte Darius mehr zu sich selbst.

Santin erhob sich. »Es ist spät geworden. Ich gehe zu Fuß zum Hotel zurück. Ein paar Schritte durch die Luft zu laufen wird mir guttun. Kommen Sie mit nach unten?«, wandte er sich zu seinem Kollegen, der sich anschickte, die Rechnung zu begleichen.

»Gehen Sie nur, Sie waren heute meine Gäste.« Darius lächelte Santin an wie einen alten Freund. »Ich bin froh, dass wir uns kennengelernt haben und dass Sie heute hier waren.«

Er zwinkerte kaum merklich und deutete mit einer

Kopfbewegung zu Hannes. »Vielleicht hört er auf Sie eher als auf mich.« Im nächsten Moment aber war er wieder ernst. »Ich bitte Sie, vergessen Sie meine Worte nicht. Wir sind alle in Gefahr. Schlafen Sie trotzdem gut. Ich hoffe, wir sehen uns wieder.«

Der Commissario drückte seine Hand und bedankte sich. Krebs stand schon am Ausgang. Er hatte es jetzt so eilig, wegzukommen, dass er es beinahe versäumt hätte, sich von dem Pianisten zu verabschieden, der ihm ein paar Worte nachrief. Im Gehen erwiderte Hannes den Gruß des alten Herrn.

Die beiden Kriminalbeamten liefen einer nach dem anderen die Treppe hinunter. »Mein Flugzeug geht erst um die Mittagszeit«, erklärte Santin leichthin. »Vielleicht könnten wir vorher …?«

»Natürlich, ich lasse Sie abholen. Gute Nacht.« Sein Versuch zu lächeln endete in einer kläglichen Grimasse.

– ACHTZEHN –

Daphne erwachte mit dem Gefühl, dass dies ein wichtiger Tag in ihrem Leben werden könnte.

Sie schlug die Decke zurück, schlenderte barfuß zur Terrassentür und riss sie weit auf. Sie fragte sich, ob sie wirklich tun sollte, was sie sich in der vergangenen Nacht vorgenommen hatte. Rasch erwog sie erneut das Für und Wider und kam auch im nüchternen Licht des Tages zu keinem anderen Ergebnis.

Sie musste es tun. Natürlich war das nicht in Stanislaws Sinn. Er würde ihr verübeln, dass sie so eigenmächtig handelte, und er hatte sie gewarnt. Aber solange er sie mit vagen Erklärungen abspeiste, durfte er sich nicht wundern, wenn sie eigene Wege ging, um mehr Klarheit zu erlangen.

Mit Sorgfalt wählte sie ihre Garderobe. Sie wollte nichts anziehen, das sie auf einen bestimmten Typus festlegte. Also entschied sie sich für einen schwarzen Hosenanzug und ein weißes T-Shirt. Dazu trug sie kurze schwarze Stiefel und einen orangefarbenen Kaschmirschal, damit das Ganze etwas fröhlicher wirkte.

Vor dem Spiegel band sie sich die Haare hoch. Sie betrachtete ihr Gesicht. Entdeckte sie eine Veränderung? Langsam strich sie mit dem Zeigefinger über die Wangenkonturen, suchte nach den ersten Anzeichen des Alters, doch ihre Haut war straff und gut durchblutet, und ganz hinten in den Augen war ein Glimmen wie von einem verborgenen Licht. Kleine Hexe, hatte er sie genannt. Ein feines Lächeln erschien in ihren Mundwinkeln.

Ihr kam wieder in den Sinn, was er über Hannes Krebs gesagt hatte. Seine Behauptung, der Polizist habe sie an jenem Abend im Club mit ganz besonders interessierten Augen angesehen, klang nach Eifersucht.

Aber Stanislaw hatte sich das wahrscheinlich nur eingebildet. Das gefiel ihr, auch wenn es mit einem Besitzanspruch verbunden war, den sie bei keinem ihrer früheren Liebhaber geduldet hätte.

Daphne wandte sich von ihrem Spiegelbild ab und machte sich zum Ausgehen bereit. Sie holte die Karte aus ihrer Handtasche. Die Adresse war eine Straße im Seefeld-Quartier, ganz in ihrer Nähe. Sie würde zu Fuß gehen.

Das untere Ende rechts und links von der Dufourstraße war ein lebendiges Viertel mit einer Vielfalt von kleinen Läden und Lokalen. Neben gemütlichen Kneipen und liebenswert altmodischen Patisserien gab es Szenerestaurants und trendige Bars mit dem üblichen Dekor und entsprechender Klientel. Tante-Emma-Läden überlebten hier ebenso wie kleine, alteingesessene Handwerksbetriebe dank einer Stammkundschaft, die solche Angebote zu schätzen wusste. Und natürlich hatte sich auch manches schick gestylte Geschäft hier angesiedelt.

Es war schon spät am Nachmittag, als Daphne ihr Ziel erreichte. Sie hatte Stunden mit unnötigen Besorgungen vertrödelt, in einer Sushi-Bar einen Imbiss genommen und bei einem ausgedehnten Espresso die Zeitung von vorn bis hinten gelesen.

Jetzt hielt sie vor einem gepflegten Gebäude aus der Jahrhundertwende mit kleinen Erkern und schmiedeeisernen Balkonen. Alte Lindenbäume säumten auf beiden Straßenseiten das Trottoir. Rechts und links vor dem Eingang des Geschäfts standen zwei kugelförmig gestutzte Buchsgewächse in Terrakottatöpfen.

Sie warf einen Blick ins Schaufenster. Eine liegende, lebensgroße Puppe, deren steife Finger sich eine Halbmaske aus dunklem Leder vor das Gesicht hielten und die an eine Figur aus der Commedia dell'Arte erinnerte, war die einzige Dekoration.

Stoffbahnen aus golddurchwirktem Samt mit ornamentalem Muster fielen in seltsam obszön wirkenden Windungen über den grazilen Korpus dieser Puppe.

Hinter der Glastür klebte ein Blatt Papier. »Termine nur nach Voranmeldung.« Darunter waren eine Telefonnummer und eine Internetadresse angegeben. Daphne trat einen Schritt zurück. Oberhalb des Schaufensters war in großen goldenen Lettern ein Name angebracht. »Commedia« hieß das Geschäft.

Achselzuckend wollte sie sich umdrehen, als sie bemerkte, dass sich etwas im Innern bewegte. Ein Licht ging an. Daphne blieb stehen und wartete. Die Tür öffnete sich, und Leonora erschien auf der Schwelle. »Daphne! Wie schön, dass Sie mich besuchen!«

»Ich hatte in der Nähe zu tun, und da dachte ich ...«, stotterte Daphne und ärgerte sich über ihre Befangenheit.

»Ich freue mich so, dass Sie da sind«, flötete Leonora, »bitte kommen Sie doch herein!«

Kaum war Daphne über die Schwelle getreten, nahm die Frau sie beim Arm und betrachtete sie von oben bis unten.

»Dieser Hosenanzug steht Ihnen sehr gut, aber ich hätte auch ein paar Stücke, die wie für Sie gemacht sind.«

Zögernd ließ Daphne ihren Blick umherwandern.

»Ich habe das Geschäft erst seit kurzem«, erklärte Leonora mit einer entschuldigenden Handbewegung, »es ist noch nicht fertig eingerichtet. Sehen Sie sich ruhig um.«

Der Raum war klein und vollgestellt. An der Stirnwand, mit Blick auf die Straße, stand ein zweisitziges Sofa aus schwarz-gold gestreiftem Veloursamt, davor ein quadratisches Tischchen, das mit schwarzem Krokodilleder bezogen war. Verschiedene Ausgaben von »Vogue« und »Harper's Bazar« waren wie ein Fächer darauf ausgebreitet, neben einem Aschenbecher aus schwerem Kristall und einem Tischfeuerzeug aus schwarzem Chinalack.

Die Wände schimmerten in einer zartgelben, mit Goldpartikeln vermischten Farbe, in die Decke waren winzige Strahler eingelassen. Auf dem Boden aus großen anthrazitfarbenen Schieferplatten lag ein chinesischer Seidenteppich, der die Farben des Raums aufnahm.

»Wunderschön«, murmelte Daphne beeindruckt und kam sich dennoch vor wie in einer Theaterkulisse. Trotz der teuren Einrichtung hatte diese Umgebung etwas Inszeniertes, Provisorisches, und einen Moment lang kam es ihr vor, als wäre das alles ausschließlich für sie und ihren heutigen Besuch arrangiert worden. Rasch verscheuchte sie den Gedanken. Ihr Blick fiel auf einen Kleiderständer neben der Treppe, die in ein unteres Geschoss führte.

»Wollen Sie hier schon mal ein bisschen stöbern?« Leonora machte eine auffordernde Geste. »Ich hole Ihnen währenddessen etwas zu trinken. Mögen Sie ein Glas Champagner? Ein Glas Wasser? Oder einen Espresso?«

»Einen Espresso nehme ich gern.«

Daphne sah ihr hinterher, als sie nach unten verschwand. Leonora hatte ihre äußere Erscheinung an diesem Tag ganz der Einrichtung angepasst. Die schlanken Beine waren trotz der noch immer niedrigen Temperaturen draußen in leichte, sehr enge schwarze Seidenhosen gehüllt, zu denen sie ein langärmliges, figurbetontes Oberteil aus golden schimmerndem Wildleder trug. Die Pumps aus schwarzem Schlangenleder passten perfekt dazu.

Daphne trat an den Kleiderständer. Ohne richtig bei der Sache zu sein, zog sie ein paar Stücke hervor und suchte einen Spiegel. Da kehrte Leonora schon mit einem Tablett zurück.

»Ich helfe Ihnen gleich, Daphne. Hier ist Ihr Espresso.« Sie stellte das Tablett auf dem Tischchen ab, nahm entgegen, was Daphne sich ausgesucht hatte, und hängte es in die Umkleidekabine.

Daphne setzte sich auf das Sofa. »Weshalb haben Sie Ihrem Geschäft diesen Namen gegeben?«, fragte sie, während sie an ihrem Espresso nippte. »Haben Sie eine besondere Beziehung zu Venedig?«

Leonora setzte sich ihr gegenüber auf einen Hocker. »Ja, ich verbinde sehr angenehme Erinnerungen mit dieser Stadt.« In ihren Augen war etwas, das Daphne frösteln ließ. Am liebsten wäre sie auf der Stelle wieder gegangen. Sie warf einen Blick nach draußen. Vor der Tür des Geschäfts meinte sie einen schattenhaften Umriss wahrzunehmen, aber sie zwang sich, ruhig zu bleiben. Sie durfte den eigentlichen Zweck ihres Besuches nicht vergessen.

»Sie sagten, dass Sie mein Foto auf einer meiner CDs gesehen haben«, versuchte sie es in einem leichten Plauderton. »Interessieren Sie sich denn für Musik?«

Leonora lächelte. »Gelegentlich.« Und als sie Daphnes

irritierten Gesichtsausdruck bemerkte: »Missverstehen Sie mich bitte nicht, natürlich liebe ich Musik, aber ich habe nicht immer Zeit dafür. Meine Arbeit, meine vielen Reisen ..., da bleibt nicht viel Raum für anderes.«

»Stanislaw ist ein wirklicher Musikkenner«, warf Daphne ein, »wussten Sie das?« Sie zog ihre Zigaretten hervor. Leonora beugte sich nach vorn und gab ihr Feuer. Daphne lehnte sich zurück und richtete den Blick scheinbar gleichmütig auf ihre Gastgeberin.

Leonora wirkte nachdenklich, während ihre langen Finger mit dem Feuerzeug spielten. »Ich weiß nur, dass er jemand mit sehr unterschiedlichen Interessen ist«, antwortete sie nach einer Weile, »und wenn Sie als Expertin das so sehen, wird es wohl stimmen.«

Wieder verzogen sich ihre dunkelrot geschminkten und etwas zu schmalen Lippen zu einem Lächeln, das in Daphne ein tiefes Unbehagen aufsteigen ließ. »Aber Sie werden Ihre gemeinsamen Abende wohl nicht mit musikalischen Fachgesprächen verbringen, oder irre ich mich?«

Schlange, dachte Daphne, bemühte sich jedoch, ihren Zorn zu verbergen. »Nicht immer, aber es kommt vor.« Sie erwiderte Leonoras Lächeln. »Es ist etwas Wunderbares, mit einem geliebten Menschen gemeinsame Interessen zu teilen.«

»Mit einem geliebten Menschen gemeinsame Interessen zu teilen ...«, wiederholte Leonora ganz langsam, als müsste sie sich vergewissern, dass sie Daphnes Worte richtig verstanden hatte. Sie legte das Feuerzeug auf den Tisch zurück.

»Seien Sie mir nicht böse, Daphne, aber ich glaube, ich sollte ...«

»Ja?« Daphne richtete sich auf.

»Nun ...«, ihre Gastgeberin zog leicht die Schultern hoch, »es ist mir unangenehm, so etwas auszusprechen ...«

»Was auszusprechen?« Daphne erschrak, weil ihre Stimme so schrill klang.

Leonora lächelte dünn. »Stanislaw und ich sind nie richtige Freunde gewesen. Das wird er Ihnen erzählt haben. Hat er Ihnen auch gesagt, warum das so ist?«

Daphne schüttelte den Kopf und hielt den Atem an.

»Ich mag Sie, Daphne, Sie sind eine wunderbare Frau, und ich fände es schade, wenn er auch Ihnen ..., ach, ich sollte das nicht sagen ...«

Ein Blick in Daphnes weit aufgerissene Augen genügte, und Leonora fuhr fort: »Die Art, wie er mit Frauen umgeht, hat mir nie gefallen. Das ist ein Grund, weshalb wir nie eine ... engere Beziehung hatten. Er macht sie sich gefügig, benutzt sie und verschwindet aus ihrem Leben. Darüber sind wir oft in Streit geraten.«

»Das kann ich nicht glauben«, flüsterte Daphne. Mit nervösen Fingern zündete sie sich eine weitere Zigarette an.

»Das glauben Sie nicht?« In Leonoras Züge trat ein Ausdruck, den Daphne nicht deuten konnte. »Was wissen Sie schon über ihn? Glauben Sie mir eines, er ist nicht der, für den Sie ihn halten!«

Zum ersten Mal, seit sie die Schwelle zu Leonoras Laden überschritten hatte, war Daphne sicher, dass die Frau ihr gegenüber meinte, was sie sagte.

»Wie soll ich das verstehen?« Daphne schlug die Beine übereinander und lehnte sich zurück.

»Das werden Sie schon noch herausfinden«, murmelte Leonora zwischen den Zähnen hindurch.

Eifersüchtiges Biest, dachte Daphne verärgert. Versuchte sie einen Keil zwischen sie und Stanislaw zu treiben? Weil sie selbst bei ihm abgeblitzt war?

Leonora sah sie an und setzte in verändertem Ton hinzu: »Ich wollte Sie nur warnen, aber es wird Ihnen wohl nicht erspart bleiben, Ihre eigenen Erfahrungen zu machen.« Sie vollführte eine Handbewegung, die resigniertes Bedauern ausdrücken sollte, und stand auf.

»Ich würde gern noch ein wenig mit Ihnen plaudern«, Leonora war jetzt wieder ganz die liebenswürdige Gastgeberin, »aber ich bin gespannt darauf, Sie in einer meiner Kreationen zu sehen. Machen Sie mir die Freude, ja?«

Obwohl ihre Worte bittend geklungen hatten, schwang ein suggestiver Unterton darin mit, dem Daphne sich nicht zu entziehen wusste.

Sie betrat die Umkleidekabine und schloss den Vorhang hinter sich. Rasch zog sie sich bis auf die Unterwäsche aus und stieg in eines der Kleider, die sie eher wahllos aus dem Garderobenständer gezogen hatte. Eine bis zum Boden reichende schulterfreie Abendrobe aus matt glänzendem, cremefarbenem Satin umschmiegte ihren Körper wie eine zweite Haut, so als wäre das Gewand genau nach ihren Maßen gearbeitet worden. Über einem Dekolleté, dessen runder Ausschnitt fast bis zu den Brustspitzen reichte, lag ein Gespinst filigranster schwarzer Seidenfäden, das nichts zu deutlich zeigte und dennoch alles erahnen ließ.

Daphne betrachtete sich im Spiegel. Die Robe hatte etwas von einem Brautkleid und war doch alles andere als unschuldig. Sie sah sich mit Stanislaws Augen und war sicher, dass sie ihm gefallen würde.

»Kommen Sie heraus?«, ertönte die dunkle Stimme Leonoras. »Ich möchte Sie richtig ansehen können.«

Langsam öffnete Daphne den Vorhang. Bei ihrem Anblick blinkte in Leonoras Augen ein begehrliches Leuchten auf. Sie trat hinter sie und umfasste ihre Taille. »Ich habe dieses Kleid nur für dich gemacht, meine Süße«, flüsterte sie, »es braucht eine Frau wie dich ...«

Daphne erwiderte nichts. Mit unruhigen Fingern strich sie über den weichen Seidenstoff, als wollte sie etwas abschütteln. Wieder erschien der Schatten vor Leonoras Geschäft. Jetzt erkannte Daphne ihn. Es waren die Umrisse eines großen Hundes. Es war Igor.

»Die Halskette passt nicht dazu«, hörte sie Leonora samtweich hinter sich, »könntest du sie nicht für einen Moment ablegen?«

Hatte auch sie den Hund entdeckt? Was bedeutete sein plötzliches Erscheinen? War sein Herr ebenfalls in der Nähe?

Daphne wandte sich um. Leonoras Bernsteinaugen waren vollkommen leer und wollten sie doch nicht loslassen.

»Die Kette, Daphne ..., sie stört die Wirkung des Kleides, und es wäre doch schade, wenn du dich darin nicht so sehen könntest, wie ich es mir vorgestellt habe.«

In ihren Worten war jetzt etwas Forderndes. Langsam hob Daphne die Hände und legte sie auf das Geschmeide. »Es ist ein Geschenk«, stammelte sie, »ein Geschenk von Stanislaw, und ich kann nicht ...«

»Oh doch, meine Süße, du kannst«, flüsterte Leonora, »es ist ganz einfach, du musst nur den Verschluss lösen.« Ihre Finger tasteten über die nackten Schultern Daphnes, die unter dieser Berührung kaum merklich erschauderte, vermieden aber jeden direkten Kontakt mit dem Schmuckstück.

Daphne blinzelte. Ihre Lider wurden schwer, und sie schloss die Augen.

»Die Kette, Daphne …«

Tu's nicht, sagte eine Stimme beschwörend aus ihrem Inneren.

»Verdammter Köter!« Fauchend fuhr Leonora herum, als Igors Bellen durch sämtliche Mauern drang.

Daphnes Augen öffneten sich weit. Was machte sie hier in diesem Kleid, was bedeutete der hasserfüllte Ausdruck in Leonoras Augen, die so gar nichts Menschliches mehr hatten?

Ohne auf Leonora zu achten, lief sie zur Tür und ließ den Hund herein. Er sprang auf Daphne zu und umtänzelte sie schwanzwedelnd, als wäre das Teil eines geheimen Rituals. Leonora war beim Erscheinen von Igor zurückgewichen und sofort im unteren Stockwerk verschwunden.

Daphne ging in die Knie, so gut es ihr in der eng geschnittenen Robe möglich war, und nahm den Kopf des Tieres zwischen ihre Hände. Eine große, sanfte Zunge strich über ihre Wangen und wischte die Tränen von ihren Augen.

Und dann war Stanislaw da. Sie flüchtete in seine Arme und schmiegte den Kopf gegen seine Brust. »Verzeih mir …, ich wollte doch nur …, ich dachte, ich könnte …«

Ihre Worte gingen in hilflosen Schluchzern unter.

Er drückte sie an sich und hielt sie fest. »Daphne, meine Liebste, du musst jetzt gehen«, flüsterte er, »ich habe hier noch etwas zu erledigen.« Behutsam löste er sich aus der Umklammerung und blickte sie an.

Dies war nicht mehr der gelassene, undurchschaubare Stanislaw, wie sie ihn bisher kannte. Wenn er sich jetzt dennoch um Beherrschung bemühte, so nur deshalb, weil er sie nicht noch mehr beunruhigen wollte.

Stumm versuchte sie in seinen Augen zu lesen. Angst und Sorge sah sie darin. Und Zärtlichkeit.

Sie nickte wie ein gehorsames Kind. In der Umkleidekabine schlüpfte sie aus dem Kleid und zog sich wieder an. Stanislaw stand neben der Tür. Igor wartete mit aufgestellten Lauschern vor der Treppe.

»Bitte fahr nach Hause. Du wirst bald von mir hören.«

»Stanislaw, du musst mir jetzt …«

»Nicht jetzt. Hab noch etwas Geduld.« Seine Stimme klang bestimmt.

Wortlos zog sie die Tür auf und schloss sie leise hinter sich.

»Komm rauf«, seine Stimme drang bis in die letzten Winkel des Kellergewölbes, »oder soll Igor dich holen?«

Es dauerte nicht lange, und das dunkle Haupt der Vampirin erschien im Treppenaufgang. »Was willst du, Stanislaw?«

Sie wusste, dass er stärker war als sie, viel stärker. Langsam stieg sie die Stufen hoch. Igor saß aufrecht neben seinem Herrn, das Nackenfell gesträubt, die Lefzen hochgezogen. Die Reißzähne des kräftigen Gebisses schimmerten weißlich unter den Deckenstrahlern, und aus dem bebenden Körper des Tieres kam ein tiefer, dumpfer Ton.

»Ich will, dass du diese Stadt auf der Stelle verlässt und dich niemals mehr in Daphnes Nähe wagst, andernfalls …« Er ließ den Satz in der Luft hängen und bohrte den Blick in ihre Augen, bis sie einen Schritt zurückwich.

»Andernfalls was?« Ihr Ton war trotzig.

»Andernfalls, Leonora«, erwiderte er sanft, »werde ich dafür sorgen, dass dich das Sonnenlicht zerfrisst und nur noch ein Häufchen Asche von dir übrig bleibt.«

Aus ihrem halb geöffneten Mund kam ein zischendes Geräusch.

»Oder wäre es dir lieber«, setzte er in unverändert sanftem Ton hinzu, »wenn Igor dir das Herz aus der Brust reißt?«

Leonora regte sich nicht. Stanislaw wandte sich zur Tür und schritt ohne Eile hinaus. Igor stand auf und streckte sich, ohne Leonora aus den Augen zu lassen. Dann drehte er sich um und lief seinem Herrn hinterher.

– NEUNZEHN –

Am Morgen des nächsten Tages holte Hannes Krebs seinen Kollegen im Hotel ab. Er wollte noch einmal mit ihm sprechen, bevor er ihn zum Flughafen brachte.

Sobald er mit ihm sein Büro betrat, bestürmten Suter und Urs die beiden mit Fragen, doch Hannes machte eine abwehrende Handbewegung, die sie verstummen ließ. Als sie seinen Gesichtsausdruck bemerkten, zogen sie geräuschlos die Tür hinter sich zu.

Kaum waren sie allein, ergriff Santin das Wort. »Ich kann hier im Moment nichts mehr tun, Hannes, aber wenn Sie mich brauchen, komme ich sofort.«

»Danke, Aldo.« Der Kommissar sank in seinem Stuhl zurück. Seine Augen lagen tief in den Höhlen, die Lider waren gerötet. »Ich habe fast nicht geschlafen.«

»Mir ging es ähnlich. Dabei hatte ich gehofft, dass mir sozusagen im Schlaf eine Eingebung kommen würde.« Santins Stimme klang müde. »Haben Sie etwas von Daphne gehört?«

Hannes schüttelte den Kopf.

»Rufen Sie sie an! Es ist wichtig, dass Sie über den Lauf der Dinge Bescheid wissen. Sie müssen ihre Bewegungen verfolgen. Haben Sie schon mal daran gedacht, dass der Graf Daphne zu einer Reise überreden könnte?«

Krebs riss die Augen auf und blinzelte. »Eine Reise? Und wohin?«

Als habe er es mit einem besonders begriffsstutzigen

Schüler zu tun, erwiderte der Commissario: »Erstens kommt dafür fast jedes Ziel in Frage, zweitens liegt der Gedanke doch nahe, dass Stanislaw sich gemeinsam mit Daphne unserem Zugriff entziehen möchte.«

»Aber wir haben nicht den geringsten Beweis für ...«

»Natürlich nicht«, schnitt Santin ihm das Wort ab, »und genau deshalb müssen wir ihnen auf der Spur bleiben. Nicht wir natürlich, denn ich kann und darf nicht eingreifen. Sie, verehrter Kollege, müssen das tun.«

»Wir haben keinerlei Chance«, murmelte Krebs düster.

»Dann nutzen wir eben selbst die Chance, die wir nicht zu haben glauben. Los, heften Sie sich an Daphnes Fersen, gehen Sie ihr auf die Nerven, provozieren Sie den Grafen, nur kommen Sie um Himmels willen aus diesem schwarzen Loch raus. Tun Sie etwas!« Der Commissario stand auf und lief wie ein Tier im Käfig vor dem Schreibtisch auf und ab.

Mitten in der Bewegung blieb er dann stehen. »Und wenn wir ihm einen Köder hinhalten?«

»Was für einen Köder?« Krebs krauste die Stirn. »Denken Sie gerade etwas, von dem ich nicht hoffe, dass Sie es denken?«

»Wollen wir den Grafen zur Strecke bringen, ja oder nein? Und muss nicht alles versucht werden, um Daphne zu beschützen?«

»Wie soll ich ...«

»Porca miseria«, der Venezianer fuhr sich mit der Hand durch das dichte graue Haar, »ich schätze euch Schweizer wirklich sehr, aber etwas mehr fuoco könnte euch nicht schaden! Dies hier dürfte der Fall Ihres Lebens sein, und womöglich geht es auch um eine sehr wichtige Frau in Ihrem Leben, und da kommen Sie mir mit kleinmütigen Einwänden! Was sind Sie eigentlich für ein Sternzeichen?«

»Jungfrau«, erwiderte Hannes Krebs, verblüfft über die Wendung des Gespräches. »Wollen Sie mich jetzt auch noch mit diesem Astrologiekram belämmern?«

»Nüchtern und pingelig«, gab Santin zurück und grinste zum ersten Mal an diesem Morgen. »Hätte ich mir denken können. Ist angeblich ideal für unseren Beruf.«

»Und was sind Sie?«

»Sie glauben doch nicht daran.«

»Egal. Sagen Sie's schon.«

»Ich bin Wassermann.«

»Und was heißt das?«

»Das ist das Zeichen der Genies. Kreativität. Geistige Unabhängigkeit. Mozart war Wassermann.«

»Dann lassen Sie mal hören. Sie sind nicht Mozart, aber immerhin Wassermann.« Allmählich erwachte Krebs aus seiner Lethargie. Seine Schultern strafften sich.

»Sie müssen natürlich zuerst Ihren Vorgesetzten überzeugen. Erzählen Sie ihm von neuen Verdachtsmomenten, die diese Maßnahme erforderlich machen. Ihnen wird schon etwas einfallen.«

»Und dann?«

Seufzend setzte sich Santin. »Ganz einfach, Sie tun Folgendes …«

Mit vorgebeugtem Oberkörper, die Hände locker auf der Schreibtischplatte liegend, lauschte Krebs dem, was der Commissario als Plan A bezeichnete. An einigen Stellen stellten sich ihm alle Haare auf, an anderen empfand er zum ersten Mal wieder so etwas wie Zuversicht.

»Und wenn das schiefgeht? Wie sieht dann Ihr Plan B aus?«

Santin legte den Kopf auf die Seite und betrachtete den jüngeren Kollegen. »Es gibt keinen Plan B.«

Hannes schluckte trocken. »Ich hoffe, Ihnen ist klar, was ich damit riskiere.«

Santin erwiderte nichts. Er trat ans Fenster. Seine Augen folgten dem Flug einer Elster, die wie ein Kampfjet auf einem der umliegenden Dächer landete.

»Und wenn er das Spiel durchschaut? Bisher war er uns immer mindestens einen Schritt voraus!«, wandte Hannes ein.

»Es gibt keine andere Möglichkeit. Ich fliege heute nicht zurück.« Die Stimme von Aldo Santin war von unangenehmer Entschiedenheit.

Am frühen Abend betrat Stanislaw den Club. Sein Geschäftsführer kam ihm entgegen. Igor, der sich bis jetzt wohlerzogen an der Seite seines Herrn gehalten hatte, lief auf Pierre zu, umrundete ihn mehrmals und drückte seinen Kopf gegen dessen Knie.

»Entschuldigen Sie, Pierre, aber dieses Tier hat nun einmal einen Narren an Ihnen gefressen.«

Pierre bückte sich und tätschelte Igors kräftigen Rücken. »Lassen Sie nur, Graf Stanislaw, die Zuneigung ist gegenseitig. Schade, dass Sie ihn nicht öfter mitbringen.«

Sein Chef erwiderte nichts. »Gab es irgendetwas Besonderes?«, fragte er, nachdem der Hund wieder an seiner Seite war.

»Herr Krebs hat angerufen, die unermüdliche Spürnase. Er wollte wissen, wann Sie kommen. Dann unser liebeskranker Dirigent, der sich gar nicht mehr so trübsinnig anhörte. Er wird sich wieder melden, hat er gesagt. Dann«, Pierre senkte respektvoll die Stimme, »der Herr, der sich

Darius nennt. Er bittet um Rückruf. Und vor ungefähr zwei Stunden war eine Frau am Telefon, die Sie unbedingt in einer beruflichen Angelegenheit sprechen möchte. Sie klang sehr sympathisch, und ich konnte aus ihr herauslocken, dass sie freiberufliche Journalistin ist und für eines dieser Hochglanzmagazine eine Serie über Etablissements wie unseres schreibt. Sie sagte, das ›Stanislaw‹ habe schon jetzt Kultstatus, und der Bericht darüber sei von ihrer Redaktion als Höhepunkt der Serie geplant. Natürlich habe ich ihren Enthusiasmus erst mal gedämpft. Ich habe ihr gesagt, diese Entscheidung liege allein bei Ihnen …«

»Der Club ist Ihr Kind, hab ich recht?«

Pierre nickte stumm.

Stanislaw legte ihm eine Hand auf den Arm. »Pierre, ich werde ab morgen für einige Zeit fort sein, und ich reise umso leichter, weil ich weiß, dass bei Ihnen alles in guten Händen ist. Sie werden die Dinge in meinem Sinne weiterführen, dessen bin ich sicher.«

»Aber Graf Stanislaw«, stammelte Pierre erschrocken, »Sie werden doch zurückkommen, nicht wahr?«

»Ich bin bisher immer zurückgekommen«, antwortete Stanislaw trocken, »aber ich weiß nicht, wie lange ich diesmal wegbleiben werde. Bis dahin sind Sie mit allen Vollmachten ausgestattet. Ich habe ein entsprechendes Papier für Sie vorbereitet, das auch einige Anweisungen enthält. Es liegt in einem verschlossenen Kuvert auf dem Schreibtisch in meinem Büro. Öffnen Sie es erst nach meiner Abreise und verwahren Sie es gut.« Er wandte sich ab und machte einen Schritt auf die Bar zu. »Und jetzt lassen Sie uns bitte auf die Zukunft anstoßen.«

Pierre folgte ihm wie in Trance. Igor hielt sich dicht an seiner Seite. Der Tresen war leer, und von den Tischen war nur einer am Fenster besetzt. Eine jüngere Frau, die einen Stapel von Unterlagen auf ihren Knien ausgebreitet hatte, saß vor einem Glas Mineralwasser. Als die beiden hereinkamen, hob sie langsam den Blick.

»Guten Abend«, grüßte Pierre. Stanislaw nickte höflich in ihre Richtung. Mit verhaltenem Lächeln erwiderte sie den Gruß. Ihr Blick streifte nur kurz den struppigen Hund, danach versenkte sie sich wieder in ihre Papiere.

Stanislaw musterte sie aus den Augenwinkeln, während Pierre hinter der Bar eine Flasche »Réserve du Patron« hervorholte und sich selbst einen kleinen Brandy einschenkte.

»Also dann, auf die Zukunft, Graf Stanislaw«, erklärte er und hielt sein Glas gegen das Weinglas seines Chefs.

»Ja, Pierre, auf die Zukunft.«

»Was ist mit Igor? Werden Sie ihn mitnehmen?«

Der Hund hatte sich neben dem Tresen zusammengerollt und hielt die Augen fest geschlossen. Nur ein gelegentliches Zucken der spitz zulaufenden Ohren verriet seine Wachsamkeit.

»Ich hätte ihn gern bei mir ...« Gedankenvoll betrachtete Stanislaw das dunkle Fellbündel, das unkontrolliert zu zittern begann. »Aber ich fürchte, es geht nicht.«

»Graf Stanislaw, könnte ich ihn nicht zu mir nehmen, bis Sie ...« Pierre warf abwechselnd einen bittenden Blick auf seinen Arbeitgeber und dann einen sehnsüchtigen auf das Tier, das sich aufgerichtet hatte.

»Igor, komm zu mir.« Mit einem Satz war der Hund bei Stanislaw, der sich zu ihm herabbeugte. Er umfing seinen zotteligen Kopf und flüsterte ihm etwas ins Ohr, worauf Igor ihn mit der Schnauze anstupste.

Atemlos hatte Pierre die Zwiesprache zwischen Herr und Hund verfolgt. Das Tier befreite sich aus der Umarmung und lief um den Tresen herum, bis sich die Spannung der letzten Minuten in einem herzhaften Bellen entlud.

Aber da saß Pierre schon auf dem Boden vor Igor und wehrte halb lachend, halb weinend dessen nasse Zunge ab.

»Jetzt sind Sie sein Herr.« Stanislaw lächelte. »Er ist ein ganz besonderer Hund, und ich weiß, dass er bei Ihnen gut aufgehoben ist. Wundern Sie sich übrigens nicht, dass er manchmal für einen Tag verschwindet. Ich weiß nicht, was er während dieser Zeit treibt, aber danach ist er immer besonders munter.«

Mehr wollte Stanislaw über Igor nicht preisgeben. Das Geheimnis dieses Tieres, das er vor so langer Zeit von Großonkel Lorant übernommen hatte, ging nur ihn und Igor etwas an.

Pierre rappelte sich hoch. Der Hund tat es ihm gleich und sah erwartungsvoll zu ihm auf.

»Gehen Sie jetzt bitte und nehmen Sie Igor gleich mit. Der Abschied wird so für uns alle leichter.«

Zögernd wandte sich Pierre zur Tür. »Auf Wiedersehen, Graf Stanislaw, kommen Sie gesund zurück. Und danke für Ihr Vertrauen, danke für alles.«

»Leben Sie wohl, Pierre«, rief Stanislaw ihm leise nach, als er schon fast mit dem Hund über die Schwelle trat. Igor drehte sich nicht mehr nach ihm um. Es war Stanislaw recht so.

Allein mit dem gedämpften Gesang von Billie Holiday im Hintergrund, blieb er an dem Ort zurück, der in den letzten Wochen Schauplatz so vieler Begegnungen gewesen war. Erinnerungen kamen und gingen, manche nur noch undeutlich und flirrend wie durch einen Schleier betrachtet, andere gleißend hell und scharf.

Er kannte diese Momente des Innehaltens, er hatte sie

zu oft erlebt, und dennoch waren sie jedes Mal anders gewesen. Auf eine selbstquälerische Art liebte er dieses Zwischenreich, und das nicht nur, weil er aus der Not, immer wieder neu anfangen zu müssen, eine Tugend machte.

Ein Geräusch drängte sich zwischen seine Gedanken. Es kam vom Tisch am Fenster. Die Frau dort hatte er vollkommen vergessen. Er machte eine halbe Drehung auf dem Barhocker und sah ihr entgegen, während sie langsam auf ihn zukam.

Erst jetzt bemerkte er die entfernte Ähnlichkeit mit Daphne. Das gleiche halblange blonde Haar, die gleiche mittelgroße, schlanke Gestalt, die gleichen harmonischen Gesichtszüge.

Ihre Art, sich zu bewegen, aber war anders, und als sie näher kam, verblasste die Ähnlichkeit noch mehr. Die Konturen ihres Gesichts waren schärfer und kantiger, der dezent geschminkte Mund wirkte weniger weich. Aus den hellblauen Augen sprach zielstrebige Entschlossenheit. Hier hatte er jemanden vor sich, der es gewöhnt war zu kämpfen und sich davor nicht fürchtete.

Sie trug enge Jeans, eine weiße Bluse und einen gut geschnittenen schwarzen Blazer. Ihr Gang wirkte selbstsicher und verriet die Körperbeherrschung eines Menschen, der Sport treibt.

Er stand erst auf, als sie unmittelbar vor ihm stand.

»Ich muss mich entschuldigen«, begann sie mit einer angenehm dunklen Stimme, »ich wurde unfreiwillig Zeugin dieser rührenden Szene. Ich bin die Journalistin, die mit Ihrem Geschäftsführer telefoniert hat. Regula Steiner ist mein Name. Und Sie müssen Graf Stanislaw sein.« Sie legte den Kopf ein wenig in den Nacken und sah ihn fragend an.

»Ganz recht, Frau Steiner. Schön, dass Sie gekommen

sind«, antwortete Stanislaw reserviert. Als sie sich die Hand reichten, fiel ihm auf, wie muskulös sich ihre Finger anfühlten. Sie hatte Hände, die zupacken konnten.

»Es war nicht meine Absicht, Sie einfach so zu überfallen«, erklärte sie hastig, »aber ich war noch nie hier und wollte die Umgebung kennenlernen, aus der Gastperspektive sozusagen. Und der Zufall wollte es eben, dass ich Ihnen hier gleich begegnet bin ...«

Regula Steiner lächelte ihn an. Sie verkörperte einen Frauentyp, den er mochte, obwohl sie für seinen Geschmack etwas zu burschikos war.

»Sie haben Glück, dass Sie mich heute noch hier angetroffen haben«, sagte er und bat sie mit einer einladenden Geste, neben ihm Platz zu nehmen, »ich habe eine Reise vor. Aber mein Geschäftsführer wird Ihnen natürlich weiterhelfen können.«

»Mag sein, dennoch lebt der Club erst durch Sie richtig. Ihre Gäste werden sehr enttäuscht sein, wenn der Hausherr nicht anwesend ist.«

»Nun, für Ihre Story ist das nicht so wichtig. Sie haben mich ja jetzt kennengelernt und können sich ein Bild machen. Schicken Sie morgen Ihren Fotografen her und verabreden Sie sich mit Pierre. Er wird Ihnen alles sagen und zeigen können.«

»Ja, natürlich.« Sie wirkte fast ein wenig unglücklich. »Werden Sie lange fortbleiben?«

»Kommt drauf an, was man unter lange versteht. Für manche ist eine Woche schon eine lange Zeit, für andere beginnt die Zeitrechnung erst bei einem Jahr. Der Zeitbegriff ist etwas sehr Individuelles, finden Sie nicht?«

Regula Steiner schwieg, und er sah in ihr Gesicht, das wache Intelligenz verriet.

»Verzeihen Sie«, unterbrach er die Stille, »ich habe Ihnen nichts angeboten. Darf ich Sie zu einem Drink einladen, solange ich hier noch ...«

Sie wandte sich zu ihm um. »Ja, natürlich, gern.« Ihre Stimme hatte den forschen Klang verloren. »Ich nehme einen Gin mit Tonic.«

Stanislaw trat hinter den Tresen, gab Eiswürfel in ein hohes, schlankes Glas, schenkte großzügig aus einer Flasche »Bombay Gin« ein, füllte mit Tonic Water auf und legte eine Gurkenscheibe auf das fertige Getränk. »So schmeckt es noch besser.«

Sie nahm das Glas entgegen und probierte einen Schluck. Nicht zum ersten Mal an diesem Abend bedauerte sie, in einer rein professionellen Mission bei ihm zu sein. Sie fing seinen Blick ein. Kam es ihr nur so vor, oder war etwas Lauerndes in seinen Augen?

Regula Steiner besann sich ihres eigentlichen Auftrags. »Bitte entschuldigen Sie mich einen Moment.« Sie lief zu dem Tischchen, an dem sie zunächst gesessen hatte, sammelte ihre Unterlagen ein, nahm ihre Tasche und kehrte zu Stanislaw zurück.

Sie hielt ihm eine Visitenkarte hin und kramte in ihren Papieren. »Und das ist mein Presseausweis.«

Stanislaw warf einen flüchtigen Blick auf die in Plastik eingeschweißte Karte mit dem Namen und dem Foto der Journalistin. »Ich werde meinem Geschäftsführer Ihre Karte überlassen. Wenn Sie Fragen haben, die ich Ihnen vielleicht besser beantworten kann, fragen Sie jetzt. Das ist die letzte Gelegenheit. Also, nutzen Sie sie! Wenn es Ihnen lieber ist, gehen wir in mein Büro, dort sind wir ungestört.«

»Ich würde lieber hier bleiben.« Sie zog ein Notizbuch

hervor. »Obwohl die Luft ein bisschen stickig ist«, murmelte sie, während sie ihren Stift suchte.

»Pierre hat wohl vergessen, die Lüftung anzustellen.«

Während Stanislaw an einem Wandschalter hantierte, öffnete sie rasch einen weiteren Knopf ihrer Bluse.

Er setzte sich wieder neben sie. Nachdenklich ruhte sein Blick auf ihrer nackten Haut. »Schießen Sie los.«

Sie begann mit den Fragen, die sie schriftlich notiert hatte, und er antwortete mit gleichmütiger Stimme. Bis er ihr in aller Gelassenheit das Notizbuch aus der Hand nahm und es zuklappte.

»Das sind doch Allerweltsfragen, liebe Frau Steiner! Und es ist auch gar nicht das, was Sie wirklich wissen wollen. Sie interessiert viel mehr, was die Szene mit dem Hund bedeutet, die Sie als rührend bezeichnet haben, und noch mehr interessiert Sie, was für einer dieser seltsame Graf Stanislaw ist. Hab ich recht?«

Regula Steiner lächelte. »Sie haben mich durchschaut.«

»Nun«, er erwiderte ihr Lächeln, »was den Hund angeht, so ist das eine sehr private Angelegenheit. Und über meine Person haben sich schon manche vor Ihnen den Kopf zerbrochen, ohne Erfolg natürlich. Aber vielleicht ist das alles ja nur eine Art Marketing-Trick, vielleicht bin ich im Grunde ein ganz langweiliger Bursche, um den man viel zu viel Getue macht. Heiße Luft sozusagen?«

Diesmal verzog sie das Gesicht zu einem breiten Grinsen. »Kommen Sie mir nicht mit so was, darauf falle ich nicht rein. Ich weiß nicht, ob alles stimmt, was man sich über Sie erzählt, aber ich finde Sie ziemlich interessant.«

Er stand auf. »Lassen Sie erst mal auf sich wirken, was Sie gesehen und gehört haben, und formulieren Sie Ihre Fragen dann neu. Wie gesagt, Pierre, mein Geschäftsführer, wird Ihnen weiterhelfen. Ich muss jetzt gehen. Kann ich Sie nach Hause fahren?«

»Ich wohne in der Zollikerstraße, unterhalb vom Burghölzli.«

»Das liegt auf meinem Weg. Kommen Sie.«

Rasch packte Regula Steiner ihre Sachen zusammen. »Ich würde mir gern noch die Hände waschen.«

»Natürlich. Lassen Sie sich Zeit.«

Nach wenigen Minuten war sie zurück. Stanislaw wartete draußen und hielt ihr die Tür auf, als er sie kommen sah. Sie sah sich um. »Wo steht Ihr Wagen?«

Es war inzwischen dunkel. Die Straßenbeleuchtung hatte sich eingeschaltet.

»Dort drüben.« Er deutete auf die gegenüberliegende Seite. Der Aston Martin schimmerte schwärzlich unter dem Schein der Bogenlampe.

»Schönes Gefährt. Es passt zu Ihnen.«

Er erwiderte nichts und ließ sie einsteigen.

– ZWANZIG –

Er ist nicht der, für den Sie ihn halten«, gellte es noch immer in Daphnes Ohren. Leonora hatte recht: Was wusste sie schon über Stanislaw? Nur das, was man sich über ihn erzählte und was er auf ihre Fragen geantwortet hatte.

Noch einmal wählte sie die Handynummer von Darius. Geh schon dran, Darius!, betete sie.

Als er sich meldete, nahm sie Stimmengewirr und diffuse Hintergrundgeräusche wahr. »Wo bist du?«, fragte er. Sie meinte, einen besorgten Unterton herauszuhören.

»Ich bin zu Hause. Kann ich dich sehen?«

»Einen Moment …« Sie hörte ihn mit jemandem wispern, dann: »Ich sitze mit Maria von Stein im ›Storchen‹, wir feiern ihre Genesung. Sie sagt, sie würde sich freuen, wenn du uns Gesellschaft leisten könntest. Nach dem Essen wird sie uns allein lassen, damit wir reden können. Einverstanden?«

Daphne zögerte einen Moment. »Einverstanden, bin gleich da.«

Eine Viertelstunde später saß sie mit Darius und der Baronin in einer der gemütlichen Nischen des Restaurants. In der Wärme seiner Umarmung hatte sie fast die Fassung verloren, doch er hatte sachte ihren Rücken gestreichelt und ihr ins Ohr geflüstert: »Sei ganz ruhig, ich bin bei dir.«

Maria von Stein hatte sie freundlich auf die Wangen geküsst.

»Ich wollte nicht stören«, murmelte Daphne.

Darius schenkte ihr ein Glas Wein ein. »Dummes Zeug.« Er tätschelte ihre Hand.

»Darius hat recht«, sagte die Baronin, »Sie stören uns überhaupt nicht, im Gegenteil, es ist schön, dass Sie dabei sind. Nach all dem ...«

Die Baronin plauderte munter über dieses und jenes und tat, als bemerkte sie Daphnes Einsilbigkeit nicht.

Darius betrachtete seine Ziehtochter hin und wieder von der Seite. Bis er Maria von Stein unterbrach: »Daphne, ich möchte, dass du mir jetzt zuhörst. Maria hat mir vorhin etwas erzählt, das du meiner Meinung nach wissen solltest. Bist du einverstanden, Maria?«

»Natürlich. Es geht um etwas, das während des Kostümfests geschah. Während der Quadrille. Sie konzentrierten sich ganz auf die Tanzschritte, Daphne, und der Graf nutzte die Gelegenheit, mir in einem unbeobachteten Moment zuzuflüstern, er wolle mich später allein treffen. In seinem Büro. Nachdem er Sie nach Hause geschickt hätte.« Die Baronin stockte. »Es tut mir leid, Daphne, aber ich war auf dem Weg zu ihm, als ich überfallen wurde.«

Daphne hatte die Augen gesenkt. Sie griff nach ihrem Weinglas und umklammerte den Stiel. »Ich ...« Sie sprang auf. Ihre Serviette fiel zu Boden. »Entschuldigung«, flüsterte sie tonlos, »ich bin gleich wieder ...« Sie hastete auf den Flur hinaus.

Darius hatte die totenbleiche Daphne vor der Tür der Damentoilette in Empfang genommen. »Komm, du brauchst frische Luft. Und Maria lässt dich herzlich grüßen.«

Auf seinen Arm gestützt, stand sie jetzt am Limmatufer in dem Laubengang, der zum »Storchen« gehörte. Der Abend war für die Jahreszeit ungewöhnlich warm, und das Hotelpersonal begann erst jetzt, die runden Stehtische abzuräumen. In den kleinen Glasgefäßen flackerten die verglühenden Kerzen. Die Fenster der Zunfthäuser auf der gegenüberliegenden Seite des Flusses waren wie immer um diese Zeit hell erleuchtet.

Ein Schwan, dessen Gefieder in den Lichtern silbrig schimmerte, zog seine einsame Bahn an ihnen vorbei. »Wie ein Spukvogel«, flüsterte Daphne, »so, wie auch alles andere nur ein Spuk zu sein scheint.«

Darius wandte sich um und lehnte sich mit dem Rücken gegen das Geländer, während sie berichtete, wie sie sich aufgemacht habe, Leonora in ihrem Atelier zu besuchen, und sie ließ kein Detail aus.

Als sie beschrieb, wie Igor durch sein höllisches Gebell den Zauber gebrochen hatte, brach Darius in ein Gelächter aus, in dem sich Zorn und Erleichterung mischten: »Igor war also der Zerberus …«

Beide schwiegen eine Weile, bis Daphne mit sehr kleiner Stimme sagte: »Darius …«

Er ergriff ihre Hand. »Ja?«

»Weißt du, was sie damit meinte, als sie sagte, Stanislaw sei nicht der, für den ich ihn halte?«

Sie hielt den Atem an. Er ließ sich Zeit mit der Antwort.

»Ja, Kleines, das weiß ich.« Er war froh, dass sie in der Dunkelheit seine Augen nicht richtig sehen konnte.

»Ist er … ein Mörder?«

»Nein, er ist kein Mörder. Aber er hat Menschen getötet.«

Ihre Finger krallten sich in seinen Arm. »Ich verstehe

nichts mehr«, stieß sie hervor. »Er soll Menschen getötet haben, und er ist trotzdem kein Mörder?«

Sie starrte ihn an, als wäre er ein Fremder, den sie nie zuvor gesehen hätte. Darius versuchte sie festzuhalten, doch sie hatte sich schon losgerissen. Durch die Storchengasse rannte sie an den verwunderten Blicken der Passanten vorbei, bis sie atemlos vor dem Taxistand gegenüber dem »Savoy Hotel« stehen blieb.

Darius war ihr nicht gefolgt. Sie riss die hintere Tür des ersten Wagens auf und fiel fast auf den Rücksitz. »Nach Erlenbach, und bitte beeilen Sie sich!«

Gelassen startete der Fahrer den Motor. »Ich tue mein Möglichstes«, erklärte er grinsend und fuhr los. Auf der Bellerivestraße kam der Verkehr zum Stehen.

»Was ist, warum halten wir?«

»Vermutlich ein Unfall weiter vorne«, sagte der Fahrer achselzuckend.

»Können wir nicht irgendwo rausfahren und einen Umweg nehmen?« Daphne war den Tränen nahe. »Bitte, machen Sie schnell!«

Wortlos bog der Fahrer in eine Seitenstraße ab. Einige Minuten später hielt er vor der Villa in Erlenbach, aus der schwaches Licht nach außen drang.

»Warten Sie einen Moment.« Der Fahrer nickte.

Sie lief zum Eingang, läutete. Alles blieb still. Warum schlug Igor nicht an? Sie läutete noch einmal, doch nichts geschah. Als sie aus einem Reflex heraus am Türknauf rüttelte, sprang das Portal auf.

Sie rannte zum Taxi, bezahlte den Fahrer und ging zur Eingangstür zurück. Nach kurzem Zögern trat sie über die Schwelle.

Langsam stieg sie die Treppe hoch, dem Lichtschein entgegen. Als sie den oberen Treppenabsatz erreichte, öffnete sich, wie bei ihren früheren Besuchen, die Sesam-öffne-dich-Tür vor ihr. Sie trat in den Wohnraum, der Quelle der schwachen Beleuchtung, die sie von außen wahrgenommen hatte.

Musik empfing sie, die Arie der Königin der Nacht aus der »Zauberflöte«. Im Kamin brannte ein ruhiges Feuer. In einem der schwarzen Ledersessel saß jemand mit dem Rücken zu ihr, jemand mit dunklem Haar.

»Ich habe dich erwartet. Setz dich zu mir.« Daphne trat näher. Sie hatte keine Furcht mehr. »Komm schon, setz dich.«

Daphne trat zu der Gestalt vor dem Feuer und sank in den Sessel daneben.

»Gut so, mach es dir bequem.«

»Ich möchte nur eines wissen ...« Weiter kam sie nicht.

»Ich habe es dir doch schon gesagt, Süße, er hat es mit allen so gemacht.« Leonora wandte ihr den schönen Kopf zu. In ihren gelb-braunen Augen tanzte dieselbe Flamme, die Daphne während des Kostümfests bei Stanislaw bemerkt hatte.

»Er ist vollkommen unzuverlässig und manipuliert Menschen, wie es seinen Zwecken entspricht. Sogar seinen Hund hat er inzwischen verstoßen, weil er ihm lästig geworden ist. Er hat ihn einfach seinem Geschäftsführer überlassen, stell dir das vor!«

»Er hat Igor nicht mehr?«, flüsterte Daphne. Sie setzte sich kerzengerade in ihrem Sessel auf.

Leonora ging nicht darauf ein. »Er wollte mit dir verreisen, hab ich recht?«, fragte sie. Und als Daphne nichts erwiderte: »Das dachte ich mir. Aber auf diese Reise wirst du vergeblich warten, Süße.«

Daphne starrte ins Feuer. »Was wollen Sie ..., was willst du mir damit sagen, Leonora?« Und in einer Aufwallung von Trotz: »Was machst du überhaupt hier? Wie bist du hereingekommen?«

»Ich komme überall rein, wenn ich will«, antwortete Leonora gelassen. »Und wie ich schon sagte, ich habe dich erwartet.«

»Woher wusstest du, dass ich hier auftauchen würde?«

»Süße, deine Naivität ist entzückend.« Wieder hatte Leonoras Stimme diesen einschmeichelnden Klang vom Nachmittag.

Doch als sie fortfuhr, erschrak Daphne vor der plötzlichen Kälte in ihren Worten: »Natürlich würdest du kommen, jemand wie du kann gar nicht anders ...«

»Warum hasst du ihn so? Was hat er dir angetan?«

Leonora kicherte in sich hinein. »Das ist eine ziemlich lange Geschichte. Wenn du mal viel Zeit hast, und du wirst demnächst sehr viel Zeit haben, dann erzähl ich's dir.«

»Wer ist er?« Daphne krümmte sich in ihrem Sessel zusammen, als wollte sie sich unsichtbar machen. »Und du, Leonora«, flüsterte sie, »wer bist du?«

»Das weißt du noch immer nicht?« Leonora ließ einen ihrer Pumps zu Boden fallen und reckte den Fuß in den schwarz glänzenden Strümpfen spielerisch gegen das Feuer.

»Ehrlich gesagt verstehe ich nicht, weshalb er bei dir so lange gewartet hat, Schätzchen. Du musst schon etwas Besonderes für ihn sein, dass er sich bisher mit einem Beischlaf à la mode de Stanislaw begnügt hat, statt ...«

»Statt was?« Daphne war aus ihrem Sessel aufgesprungen.

Kreidebleich starrte sie Leonora ins Gesicht, das jetzt von einem hässlichen Lachen verzerrt wurde.

Als sie endlich antwortete, kostete Leonora jedes ihrer Worte genüsslich aus: »Statt dir seine langen, kräftigen Fangzähne in den Hals zu bohren und das von dir zu nehmen, was er am allermeisten begehrt ..., dein Blut.«

Die Erde bebte nicht unter ihren Füßen, und auch der Himmel fiel ihr nicht auf den Kopf, eine Formulierung, die sie an etwas erinnerte, das Hannes Krebs vor hundert Jahren einmal zu ihr gesagt hatte.

Leonora glitt schlangengleich aus ihrem Sessel hoch. Ihre Finger schnellten vor und packten Daphnes Hals mit unentrinnbarem Griff. »Hast du es wirklich nicht gewusst, Süße?«, zischte sie. »Hast du das ganze Theater nicht irgendwann durchschaut?«

Mit einer Hand zog sie Daphnes Kopf so nahe zu sich heran, dass der Eishauch von ihren Lippen zu spüren war.

Die andere Hand tastete sich unter Daphnes T-Shirt. »Was für eine Haut ...« Leonoras Finger fühlten sich an, als würde eine Spinne über sie hinwegkriechen. »So weich und so seidig.« In ihrem Ton war jetzt ein zärtliches Drängen. »Bleib bei mir, meine Süße, und du wirst sehen, wie ...«

»Was wird sie sehen?« Es war eine leise Stimme, fast ein Flüstern. Stanislaw stand in der Tür.

Leonora ließ ihr Opfer los und fuhr herum. Daphne wandte langsam den Kopf, während er auf sie zukam. Seine Mundwinkel glänzten von noch nicht ganz eingetrocknetem Blut, das auf einer Seite in einem unregelmäßigen Rinnsal bis zum Kinn herabgesickert war. Sein Gesicht wirkte rosig und straff.

»Sie wird es überleben, ich habe nur ein bisschen von ihr genascht.« Eine große Ruhe ging von ihm aus. »Schon allein deshalb, weil der Kommissar wohl seinen Job verloren hätte, wenn seine Kollegin bei diesem Spezialeinsatz zu

Tode gekommen wäre. Und ich kann diesen Hannes Krebs gut leiden, trotz allem.« Gemächlich näherte er sich den beiden Frauen vor dem Feuer.

Die Vampirin wollte zurückweichen. Stanislaw hob nur ganz leicht die Hand.

»Setz dich wieder, Leonora. Und sieh mich an.« Sie gehorchte wie eine Marionette, mit glasigen Augen. »Der Himmel ist sternenklar, und in wenigen Stunden gibt es einen sehr malerischen Sonnenaufgang. Du wirst ihn hier in diesem Sessel erleben. Du weißt, was dich erwartet, ich hatte dich gewarnt.« Mit zwei raschen Griffen schob er den Sessel direkt vors Fenster. »Damit du die Aussicht richtig genießen kannst.«

Von Leonora kam nur ein gurgelndes Geräusch, und die Art, wie sie gegen einen unsichtbaren Widerstand Arme und Beine zu bewegen versuchte, erinnerte an eine tragische Clownsfigur. Noch einmal hob Stanislaw die Hand, und die Vampirin erstarrte wie ein lebendes Bild. Sie konnte sich nicht mehr gegen ihn wehren.

Auch Daphne stand wie versteinert vor dem Feuer, seit Stanislaw den Raum betreten hatte.

Er streckte den Arm aus. »Kommst du?«

Sie sah ihm lange ins Gesicht. Stumm ertrug er ihren Blick. Bis sie seine Hand nahm: »Lass uns gehen.«

»Verdammte Scheiße«, fluchte Hannes, »wie konnte es nur passieren, dass wir sie verloren haben?«

»Er wird den Sender entdeckt haben, den sie in ihrem BH hatte«, sagte der Commissario trocken. Die beiden Polizisten standen vor dem Haus, in dem Regula Steiner wohnte. Um diese Zeit war es ruhig in der Zollikerstraße. Gelegentlich kam ein Auto vorbei, Anwohner, die zu ihrem Parkplatz oder zu ihrer Garage fuhren, Besucher der zwei alteingesessenen Restaurants, manchmal auch ein Taxi.

Regula Steiners Fenster waren dunkel. Die beiden Polizisten verschafften sich Zugang zum Inneren des Hauses. Die Wohnungstür stand offen. Reflexartig wollte Hannes die Waffe ziehen. Santin hielt ihn mit einer Geste zurück. »Lassen Sie es, das kann uns hier nicht helfen.«

»Regula!« Krebs beugte sich über die reglose Gestalt auf der Couch und schüttelte sie. Nach Sekunden, die ihm endlos vorkamen, öffnete sie die Augen. »Hannes?« Sie betrachtete ihn verwirrt.

»Gott sei Dank, du lebst«, stammelte er. Doch sie hatte die Augen schon wieder geschlossen. Erst jetzt bemerkte er die Male an ihrem Hals. Er riss sein Handy aus der Tasche. »Einen Krankenwagen, sofort, Zollikerstraße 204!«

Seine Kollegin blinzelte angestrengt. »Hannes …«

»Der Krankenwagen ist gleich da, Regula. Es ist besser, wenn du nicht sprichst. Schone deine Kräfte.« Mit fahrigen Fingern strich er über ihre Stirn. Er schwitzte.

»Aber … du musst wissen …« Ihre Lider flackerten.

Santin, der bis jetzt neben der Tür gewartet hatte, kam näher. »Sie will uns etwas Wichtiges sagen.« Und nach einem raschen Blick auf die Polizistin: »Sie wird nicht sterben, er hat sie verschont. Lassen Sie sie jetzt gewähren.«

Hannes setzte sich auf die Kante der Couch und nahm ihre Hand. »Was muss ich wissen?«

»Er wollte mich nicht töten«, presste sie mühsam hervor, »es war mehr wie die Umarmung eines …« Erneut fielen ihr die Augen zu. »… eines zärtlichen Liebhabers.« Ihre Züge entspannten sich.

Schweigend warteten die beiden Männer, bis im Treppenhaus das Getrappel eiliger Schritte zu hören war. Mit dem Erscheinen des Notarztes und der Sanitäter brach wieder das normale Leben über die beiden Polizisten herein. Der Mediziner wurde von Krebs in knappen Worten informiert und untersuchte die verletzte Beamtin nur kurz, bevor er sie mit Sauerstoff und Blutkonserven versorgte.

»Wird sie es schaffen?« Hannes trat von einem Fuß auf den anderen, während Regula Steiners geschwächter Körper in den Krankenwagen gebracht wurde.

Der Arzt musterte ihn von oben bis unten. »Ihre Kollegin schon«, meinte er trocken, »aber wenn ich mir Sie so ansehe …«

Santin legte ihm den Arm um die Schultern. »Der Dottore hat recht. Jetzt beruhigen Sie sich erst mal.« Er führte ihn die Treppe hinunter zu dem Dienstwagen, der einige Meter entfernt stand.

»Ich fahre«, erklärte er gebieterisch. »Bei mir ist es nicht mehr so wichtig, wenn wir von der Polizia erwischt werden. Wir müssen nachdenken. Und außerdem hält Essen und Trinken bekanntlich Leib und Seele zusammen. Ich habe im Vorbeifahren ein vielversprechendes Restaurant entdeckt. Da gehen wir jetzt hin.«

»Dass Sie immer ans Essen und ans Trinken denken müssen«, murrte Hannes. »Als ob es nichts Wichtigeres gäbe!«

Als sie dann in der behaglichen kleinen Bar an einem der bäuerlichen Tische mit den unbequemen Stühlen saßen, lächelte Krebs zum ersten Mal wieder, obwohl es ein zerquältes Lächeln war. »Sie haben recht. Denken wir also nach. Was meinen Sie?«

Santin legte die Hand flach auf den polierten Holztisch. »Ihre Kollegin Regula Steiner ist außer Gefahr, das hat der Arzt bestätigt. Der Graf hat sie nicht töten wollen. Er wollte anscheinend nur ein bisschen bei ihr ... Wie nennt man das in Ihrer Sprache? Ein bisschen auftanken oder so ähnlich.«

Krebs verzog das Gesicht, und Santin fuhr fort: »Was lernen wir sonst daraus? Graf Stanislaw war uns bisher um Längen voraus, das wissen wir jetzt. Ob wir ihn jemals schlagen können, wird immer zweifelhafter. Bleibt die Frage, was aus Daphne wird. Wenn wir davon ausgehen, dass der Graf hier demnächst so etwas wie einen Abflug machen wird ...«, er ignorierte den missbilligenden Blick seines Kollegen, »... dann wird er Daphne mitnehmen wollen.«

Krebs murmelte etwas Unverständliches, sprang auf, stieß dabei beinahe den Tisch um und stürzte hinaus.

Kopfschüttelnd sah Santin ihm nach.

Mit quietschenden Reifen hielt Hannes Krebs vor dem Haus in der Mainaustraße. Aus Daphnes Wohnung kam kein Licht. Auch nach wiederholtem Läuten antwortete niemand.

Er fuhr zum »Stanislaw«. Pierre kam ihm entgegen, begleitet von Igor, der sich eng an seiner Seite hielt.

»Kommissar Krebs? Sind Sie dienstlich hier?«

»Ja ..., nein ..., ist Graf Stanislaw hier?«

Verwundert über die flatternden Nerven des Kommissars erwiderte Pierre: »Nein, er ist nicht hier. Kann ich Ihnen vielleicht weiterhelfen?

»Nein, vielen Dank.« Er sah auf die Uhr. Es war nach zwei Uhr morgens.

Pierre lächelte. »Hier ist schon alles geschlossen, aber im Saal nebenan ist heute Nacht Disco, das dauert bis zum frühen Morgen. Sie sehen aus, als hätten Sie einen harten Tag hinter sich. Ich würde Sie gern zu einem Schlummerbecher einladen. Und wenn Sie wollen, gibt es auch noch eine Kleinigkeit zu essen.« Er sah ihn aufmunternd an.

»Ein Bier nehme ich gerne. Aber nur, wenn Sie mir Gesellschaft leisten. Und wenn Sie irgendwo eine einigermaßen ruhige Ecke für uns finden.«

Wenig später saß Hannes Krebs mit einem gut eingeschenkten Glas in der Hand auf einem der behaglichen roten Plüschsofas vor dem Saal, Pierre war bei ihm geblieben. »Auf Ihr Wohl, Herr Kommissar.«

Pierre wurde von Igor mit der Schnauze angestupst. Liebevoll fuhr seine Hand durch das dichte, grau melierte Fell. »Ich bin so froh, dass ich ihn habe …«, sagte er wie zu sich selbst. »Es wäre anders auch nicht …«

»Das ist ein wunderbarer, schöner Hund, Pierre«, sagte Krebs und hielt dem Tier die Hand entgegen. Nach kritischem Beschnuppern ließ Igor es sich gefallen, auch von ihm gestreichelt zu werden.

»Ich habe Sie früher noch nie mit ihm gesehen. Woher haben Sie ihn?«

»Er hat Graf Stanislaw gehört. Aber da der Graf auf Reisen gehen will, hat er ihn mir … Herr Kommissar, was ist denn?« Zum zweiten Mal in dieser Nacht hätte Krebs beinahe einen Tisch umgestoßen. Er murmelte eine kaum verständliche Entschuldigung und verschwand in der Dunkelheit.

»Verstehst du das, Igor?« Pierre beugte sich herab und tätschelte den kräftigen Rücken des Hundes.

Igor legte ihm den Kopf auf die Knie und sah ihn aus wissenden Augen an.

Es war drei Uhr früh, als Hannes Krebs vor der Villa des Grafen in Erlenbach anhielt. Keines der Fenster war erleuchtet, er glaubte aber, einen kaum wahrnehmbaren Lichtschein zu sehen.

Er läutete und wartete. Niemand öffnete. Im Inneren des Hauses war alles still. Er nahm den Finger vom Klingelknopf. Um diese Zeit würde er hier nichts mehr bewirken können. Womöglich war der schlimmste Fall längst eingetreten, obwohl er auch jetzt noch keine genaue Vorstellung davon hatte, worin dieser schlimmste Fall bestehen könnte.

Mit grauem Gesicht und eingezogenen Schultern stieg er in seinen Dienstwagen und fuhr zurück in die Stadt. Er brauchte ein paar Stunden Schlaf.

Am Morgen würde er sich einen Durchsuchungsbefehl besorgen und die Villa des Grafen auseinandernehmen. Nach der Attacke auf Regula sollte es ihm keine Schwierigkeiten bereiten, seinen Vorgesetzten von der Notwendigkeit einer solchen Maßnahme zu überzeugen.

Als die Beamten der Kantonspolizei am nächsten Morgen in die Villa von Graf Stanislaw eindrangen, erwartete sie in dessen Wohnräumen ein bizarres Bild.

Hannes Krebs hatte seine Leute mitgenommen, Moritz Suter und den jungen Urs. Die Beamten der Spurensicherung in den hellen Schutzanzügen verrichteten still ihre Arbeit.

»Was würdet ihr sagen, was das ist?« Suter deutete mit lang gezogenem Finger auf das Gebilde in einem der Ledersessel.

»Ich würde sagen, dass sich da einer einen Scherz erlaubt hat«, sagte Urs forsch. »Es erinnert mich an die Ferien am Meer, an die Sandburgen, die wir gebaut haben …« Er sah sich zögernd um. »Hab ich etwas Falsches gesagt?«

Hannes Krebs trat zu ihm. »Du hast vielleicht etwas sehr Richtiges gesagt, Urs.«

Er gab Suter einen Wink. Gemeinsam näherten sie sich dem Sessel, in dem Leonora die todbringende Sonne erwartet hatte.

Als Krebs das Gebilde mit dem Finger berührte – wie eine Sandburg, so hatte Urs es genannt –, zerfiel die Vampirin zu einem Häufchen Asche.

Als hielten sie eine Totenmesse, standen die drei Beamten vor Leonoras Überresten, bis Krebs sich aufraffte und Anweisungen erteilte. Er ließ das gesamte Anwesen großräumig durchsuchen, jeder Winkel innen und außen wurde von seinen Leuten erforscht, doch vom Hausherrn gab es keine Spur – und auch keine von Daphne.

– EINUNDZWANZIG –

Nachdem sie Leonora in der Villa zurückgelassen hatten, stieg Daphne zu ihm in den alten Jaguar, und sie fuhren los.

Stumm steuerte er stadteinwärts. Schließlich sagte er: »Ich bringe dich jetzt nach Hause, aber wir müssen vorsichtig sein, für den Fall, dass gerade in dem Moment der Herr Kriminalhauptkommissar in der Mainaustraße auftaucht.«

Sie nickte. Stanislaw ergriff ihre Hand.

»Ich muss fort, Daphne«, sagte er tonlos.

»Ich weiß. Und ich möchte mit dir gehen, so, wie es geplant war.« Ihre Stimme klang ruhig und gefasst.

Er verstärkte den Druck seiner Hand, wandte den Blick jedoch nicht von der Fahrbahn. »Du meinst ...«

»Ja, genau das meine ich. Ich möchte bei dir bleiben. Ohne dich ist alles sinnlos.« Sie machte eine Pause und sagte dann sehr leise: »Ich könnte ohnehin nicht weiterleben wie bisher nach ... nach all dem. Nichts ist mehr, was es war, nichts wird mehr so sein.«

Sie waren im Seefeld-Quartier angekommen. Stanislaw lenkte den Jaguar in die Dufourstraße und hielt vor einem Lokal, das um diese Zeit noch geöffnet hatte.

»Komm«, sagte er, »hier wird man uns wohl nicht aufspüren.«

Am Tresen der schummerigen Bar saßen ein paar späte Gäste, die bei ihrem Erscheinen nicht einmal die Köpfe hoben. »In einer halben Stunde schließen wir«, kündigte ein mürrischer Barkeeper an, nachdem er ihnen die Getränke gebracht hatte.

Sie hoben die Gläser zu einem stummen Toast.

»Und jetzt«, begann Stanislaw in verändertem Tonfall, »wiederhol bitte, was du mir vorhin im Auto gesagt hast, und sieh mich dabei an.«

Sie starrte in seine Augen, doch diesmal suchte sie vergeblich nach der tänzelnden kleinen Flamme darin. Während er ihr reglos zuhörte, wiederholte sie alles Wort für Wort. Dann senkte sie den Kopf.

Er nahm ihr Gesicht zwischen beide Hände und hob es zu sich empor. »Mein Hexlein ...« Sanft küsste er sie auf den Mund, immer wieder, bis er sie von einem Moment auf den anderen losließ.

»Weißt du denn nicht, was deine Worte bedeuten?«, brach es aus ihm heraus. »Ist dir auch nur annähernd klar, welches Leben dich erwartet, wenn du mit mir kommst? Könntest du es wirklich ertragen, ständig auf der Flucht zu sein, dich vor dem Rest der Welt verbergen zu müssen und an der Seite eines Geschöpfes auszuharren, für den die Gesetze deiner Welt nicht gelten? Irgendwann würdest du mich dafür hassen, und dann wäre es für uns beide die Hölle.«

Er wurde ruhiger. »Ich kenne dieses Leben seit Jahrhunderten, ich musste lernen, es auszuhalten. Aber es gab Situationen, in denen ich glaubte, dass alles besser wäre als dieser Kampf und diese Qual.«

Seine Stimme war zu einem fast unhörbaren Flüstern geworden. Sie rückte noch näher zu ihm. »Unsere Spezies kann zwar nicht sterben«, fuhr er fort, »aber auch wir können uns selbst vernichten. Wir müssen uns nur dem gnadenlosen Sonnenlicht aussetzen und dann ...«

»Ja?« Sie rang nach Luft, und er spürte ihre Panik.

Er lächelte bitter. »Ich habe es versucht, bis mich im letzten Moment der Mut verließ. Es ist ein sehr schmerzhafter Tod.«

Sie sah ihn nicht an, als sie leise, aber bestimmt sagte: »Du traust mir also nicht zu, dass ich stark genug bin, um ein solches Leben mit dir teilen zu können.« Das war eine Feststellung, keine Frage.

Überrascht sah er auf. »Es geht nicht um das, was ich dir zutraue«, wandte er ein, »es geht um das, was ich dir ersparen möchte.«

»Das habe ich verstanden«, erwiderte sie mit klarer Stimme. »Trotzdem wirst du mir zugestehen müssen, dass ich die Verantwortung für mein Leben selbst übernehme. Ich kann dich nicht zwingen, mich in dein – wieder einmal neues – Leben mitzunehmen. Aber ich bitte dich ein letztes Mal, lass mich bei dir bleiben!«

»Ich bin mir über deine Motive nicht im Klaren. Vielleicht bist du verliebt in die Gefahr, vielleicht brauchst du diesen Kick?«

»Nein, Stanislaw«, antwortete sie mit einer Stimme, die nicht mehr klang wie die der etwas naiven jungen Frau, die er bis dahin in ihr gesehen hatte, »ich bin keineswegs verliebt in die Gefahr, und wenn du schon von Kicks sprichst – da gibt es anderes und Besseres, das hast du mich inzwischen gelehrt.«

Seine Hand, die nach dem Glas greifen wollte, zitterte leicht. »Dann sag mir, was der wahre Grund ist. Damit ich es verstehe.«

Der Barkeeper brachte die Rechnung und blieb neben ihrem Tisch stehen, doch Stanislaw verscheuchte ihn mit einer abwehrenden Geste.

»Geben Sie uns bitte noch ein paar Minuten«, rief Daphne ihm mit honigsüßer Stimme nach. Der Mann zuckte die Achseln und trottete zur Bar zurück.

»Du fragst, warum ich bei dir bleiben will, Stanislaw? Ist das denn so schwer zu verstehen? Weißt du es wirklich nicht?«

Stumm schüttelte er den Kopf. Dann ließ er den Blick nicht mehr von ihr. In aufrechter Haltung saß sie ihm gegenüber und sah ihn aus Augen an, in denen er das lesen konnte, was sie ihm gleich sagen würde.

»Weil du mein Leben bist.« Und nach einer winzigen Pause: »Weil ich dich liebe.«

Er reagierte eine ganze Weile nicht. Und als er dann endlich sprach, waren seine Worte klar und knapp: »Ich kann nicht länger in meinem Haus bleiben, aber ich brauche einen Ort, an dem ich den morgigen Tag überstehe. Sorg dich nicht darum, ich habe Verbündete von meiner Art, die mir helfen werden. Ich bringe dich gleich zu deiner Wohnung. Dort solltest du möglichst kein Licht machen, höchstens im Schlafzimmer, das nur vom Innenhof aus einsehbar ist. Schließ zur Sicherheit überall die Vorhänge und lass die Jalousien herunter, als ob du verreist wärst. Pack das Nötigste ein, das du für die nächsten Wochen brauchst. Was dir später fehlt, kannst du dort kaufen, wo wir leben werden.«

Sie holte tief Luft und pustete den Atem in einem raschen, heftigen Stoß wieder aus. »Wo wird das sein?«

Jetzt lächelte er. »Dort, wo man uns am wenigsten vermuten wird, an einem sonnigen Ort.«

»Im Süden?«

»Ja, im Süden.«

Sie fragte nicht weiter.

»Lass dein Handy immer eingeschaltet. Buche für morgen einen Flug nach Malaga, in der Business Class sollte noch etwas frei sein. Wenn das geklappt hat, miete dir in der Stadt ein Hotelzimmer. Gib mir Bescheid, wenn du eingetroffen bist. Übermorgen Abend werde ich dich dort abholen, früher geht es nicht.«

Sie nickte. »Was wirst du in der Zwischenzeit tun?« Ihre Stimme klang ängstlich.

»Ich habe noch einiges zu regeln. Du musst dir keine Sorgen machen.«

Es gab nicht mehr viel zu sagen in diesem Moment.

Er fuhr sie in die Mainaustraße und wartete, bis sie im Haus verschwunden war.

Sie hatten sich nur kurz verabschiedet, ohne Kuss, ohne Umarmung. Sie war nach oben in die Wohnung geeilt und hatte alles so gemacht, wie er es gewünscht hatte.

Jetzt saß sie auf der Bettkante vor ihrem Gepäck. Per Internet hatte sie ihren Flug gebucht und für den nächsten Morgen ein Taxi vorbestellt. Das Hotelzimmer könnte sie während der Fahrt zum Flughafen von ihrem Handy aus reservieren. Sie kannte Malaga von einer Konzertreise, aber von der Stadt selbst hatte sie damals wenig gesehen. Das würde sie bald nachholen.

Bleierne Müdigkeit erfasste sie. Erst jetzt spürte sie die Anspannung der letzten Stunden. Sie legte sich hin und starrte in die Dunkelheit.

Sie musste Darius verständigen. Was sollte sie ihm sagen? Und wann? Und wie?

Bevor ihr die Augen zufielen, glaubte sie, aus der Ferne Stanislaws Stimme zu hören, die ihr zuflüsterte: »Schlaf gut, mein Hexlein …«

Stanislaw fuhr zur Schiffsanlegestelle in Küsnacht und stellte den Wagen auf dem Parkplatz vor dem Hotel »Sonne« ab.

Um diese Zeit war draußen niemand mehr zu sehen, und auch im Hotel waren nur noch wenige Fenster erleuchtet. Er ging bis zum Ende des Steges, der einige Meter in den See hinausragte. Von hier hat man einen Panoramablick auf die Stadt, die sich rechts hinter dem Seebecken erstreckt, auf das gegenüberliegende Ufer der »Pfnüselküste«, auf die in der Dunkelheit nur zu erahnenden Glarner Alpen.

Zum ersten Mal würde es ihm schwer fallen, einen Ort zu verlassen. Hier hatte er alles gefunden, worauf er nie zu hoffen gewagt hatte, Heimat, Liebe, Glück. Die ewigen Themen, die zu einem Menschenleben gehören und die jetzt auch seine geworden waren.

Er schickte einen Gedanken zu der hoffentlich schon tief schlummernden Daphne. »Mein Hexlein«, flüsterte er. Und während er die Sternbilder betrachtete, die in der klaren Nacht gut erkennbar waren, stellte er sich vor, wie er Daphne die Sterne eines südlichen Himmels erklären würde. Bald, sagte er vor sich hin, sehr bald.

Nach einem letzten Blick auf das, was ihm so vertraut und selbstverständlich geworden war, wandte er sich ab und kehrte langsam zum Parkplatz zurück. In dem Moment öffnete sich die Tür des Hotels, und eine junge Frau kam heraus, offenbar eine Angestellte.

Stanislaw unterdrückte den Impuls, ihr zu folgen. Stattdessen stieg er in den Jaguar und fuhr los. Er würde noch in dieser Nacht einen alten Bekannten aufsuchen, bei dem er vorübergehend Unterschlupf finden konnte, bis er sich auf den Weg nach Malaga machte. Vorher aber musste er ein letztes Mal in die Villa zurückkehren. Er brauchte die restlichen Blutkonserven und ein paar Dinge, die ihm wichtig waren.

In Erlenbach angekommen, vergewisserte er sich, dass Hannes Krebs und dessen Leute nicht in der Nähe waren und auch in keinem Hinterhalt auf ihn warteten. Dann betrat er lautlos das Haus, mied aber den Wohnbereich. Den Anblick der zu Stein erstarrten Leonora wollte er sich ersparen. Rasch packte er zusammen, was er brauchte, und verließ die Villa für immer.

»Wo, um Himmels willen, steckt sie?« Hannes hatte sich in voller Länge vor Darius gestellt, der ihn trotzdem noch um einen Kopf überragte. »Und wo ist Graf Stanislaw?«

Darius trat ans Fenster seines Hotelzimmers und blickte auf die Limmat hinab. »Ich habe keine Ahnung.« Er wusste selbst nicht, woher er diese Gelassenheit nahm.

Sein Handy läutete. Argwöhnisch beäugt von Hannes, nahm er den Anruf entgegen. Er hörte kurz zu und erwiderte: »Ja, ich habe verstanden, bis nachher also.«

Seine Miene verriet nichts. »Eine geschäftliche Angelegenheit«, erklärte er lediglich.

»Also gut«, sagte Hannes und wandte sich zur Tür, »wir können im Moment nichts machen, aber sobald Sie etwas hören, verständigen Sie mich, und das ist jetzt ein dienstlicher Befehl!«

Nachdem der Kommissar das Hotel »Storchen« verlassen hatte, bestellte sich Darius eine Kleinigkeit zu essen und die Zürcher Zeitungen aufs Zimmer. Am späten Nachmittag ließ er sich ein Taxi rufen.

Vor dem Eingang der Sukkulentensammlung am Ende des General-Guisan-Quais stieg er aus. Eine Gestalt in einem Umhang, der keinen Zentimeter Haut frei ließ, kam auf ihn zu.

»Danke, dass Sie gekommen sind«, begrüßte ihn Stanislaw und lüpfte für einen Moment den Hut, der das Gesicht beschattete. Seine Augen waren hinter einer schwarzen Sonnenbrille verborgen, den Hals bedeckte ein mehrfach geschlungener Schal.

»Da vorn ist eine freie Bank.«

Sie setzten sich nebeneinander, jeder den Blick auf den See gerichtet. Ein paar Minuten lang schwiegen sie, dann eröffnete Darius das Gespräch: »Seltsam, dass Sie mich inmitten eines Kakteengartens treffen wollten.«

»Das können Sie psychologisch deuten, wie Sie wollen. Und jetzt hören Sie mich bitte an. Daphne ist in Malaga.«

Darius zog kaum merklich die rechte Braue hoch. »Und Sie werden ihr dorthin folgen, das ist es doch, was Sie mir sagen wollen!« Seine Stimme klang fast unbeteiligt. »Und nichts wird Sie aufhalten, schon deshalb nicht, weil Daphne sich aus freien Stücken dafür entschieden hat. Sie hat ihre Wahl getroffen. Weshalb machen Sie dann jetzt so ein Theater mit einem heimlichen Treffen inmitten von lauter Stachelgewächsen? Und noch dazu in einer solchen Verkleidung? Wir hätten uns ja auch später am Abend treffen können, wenn es dunkel ist.«

Er wartete einen Moment, und als er keine Antwort erhielt, fuhr er fort: »Außerdem, weshalb gerade Malaga? Was will denn einer wie Sie in einer Gegend, die Costa del

Sol genannt wird? Das macht doch überhaupt keinen Sinn.«

Noch immer antwortete Stanislaw nicht. Stattdessen griff er in seine Manteltasche, zog ein Kuvert hervor und reichte es Darius.

Nach einem raschen Blick auf Stanislaw, dessen Augen hinter der dunklen Brille nicht zu erkennen waren, öffnete Darius den Umschlag.

In einer Schrift, deren Buchstaben ungewöhnlich ineinander verschlungen waren, stand Folgendes zu lesen

Geliebte kleine Hexe,

wenn, wie ich es mir wünsche, Darius der Überbringer dieser Zeilen ist und Du nicht mich, sondern ihn in der Hotelhalle siehst, wirst Du erschrecken, aber bitte lies zuerst, was ich Dir geschrieben habe, und urteile später.

An unserem letzten gemeinsamen Abend in Zürich wussten wir beide, dass ich die Stadt verlassen muss. Dein Wunsch, mit mir zu kommen, rührte mich, doch ich hielt ihn zunächst für die unbedachte Regung einer zu emotionalen jungen Frau, die nicht weiß, wovon sie spricht.

Verzeih mir, mein Herz, dass ich Dich so falsch eingeschätzt habe. Erst als wir in der Bar saßen, als ich in Deine Augen sehen konnte und Deine Stimme hörte, die mir Wort für Wort wiederholte, was Du vorher im Wagen gesagt hattest, verstand ich, dass Du immer alles ernst gemeint hast, von Anfang an bis jetzt. Und endlich wusste ich, dass Du nicht nur bereit, sondern auch entschlossen warst, für diese Liebe alles zu tun. Für unsere Liebe.

Nachdem ich Dich nach Hause gebracht hatte, fuhr ich zu einer meiner Lieblingsstellen am See. Dort, vor dem Landungssteg in Küsnacht, nahm ich Abschied von der Stadt und ihrer Umgebung, und während ich zum Himmel aufblickte, dankte ich dem Gott, an den ich nie wieder hatte glauben wollen, für seine Gnade. Ein Verdammter wie ich wurde geliebt! Und ich selbst konnte lieben, das war mindestens ebenso wunderbar.
Genau das aber ist mir jetzt zum Verhängnis geworden. Bitte lies weiter.
Den nächsten Tag verbrachte ich an einem sicheren Unterschlupf. Als ich nach einigen Stunden Schlaf erwachte, tastete meine Hand nach Dir und fand Dich nicht neben mir auf dem Lager, bis ich wieder wusste, dass Du in diesem Moment zwar weit fort warst, dass wir aber schon in kurzer Zeit zu einem neuen gemeinsamen Leben aufbrechen würden.
Ich traf letzte Vorkehrungen und machte mich bereit für die Reise nach Malaga, als ich aus einer sentimentalen Stimmung heraus ein letztes Mal durch die alten Gassen des Oberdorfviertels spazieren wollte.
Und da muss es dann passiert sein. Als ich das Großmünster hinter mir gelassen hatte und an einer bekannten Musikalienhandlung vorbeikam, sah ich im Schaufenster ein Plakat mit einem Foto von Dir: »Daphne da Silva spielt ...«
Ich weiß nicht mehr, welches Programm angekündigt wurde.
Aber ich weiß seitdem, dass ich Dein Opfer nicht annehmen kann. Du darfst nicht bei mir bleiben. Du gehörst in diese Stadt, zu Deinem Orchester, zu Deiner Musik, zu den Menschen hier, die Dich lieben. Und nicht zu einem,

der durch Dich zwar zum allerersten Mal so etwas wie Glück erfahren durfte, der deswegen aber keinerlei Recht hat, Dich zu vereinnahmen.
Du wirst immer mein Hexlein bleiben.

In Liebe, Stanislaw

Bedächtig faltete Darius die Seiten zusammen und steckte sie wieder in das Kuvert. Er stand auf und machte ein paar Schritte in Richtung See.

Als er sich umdrehte, kam Stanislaw auf ihn zu. Er hatte die dunkle Brille abgenommen. Seine Augen hatten ihren Glanz verloren, seine Gesichtszüge wirkten grau.

»Fliegen Sie nach Malaga, Darius! Geben Sie ihr diesen Brief und bringen Sie Daphne nach Zürich zurück, ich bitte Sie!«

Die beiden Männer umarmten sich stumm, bis Stanislaw sich abwandte. »Leben Sie wohl, Darius«, sagte er leise. Am Ausgang drehte er sich noch einmal um. Er glaubte zu sehen, dass Darius eine Hand hob, als wollte er ihn segnen.

Am nächsten Tag erhielt Daphne eine SMS von Stanislaw: »Bitte warte um 17 Uhr in der Hotelhalle. Du wirst dann alles Weitere erfahren.«

Endlich. Doch in ihre Vorfreude mischte sich Bangigkeit. Schon seit ihrer Ankunft in Malaga hatte sie sich immer wieder gefragt, wie ihr Leben weitergehen würde.

Natürlich hatte sie etwas geahnt, schon einige Zeit vor dem Abend in Stanislaws Haus, als Leonora sie vor dem

Kaminfeuer erwartet hatte und er mit blutverschmierten Mundwinkeln erschienen war.

Aber so war es eben bei denen, die liebten. Was das Bild des geliebten Wesens beschädigen könnte, wurde beinahe um jeden Preis ignoriert, verdrängt, umgedeutet.

All dies war ihr wohlbekannt, sie hatte mit Darius diese Themen oft diskutiert und am Ende jedes Mal erklärt, dass sie sich keinesfalls in derartigen Abgründen verstricken werde. Außerdem habe sie ihre Musik und damit ein Reich, in dem sie sich stets aufgehoben fühle.

Ein wohlgeordnetes Leben mit einem Ehemann und mit Kindern war ihr nie erstrebenswert erschienen. Jetzt aber liebte sie einen Mann, der so jenseits aller Normen war, dass sie sich zum ersten Mal nach sicheren Bahnen zu sehnen begann.

Daphne sah auf die Uhr. Es war kurz nach fünf. Sie wollte Stanislaw nicht warten lassen.

Im Lift warfen die verspiegelten Wände ihr Bild von verschiedenen Seiten zurück. Dennoch vermied sie es, sich zu betrachten. Der Weg vom obersten Stockwerk bis zum Erdgeschoss erschien ihr besonders lang, und während sie bei der Abwärtsfahrt in jeder Etage die hellen Flure passierte, war ihr, als rasten zugleich die Stationen ihres bisherigen Leben an ihr vorbei.

Die automatische Tür öffnete sich, und sie trat hinaus. Sie ging an der Rezeption vorbei, erwiderte lächelnd den Gruß des Portiers und steuerte auf die Sitzecke hinter dem Arrangement von hohen Topfpflanzen zu.

In dem Moment, als sie Darius erblickte, der sich erhoben hatte und ihr entgegenkam, wusste sie Bescheid. Er versuchte, sie in die Arme zu nehmen, doch sie entzog sich und glitt auf den nächsten Sessel.

»Hat er dich geschickt?«

Darius nickte und setzte sich neben sie. Er griff in die Innentasche seines Sakkos und überreichte ihr Stanislaws Schreiben.

Sie entfaltete den Brief und las. Nachdem sie fertig war, ließ sie die Seiten in den Schoß sinken.

»Wann fliegen wir?«, fragte sie mit einer Stimme, die ihr nicht zu gehören schien und ihr zu ihrer Verwunderung dennoch nach wie vor gehorchte.

»Die ›Swiss‹-Maschine nach Zürich startet gegen neunzehn Uhr. Ich habe für uns zwei Plätze gebucht.«

Daphne nahm den Brief, steckte ihn ohne das Kuvert in ihre Handtasche und stand auf. »Ich gehe in mein Zimmer und packe. In einer halben Stunde bin ich bereit.«

Sie sah die Hilflosigkeit in den Augen ihres Freundes, doch sie konnte im Moment nichts tun. Für ihn nicht und nicht für sich selbst.

Während des Fluges saßen sie schweigend nebeneinander, bis Darius ihre Hand nahm und fest in seiner behielt. Allmählich kehrte Leben in Daphnes zu Eis erstarrte Finger zurück.

»Kleines«, murmelte er, »ich ...«

Die Augen fielen ihm zu, und er sank in einen Schlaf, aus dem ihn erst die Stimme der Stewardess zurückholte.

Nach der Landung war er so erschöpft, dass er nicht widersprach, als Daphne vorschlug, jeder solle erst mal in sein eigenes Refugium zurückkehren und mindestens eine Nacht über alles schlafen.

Sie nahmen zusammen ein Taxi, das zuerst Daphne in

die Mainaustraße bringen sollte und danach ihn zum Hotel. Vor ihrer Haustür umarmte sie ihn, ohne ihn anzublicken. »Danke, Darius.«

Sobald er im Hotel eingetroffen war, rief er Hannes Krebs an.

»Sie ist wieder hier.«

Hannes atmete hörbar ein und aus. »Wo war sie?«

»In Malaga. Stanislaw hatte sie vorausgeschickt und wollte heute Abend nachkommen, um mit ihr im Süden ein neues Leben zu beginnen.«

»Wieso ist sie dann wieder hier? Was ist passiert?«, fragte er mit gepresster Stimme.

»Er hat es sich anders überlegt.«

»Was soll das heißen? Dass er …, er wollte sie nicht mehr?«

»Falsch kombiniert, Herr Kriminalhauptkommissar. Er wollte sie, und er will sie noch immer. Aber …« Darius stockte einen Moment. »Er hat auf sie verzichtet.«

Hannes antwortete nichts, und Darius erzählte. Nachdem er geendet hatte, schwieg Hannes immer noch.

»Wie geht es ihr?«, fragte er schließlich.

»Das fragen Sie noch?«

»Meinen Sie, ich sollte sie anrufen?«

»Ja, das sollten Sie. Aber warten Sie bis morgen. Sie wird bald jemanden brauchen, mit dem sie reden kann, und ich bin ihr viel zu nahe. Außerdem war ich für sie der Überbringer der schlimmen Nachricht.«

Daphne stellte ihr Gepäck ab, vergewisserte sich, dass Darius mit dem Taxi weggefahren war, und verließ kurz darauf wieder ihre Wohnung.

Zu Fuß ging sie an der Oper und am Bellevueplatz vorbei, überquerte die Brücke und bog in die Bahnhofstraße ein. Eine Turmuhr schlug Viertel vor elf.

Erst jetzt fiel ihr ein, dass heute der 1. Mai war, der diesmal auf einen Montag fiel. Viele Bewohner der Stadt waren verreist, und die Bahnhofstraße wirkte deshalb noch ausgestorbener als sonst um diese Zeit.

Ohne Eile setzte sie ihren Weg fort, bis sie ihr Ziel erreicht hatte. Wegen der milden Temperaturen waren vor der Bar des »Stanislaw« Tische und Bänke aufgebaut, und ein paar junge Leute hatten sich in die bereitliegenden Decken gekuschelt.

Daphne hatte die Bar gerade betreten, als Pierre auf sie zukam, dicht gefolgt von Igor. Entgeistert starrte er sie an, während der Hund ihr schwanzwedelnd entgegenlief.

»Frau da Silva, welche Freude! Aber ich dachte, Sie und Graf Stanislaw …« Er brach mitten in der Rede ab.

Er sah sie an, eine Frau mit erloschenen Augen und hängenden Schultern. Sanft nahm er sie beim Arm und führte sie zu der Nische in der Bar. Sie waren allein. Igor rollte sich zu ihren Füßen zusammen.

»Darf ich Ihnen etwas zu trinken anbieten, Frau da Silva?«

Langsam hob sie den Blick. »Nennen Sie mich Daphne, das ist einfacher.«

»Wie Sie wünschen, Daphne, sehr gern.«

»Haben Sie noch etwas vom ›Réserve du Patron‹, Pierre?«

»Nun …, der Graf hatte Anweisung gegeben, ihm den restlichen Bestand nachschicken zu lassen. Aber …«

Ihre stumpfen Augen begannen zu flackern. »Sie kennen seine neue Adresse?«

»Nein ..., er hat sie mir noch nicht mitgeteilt.«

Er schien die Wahrheit zu sagen, doch sein leises Zögern entging ihr nicht.

Schnell verschwand er nach nebenan und kehrte mit einer Flasche in der Hand zurück. »Ich habe diese hier aufgehoben«, sagte er verlegen.

»Dann lassen Sie uns damit jetzt auf den Grafen anstoßen.«

Wortlos entkorkte er die Flasche und schenkte ein. Sie hielten die Gläser gegeneinander. »Auf Stanislaw!«

Pierre kostete einen kleinen Schluck und verzog das Gesicht. Sie lächelte zum ersten Mal. »Man gewöhnt sich an den Geschmack.«

»Sagen Sie bitte, Daphne, wissen Sie wirklich nicht, wo der Graf ist?«

Sie trank einen weiteren Schluck. »Genau das wollte ich Sie fragen, Pierre. Ich hatte gehofft, Sie könnten mir darauf eine Antwort geben.«

»Ich verstehe das alles nicht«, sagte er stirnrunzelnd. »Er hat mir den Club bis auf weiteres übergeben, einschließlich einiger schriftlicher Anweisungen. Und er hat mir Igor dagelassen. Er werde für einige Zeit fort sein, hat er gesagt, und weil ich wusste, dass Sie und der Graf ..., also, dass Sie inzwischen ein Paar sind, ist für mich klar gewesen, dass Sie gemeinsam auf Reisen gehen.«

»So war es auch geplant. Doch etwas ist schiefgegangen. Wir waren heute Abend am Flughafen in Zürich verabredet, und ich habe mehr als eine Stunde am Abflugschalter auf ihn gewartet. Nachdem der Flug aufgerufen war, habe ich gewartet, bis der Schalter geschlossen wurde. Jetzt mache ich mir die größten Sorgen, dass ihm etwas zugestoßen sein könnte.«

Mit bekümmerter Miene starrte sie in ihr Weinglas. Würde Pierre ihr diese Geschichte glauben?

»Wohin sollte die Reise gehen?«

»Zunächst nach Malaga. Von dort aus wollten wir weiterfahren, und das eigentliche Ziel sollte eine Überraschung sein.«

»Ich weiß nicht, wie ich es erklären soll«, sagte Pierre bedächtig, »aber ich habe mir um Graf Stanislaw nie ernsthaft Sorgen gemacht. Auf mich hat er immer wie jemand gewirkt, der irgendwie unverwundbar ist, wie jemand, dem nichts etwas anhaben kann.«

»Als wäre er unzerstörbar?«, fragte sie schnell.

»Ja, genau das meine ich.«

»Ich will Sie nicht damit belasten, Pierre, aber ich bin halb verrückt vor Angst, und ich weiß nicht mehr, was ich von all dem halten soll.« Sie legte ihm die Hand auf den Arm: »Könnten Sie bitte nebenan die Beleuchtung einschalten? Ich möchte noch einmal den Ort sehen, an dem alles angefangen hat.«

Er stand sofort auf.

Daphne wartete, bis im Restaurant die Lichter angingen. Als bereite ihr jeder Schritt Mühe, bewegte sie sich auf den Eingang zu. An der Schwelle hielt sie inne und blieb ein oder zwei Minuten reglos stehen.

Dann, mit einer heftigen Bewegung, die etwas beinahe Gewaltsames hatte, wandte sie sich um und kehrte in die Bar zurück.

»Ich kann da nicht reingehen, Pierre, ich halte das nicht aus.« Zwei fast symmetrische Tränenspuren rannen aus ihren Augenwinkeln und ließen sie, durch die verlaufende Wimperntusche, fast wie ein trauriger Clown aussehen.

»In jeder Sekunde glaube ich, ihn gleich vor mir zu sehen, und dann ist da nur diese fürchterliche Leere. Sosehr Sie das schmerzen wird, Pierre, aber ohne ihn ist hier nichts mehr lebendig.«

Lautlos war Igor an ihrer Seite erschienen und drückte die Schnauze gegen ihre Knie. Sie beugte sich herab und schloss das mächtige Tier in die Arme, während Pierre sie nachdenklich betrachtete.

»Nehmen Sie noch ein Glas ›Réserve du Patron‹. Stanislaw fand immer, dieses Getränk habe eine besonders kräftigende Wirkung«, sagte sie leise. »Gute Nacht, Pierre.«

»Gute Nacht, Daphne.«

Sobald sie außer Sichtweite war, betrat er den Raum neben der Bar. »Finca El Rosario, 29600 Marbella, Spanien«, stand als Lieferadresse auf den Weinkartons, die zum Versand fertig waren.

Am frühen Abend des nächsten Tages erhielt Daphne drei Anrufe.

Der erste kam von Darius. »Wie geht es dir, Kleines?« Seine Stimme klang noch immer matt.

Mit ein paar vagen Äußerungen versuchte sie, ihn zu beruhigen. Schließlich kündigte er an, er wolle auf seine »Alp« in der Nähe von Luzern zurückkehren.

»Nach all den Aufregungen habe ich ein wenig Ruhe nötig«, fuhr er seufzend fort, »aber sag es mir, wenn du mich wieder in deiner Nähe haben möchtest.«

Der zweite Anrufer war Hannes Krebs, der es jedoch

vermied, sich direkt nach ihrem Befinden zu erkundigen. »Ich weiß, was geschehen ist«, sagte er lediglich, »und ich bin für dich da, okay? Wenn du jemanden brauchst, mit dem du reden willst. Oder auch nicht, um zu reden. Wir könnten uns auf einen Drink verabreden und gemeinsam schweigen. Ganz wie du willst.«

Na klar, Hannes, dachte sie, wir können reden oder es auch bleiben lassen, solange ich nur wieder in der Stadt bin und Stanislaw weit fort ist, möglichst auf Nimmerwiedersehen.

»Ja, danke«, sagte sie, »ich brauche erst mal etwas Zeit. Ich melde mich.«

Als es ein drittes Mal läutete, diesmal auf ihrem Festnetztelefon, hatte sie keine Lust mehr auf ein weiteres Gespräch. Der automatische Anrufbeantworter schaltete sich ein.

»Daphne, hier ist Pierre.«

Er machte eine Pause.

Sie nahm den Apparat ans Ohr. »Ja?«

»Graf Stanislaw hat mir offiziell noch keine neue Adresse mitgeteilt. Aber zumindest weiß ich, wohin sein Wein geschickt werden soll. Und danken Sie mir jetzt nicht, denn sobald er erfährt, dass ich Ihnen das gesagt habe, wird er mich zur Hölle wünschen.«

Daphne holte tief Luft. Dann sagte sie: »Dafür werden Sie sicher nicht in die Hölle kommen«, und ihre Stimme klang rau, »schon deshalb nicht, weil ich Sie ab sofort in mein Nachtgebet einschließen werde.«

Pierre räusperte sich. »Haben Sie etwas zum Schreiben zur Hand? Die Lieferadresse ist …«

»Marbella?«, stutzte sie, nachdem sie alles notiert hatte.

»Mehr weiß ich auch nicht, Daphne.«

»Alles Gute für Sie, Pierre.« Langsam legte sie auf.

Stanislaw hatte sie verraten. Einfach so. Er hatte sich aus ihrem Leben wieder davongestohlen und nicht einmal den Anstand besessen, ihr mitten ins Gesicht zu sagen, dass er es sich anders überlegt hatte.

Stattdessen hatte er ihr Darius geschickt.

Daphne war klar, wie viel sie wieder einmal ihrem väterlichen Freund zu verdanken hatte. Er musste die Strapazen dieser Reise auf sich nehmen, nur weil Stanislaw nicht den Mut hatte, ihr die Wahrheit zu sagen. Und sie kannte ihn viel zu gut, um nicht zu wissen, wie ungern er diese Mission erfüllt hatte.

»Was bist du für ein Feigling, Stanislaw«, sagte sie laut vor sich hin und zerknüllte mit einer Hand das Blatt Papier, auf dem sie die Adresse in Spanien notiert hatte. Sie formte es zu einer Kugel, drehte sie in den Fingern.

Auch wenn er sich womöglich einredete, dass er aus Liebe zu ihr das größte Opfer gebracht hätte, dessen er fähig war, blieb es für sie Verrat. Woher nahm er das Recht, alles zu zerstören? Ihr Wunsch, bei ihm zu bleiben und sein Leben zu teilen, war kein Opfer gewesen, sondern ein Geschenk, und wie war er damit umgegangen? Er hatte ihre Liebe verschmäht.

Mit welcher Scheu waren sie sich anfangs begegnet, wie behutsam hatten sie ihren Sicherheitsabstand jedes Mal ein wenig verringert! Dabei war sie ihm schon verfallen, bevor sie es auch nur ahnte.

Jetzt wollte sie sich nur noch panzern gegen den Schmerz, der sie zu vernichten drohte, wollte nichts mehr fühlen.

Sie setzte sich in einen Sessel vor dem Fenster und drehte ihn so, dass sie von dort aus den Himmel sehen konnte. Es war ein trüber Tag mit tief hängenden Wolken.

Noch immer hielt sie den zerknüllten Zettel mit der Adresse in der Hand. Sie faltete ihn auseinander und strich ihn glatt. »Finca El Rosario«? Was sollte das sein? Ein Landgut, eine Weinkellerei? Oder eine private Adresse, von Bekannten, bei denen er die Kartons vorübergehend lagern wollte?

Sie blieb sitzen, bis es dämmerte. Mit steif gewordenen Gliedern stand sie auf, schaltete eine Lampe ein und rollte sich wieder in ihrem Sessel zusammen.

»Stanislaw ...«, flüsterte sie in die Dunkelheit.

Und dann war alles wieder da, sie spürte seine Finger auf ihrer Haut, die mit sanftem Druck über sie hinwegglitten, sah seine dunklen Züge mit den brennenden Augen und der kleinen Flamme darin.

»Hexlein, ich bin bei dir.« Das war seine Stimme, zärtlich und beschwörend.

Aber vielleicht bildete sie sich das auch nur ein.